JEAN-LUC B...
Bretonische V...

GOLDMANN
Lesen erleben

Buch

An einem heißen Julimorgen wird Kommissar Dupin – eigensinniger
Pinguinliebhaber, koffeinabhängig, gebürtiger Pariser und zwangsver-
setzt ans Ende der Welt – zu einem mysteriösen Mord gerufen: Im pittoresken Künstlerdorf Pont Aven ist Pierre-Louis Pennec, der hochbetagte
Inhaber des legendären Hotels Central, das schon Gauguin und andere
große Künstler beherbergte, brutal erstochen worden. Doch wer ermordet einen 91-Jährigen und warum? Was ist in den letzten Lebenstagen
des Hotelbesitzers vorgefallen? Als kurz darauf eine zweite Leiche an der
bretonischen Küste aufgefunden wird, realisiert Georges Dupin, dass
er es mit einem Fall ungeahnten Ausmaßes zu tun hat. Während sich
der Druck von Seiten der Öffentlichkeit verschärft und die kapriziösen
Dorfbewohner beharrlich schweigen, begibt sich Dupin auf die Suche
nach dem Mordmotiv – und kommt im Dickicht der bretonischen Verhältnisse einem spektakulären Geheimnis auf die Spur …

Autor

Jean-Luc Bannalec ist ein Pseudonym. Der Autor ist in Deutschland
und im südlichen Finistère zu Hause. Sein Roman »Bretonische Verhältnisse«, der erste Fall für Kommissar Dupin, stürmte die Bestsellerliste,
wurde in mehrere europäische Sprachen übersetzt und für das Fernsehen
verfilmt.

Mehr von Jean-Luc Bannalec:

Bretonische Brandung · Ein Fall für Kommissar Dupin

Jean-Luc Bannalec

Bretonische Verhältnisse

Ein Fall
für Kommissar Dupin

GOLDMANN

Der Verlag weist ausdrücklich darauf hin, dass im Text
enthaltene externe Links vom Verlag nur bis zum Zeitpunkt
der Buchveröffentlichung eingesehen werden konnten.
Auf spätere Veränderungen hat der Verlag keinerlei Einfluss.
Eine Haftung des Verlags ist daher ausgeschlossen.

MIX
Papier aus verantwor-
tungsvollen Quellen
FSC® C014496

Verlagsgruppe Random House FSC® N001967

17. Auflage
Taschenbuchausgabe September 2013
Wilhelm Goldmann Verlag, München,
in der Verlagsgruppe Random House GmbH,
Neumarkter Str. 28, 81673 München
Copyright © der Originalausgabe 2012,
Verlag Kiepenheuer & Witsch, Köln
Umschlaggestaltung: Uno Werbeagentur, München,
unter Verwendung eines Entwurfs von Rudolf Linn, Köln
Umschlagmotiv: © Mathias Bothor/Photoselection
Umschlaginnenseiten: FinePic®, München
Kartografie: Birgit Schroeter, Köln
Th · Herstellung: Str.
Druck und Einband: GGP Media GmbH, Pößneck
Printed in Germany
ISBN 978-3-442-47927-6
www.goldmann-verlag.de

Besuchen Sie den Goldmann Verlag im Netz

»Une mer calme n'a jamais fait un bon marin.«

»Eine ruhige See hat noch keinen guten Seemann
hervorgebracht.«

BRETONISCHES SPRICHWORT

à L.

Der erste Tag

Es war ein fabelhafter Sommertag, dieser 7. Juli. Einer dieser großen atlantischen Tage, die Kommissar Dupin für gewöhnlich ganz glücklich machten. Das Blau schien überall zu sein, die Luft war, für bretonische Verhältnisse, sehr warm, schon so frühmorgens, und dabei ganz luzid; die Dinge besaßen eine klare, scharfe Gegenwart. Gestern Abend noch hatte es nach Weltuntergang ausgesehen, schwere, tief hängende, drohend schwarze Wolkenungetüme waren den Himmel entlanggerast und hatten es in heftigen Böen wieder und wieder sintflutartig regnen lassen.

Concarneau, die prächtige »Blaue Stadt«, wie sie ob der leuchtend blauen Fischernetze, die im letzten Jahrhundert die Quais gesäumt hatten, noch heute hieß, strahlte. Kommissar Georges Dupin saß im *Amiral*, ganz am Ende der Bar, wie immer die Zeitung vor sich ausgebreitet. Die runde Uhr über dem schönen alten Gebäude der Markthalle, wo man täglich fangfrisch kaufen konnte, was den hiesigen Fischern in den sehr frühen Morgenstunden ins Netz gegangen war, zeigte 7 Uhr 30. Das traditionsreiche Café und Restaurant, das früher auch ein Hotel gewesen war, lag direkt am Quai, gegenüber der berühmten Altstadt. Die von mächtigen Mauern und Wehrtürmen geschützte *ville close* war auf einer kleinen, lang gestreckten Insel gebaut worden, die wie gemalt in dem großen Hafenbecken lag, in das der träge Moros mündete. Seit Dupin vor zwei Jahren und sieben Monaten infolge »bestimmter Querelen« – so hatte es in den internen Papieren geheißen – aus Paris in die entlegenste Provinz »versetzt« worden war (und sein ganzes Leben zuvor in der glamourösen Hauptstadt verbracht hatte), trank er jeden Morgen seinen *petit café* im *Amiral*; ein ebenso strenges wie lustvolles Ritual.

Charme besaßen die Räume des *Amiral* keinen mehr, seitdem man sie vor ein paar Jahren mit großem Aufwand von Grund auf renoviert oder, wie Paul Girard, der leutselige Besitzer, stolz formulierte, »vollständig modernisiert« hatte. Wenig erinnerte noch an die großen Zeiten Ende des 19. Jahrhunderts, als weltberühmte Künstler oder später dann Maigret hier logierten. Gauguin hatte sich direkt vor dem Restaurant eine derbe Prügelei geliefert, rüde Seeleute hatten seine blutjunge javanesische Freundin beleidigt. Nur selten verirrten sich Touristen ins *Amiral*, sie bevorzugten die »idyllischeren« Cafés weiter unten am großen Platz. So war man hier weitgehend unter sich.

»Noch einen *café*. Und ein Croissant.«

Am Blick und an der knappen Geste des Kommissars erkannte Girard, was sein Gast wollte, der eher gemurmelt hatte als zu sprechen. Es war Dupins dritter *café*.

»Siebenunddreißig Millionen – haben Sie gesehen, Monsieur le Commissaire, siebenunddreißig Millionen sind jetzt drin.« Girard stand schon an der Espressomaschine, die Dupin jedes Mal aufs Neue beeindruckte, eine von denen, die noch richtige Geräusche machten.

Der Besitzer des *Amiral* war vielleicht sechzig, hatte einen beeindruckend länglichen Kopf, der vor allem von einem geprägt war: einem riesigen Schnurrbart, der schon lange so strahlend grau geworden war wie die verbliebenen wenigen Haare auf seinem Kopf. Seine Augen waren immer überall, er sah alles. Dupin mochte ihn gut leiden, auch wenn sie nie viel sprachen. Vielleicht deswegen. Girard hatte den Kommissar vom ersten Tag an akzeptiert – was viel hieß hier, generell, aber vor allem, weil Pariser den Bretonen die einzig wirklichen Ausländer waren.

»Verdammt.«

Dupin fiel ein, dass er unbedingt noch tippen wollte. Der gigantische Lotto-Jackpot, der die ganze Nation in Atem hielt, war auch letzte Woche nicht geknackt worden. Dupin hatte mutig zwölf Reihen getippt und es fertiggebracht, in zwei – unterschiedlichen – Kästen jeweils eine Richtige zu haben.

»Heute ist schon Freitag, Monsieur le Commissaire.«

»Ich weiß. Ich weiß.«

Er würde gleich zum Tabac-Presse nebenan gehen.

»Letzte Woche sind Freitagmorgen überall die Scheine ausgegangen.«

»Ich weiß.«

Dupin hatte – wie die ganzen letzten Wochen – miserabel geschlafen, er versuchte sich auf die Zeitung zu konzentrieren. Im Juni hatte das nördliche Finistère traurige 62 Prozent der Sonnenstunden abbekommen, die ein durchschnittlicher Juni normalerweise bot – 145. Das südliche Finistère hatte es auf 70 Prozent gebracht, das angrenzende Morbihan, lediglich ein paar Kilometer entfernt, auf immerhin 82 Prozent. Der Artikel war der Aufmacher des *Ouest-France*. Erstaunliche Statistiken über das Wetter waren eine Spezialität der Zeitung – eigentlich aller bretonischen Zeitungen und überhaupt aller Bretonen. »Seit Jahrzehnten«, das war die dramatische Quintessenz, »hat uns kein Juni mit so niederschmetternd wenig Sonnenstunden und Wärme zurückgelassen.« Wieder einmal. Und der Artikel endete wie er enden musste: »So ist es: In der Bretagne ist das Wetter schön – fünf Mal am Tag«; eine Art patriotisches Mantra. Nur die Bretonen selbst durften indes über das bretonische

Wetter schimpfen oder lachen; wenn es andere taten, wurde es als sehr unhöflich empfunden. Das verhielt sich, wie Dupin in den nun fast drei Jahren hier gelernt hatte, mit allem »Bretonischen« so.

Der penetrante Ton seines Mobiltelefons schreckte den Kommissar auf. Er hasste das, jedes Mal. Es war Kadegs Nummer. Einer seiner beiden Inspektoren. Dupins Laune verdüsterte sich. Er ließ es klingeln. Er würde ihn in einer halben Stunde im Kommissariat sehen. Dupin fand Kadeg kleingeistig, unerträglich emsig, devot, dabei von einem hässlichen Ehrgeiz getrieben. Kadeg war Mitte dreißig, eher untersetzt, hatte ein rundes Babygesicht, ein wenig abstehende Ohren, eine Halbglatze, die ihm außerdem nicht stand – und fand sich unwiderstehlich. Er war Dupin gleich am Anfang zugeteilt worden, und der Kommissar hatte einiges unternommen, um ihn loszuwerden. Er war dabei ziemlich weit gegangen, ohne Erfolg.

Das Handy klingelte ein zweites Mal. Immer machte er sich wichtig. Ein drittes Mal. Dupin merkte, dass er doch etwas unruhig wurde.

»Ja?«

»Monsieur le Commissaire? Sind Sie es?«

»Wen erwarten Sie an meinem Telefon?«, blaffte Dupin.

»Präfekt Locmariaquer hat angerufen, gerade eben. Sie müssen ihn vertreten. Heute Abend, das Freundschafts-Komitee aus Staten Stoud in Kanada.«

Der süßliche Tonfall Kadegs war widerlich.

»Wie Sie wissen, ist Präfekt Locmariaquer Ehrenvorsitzender unseres Komitees. Heute Abend wird die offizielle Delegation, die sich für eine Woche in Frankreich aufhält, Ehrengast auf der Bretonnade in Trégunc Plage sein. Der Präfekt hat nun unvorhergesehener Weise in Brest zu tun und bittet Sie, an seiner Stelle die

Delegation und ihren ersten Vorsitzenden, Docteur de la Croix, zu begrüßen. Trégunc ist ja unser Terrain.«

»Was?«

Dupin hatte keine Ahnung, wovon Kadeg sprach.

»Staten Stoud ist die Partnerstadt von Concarneau, in der Nähe von Montreal, der Präfekt hat entfernte Verwandte dort, die ...«

»Es ist Viertel vor acht, Kadeg. Ich frühstücke.«

»Es ist dem Präfekten sehr wichtig, er hat ausschließlich deswegen angerufen. Und er hat mich gebeten, Sie unverzüglich zu informieren.«

»Zu informieren?«

Dupin legte auf. Er hatte keine Lust, sich auch nur einen Augenblick mit dieser Sache zu beschäftigen. Gott sei Dank war er zu müde, um sich wirklich aufzuregen. Dupin konnte Locmariaquer nicht ausstehen. Und außerdem hatte er bis heute keine rechte Idee davon, wie er diesen Namen auszusprechen hatte, was ihm zugegebenermaßen bei nicht wenigen Bretonen so ging und ihn, der in seinem Beruf nun einmal viel mit Menschen zu tun hatte, nicht selten in peinliche Situationen brachte.

Dupin wendete sich wieder der Zeitung zu. Der *Ouest-France* und der *Télégramme*, das waren die beiden großen Lokalzeitungen, die sich auf zuweilen kurios liebevoll-stolze Weise der Bretagne widmeten; nach einer Seite sehr summarischer internationaler und nationaler Nachrichten, die zügig das Weltgeschehen abhandelten, folgten dreißig Seiten regionaler und lokaler, meist sehr lokaler Meldungen. Kommissar Dupin liebte beide Blätter. Nach seiner »Versetzung« hatte er, zunächst widerwillig, dann mit wachsendem Interesse seine Studien der bretonischen Seele begonnen. Neben den Begegnungen mit den Menschen waren es genau diese kleinen, scheinbar unbedeutenden Geschichten, durch die er am meisten erfahren hatte. Geschichten über das Leben am »Ende der Welt«, dem »finis terrae« – wie die Römer den äußersten Teil der weit in den tosenden Atlantik hineingestreckten, wild zerklüfteten Halbinsel genannt hatten und wie das Département bis heute hieß.

Das Telefon klingelte wieder. Wieder Kadeg. Dupin merkte, wie trotz aller Müdigkeit Wut in ihm aufstieg.

»Ich werde heute Abend nicht können, ich habe zu tun, dienstliche Verpflichtungen, richten Sie das Loccarm – richten Sie das dem Präfekten aus.«

»Ein Mord. Es gab einen Mord.«

Kadegs Stimme war dünn und ohne Intonation.

»Was?«

»In Pont Aven, Monsieur le Commissaire. Pierre-Louis Pennec, der Besitzer des Hotel *Central*, wurde vor wenigen Minuten tot in seinem Restaurant aufgefunden. Man hat die Wache in Pont Aven angerufen.«

»Ist das ein Witz, Kadeg?«

»Die beiden Kollegen aus Pont Aven müssten schon da sein.«

»In Pont Aven? Pierre-Louis Pennec?«

»Wie meinen Sie, Monsieur le Commissaire?«

»Was wissen Sie noch?«

»Nur das, was ich Ihnen gerade gesagt habe.«

»Und es ist sicher ein Mord?«

»Es sieht wohl so aus.«

»Warum?«

Dupin hatte sich über diese Frage fast schon geärgert, bevor sie ihm über die Lippen gekommen war.

»Ich kann Ihnen nur sagen, was der Anrufer, der Koch des Hotels, dem diensthabenden Polizisten gesagt hat, und der wiederum …«

»Ist schon gut. Aber was haben wir mit der Sache zu tun? Pont Aven fällt in den Zuständigkeitsbereich Quimperlés – das ist Dercaps Angelegenheit.«

»Kommissar Dercap ist seit Montag im Urlaub. Bei ernsteren Vorkommnissen sind wir zuständig. Deswegen hat die Wache in Pont Aven …«

»Ja, ja … Ich mache mich auf. Sie auch. Und rufen Sie Riwal an, ich will, dass er umgehend kommt.«

»Riwal ist schon unterwegs.«

»Gut. – Das darf nicht wahr sein. So ein Scheiß.«

»Monsieur le Commissaire?«

Dupin legte auf.

»Ich muss los«, rief er in Girards Richtung, der neugierig guckte. Dupin legte ein paar Münzen auf den Tresen und verließ das *Amiral*. Sein Wagen stand auf dem großen Parkplatz am Quai, nur ein paar Schritte entfernt.

Absurd«, dachte Dupin, als er im Wagen saß, »das ist vollkommen absurd.« Ein Mord in Pont Aven. Im Hochsommer, kurz vor der Saison, die den Ort zu einem großen Freilichtmuseum werden ließ, wie man in Concarneau spottete. Pont Aven war die reine Idylle. Der letzte Mord in dem pittoresken – für Dupins Geschmack viel zu pittoresken – Dorf, das Ende des 19. Jahrhunderts durch seine Künstlerkolonie, vor allem natürlich durch Paul Gauguin, ihr prominentestes Mitglied, weltweit berühmt geworden war und sich nun in jedem Reiseführer Frankreichs und jeder Geschichte der modernen Kunst wiederfand, musste Ewigkeiten zurückliegen. Und dazu: der hochbetagte Pierre-Louis Pennec – ein legendärer Hotelier, eine Institution – ganz so wie es sein Vater und vor allem natürlich seine Großmutter gewesen waren, die berühmte Gründerin des *Central*, Marie-Jeanne Pennec.

Dupin fingerte an den aberwitzig winzigen Tasten seines Autotelefons herum, er hasste das.

»Wo sind Sie, Nolwenn?«

»Auf dem Weg ins Kommissariat. Kadeg hat gerade angerufen. Ich bin im Bilde. Sie wollen sicher Docteur Lafond.«

»So schnell es geht.«

Seit einem Jahr gab es einen zweiten Gerichtsmediziner in Quimper, den Dupin nicht ertragen konnte, Ewen Savoir, ein linkischer junger Schnösel. Mit beeindruckender technischer und technologischer Ausrüstung, aber dumm. Und furchtbar umständlich. Zwar konnte Dupin nicht gerade behaupten, dass er den alten brummigen Docteur Lafond mochte; auch er und Lafond gerieten sich zuweilen in die Haare, wenn es Dupin nicht schnell genug ging, und dann schimpfte Lafond wie ein Rohrspatz, doch er leistete einfach großartige Arbeit.

»Savoir macht mich vollkommen wahnsinnig.«

»Ich kümmere mich um alles.«

Dupin liebte diesen Satz aus Nolwenns Mund. Sie war schon die Sekretärin seines Vorgängers und Vorvorgängers gewesen. Sie war großartig. Patent. Unendlich patent.

»Gut. Ich bin am letzten Kreisel von Concarneau. In zehn Minuten bin ich da.«

»Monsieur le Commissaire, das klingt nach einer schlimmen Sache. Unfassbar. Ich kannte den alten Pennec. Mein Mann hat einmal ein paar Dinge für ihn gemacht. Vor vielen Jahren.«

Dupin lag es kurz auf der Zunge zu fragen, was für »ein paar Dinge« dies gewesen waren, aber er ließ es. Es gab Wichtigeres. Er hatte bis heute nicht genau verstanden, was der Beruf von Nolwenns Mann war. Er schien unbestimmt universell zu sein.

Für alle möglichen Leute machte er immer wieder »ein paar Dinge«.

»Ja. Das wird einen riesigen Rummel geben. Eine Ikone des Finistère. Der Bretagne. Frankreichs. Mon Dieu … Ich melde mich wieder.«

»Tun Sie das. Ich stehe schon vor dem Kommissariat.«

»Bis gleich.«

Dupin fuhr schnell; viel zu schnell für die schmalen Straßen. Es war nicht zu fassen, zum ersten Mal seit zehn Jahren hatte der alte Dercap Ferien. Zehn Tage war er weg. Seine Tochter heiratete; auf La Réunion – was auch Dercap für eine ganz und gar blödsinnige Idee gehalten hatte, der Bräutigam kam aus demselben verschlafenen Kaff wie sie, drei Kilometer von Pont Aven entfernt.

Dupin nestelte wieder an den Tasten der Telefonanlage herum.

»Riwal?«

»Monsieur le Commissaire.«

»Sind Sie schon da?«

»Ja. Gerade angekommen.«

»Wo liegt der Tote?«

»Unten im Restaurant.«

»Waren Sie schon dort?«

»Nein.«

»Lassen Sie niemanden rein. Niemand geht da rein, bevor ich da bin. Auch Sie nicht. Wer hat Pennec gefunden?«

»Francine Lajoux. Eine Angestellte.«

»Was hat sie gesagt?«

»Ich habe noch nicht mit ihr gesprochen. Ich bin wirklich gerade erst angekommen.«

»Gut. Ja. Ich bin sofort da.«

Die Blutlache kam Kommissar Dupin ungeheuer groß vor, sie hatte sich unförmig ausgebreitet, den Unebenheiten des Steinbodens folgend.

Pierre-Louis Pennec war ein hochgewachsener Mann, dünn, sehnig. Graue, kurze Haare. Eine stolze Gestalt, noch mit seinen einundneunzig Jahren. Seine Leiche lag merkwürdig verrenkt auf dem Rücken, die linke Hand fasste in die Kniekehle, die Hüfte war stark verschoben, die rechte Hand lag auf dem Herzen, das Gesicht war auf entsetzliche Weise verzerrt. Die offenen Augen starrten zur Decke. Er hatte ganz offensichtlich mehrere Wunden, am Oberkörper, am Hals.

»Jemand hat Pierre-Louis Pennec übel zugerichtet. Einen alten Mann. Wer tut so was?«

Riwal stand zwei Meter hinter Dupin, sie waren allein. In seiner Stimme lag Entsetzen. Dupin schwieg. Es stimmte, was Riwal sagte. Dupin hatte einige Mordopfer gesehen. Das hier war in der Tat ein brutaler Mord.

»So ein Scheiß!« Dupin fuhr sich heftig durch die Haare.

»Vermutlich Messerstiche. Aber von der Tatwaffe ist nichts zu sehen.«

»Immer mit der Ruhe, Riwal.«

»Zwei Kollegen aus Pont Aven sichern das Hotel, Monsieur le Commissaire. Ich kenne einen davon, Albin Bonnec. Der ist schon länger dabei. Ein sehr guter Polizist. Der andere heißt Arzhvaelig. Den Vornamen konnte ich mir nicht merken. Noch ein sehr junger Kollege.«

Dupin musste unwillkürlich lächeln. Riwal war selbst noch jung, Anfang dreißig, erst in seinem zweiten Jahr als Inspektor. Er war genau. Schnell. Klug. Obwohl er immer etwas behäbig wirkte und auch so sprach. Er hatte manchmal einen spitzbübischen Ausdruck im Gesicht, den Dupin mochte. Und er machte nie Aufhebens um sich.

»Es war noch niemand im Raum?«

Dupin hatte die Frage schon drei Mal gestellt, was Riwal indes kein bisschen irritierte.

»Niemand. Aber der Gerichtsmediziner und die Spurensicherung müssen bald hier sein.«

Dupin hatte verstanden. Riwal wusste, dass der Kommissar es mochte, sich in Ruhe umzusehen, bevor die ganze Meute anrückte.

Pennec lag in der hintersten Ecke, direkt vor der Bar. Der Raum war L-förmig, im lang gestreckten, vorderen Teil das Restaurant, im hinteren, abgeknickten Teil die Bar. Vom Restaurant kam man durch einen kleinen Flur in die Küche, die sich in einem Anbau hinter dem Haus befand. Die Tür war verschlossen.

Die Hocker vor dem Tresen der Bar standen ordentlich aufgereiht, nur einer ein Stück nach hinten versetzt. Ein einzelnes Glas stand auf dem Tresen. Und eine Flasche Lambig, der Apfelschnaps der Bretonen, auf den sie sehr stolz waren – wie sie auf alles genuin Bretonische oder das, was sie dafür hielten, auf sehr intensive Weise stolz waren. Dupin trank ihn auch gern. Das Glas war fast leer. Keinerlei Anzeichen eines Kampfes, es war nicht die kleinste Auffälligkeit in diesem Teil des Raums auszumachen, ganz offensichtlich war er noch am Abend von den Hotelangestellten sorgsam aufgeräumt und gereinigt worden. So wie das ganze Restaurant. Die Tische und Stühle standen in penibler Anordnung, es war schon eingedeckt, ländlich-rustikale, bunte Tischdecken, der Boden blitzsauber. Das Restaurant und die Bar mussten vor nicht allzu langer Zeit renoviert worden sein, alles sah neu aus. Und war gut isoliert, nichts war von draußen zu hören, gar nichts. Nicht von der Straße, obgleich es drei Fenster gab, nicht aus dem Vorraum, der gleichzeitig der Eingangsbereich des Hotels war. Die Fenster waren fest verschlossen, Dupin hatte sie sich genau angesehen.

Die gewissenhafte Ordnung und Sauberkeit – die ganze Normalität des Raums bot einen unheimlichen Widerspruch zu dem grausigen Bild, das die Leiche abgab. An den weiß getünchten Wänden hingen wie überall im Ort die obligatorischen Gemäldekopien aus der großen Künstlerkoloniezeit Ende des 19. Jahrhunderts. Noch in den kleinsten Cafés und Geschäften des Ortes konnte man sie bewundern. Pont Aven schien damit tapeziert.

Dupin ging ein paarmal sehr langsam durch den ganzen Raum, ohne etwas Bestimmtes zu suchen. Er fand auch nichts. Ein wenig ungelenk holte er sein kleines rotes Notizheft aus seiner Hosentasche und kritzelte, eher planlos, ein paar Dinge auf die Seiten.

Jemand versuchte unsacht die Tür zu öffnen, die Dupin von innen verschlossen hatte, und klopfte dann lautstark. Dupin hatte Lust, es zu ignorieren, protestierte aber nicht, als Riwal ihn fragend ansah und dann Richtung Tür ging. Mit Lärm schlug die Tür auf. Reglas war mit einem Satz im Raum und Kadegs beflissene Stimme verkündete: »Docteur Lafond ist da. Und die Spurensicherung, René Reglas und seine Leute.«

Dupin seufzte tief. Immer vergaß er Reglas. Die »Tatortarbeit«. René Reglas, der größte Forensiker der Welt. Er war mit drei Leuten angerückt, sie schlichen schweigend neben ihm her. Docteur Lafond trat als Letzter ein und steuerte geradewegs auf die Leiche zu. Kaum vernehmlich brummte er ein »Bonjour M'sieur« in Richtung Dupin. Es klang nicht unfreundlich.

Reglas wandte sich forsch an Kadeg und Riwal.

»Meine Herren, ich darf Sie bitten, den Raum zu verlassen, bis unsere Arbeit hier getan ist. Lediglich der Commissaire, Docteur

Lafond, ich und mein Team haben so lange Zutritt zum Restaurant. Wenn Sie das sicherstellen würden? Bonjour Monsieur le Commissaire, Bonjour Monsieur le Docteur.«

Dupin hatte große Schwierigkeiten, seinen Affekt in den Griff zu bekommen. Er sagte kein Wort. Die beiden Männer hatten immer schon wenig Sympathie füreinander empfunden.

»Docteur Lafond, wenn auch Sie bitte äußerst umsichtig sein würden und keine neuen Spuren setzen. Danke.«

Reglas hatte seine dicke Kamera gezückt.

»Meine Kollegen beginnen sofort mit den daktyloskopischen Arbeiten. Lagrange – hier, ich will zunächst mögliche Fingerabdrücke von der Bar, dem Glas, der Flasche, von allem nahe der Leiche. Systematisch.«

Lafond stellte in aller Seelenruhe seine Tasche auf einem der Tische nahe der Bar ab, ihm war nicht anzumerken, ob er Reglas' Sätze überhaupt gehört hatte.

Dupin ging zur Tür. Er musste hier raus. Er verließ den Raum, ohne ein Wort zu sagen.

Mittlerweile ging es etwas lauter zu im Eingangsbereich des Hotels, wo sich auch die kleine Rezeption befand. Ohne Zweifel hatte sich die Nachricht herumzusprechen begonnen, im Hotel, im ganzen Dorf. An der Rezeption standen einige Gäste, und es wurde heftig durcheinandergeredet, hinter dem gedrängten Tresen stand eine kurzhaarige, etwas hagere kleine Frau mit einer verhältnismäßig großen, scharfkantigen Nase, die mit fester Stimme sprach. Sie war sehr bemüht, Ruhe zu demonstrieren.

»Nein, nein. Machen Sie sich keine Sorgen. Wir werden das alles regeln.«

Ein Mord in dem Hotel, in dem man die schönsten Wochen des Jahres verbringen wollte; Dupin verstand die Unruhe der Gäste, aber die Frau tat ihm auch leid. Sie befanden sich kurz vor der Hochsaison, das Hotel war zur Hälfte ausgebucht, hatte Riwal gesagt. Sechsundzwanzig Gäste waren schon da, vier davon Kinder, die meisten Ausländer; zu dieser Zeit reisten noch wenige Franzosen. Erst in einer Woche würde der Rummel richtig losgehen. Dennoch, auch wenn das Hotel nicht ganz belegt war – die Gäste, die da waren, gingen ein und aus, auch abends und nachts. Wer unter diesen Umständen einen Mord beging, musste damit rechnen, dass jemand etwas mitbekommen würde – dass er gesehen würde, wenn er zum Beispiel durch den Vorraum das Hotel verließ. Oder dass jemand etwas von dem Gerangel hören würde, einen Hilferuf, den Schrei des um sein Leben ringenden Pennec. Auch hatte sich in der Nacht bestimmt noch Personal im Hotel aufgehalten. Hier einen Mord zu begehen war riskant.

Riwal kam die Treppe herunter. Er sah den Kommissar fragend an.

»So ist es, Riwal. Jetzt gehört der Tatort den Profis.«

Riwal setzte an, etwas zu sagen, ließ es aber. Dupin hatte ihm das Fragen nach seinem Vorgehen und seinen Plänen abgewöhnt. Das war das Einzige, das ihn gestört hatte an Riwal, und manchmal kam es noch durch. Riwal wollte immer Dupins Methode verstehen.

»Wo sind die Polizisten von hier? Die Rezeption muss verlegt werden. Ich will den Raum leer haben.«

»Kadeg hat sie mit hochgenommen. Er wollte die Befragung der Gäste zur letzten Nacht beginnen.«

»Ich möchte, dass nur noch Gäste und Personal das Hotel betreten und verlassen können. Jemand soll den Eingangsbereich regeln. Nicht Sie. Jemand von der örtlichen Polizei. Sie sagten, eine Angestellte hat Pennec gefunden?«

»Ja, Francine Lajoux. Sie ist schon über vierzig Jahre hier. Sie sitzt oben im Frühstücksraum, ein Zimmermädchen ist bei ihr. Sie steht unter Schock. Wir haben einen Arzt gerufen.«

»Ich will mit ihr sprechen.« Dupin zögerte kurz, ganz unbestimmt, und holte sein Notizheft heraus.

»Es ist jetzt 9 Uhr 05. Um 7 Uhr 47 hat Kadeg angerufen. Da war er gerade informiert worden von den Kollegen in Pont Aven. Die hatten einen Anruf von hier aus dem Hotel bekommen. Madame Lajoux wird Pierre-Louis Pennec gegen 7 Uhr 30 gefunden haben. Das ist nicht einmal zwei Stunden her. Bisher wissen wir gar nichts.«

Riwal konnte sich nicht vorstellen, dass der Kommissar dies so notierte, auch wenn allgemein bekannt war, dass Dupin eine, wie sollte man sagen – sehr eigenwillige Art des Sich-Notizen-Machens hatte.

»Pierre-Louis Pennec hat einen Sohn, Loic. Es gibt auch einen Bruder, einen Halbbruder. Er lebt in Toulon. Die Angehörigen sollten bald benachrichtigt werden, Monsieur le Commissaire.«

»Ein Sohn? Wo lebt er?«

»Hier in Pont Aven, unten am Hafen, mit seiner Frau Catherine. Keine Kinder.«

»Ich gehe sofort zu ihm. Aber davor werde ich mit Madame Lajoux sprechen.«

Riwal wusste, dass es keinen Sinn machte zu widersprechen; er kannte den Kommissar, wenn er in einem »echten Fall« war. Und das hier war ein echter Fall.

»Ich besorge Ihnen die genaue Adresse von Loic Pennec. Und die Rufnummer von seinem Halbbruder. Er ist ein bekannter Politiker im Süden, André Pennec, seit zwei Jahrzehnten im Parlament für die Konservativen.«

»Ist er zurzeit hier? Ich meine, hier in der Region?«

»Nein. Nicht soweit wir wissen.«

»Gut. Ich rufe ihn später an. Sonst keine Familie?«

»Nein.«

»Lassen Sie sich von Reglas alles erzählen, wenn er fertig ist. Und Lafond soll mich anrufen. Auch wenn er sagt, dass er sich zu nichts äußern wird vor Abschluss seines Berichts.«

»Gut.«

»Und ich will Dercap sprechen. Jemand soll sofort versuchen, ihn zu erreichen.«

Dercap kannte Pont Aven sicher in- und auswendig. Sein Wissen wäre hilfreich. Und eigentlich war es ja auch sein Fall.

»Ich glaube, Bonnec ist schon dabei.«

»Was macht der Sohn? Arbeitet er auch im Hotel?«

»Nein, wohl nicht. Kadeg wusste nur, dass er eine kleine Firma hat.«

»Was für eine Firma?«

»Honig.«

»Honig?«

»Ja, *miel de mer*. Die Bienenstöcke dürfen höchstens fünfundzwanzig Meter vom Meer entfernt stehen. Der beste Honig der Welt, sagt …«

»Gut. Was Priorität hat, Riwal: Ich will wissen, was Monsieur Pennec in den letzten Tagen und Wochen gemacht hat, so genau es geht. Tag für Tag. Ich möchte, dass alles genauestens festgehalten wird. Alles, auch das Alltägliche. Seine Rituale, seine Gewohnheiten.«

Einer der Gäste an der Rezeption wurde plötzlich laut.

»Wir werden unser gesamtes Geld zurückerhalten. Wir werden das nicht hinnehmen.« Ein unangenehmer Wicht, untersetzt, schmierig. Seine Frau schaute ihn ergeben an.

»Wir werden jetzt auf der Stelle abreisen – genau das werden wir tun.«

»Ich denke, Sie werden jetzt nicht abreisen, Monsieur. Niemand wird abreisen.«

Wutschnaubend drehte sich der Mann zu Dupin um. Im nächsten Moment würde er losbrüllen.

»Commissaire Dupin. Commissariat de Police Concarneau. Sie werden sich wie alle Gäste zunächst einer polizeilichen Befragung unterziehen.«

Dupin hatte seinen Satz sehr leise gesprochen. Zischend. Dies und sein imposanter Körperbau taten ihre Wirkung. Umgehend trat der kleine Mann einige Schritte zurück.

»Inspektor Riwal«, Dupin sprach jetzt laut und formal, »die Polizisten werden Monsieur«, er stoppte und blickte den Mann auffordernd an, der kleinlaut »Galvani« stammelte, »die Polizisten werden Monsieur Galvani und seine Frau zu letzter Nacht befragen. Eingehend. Die Personalien aufnehmen, eine Identifikation vornehmen.«

Dupin war hochgewachsen, kräftig, massig, mit Schultern, die einen mächtigen Schatten warfen. Er machte einen, sagten böse Zungen, eher grobschlächtigen Eindruck; so rechnete auch niemand mit der geschickten Schnelligkeit und feinen Präzision, zu der er ansatzlos fähig war. Sicher, wie ein Kommissar sah er nicht aus, noch weniger in seinen Jeans und Poloshirts, die er fast immer trug – und auch diese Irritation machte sich Dupin gerne zunutze.

Monsieur Galvani stammelte etwas, das aber nicht mehr zu verstehen war, und suchte Schutz bei seiner Frau, die bestimmt einen Kopf größer war als er. Dupin drehte sich zur Seite und sah, wie die Hotelangestellte ihn verstohlen anlächelte. Er lächelte zurück. Dann wandte er sich wieder Riwal zu, der etwas verlegen dreinblickte.

»Rekonstruieren Sie mit Kadeg vor allem den gestrigen Tag

und Abend so genau wie möglich. Was hat Pennec gemacht? Wo war er wann? Wer hat ihn zuletzt gesehen?«

»Wir sind dabei. Der Koch hat ihn wohl zuletzt gesehen.«

»Gut. Welche Angestellten sind heute Morgen im Hotel?«

Riwal zog ein sehr kleines, schwarzes Notizbüchlein hervor. »Mademoiselle Kann und Mademoiselle Denoelalig, beide sehr jung, Zimmermädchen, und Madame Mendu, die, wenn ich es richtig verstehe, eine Art Nachfolgerin von Madame Lajoux werden soll. Sie ist auch für das Frühstück zuständig. Madame Mendu steht hier vorne.«

Riwal deutete mit dem Kopf dezent Richtung Rezeption.

»Dann Madame Lajoux und der Koch, Edouard Glavinec. Und ein Gehilfe von ihm.«

Dupin notierte sich alles.

»Der Koch? Um diese Uhrzeit der Koch?«

»Sie holen jeden Morgen sehr früh die Sachen vom Großmarkt in Quimper.«

»Wie heißt der Küchenjunge?«

Riwal blätterte in seinem Büchlein.

»Ronan Breton.«

»Breton? Er heißt Breton?«

»Breton.«

Dupin wollte etwas dazu sagen, ließ es aber.

»Und der Koch hat Pennec als Letzter lebend gesehen?«

»Bisher scheint es so.«

»Ich will ihn sprechen, sobald ich mit Madame Lajoux fertig bin. Kurz.« Dupin wandte sich ab und stieg die Treppen hoch. Ohne sich umzudrehen, rief er: »Wo im ersten Stock?«

»Direkt rechts, die erste Tür.«

Dupin klopfte sachte an die Tür des Frühstücksraums und trat ein. Francine Lajoux war älter als Dupin sie sich vorgestellt hatte, über siebzig sicher, die Haare ganz grau, ein spitzes Gesicht mit tiefen Falten. Sie saß in der äußersten Ecke des Raums, neben ihr ein rothaariges, üppiges Zimmermädchen, klein, mit einem etwas feisten, aber hübschen Gesicht – Mademoiselle Kann, die dem Kommissar sehr freundlich und erleichtert zulächelte. Madame Lajoux schien das Eintreten des Kommissars zunächst gar nicht zu bemerken, sie starrte bewegungslos auf den Boden.

Dupin räusperte sich.

»Bonjour Madame, mein Name ist Dupin, ich bin der zuständige Kommissar. Man sagte mir, dass Sie es waren, die die Leiche von Pierre-Louis Pennec heute Morgen im Restaurant gefunden haben.«

Madame Lajoux' Augen waren verweint, die Wimperntusche verlaufen. Es dauerte einen Augenblick, dann schaute sie den Kommissar an.

»Ein abscheulicher Mord, nicht wahr, Monsieur le Commissaire? Das ist ein abscheulicher Mord. Ein kaltblütiger Mord. Seit siebenunddreißig Jahren bin ich treu in Monsieur Pennecs Diensten. Nicht einen Tag war ich krank. Höchstens zwei Mal … Er sieht schlimm zugerichtet aus, nicht wahr? Der Mörder muss mit einem großen Messer zugestochen haben. Ich hoffe, Sie fassen ihn schnell.«

Sie sprach nicht hastig, aber doch in eindrucksvollem Tempo, ohne Pausen, mit schnell wechselnden Intonationen.

»Der arme Monsieur Pennec. So ein wunderbarer Mann. Wer kann so etwas Grausames getan haben? Alle haben ihn gemocht, Monsieur le Commissaire. Alle. Alle haben ihn geschätzt – geschätzt und bewundert. Und das – das in unserem schönen Pont

Aven. Entsetzlich. Einem so friedlichen Ort. Die Blutlache war so groß. Ist das normal, Monsieur le Commissaire?«

Dupin wusste nicht, was er antworten sollte. Und worauf er antworten sollte. Eher schwunglos holte er sein Heft hervor und schrieb etwas auf. Es entstand eine merkwürdige Pause. Mademoiselle Kann lugte verstohlen nach dem Heft.

»Entschuldigen Sie, ich weiß, dass es schrecklich für Sie sein muss, sich das wieder in Erinnerung zu rufen, aber könnten Sie mir davon erzählen, wie Sie die Leiche gefunden haben? War die Tür offen? Waren Sie allein?«

Ihm war klar, dass dies keine besonders mitfühlende Reaktion war.

»Ich war ganz alleine. Ist das wichtig, ja? Die Tür war zu, aber nicht abgeschlossen. Und das ist sie sonst immer. Ja. Monsieur Pennec schließt sie ab, wenn er nachts geht. Da habe ich mir schon gedacht, dass etwas nicht stimmt. Ich glaube, es war Viertel nach sieben. Ungefähr. Wissen Sie, ich mache jeden Morgen das Frühstück. Seit siebenunddreißig Jahren bin ich jeden Morgen um sechs Uhr hier. Seit siebenunddreißig Jahren. Pünktlich um sechs Uhr. Es fehlten die kleinen Löffel. Beim Frühstück hier. Wissen Sie, wenn es noch nicht so viele Gäste sind, machen wir nur hier oben Frühstück, in der Hochsaison dann auch im Restaurant. Ich wollte kleine Löffel aus dem Restaurant holen. Sie fehlen häufig, das muss man ändern. Das sage ich die ganze Zeit! Ich muss noch mal mit Madame Mendu sprechen. – Ich habe nichts Besonderes gesehen, unten im Restaurant, nur die Leiche. Der arme Monsieur Pennec. Wissen Sie, warum niemand etwas gehört hat gestern Nacht? Wegen des großen Festes. Es war überall so laut, im ganzen Ort, das ist immer so, wenn hier gefeiert wird. Es geht sehr ausgelassen zu. Ich habe vor drei Uhr kein Auge zugetan. Ja, ich war alleine. Dann habe ich geschrien.

Und Mademoiselle Kann ist gekommen. Sie hat mich hierhin gebracht. Sie ist eine gute Seele, Monsieur le Commissaire. Es ist so schlimm.«

»Sie haben also weder gestern noch in den letzten Tagen irgendetwas Ungewöhnliches wahrgenommen? An Monsieur Pennec, hier im Hotel? Denken Sie darüber nach. Der kleinste Umstand kann von Belang sein. Etwas, das Ihnen vielleicht ganz unbedeutend vorkommt.«

»Es war alles wie immer. In bester Ordnung. Darauf legte Monsieur Pennec großen Wert.«

»Gar nichts also.«

Madame Lajoux machte eine resignierte Armbewegung.

»Nein, gar nichts. Wir haben eben schon alle miteinander gesprochen. Alle Hotelangestellten, die heute da sind, meine ich. Niemandem ist etwas Besonderes aufgefallen.«

»Ganz allgemein – haben Sie eine Idee, was hier vorgefallen sein könnte?«

»Monsieur le Commissaire!«

Sie wirkte tatsächlich empört.

»Sie fragen, als hätte es hier ein kriminelles Geschehen gegeben.«

Dupin lag es auf der Zunge anzumerken, dass ein Mord ja durchaus als kriminelles Geschehen aufzufassen sei.

»Sie sind es, die von allen Angestellten am längsten in Monsieur Pennecs Diensten standen?«

»O ja!«

»Dann kannten Sie Monsieur Pennec am besten von allen hier im Hotel.«

»Natürlich. Ein Haus wie dieses, Monsieur le Commissaire, ist eine Lebensaufgabe. Ein Mandat, wie Pierre-Louis Pennec immer sagte.«

»Ist Ihnen denn im Restaurant und in der Bar etwas aufgefallen? Abgesehen von der Leiche.«

»Nein. Wissen Sie, die Saison beginnt gerade. Es ist immer sehr hektisch in diesen Tagen. Es ist so viel.«

Ihr Gesicht veränderte dramatisch die Züge. Jetzt sprach sie sehr langsam, schleppend, mit gepresster Stimme. »Wissen Sie, es gibt schlimme Gerüchte, man behauptet, wir hätten … wir hätten eine Affäre gehabt, Monsieur Pennec und ich. In den Jahren nach dem tragischen Tod seiner Frau. Ein Unfall auf dem Boot. Ich hoffe, Sie schenken diesen impertinenten Stimmen keinen Glauben, Monsieur le Commissaire. Eine ungeheuerliche Lüge. Nie hätte Monsieur Pennec so etwas getan. Er hat seine Frau über den Tod hinaus geliebt und war ihr treu. Alle Zeit … Nur weil wir uns so nahestanden, freundschaftlich. Menschen haben manchmal eine wüste Fantasie.«

Dupin war ein wenig ratlos.

»Aber natürlich, Madame Lajoux. Aber natürlich.«

Es entstand eine kleine Pause.

»Was war das für ein Unfall?«

Dupin hatte diese Frage ohne eine bestimmte Absicht gestellt.

»Aus heiterem Himmel, eines Tages. Darice Pennec ist bei Sturm über Bord gegangen. In der Dämmerung. Niemand trägt eine Schwimmweste hier, wissen Sie. Sie kamen von den Glénan-Inseln. Kennen Sie das Archipel? Wahrscheinlich nicht, Sie sind ja ganz neu hier, hat man mir gesagt. Es ist wunderschön. Wie im Mittelmeer, manche meinen sogar, wie in der Karibik. Blendend weißer Sand.«

Dupin hätte gerne gesagt, dass er die Glénan natürlich kenne, dass er ja immerhin seit fast drei Jahren hier lebe. Für Bretonen war man, wenn die Familie nicht seit vielen Generationen aus der Bretagne stammte, »ganz neu« hier. Aber er hatte sich irgendwann damit abgefunden und alles Protestieren aufgegeben.

»Wissen Sie, die Stürme kommen so schnell hier. Sie war sofort weg. Das tut das Meer manchmal. Er ist bis zum nächsten Morgen draußen gewesen, um sie zu suchen. Wissen Sie, das ist lange her. Zwanzig Jahre. Sie war achtundfünfzig Jahre alt. Der arme Pennec. Er war fast ohnmächtig vor Erschöpfung, als er im Hafen ankam.«

Dupin beschloss, nicht weiter darauf einzugehen.

»Und Ihnen?« Dupin wandte sich übergangslos an Mademoiselle Kann und kassierte einen entrüsteten Blick von Madame Lajoux. »Ist Ihnen etwas Besonderes aufgefallen gestern, heute, in den letzten Tagen? Es geht auch um Kleinigkeiten.«

Das Zimmermädchen war überrascht über die unvermittelte Anrede. Sie blickte etwas ängstlich.

»Mir? Nein. Ich habe sehr viel zu tun gehabt.«

»Wissen Sie, ob heute Morgen nach Madame Lajoux und Ihnen noch jemand ins Restaurant gegangen ist?«

»Nein. Ich habe die Tür abgeschlossen.«

Dupin machte sich eine Notiz.

»Sehr gut. Wann haben Sie beide Monsieur Pennec das letzte Mal gesehen?« Dupin hielt kurz inne. »Ich meine, lebend gesehen?«

»Ich bin gestern um halb acht gegangen. Ich gehe immer um halb acht. Ich meine, seit zehn Jahren. Davor war ich auch die Abende hier, aber das schaffe ich nicht mehr. Nicht mehr wie früher. Bevor ich gegangen bin, haben wir noch kurz gesprochen, Monsieur Pennec und ich. Über die Hotelangelegenheiten, wissen Sie. Es war wie immer.«

»Und Sie, Mademoiselle Kann?«

»Ich weiß es nicht genau. Vielleicht gegen drei Uhr gestern

Nachmittag. Ich habe ihn zuvor am Morgen gesehen, als er aus seinem Zimmer kam. So um sieben. Er hatte mich gebeten, sein Zimmer sofort zu machen.«

»Er hat hier ein Zimmer? Monsieur Pennec wohnte im Hotel?« Mademoiselle Kann schaute mit einem schwer zu deutenden Blick zu Madame Lajoux, die das Antworten übernahm.

»Er hat ein Haus in der Rue des Meunières, nicht weit vom Hotel. Und er hat ein Zimmer hier. Im zweiten Stock. In den letzten Jahren hat er immer öfter hier geschlafen. Es war ihm zu beschwerlich, nachts noch nach Hause zu gehen. Er war immer bis zum Schluss da, verstehen Sie, jeden Abend. Er ist nie vor Mitternacht gegangen. Nie. Er schaute nach dem Rechten. Wissen Sie, er war ein großartiger Hotelier. Wie sein Vater. Und seine Großmutter. Eine große Tradition.«

»Warum sollte sein Zimmer sofort gemacht werden?«

Mademoiselle Kann schien einen Augenblick zu überlegen.

»Ich weiß es nicht.«

»War das ungewöhnlich?«

Wieder schien sie ganz genau nachdenken zu wollen.

»Er hat das nicht oft gesagt.«

»Was hat Pierre-Louis Pennec noch selbst gemacht hier im Hotel? Gibt es einen Geschäftsführer oder so etwas?«

»Monsieur le Commissaire!« Im Ton und Blick Francine Lajoux' lag Entsetzen.

»Alles hat Monsieur Pennec selbst gemacht. Natürlich alles. Seit 1947 hat er das Hotel geleitet. Ich weiß nicht, ob Sie die Geschichte des *Central* kennen. Sie sind ja ganz neu hier. Sie sollten sie kennen! Hier wurde die moderne Kunst erfunden. Gauguin hat hier seine berühmte Schule gehabt, die *Schule von Pont Aven* …«

»Madame Lajoux, ich …«

»Pierre-Louis Pennecs Großmutter hat das alles hier begründet, sie war es. Sie war mit den Künstlern eng befreundet. Und hat sie gefördert, wie sie nur konnte. Sie hat ihnen sogar Ateliers gebaut. Sie müssen das alles wissen, Monsieur le Commissaire. Marie-Jeanne steht in den Geschichtsbüchern und Kunstbüchern. Ohne die Pension von Marie-Jeanne Pennec und das Hotel von Julia Guillou hier gleich nebenan hätte es das alles nicht gegeben. Manchmal haben die Künstler hier gewohnt und gegessen, ohne zahlen zu müssen, die meisten besaßen ja ohnehin nichts. Und …«

Sie musste eine Pause machen, in ihrem Blick lag nun offene Empörung.

»Und es ist bis heute eine kolossale Ungerechtigkeit, dass man um Mademoiselle Julia mehr Aufhebens macht als um Marie-Jeanne Pennec. Wissen Sie davon, Monsieur le Commissaire?«

»Ich – nein. Davon wusste ich nichts.«

»Sie müssen sich ein Buch kaufen. Unbedingt. Direkt an der Brücke liegt der Presseladen. Und alles nachlesen. Das alles ist sehr berühmt hier.«

»Madame Lajoux, ich …«

»Ich verstehe, es geht jetzt um die polizeilichen Ermittlungen, ja. Sie hatten gefragt, ob Pierre-Louis Pennec das Hotel alleine geleitet hat? Das war Ihre Frage. Oh ja! Dreiundsechzig Jahre hat er es geleitet, das muss man sich vorstellen. Er war achtundzwanzig, als sein Vater starb, der wunderbare Charles Pennec, er ist nicht sehr alt geworden. Er hatte das Hotel von seiner Mutter geerbt. Sie …«

Madame Lajoux unterbrach sich und schien sich selbst zur Konzentration zu ermahnen.

»Der achtundzwanzigjährige Pierre-Louis hatte, als es dann so weit war, keine Angst vor der Bürde der Tradition. Er hat das Hotel übernommen und alleine geleitet, bis zum heutigen Tag.«

Francine Lajoux seufzte tief.

»Und ich, ich bin für das Frühstück und die Zimmer verantwortlich, für die Zimmermädchen. Auch für die Rezeption, Reservierungen und all diese Dinge. Ich meine, eigentlich macht Madame Mendu das jetzt. Seit ein paar Jahren. Sie macht das gut.« Madame Lajoux hielt kurz inne, holte Luft und sprach dann fast unhörbar leise, wie erschöpft, »aber ich bin noch da«.

Mademoiselle Kann kam ihr zu Hilfe.

»Madame Mendu hat die Arbeit der Hausdame von Madame Lajoux übernommen. Sie haben sie draußen sicher gesehen, an der Rezeption. Sie hat eine Assistentin, Mademoiselle Denoelalig. Die arbeitet nachmittags an der Rezeption und abends als Bedienung im Restaurant. Dann ist Madame Mendu wieder an der Rezeption, morgens auch.«

Als das Zimmermädchen den Satz beendet hatte, äugte sie etwas unsicher zu Madame Lajoux. Zu Recht, wie sich im nächsten Augenblick herausstellte.

»Aber all das sind niedere Arbeiten. Die Leitung lag alleine bei Monsieur Pennec. Ich …« Ihr Tonfall war schneidend gewesen. Sie brach den Satz abrupt ab, offensichtlich selbst erschrocken.

»Ist alles in Ordnung, Madame Lajoux?«

Dupin wusste, dass es nun bald genug war.

»Ja, ja. Meine Nerven sind etwas angegriffen.«

»Nur ein paar Dinge noch, Madame Lajoux. Wie beendete Monsieur Pennec den Tag für gewöhnlich?«

»Wenn es im Restaurant losging, schaute er überall nach dem Rechten, besprach die wichtigen Dinge mit Madame Leray und mit dem Koch. Corinne Leray kommt erst am späten Nachmittag, sie führt das Restaurant. Mit dem Hotel hat sie weiter nichts zu tun. Ist es das, was Sie wissen wollten, Monsieur le Commissaire?«

Dupin stellte fest, dass sein kleines Diagramm mit den Namen der Hotelangestellten, ihren Tätigkeiten, Hierarchien und Arbeitszeiten unübersichtlich geworden war.

»Und dann, später meine ich? Am Ende des Tages?«

»Am Ende, wenn er mit allem fertig und das Restaurant schon wieder für den nächsten Tag eingedeckt war, stand er immer noch an der Bar. Manchmal war Fragan Delon dabei. Oder ein Stammgast. Oder auch jemand aus dem Ort. Meistens war er aber alleine.«

Mademoiselle Kann hatte anscheinend das Gefühl, dies präzisieren zu müssen.

»Monsieur Delon war Monsieur Pennecs bester Freund. Er kam regelmäßig ins Hotel, manchmal zum Mittagessen oder nachmittags, manchmal auch abends.«

»Mademoiselle Kann! Es ist für andere schwer zu beurteilen, wer beste Freunde sind. Das ist eine sehr private Sache.« Francine Lajoux blickte das Zimmermädchen strafend an, wie eine Lehrerin eine vorlaute Schülerin, die sich ungebührend hervorgetan hat.

»Sie waren befreundet. Mehr können wir dazu nicht sagen. Sie waren auch nicht immer einer Meinung.«

»War Monsieur Delon gestern Abend da?«

»Ich denke nein. Aber Sie müssen Madame Mendu fragen. Mademoiselle Kann und ich sind abends ja nicht da.«

»Um wie viel Uhr beendete Monsieur Pennec den Tag an der Bar gewöhnlich? Trank er dann immer einen Lambig?«

»Das hat Ihnen also schon jemand verraten. Ja, einen Lambig. Das ist unser Apfelschnaps! So gut wie ein Calvados, glauben Sie mir, die machen nur mehr Reklame! Pierre-Louis Pennec trank den Lambig von Menez Brug, immer nur den. Er ging so um elf in die Bar, jeden Abend. Und er blieb immer eine halbe Stunde. Nie länger. Hilft Ihnen das weiter?«

Es klopfte und im nächsten Moment stand Riwal in der Tür, er sprach hektisch.

»Monsieur le Commissaire. Loic Pennec ist am Telefon. Er und seine Frau wissen es bereits.«

Dupin wollte zuerst fragen, wie sie die Nachricht erreicht hatte, wusste aber, dass diese Frage lächerlich war. Natürlich wusste der ganze Ort zu diesem Zeitpunkt bereits Bescheid. Und er hätte daran denken müssen.

»Sagen Sie ihm, ich komme sofort. Ich bin gleich da.«

Riwal verschwand wieder im Flur.

»Ich danke Ihnen sehr. Ihnen beiden. Das waren wichtige Informationen. Sie haben mir sehr geholfen. Ich möchte Sie bitten, uns alles, was Ihnen noch einfallen sollte, sofort mitzuteilen. Ich habe Sie ungebührlich lange strapaziert, das tut mir leid.«

»Ich will, dass Sie den Mörder finden, Monsieur le Commissaire.« Madame Lajoux' Gesicht war versteinert.

»Sie erreichen mich jederzeit, Madame Lajoux, Mademoiselle Kann. Ich werde sicherlich wieder auf Sie zukommen. Sehr bald wahrscheinlich.«

»Ich stehe zu Ihrer Verfügung, Monsieur le Commissaire«, antworteten beide wie aus einem Munde.

Riwal stand direkt neben der Tür, als der Kommissar hinaustrat.

»Monsieur und Madame Pennec erwarten Sie in …«

»Riwal, wenn die Spurensicherung durch ist, gehen Sie mit Madame Lajoux ins Restaurant. Madame Lajoux soll noch einmal schauen, ob irgendetwas fehlt oder verändert ist – im ganzen Hotel am besten. Und fragen Sie Madame Mendu, ob Pennecs Freund Fragan Delon oder jemand anderes gestern später am

Abend da war. Ob jemand mit Pennec an der Bar war gestern, wie kurz auch immer. Ach ja, und sprechen Sie mit Madame Leray!«

»Gut. Ich habe eine vollständige Aufstellung aller Hotelangestellten.«

»Gibt es einen zweiten Eingang zum Hotel?«

»Ja, durch die Küche. Er ist im Hof, in den man auch über die schmale Gasse hinter dem Hotel gelangt. Dort befindet sich eine schwere gusseiserne Tür, die wohl nie benutzt wird und immer abgeschlossen ist. Der Schlüssel hängt an der Rezeption.«

»Was für ein Fest war das hier in Pont Aven letzte Nacht?«

»Oh, nur das örtliche Fest-Noz, wissen Sie, das ist …«

»Ich weiß, was das ist.«

Den ganzen Sommer über fanden sie statt, die »traditionellen bretonischen Tanzfeste« mit der traditionellen Volksmusik, die nicht so Dupins Sache war, jeden Abend in einem anderen Dorf, egal, wie klein es auch sein mochte – ein endloser Reigen.

»Monsieur le Commissaire, Sie sollten jetzt wirklich …«

»Der Koch, kurz.«

Riwal hatte es sich offenbar schon gedacht. Mit nur ein klein wenig resigniertem Gestus deutete er den Flur entlang.

»Wir haben eines der unbelegten Zimmer genommen.«

Er unternahm noch einen Versuch: »Wenn Sie wollen, spreche ich mit dem Koch.«

»Wir machen es ganz kurz.«

»Es heißt, Edouard Glavinec rede ohnehin nicht gerne, Monsieur le Commissaire.«

Dupin schaute Riwal ein wenig irritiert an.

»Was?«

Das Zimmer war für ein so altes Haus erstaunlich großzügig und hell, mit schlichten, aber hübschen weißen Holzmöbeln eingerichtet, altes Eichenparkett, helle Stoffe. An einem kleinen Tisch nahe der Tür saß ein junger, schlaksiger Kerl, der irgendwie vollständig unbeteiligt wirkte. Er nahm fast keine Notiz von ihnen, als sie eintraten.

»Bonjour Monsieur. Commissaire Dupin, Commissariat de Police Concarneau. Es heißt, Sie haben Pierre-Louis Pennec gestern Abend noch gesehen.«

Glavinec nickte kurz. Er machte ein freundliches Gesicht dabei.

»Wann war das?«

»Viertel vor elf.«

»Sind Sie sich sicher mit der Uhrzeit?«

Glavinec nickte wieder.

»Warum sind Sie sich so sicher?«

»Ich war mit allem fertig, die Küche wurde nur noch aufgeräumt. Dann ist es immer so Viertel vor elf.«

»Wo genau haben Sie ihn gesehen?«

»Unten.«

»Genauer?«

»An der Treppe.«

»Wohin ist er gegangen?«

»Er kam von oben runter.«

»Und Sie?«

»Ich wollte eine rauchen. Draußen.«

»Und wohin wollte er?«

»Keine Ahnung. An die Bar, denke ich. Er ging später immer an die Bar.«

»Und haben Sie miteinander gesprochen?«

»Ja.«

Es war wirklich ein wortkarges Gespräch. Dupin war vollkommen unklar, woher dieser Mensch die Leidenschaft nahm, die er beim Kochen offensichtlich auslebte. Er war kein Spitzenkoch, aber das Restaurant, wusste Dupin, wurde ernst genommen. Sogar Nolwenn empfahl es. Er musste gut sein.

»Worum ging es?«

»Um nichts Großes.«

Dupins leicht fassungsloser Blick bewegte Glavinec, doch noch etwas hinzuzufügen.

»Was wir heute machen wollten.«

»Was meinen Sie?«

»Was wir heute kochen würden, das Tagesgericht und so. Wir haben immer ein besonderes Tagesgericht. Das war Monsieur Pennec wichtig.«

Ein erstaunlich ausführlicher Satz.

»Es ging nur darum, um nichts anderes?«

»Nein.«

»Und ist Ihnen nichts aufgefallen an Monsieur Pennec? War er auf irgendeine Art anders als sonst?«

»Nein«, antwortete Glavinec erwartungsgemäß. »Nichts.«

Dupin seufzte.

»Er wirkte auf Sie also wie immer?«

»Ja.«

»War er alleine? Kam jemand hinzu?«

»Ich habe niemanden gesehen.«

»Und ansonsten, im Hotel, an anderen Personen? Ist Ihnen da etwas Ungewöhnliches aufgefallen?«

Dupin wusste, dass es eine überflüssige Frage war. Bevor Glavinec etwas antwortete, fügte er hinzu:

»Ich bitte Sie, sich umgehend an uns zu wenden, wenn Ihnen doch noch etwas einfällt, das Ihnen bemerkenswert scheint. Sie sind eine wichtige Person für uns. Pierre-Louis Pennec ging nach Ihrem Gespräch vermutlich an die Bar und wurde dort wahrscheinlich nur wenig später ermordet. Verstehen Sie, warum Ihre Aussagen von größter Bedeutung sein könnten?«

Auch jetzt veränderten sich Glavinecs Blick und Mimik nicht. Dupin hatte es auch nicht erwartet.

»Ich muss gehen. Wir werden uns sicher in den nächsten Tagen sehen.«

Glavinec stand auf, streckte dem Kommissar wortlos die Hand entgegen und ging. Riwal und Dupin blieben allein im Zimmer zurück.

»Tja.« Dupin stand ebenfalls auf und wandte sich zum Gehen. Er musste schmunzeln. Es war in gewisser Weise eine sehr bretonische Konversation gewesen. Insgeheim mochte er den Koch. Und hatte beschlossen, irgendwann einmal zum Essen hierhin zu kommen. Er hatte viel erfahren.

»Was denken Sie, Monsieur le Commissaire, es müsste doch mit dem Teufel zugehen, wenn nicht irgendjemand irgendetwas gesehen oder gehört hätte gestern Abend?«

Dupin wollte sagen, dass er es schon häufig mit dem Teufel hatte zugehen sehen, verkniff es sich aber.

»Das wird sich zeigen. Niemand betritt die Räume unten, Riwal. Wenn die Kollegen fertig sind, sperren wir alles ab. Ich werde jetzt die Pennecs aufsuchen.«

Dupin ging.

Riwal kannte das. Die Manie des Kommissars, den Tatort, selbst wenn es sich um öffentliche Orte handelte, auf unbestimmte Zeit absperren zu lassen, weit über die Notwendigkeiten der Forensiker hinaus. So lange, bis er dachte, es sei nun nichts Neues mehr zu erfahren. Das führte jedes Mal zu faustdickem Ärger. Diese Praxis war durch keinerlei polizeiliche Bestimmungen gedeckt. Der Kommissar hatte, prinzipiell, seine eigenen Vorstellungen. Riwal wusste, Diskussionen waren sinnlos. Außerdem hatte er gelernt, dass Dupins unorthodoxes Vorgehen unter Umständen zu Erstaunlichem führte. Im Zuge von Dupins ersten Ermittlungen in der Bretagne hatte es ruppige Auseinandersetzungen mit allen möglichen Leuten gegeben, nicht nur mit Locmariaquer, und nicht immer war Dupin als Sieger hervorgegangen. Doch nach ersten Erfolgen als Kommissar, vor allem nach der Aufklärung der spektakulären Morde an zwei Thunfischfischern in seinem zweiten Jahr, die die Bretonen nachhaltig bewegt und Dupin zu einer durchaus prominenten Person in der Region gemacht hatte, war es seltener zu Auseinandersetzungen gekommen.

Das *Central* lag am Place Paul Gauguin, dem kleinen hübschen Hauptplatz des Ortes, es war ein schönes, strahlend weiß gestrichenes Gebäude, vom Ende des 19. Jahrhunderts. Man sah ihm in allem an, dass es die ganzen Jahrzehnte über liebevoll und sorgfältig gepflegt worden war. Es lag direkt neben dem deutlich größeren Hotel *Julia*, dem berühmten Hotel der Julia Guillou, das später zur Bürgermeisterei geworden war und in dem sich seit einigen Jahren ein Teil des Kunstmuseums von Pont Aven befand. Vor den Hotels standen immer noch die wunderbaren Platanen, die Julia Guillou gegen den erbitterten Widerstand des Gemeinderates dort hatte pflanzen lassen, um ihren Gästen, den Künstlern, im Sommer auf der Terrasse etwas kühlenden Schatten zu spenden.

Loic Pennec und seine Frau wohnten in der Rue Auguste Brizeux, nicht weit vom *Central* entfernt, wie in Pont Aven nichts weit entfernt war vom *Central*. Kommissar Dupin war froh, ein paar Schritte gehen zu können. Auch, weil er unbedingt noch einen *café* brauchte. Er brauchte immer viel Kaffee, sehr viel Kaffee, und, das fühlte er, heute besonders. Ohne eine hinreichende Menge Koffein funktionierte sein Gehirn nicht, davon war er fest überzeugt.

Dupin überquerte den Aven über die alte, berühmte Steinbrücke und bog scharf links in die Rue du Port ab, die geradewegs zum Quai hinunterführte. Sie mündete direkt in die Rue Auguste Brizeux. Hier erhoben sich zu beiden Seiten des sagenumwobenen Avens imposante Hügel, und hier begann der Hafen. Die Menschen hatten damals, das musste Dupin zugeben, einen großartigen Platz für ihre Siedlung ausgewählt, die Stelle, an der der Aven ins Meer floss – genauer: die Stelle, an der der Fluss, der sich zunächst wie ein Bergflüsschen durch ein verschlungenes Tal bis hierher gewandt hatte, eine Art Fjord wurde, der dann über sieben Kilometer in pittoresker Weise bis zum offenen Meer mäanderte, sich in unzähligen Seitenarmen verästelte und zuweilen malerische Seen bildete. Durch das Diktat der Gezeiten war er unlöslich mit dem Meer verbunden.

Im Sommer wimmelte es in Pont Aven nur so von kleinen Bars und Cafés, Dupin fand, dass sie alle gleichermaßen schrecklich aussahen. Fast schon am Hafen entschied er sich für eines, das ohne großformatig aufgezogene Fotos von Crêpes und Kuchen auskam. Der *café* kam schnell, dafür war er stechend bitter. Er half dennoch ein wenig, aber Dupin bestellte keinen zweiten. Er dachte nach. Er hatte keine richtige Vorstellung von Madame Lajoux gewinnen können, er wusste nicht, was er von ihr halten sollte. Eines war sicher, sie war nicht so naiv, wie sie tat. Er holte sein Heft hervor und machte sich ein paar Notizen. Es stand schon ziemlich viel in seinem Heft. Das war nie ein gutes Zeichen. Je weniger Ahnung er hatte, wie der Hase in einem Fall lief, desto mehr »ganz wichtige« Notizen machte er sich. Immer noch kam ihm alles ganz irreal vor, aber: Auch das Gefühl kannte er gut. Ehrlicherweise, das wusste er, hatte er es nicht selten. Er musste sich jetzt zusammenreißen. Es hatte einen Mord gegeben. *Das* war jetzt seine Sache.

Die Pennecs wohnten in einer der mächtigen, aus dunklem, fast schwarzem Stein gebauten Villen, von denen es hier entlang des Hafens vielleicht ein Dutzend gab. Dupin fand, dass sie trist und abweisend aussahen, und von ihren Proportionen her so gar nicht in den Ort passten. »Villa St. Gwénolé« stand auf einem emaillierten Schild am Eingang zu lesen.

»Kommen Sie doch herein, Monsieur, bitte sehr.«

Dupin hatte nur sehr kurz geklingelt. Die Tür war fast umgehend aufgegangen. Catherine Pennec stand in einem schwarzen, hochgeschlossenen Kleid vor ihm. Ihre Stimme war leise, gedrückt, scharfkantig dabei, sie passte gut zu ihrer drahtigen Figur.

»Mein Mann kommt in wenigen Augenblicken herunter. Wir setzen uns in den Salon. Darf ich Ihnen einen *café* anbieten?«

»Gerne. Sehr gerne.«

Dupin wollte den ekligen Geschmack des letzten loswerden.

»Hier entlang.«

Madame Pennec führte den Kommissar in den großen Salon.

»Mein Mann kommt sofort.«

Sie verließ den Salon durch eine schmale Tür. Das Haus war betont bürgerlich eingerichtet. Dupin hatte keine Ahnung, ob es wirklich antike Stücke waren. Es war alles äußerst aufgeräumt, fast peinlich ordentlich.

Dupin konnte hören, wie jemand die Treppe im Vorraum herunterkam, und einen Augenblick später stand Loic Pennec im Türrahmen. Er glich dem alten Pennec wirklich auf erstaunliche

Weise, Dupin hatte Fotos von Pierre-Louis in jüngeren Jahren gesehen, in der Lobby des Hotels, mit berühmten Gästen in den Sechzigern und Siebzigern. Loic Pennec war so groß wie sein Vater, aber anders als dieser ein ganzes Stück beleibter. Er hatte die gleichen kurzen, sehr dichten grauen Haare, dieselbe markante Nase, nur der Mund war größer und schmaler. Loic Pennec war wie seine Frau recht formell gekleidet, ein dunkelgrauer Anzug. Er sah gezeichnet aus, blass.

»Es tut mir schrecklich leid, dass ich …«, setzte Dupin an.

»Nein, nein. Ich bitte Sie. Sie müssen jetzt Ihre Arbeit machen. Wir wollen doch, dass Sie schnell vorankommen. Es ist alles so fürchterlich.«

Auch Loic Pennec sprach mit verhaltener Stimme, ein wenig stockend. Seine Frau war mit dem *café* zurückgekommen und hatte sich zu ihrem Mann auf das Sofa gesetzt. Dupin hatte in einem Sessel Platz genommen, der zur Garnitur gehörte; dunkles Holz, helles Polster, viele Verzierungen.

Die Situation war nicht einfach. Dupin hatte auf Pennecs Satz nicht geantwortet, er hatte stattdessen umständlich sein Notizheft herausgeholt.

»Haben Sie denn schon irgendwelche Hinweise, erste Spuren? Irgendetwas, das Sie verfolgen?«

Catherine Pennec schien erleichtert, dass ihr Mann den Faden wiederaufnahm. Sie versuchte, sich einen gefassten Ausdruck zu geben.

»Nein, nichts. Bisher gar nichts. Es ist nicht leicht, sich vorzustellen, welche Gründe es für einen Mord an einem einundneunzigjährigen Mann geben könnte, der allenthalben in höchstem Maße anerkannt und beliebt war. Ein schlimmes Verbrechen. Es tut mir schrecklich leid. Ich möchte Ihnen mein aufrichtiges Beileid aussprechen.«

»Ich kann es nicht glauben.« Loic Pennecs Stimme verlor die karge Gefasstheit und wurde jetzt ganz tonlos. »Ich verstehe es nicht.«

Er vergrub das Gesicht in den Händen.

»Er war ein wunderbarer Mann. Ein großer Mensch.« Catherine Pennec legte den Arm um ihren Mann.

»Mir war es ein Anliegen, dass ich Ihnen die Nachricht persönlich überbringe, und es tut mir aufrichtig leid, dass sie Sie auf anderem Wege erreicht hat. Ich hätte es wissen müssen. In einem so kleinen Ort.«

Loic Pennec hatte das Gesicht immer noch in den Händen vergraben.

»Machen Sie sich keine großen Vorwürfe, Sie haben viel zu tun.«

Madame Pennec hielt ihren Mann beim Sprechen noch etwas fester. Es sah mehr nach Schutz aus als nach Trost.

»In der Tat. Besonders zu Beginn einer Untersuchung.«

»Sie müssen den Mörder rasch fassen, er muss zur Rechenschaft gezogen werden für diese barbarische Tat.«

»Wir tun alles, was in unserer Macht steht, Madame. Und ich werde sicherlich in Kürze noch einmal vorbeikommen. Oder einer meiner Inspektoren. Sie können uns gewiss mit vielen Informationen helfen. Für den Moment will ich Sie indes nicht länger behelligen.« Dupin disziplinierte sich, so abrupt konnte er das Gespräch nicht beenden. »Es sei denn, natürlich, Sie möchten uns ganz unmittelbar etwas mitteilen, das bei der Aufklärung des Mordes an Ihrem Vater helfen könnte.«

Loic Pennec hob erst jetzt wieder den Kopf.

»Nein, nein, Sie sollten nicht warten, Monsieur le Commissaire. Ich will helfen, wenn ich kann. Lassen Sie uns jetzt reden.«

»Ich dachte …«

»Ich bestehe darauf.«

»Es wäre gut, wenn Sie sobald wie möglich mit einem meiner Inspektoren durch das Hotel gehen würden. Um zu schauen, ob Ihnen irgendetwas auffällt. Was auch immer. Der kleinste Umstand kann von Belang sein.«

»Mein Mann wird das Hotel übernehmen. Er kennt alles in diesem Haus. Jeden Winkel. Er ist dort quasi aufgewachsen.«

»Ja. Sehr gerne, Monsieur le Commissaire. Sagen Sie mir nur wann.«

Loic Pennec schien sich wirklich etwas gefasst zu haben.

»Aber Sie sollten wissen, dass mein Schwiegervater keine Wertgegenstände im Hotel aufbewahrte. Auch keine großen Bargeldbeträge. Es gibt im ganzen Hotel nichts, das es sich zu stehlen tatsächlich lohnen würde.«

»Mein Vater machte sich nicht viel aus teuren Dingen. Das hat er nie getan. Ihn interessierte immer nur das Hotel. Sein *Mandat*. Er hat ein Sparkonto, hier beim *Crédit Agricole*. Seit sechzig Jahren. Da lag das Geld, und wenn wieder eine größere Summe beisammen war, kaufte er ein Haus. So ging das die letzten Jahrzehnte. Sein ganzes Geld hat er in Immobilien angelegt. Er hat nichts gesammelt oder so.«

Pennec schien jetzt geradezu erleichtert, reden zu können. Madame Pennec schaute ihren Mann eindringlich an. Dupin war sich nicht sicher, was in diesem Blick lag.

Loic Pennec fuhr fort: »Er hat sonst nie etwas Großes gekauft. Bis auf sein Boot. – Und bei der Instandhaltung des Bootes, da hat er nie gespart. Vielleicht gab es am Abend einen höheren Geldbetrag in der Restaurantkasse, das weiß ich nicht. Sie werden das sicherlich kontrollieren lassen.«

»Meine Kollegen haben sich alles angesehen, die Hotelkasse, die Restaurantkasse. Nichts Auffälliges bisher.«

»Heutzutage ist alles möglich!« Madame Pennec sprach mit Entrüstung.

»Vier Häuser besitzt er in Pont Aven. Und das Hotel natürlich.«

»Er war offensichtlich ein guter Geschäftsmann, Ihr Vater. Das ist ein ansehnliches Vermögen, zu dem er es gebracht hat.«

»Teilweise sind an den Häusern grundlegende Arbeiten fällig. Man hätte schon vor Jahren vieles renovieren müssen. Bei zweien sicherlich die Dächer. Und, das müssen Sie bedenken, die Touristen wollen Häuser am Meer. Hier sind die Preise lange nicht so hoch wie am Meer. Aber er wollte immer nur im Ort kaufen. Auch die Mieten sind hier niedriger.«

»Seit zwölf Jahren hatte er die Zimmerpreise im Hotel nicht mehr erhöht – und die Mieten für seine Häuser auch nicht.« Madame Pennec klang deutlich vorwurfsvoll. Sie schien im nächsten Augenblick verlegen darüber und schwieg sofort wieder.

»Mein Vater hätte sicher einträglichere Geschäfte machen können, das meint meine Frau. Er war ein sehr großherziger Mann. Wie sein Vater – und meine Urgroßmutter. Ein Mäzen. Kein gieriger Geschäftsmann.«

»Und allgemein – fällt Ihnen allgemein etwas ein, das vielleicht von Bedeutung sein könnte? Menschen, mit denen Ihr Vater Streit hatte, über die er sich geärgert hat, die sich über ihn geärgert haben? Dinge, die Ihnen Ihr Vater in den letzten Wochen und Monaten erzählt hat, Dinge, die ihn besonders beschäftigt haben.«

»Nein. Feinde hatte er keine«, Pennec unterbrach sich kurz, »soweit ich weiß. Warum auch? Er hatte selten Differenzen mit Menschen. Ich meine ernste Differenzen. Nur – nur mit seinem Halbbruder gab es ein Zerwürfnis. André Pennec. Ein erfolgreicher Politiker, der im Süden Karriere gemacht hat. Ich kenne meinen Halbonkel kaum.«

Wieder setzte er kurz ab.

»Er hat nicht viel erzählt von seinem Gefühlsleben. Mein Vater, meine ich. Wir hatten ein sehr gutes Verhältnis. Aber er hat nie viel erzählt. Ich kenne die Geschichte nicht.«

»Kennt sie sonst jemand?«

»Ich weiß nicht, ob mein Vater sie jemals irgendwem wirklich erzählt hat. Delon vielleicht. Vielleicht kennt sie die Frau seines Halbbruders. Seine dritte Frau. Sehr viel jünger als er. Mein Vater und sein Bruder haben seit zwanzig, dreißig Jahren nicht mehr viel miteinander gesprochen. André Pennec ist zweiundzwanzig Jahre jünger als mein Vater.«

»Ihr Großvater hatte eine außereheliche Beziehung?«

»Ja, so war es. Eine Südfranzösin. Noch jung. Anfang der Dreißiger. Es hielt nicht lange.«

»Aber doch einige Zeit. Über zwei Jahre ging das«, fügte Catherine Pennec hinzu.

Pennec warf seiner Frau einen kritischen Blick zu.

»Wie auch immer: Die Frau wurde schwanger und zog in den Süden zurück, zu ihrer Familie. Mein Großvater hat seinen Sohn nicht sehr häufig gesehen. Und dann starb er, da muss André noch unter zwanzig gewesen sein. Ich wüsste gar nicht, wer diese Geschichte überhaupt noch kennt. Außer André.«

Dupin machte sich ausführliche Notizen.

»Und Fragan Delon war der engste Freund Ihres Vaters?«

»Sie waren alte Freunde. Ja. Seit ihrer Kindheit. Der alte Delon ist ein verschlossener Mann. Auch er schon lange allein. Kein glückliches Schicksal, glaube ich.«

Er musste mit Delon sprechen, das hatte er sich schon in dem Gespräch mit Madame Lajoux vorgenommen.

»Kennen Sie Fragan Delon gut?«

»Nicht besonders gut. Nein.«

»Und kennen Sie das Testament Ihres Vaters?«

Die Frage kam übergangslos. Auf Pennecs Gesicht war eine leichte Indignation zu sehen.

»Sie meinen das Dokument? Nein.«

»Haben Sie nie darüber gesprochen?«

»Doch. Natürlich. Aber ich habe das Testament nie gesehen. Er wollte, dass ich das Hotel übernehme. Darüber haben wir viel gesprochen, seit Jahren. Immer wieder.«

»Ich bin sehr froh, das zu hören. Ein so berühmtes Haus.«

»Es ist eine – es ist eine große Aufgabe. Mein Vater hat es vor dreiundsechzig Jahren übernommen, da war er achtundzwanzig Jahre alt. Meine Urgroßmutter, Marie-Jeanne, hat es 1879 gegründet. Das wissen Sie sicherlich schon.«

»Eine *echte* Pennec, sie hat gesehen, was die Zukunft sein würde: *Tourismus*. Und natürlich die Künstler. Sie kannte sie alle. Die ganzen Künstler. Man hat sie in einem Grab mit Robert Wylie begraben – einem amerikanischen Maler. Diesen Rang hatte sie.«

Madame Pennecs Stimme war von Stolz getragen.

Dupin hatte das Gefühl, dass er die Geschichte des *Central* und der *Schule von Pont Aven* noch einige Male hören würde in diesem Fall. Jedes bretonische Schulkind konnte die Geschichte des Hotels und der Künstler im Schlaf aufsagen. Marie-Jeanne Pennec hatte die Zeichen der neuen Zeit in der Tat erkannt: die Erfindung der »Sommerfrische«, die aufkommende Vorliebe für die Küste und das Meer, den Strand, die Sonne – und am Place Municipale ein einfaches Hotel eröffnet. Robert Wylie war der erste Künstler hier gewesen, schon 1864 kam er nach Pont Aven und holte bald seine Freunde nach. Alle waren sie verzaubert von der »perfekten Idylle«. Es folgten Iren, Holländer, Skandinavier, dann Schweizer – und, erst über ein Jahrzehnt später, französische Maler; die Ortsansässigen nannten alle nur noch

»die Amerikaner«. 1886 kam Gauguin; aus der Künstlerkolonie wurde die *Schule von Pont Aven*, die eine neue radikale Malerei erfand.

Sicherlich waren es viele Gründe, die die Künstler in die Bretagne und nach Pont Aven zogen, ins alte Keltenland – Armorica, das »Land im Meer«, wie die Gallier es genannt hatten. Die magischen Landschaften, die vom geheimnisvollen Zeitalter der Menhire und Dolmen zeugten, vom Land der Druiden, großer Legenden und Epen. Sicher kamen sie auch, weil Monet bereits seit einiger Zeit auf der mit bloßem Auge von der Avenmündung aus zu sehenden Île de Groix arbeitete. Oder, weil sie das Urtümliche, Einfache, Unverstellte suchten und hier fanden, das Bäuerliche, Ländliche, die alten Bräuche und Feste. Und den urbretonischen Hang zum Wunderbaren und Mystischen. All das waren Gründe –, aber in der Tat hatten die beiden Hotelbesitzerinnen Julia Guillou und Marie-Jeanne Pennec und ihre ganz und gar generöse Gastlichkeit eine wichtige Rolle gespielt. Sie hatten ihre Aufgabe darin gesehen, das »größte Atelier unter freiem Himmel« so komfortabel wie möglich zu arrangieren.

»Ja, Monsieur Pennec, das ist allerdings ein Mandat. Das ist weit mehr als ein Geschäft.«

Dupin war selbst ein wenig erstaunt, wie pathetisch er formulierte. Die großen Erinnerungen taten den beiden Pennecs sichtlich gut.

»Wann werden Sie das Testament sehen?«

Wieder blickte Loic Pennec ein wenig verdrießlich.

»Ich weiß es noch nicht. Wir werden einen Termin bei der Notarin machen müssen.«

»Hat Ihr Vater außer Ihnen noch andere Menschen bedacht?«

»Nein. Wie kommen Sie darauf?« Pennec zögerte. »Ich weiß es natürlich nicht genau.«

»Werden Sie viel ändern?«

»Ändern? Was ändern?«

»Am Hotel. Am Restaurant.«

Kommissar Dupin merkte, dass seine Frage ein wenig krude geklungen hatte, sie schien ihm selbst unangemessen zu diesem Zeitpunkt. Er hatte keine Ahnung, wie er jetzt gerade darauf gekommen war. Es war doch ein längeres Gespräch geworden, er würde gleich Schluss machen.

»Ich meine, es ist doch ganz richtig – und auch notwendig, dass jede Generation mit Neuerungen beginnt. Nur so erhält man das Alte, nur so bleibt die Tradition lebendig.«

»Ja. Ja. Sie haben recht. Aber darüber haben wir noch nicht nachgedacht.«

»Natürlich. Das verstehe ich. Es war auch eine inadäquate Frage.«

Die Pennecs schauten ihn abwartend an.

»Meinen Sie, Ihr Vater hätte Ihnen von schweren Streitfällen, von Konflikten welcher Art auch immer erzählt?«

»Ja, natürlich. – Ich glaube es zumindest. Er war ein eigensinniger Mann. Er hatte immer seine ganz eigene Idee von allem.«

»Ich habe Sie lange genug aufgehalten. Entschuldigen Sie bitte. Ich werde jetzt wirklich gehen. Sie befinden sich in großer Trauer. Das ist ein fürchterliches Verbrechen.«

Madame Pennec nickte sehr deutlich.

»Ich danke Ihnen, Monsieur le Commissaire. Sie tun Ihr Bestes.«

»Wenn Ihnen noch etwas einfallen sollte, melden Sie sich bitte bei mir. Ich lasse Ihnen meine Nummer da. Zögern Sie nicht, egal, was es ist.«

Dupin legte seine Karte auf den Sofatisch und steckte sein Notizheft ein.

»Das werden wir.«

Loic Pennec stand auf. Seine Frau tat es ihm gleich, Dupin ebenso.

»Wir hoffen, Sie werden schnell Fortschritte machen, Monsieur le Commissaire. Ich wäre mehr als erleichtert, wenn der Mörder meines Vaters ganz bald gefasst würde.«

»Ich gebe Ihnen Bescheid, sobald es Neuigkeiten gibt.«

Loic und Catherine Pennec begleiteten ihn bis zur Tür. Sie verabschiedeten sich betont höflich.

Es war wirklich ein fantastischer Sommertag geworden, für bretonische Maßstäbe war es richtiggehend heiß, knapp über dreißig Grad. Die Atmosphäre in der Villa der Pennecs war beklemmend gewesen, Dupin war froh, wieder im Freien zu sein. Er liebte die stetige, sanfte, fast unmerkliche Brise des Atlantiks. Es war schon viel später, als er gedacht hatte, der Morgen war längst herum. Bei diesem Wetter waren die Menschen am Strand, Pont Aven war selbst hier am Hafen wie ausgestorben.

Gerade war tiefste Ebbe, die Boote lagen seitlings auf dem schlammigen Boden, als würden sie sich ausruhen. Es war malerisch. Dupin vergaß es immer wieder. Das kleine Pont Aven zerfiel auf erstaunliche Weise in zwei Teile. Den oberen Teil und den unteren am Hafen – genauer: in den Fluss und das Meer, die, obwohl sie so nah beieinanderlagen, ganz gegensätzliche Landschaften, Eindrücke und Stimmungen erzeugten. Er war sich sicher, dass auch dies die Künstler fasziniert hatte. Er erinnerte sich gut daran, als er das erste Mal von Concarneau aus hierhergekommen war und am Place Gauguin geparkt hatte. Es war so anders gewesen. Und schon an der Luft konnte man den ganzen Unterschied ausmachen. In Concarneau atmete und schmeckte man Salz, Jod,

Algen, Muscheln, bei jedem Atemzug, wie destilliert die ganze unendliche Weite des Atlantiks, Helligkeit und Licht. In Pont Aven den Fluss, feuchte, schwere Erde, Heu, Bäume, Wälder, das Tal und Schatten, melancholische Nebel – das Land. Es war der Gegensatz von »Armorica« und »Argoat«, wie es im Keltischen hieß, dem »Land im Meer« und dem »Land der Bäume«. Dupin hatte gelernt, dass die Welt der Bretonen ganz wesentlich aus diesen Gegensätzen bestand, ihre ganze lange Geschichte hindurch bis heute. Er hätte sich früher nie vorstellen können, dass beide Welten so nah beieinanderliegen und sich so fern sein können, so fremd. Und Pont Aven, das war vor allem Argoat, das war Land, Bauernhöfe, Landwirtschaft –, aber es war auch Armorica, nämlich hier unten am Hafen, wo die Flut alles mitbrachte, das Meer, alles, was es ausmachte, seine ganze Stimmung. Manchmal konnte man an dem – das teilte einem eine große Tafel stolz mit – dreihundertzwanzig Meter langen steingefassten historischen Quai der »Rive droite« stattliche Segelschiffe bestaunen, die keinen Zweifel daran ließen, dass man sich am Meer befand.

Dupin hatte fürchterlichen Hunger. Er hatte bis auf das Croissant am Morgen noch nichts gegessen, fiel ihm ein. Zu essen vergaß er regelmäßig, wenn er in einem Fall steckte, und merkte es erst, wenn ihm schwindelig war. Er beschloss, wenn auch widerwillig, zum Place Gauguin hochzulaufen und eines der Cafés dort zu versuchen. Sie hatten ein bisschen mehr nach echter Restauration ausgesehen. Außerdem konnte er von dort das Hotel im Auge behalten.

Oben angekommen, wählte er das Café am anderen Ende des kleinen Platzes, gegenüber vom *Central*. Es war nicht viel los. Dupin setzte sich an einen Tisch ganz am Rande. Vor dem *Central* stand immer noch eine Handvoll Menschen und war rege in Gespräche vertieft. Auch der Place Gauguin lag jetzt in der prallen Sonne, und man war in der Tat froh um Julia Guillous Platanen. Dupin bestellte sich einen *grand crème* und ein Sandwich *jambon-fromage*. Dazu eine große Flasche Badoit. Ein sehr freundlicher Kellner nickte einvernehmlich. Er hatte eigentlich Lust auf einen *crêpe complète* gehabt, die liebte er, vor allem das zerlaufende Ei in der Mitte auf Schinken und Käse, aber er hielt sich streng an Nolwenns Regel: Crêpes nur in guten Crêperien.

Dupin sank tiefer in den Stuhl, der überraschend bequem war. Er beobachtete das Kommen und Gehen am Platz. Plötzlich zog eine mächtige schwarze Limousine, ein schwerer Mercedes, seine Aufmerksamkeit auf sich. Er fuhr fast herausfordernd langsam den Platz entlang.

Das Handy schrillte. Dupin sah auf die Nummer. Es war Nolwenn. Dennoch nahm er ein wenig unwirsch an.

»Es gab viele Anrufe für Sie, Monsieur le Commissaire.«

»Dachte ich mir.«

Wenn er sein Telefon ausschaltete – wie eben bei den Pennecs –, wurden alle Anrufe an das Büro weitergeleitet.

»Ich esse gerade etwas. Ich versuche es zumindest.«

»Bon appétit. Präfekt Locmariaquer. Riwal, drei Mal. Docteur Lafond. Docteur Garreg. Fabien Goyard, der Bürgermeister von Pont Aven. Und – Ihre Véro. Der Präfekt ist sehr besorgt …«

»Mon Dieu. Er kann mich mal mit seinem blöden Komitee … Und es ist nicht ›meine Véro‹.«

Das mit Véro war eigentlich vorbei. Für ihn. Wahrscheinlich. Zumindest war er beinahe sicher. Wie alle Geschichten, die es gegeben hatte, seit er Paris »verlassen« hatte, dann irgendwie irgendwann vorbei gewesen waren. Er redete sich immer noch fest ein, dass es aus war, das mit Claire, die sieben Jahre damals in Paris. Bis heute redete er sich das ein. Aber das war jetzt nicht der Moment.

»Was für ein Komitee? Der Präfekt wollte zum Ausdruck bringen, wie sehr er in Sorge ist ob des entsetzlichen Mordes, der ganz sicherlich große Wellen schlagen werde.«

»Ja? Ach.«

»Docteur Garreg sagte, es sei etwas Wichtiges. Er wollte mir aber weiter nichts verraten.«

»Ich esse jetzt etwas.«

»Tun Sie das.«

Docteur Garreg war Dupins knurriger Hausarzt in Concarneau. Dupin konnte sich nicht vorstellen, was er wollte. Sein letzter Besuch lag einige Monate zurück, sie hatten alles besprochen, was zu besprechen war. Irgendwie mochte er das nicht: sein Hausarzt, der dringend mit ihm reden wollte.

Das Sandwich war lausig, vollkommen trocken, das Baguette viel zu sehr durchgebacken, er aß es dennoch. Und überlegte sogar, ein zweites zu bestellen, er hatte wirklich schrecklichen Hunger. Der *café* war auch kein Stück besser als der von vorhin. Dupins Laune war im Keller. Er hatte sich schon heute früh im Wagen keine Illusionen gemacht. Der Druck würde groß sein, den Fall *umgehend* zu lösen. Wenigstens rasch etwas Substanzielles präsentieren zu können. Und der Druck würde von allen Seiten kommen. Ein Mord an einer Person wie Pierre-Louis Pennec traf die Bretonen ins Herz. Zudem befanden sie sich fast in der Hochsaison, niemand wollte in diesen Wochen einen Mörder frei herumlaufen sehen. Am unangenehmsten würden die vielen »einflussreichen« Menschen sein, Politiker, die ganze Nomenklatura, die glaubten, ihm auf diversen Wegen »Ratschläge« erteilen zu können. Er kannte das alles. Und hasste es. Täglich würde es, auch das war ihm klar, die Anrufe aus der Präfektur in Quimper geben.

Wieder klingelte das Telefon. Riwal. Dupin wusste, dass er

rangehen sollte, ließ es aber klingeln. Es erstarb. Und begann einen Augenblick später von Neuem. Abermals Nolwenn.

»Ja?«

»Docteur Garreg hat gerade ein zweites Mal angerufen. Er selbst, nicht seine Sprechstundenhilfe.«

»Hat er jetzt gesagt, worum es geht?«

»Nein, nur dass Sie sich bitte bei ihm melden sollen. Er hat nicht einmal rasch gesagt. Aber Sie kennen ihn.«

»Gut, ich rufe an.«

Dupin zog seine Brieftasche hervor, legte das Geld mürrisch auf den kleinen Plastikuntersetzer und machte sich auf den Weg. Es war eine dumme Idee gewesen hierherzukommen. Von wegen echte Restauration. Und was sollte es hier zu beobachten geben, auf dem Platz vor dem Hotel? Was hatte er sich gedacht?

Was jetzt anstand, war der Besuch bei Fragan Delon. In seinem Notizheft suchte er Adresse und Rufnummer.

Fragan Delon war umgehend am Apparat, es hatte höchstens zwei Mal geklingelt.

»Ja?«

Seine Stimme klang vollkommen gleichmütig.

»Bonjour Monsieur. Commissaire Dupin. Ich bin mit dem Mord an Pierre-Louis Pennec befasst.«

Dupin wartete, aber Delon nahm den Faden nicht auf.

»Ich würde Sie gerne treffen. Sie können uns sicherlich behilflich sein. Wir müssen uns ein Bild von Pierre-Louis Pennec machen, seiner Person, seinem Leben. Sie waren sein engster, sein ältester Freund, wie man mir sagte.«

Delon reagierte gar nicht. Auch nicht als eine längere Pause entstand.

»Sind Sie noch dran, Monsieur Delon?«

»Wann wollen Sie kommen?«

Die Stimme klang überhaupt nicht unfreundlich, gar nicht. Sie war ganz ruhig, ganz klar.

»Ich könnte in einer Viertelstunde da sein. – In zwanzig Minuten.«

Er musste noch Riwal zurückrufen. Riwal hatte sicher eine Menge zu besprechen.

»Gut.«

»Dann bis gleich, Monsieur Delon.«

Delon legte noch schneller auf als er selbst.

Dupin hatte sich an der Rezeption einen kleinen Stadtplan mitgenommen. Delon wohnte am westlichen Rand Pont Avens, eine Viertelstunde zu laufen, schätzte er.

Riwal hatte viel zu berichten. Und eigentlich doch nicht viel. Sie waren zu fünft gewesen, Riwal, Kadeg, die beiden schon bekannten Kollegen aus Pont Aven, Bonnec und Arzhvaelig, und ein weiterer. Sie hatten ein erstes Mal alle Gäste und auch alle Angestellten vernommen, Listen gemacht, das Hotel noch einmal durchsucht. Die übliche Routine. Die Spurensicherung und Lafond hatten ihre Arbeit getan, die Berichte standen noch aus. Auf den ersten Blick hatten sie nichts Bemerkenswertes gefunden.

Wenn man ehrlich war: Bisher war nichts, gar nichts Relevantes herausgekommen. Vor allem hatte wohl niemand gestern Nacht irgendetwas gehört oder gesehen. Niemand hatte jemanden im Hotel gesehen, der nicht dahin gehörte, niemand hatte jemanden das Restaurant betreten oder verlassen sehen, nachdem es geschlossen hatte. Wahrscheinlich war es wirklich der Koch gewesen, der Pennec als Letzter lebend gesehen hatte. Den ganzen Abend über hatte sich Pennec im Restaurant und in der Küche aufgehalten, hatte hier und dort Gespräche geführt, war dann an verschiedenen Tischen gewesen, hatte mit den Angestellten gesprochen. Niemandem war irgendetwas Ungewöhnliches an ihm aufgefallen.

Dupin kannte diese Art Fälle: Alles war »wie immer« gewesen, bis der Mord geschah. Natürlich. Alles wie immer. Nur dass Pierre-Louis Pennec vorgestern ein Gespräch mit einem Fremden draußen auf dem Platz vor dem Hotel geführt hatte und dass er, vielleicht, ein wenig echauffiert gewirkt hatte, »vielleicht«. Das war das einzig Auffällige, das drei der Angestellten zu berichten wussten. Wobei wohl nur Madame Lajoux davon gesprochen hatte, dass das Gespräch echauffiert gewirkt hätte. Doch keiner konnte sagen, wer der Fremde gewesen war. Kadeg hatte es übernommen, dem nachzugehen. Mehr hatten sie im Moment nicht.

Dupin stand schon fast vor Delons Haus. Er griff noch mal nach seinem Handy. Die Geschichte mit Doktor Garreg ließ ihm keine Ruhe. Was war so dringend, dass ihn sein Hausarzt aus heiterem Himmel zwei Mal kurz hintereinander anrief?

»Praxis Docteur Garreg – Mademoiselle Rodallec am Apparat.«

»Bonjour Mademoiselle Rodallec. Ich bin es, Georges Dupin. Docteur Garreg …«

»Ja, der Docteur versucht Sie zu erreichen. Ich stelle durch.«

Mademoiselle Rodallec passte perfekt zu Doktor Garreg, sie waren ein vollkommenes Team. Keine Umschweife, kein unnötiges Sichaufhalten.

»Monsieur Dupin?«

»Ja, ich bin es.«

»Ich muss Sie sprechen. Persönlich.«

»Persönlich? Sie meinen, dass wir uns sehen sollten?«

»Ja.«

»Meinen Sie, es hätte Zeit, bis ich – ich meine, in den nächsten Tagen, ich könnte …«

»Ich denke, wir sollten sehr bald sprechen.«

»Heute meinen Sie?«

»Ja.«

»Wissen Sie, ich bin in einem Fall und …«

»Heute dann?«

Wie sollte er das schaffen? Aber er wusste, er würde Ja sagen. Müssen. Bei Docteur Garreg hatte er nie eine Chance. Er würde es kurz vor Praxisschluss irgendwie hinbekommen. Garreg hatte keine Antwort abgewartet.

»Ich erwarte Sie.«

»Was meinen Sie? Jetzt?«

»Sie sind doch sicher noch in Pont Aven. Sie werden eine halbe Stunde brauchen.«

Dupin nahm noch einen Anlauf:

»Das tut mir sehr leid, das werde ich nicht möglich machen können. Ich bin gerade auf dem Weg zu einem wichtigen Gespräch.«

»Es geht um den Fall.«

Dupin verstummte.

»Den Fall? – Ich meine – Sie meinen den Mord an Pierre-Louis Pennec?«

»Ja.«

Dupin wusste, dass es keinen Sinn machte, am Telefon weiter zu fragen. Er ächzte ganz leise.

»Ich bin auf dem Weg, Docteur.«

Kommissar Dupin fuhr einen alten Citroën, den großen XM. In einem dunklen Blau. Er war kantig und klobig. Dupin liebte diesen Wagen, obgleich er für Autos allgemein keine besondere Leidenschaft hegte. Citroën hatte er, das betonte er immer wieder, schon gemocht, bevor ihm Nolwenn erklärt hatte, dass dies – wie sollte es anders sein bei guten Dingen – ein bretonischer Wagen sei, der aus Rennes stamme, wie auch Charles Vanel; Charles Vanel und natürlich vieles mehr.

Es hatte elendig lange gedauert, bis er in Concarneau ankam. Im Sommer schlichen die Touristen in ihren Autos über die schmalen Straßen zwischen Concarneau und Pont Aven, immer durch das kleine, hübsche Nevez hindurch, das er so mochte. Und da die meisten Ausländer die Vorfahrtsregeln der *rond-points* entweder nicht kannten oder nicht souverän französisch zu handhaben wussten, kam es am Ortseingang von Nevez (wie an allen *rond-points* auf dem Weg) im Sommer regelmäßig zu stattlichen Staus.

Dupin hatte die ganze Fahrt über gerätselt, auf welche Weise Garreg mit dem Fall zu tun haben könnte. Nolwenn hatte ihm Doktor Garreg empfohlen, als er damals nach Concarneau gekommen war. Garreg war schon der Arzt von Nolwenns Kindern gewesen. Seitdem ging Dupin mit allem, was er hatte, zu ihm, egal, was es war. Und immer wusste Garreg Rat.

Als Dupin über die große stelzenartige Brücke fuhr, die zwischen zwei Hügeln hoch über den Moros führte, und die Stadtgrenze erreichte, merkte er, wie froh er war, wieder in Concarneau zu sein. Er bog direkt rechts ab in die Rue Dumont d'Urville, vorbei an der Markthalle, dann rechts in die Rue des Écoles. Doktor Garreg hatte seine Praxis in einem der typischen, schmal gebauten ehemaligen Fischerhäuschen, die die erste und zweite Reihe der Häuser am Hafen ausmachten. Er parkte an der umwerfend hässlichen neuen Kirche, eines der wenigen hässlichen Gebäude in Concarneau, und lief die paar Meter.

Wie geht es dem Magen?«

Dupin war einen Augenblick lang verwirrt. Garregs Sprech-stundenhilfe hatte ihn direkt ins Untersuchungszimmer ge-schickt, wo Garreg ihm in einem großen alten Sessel am Tisch gegenübersaß. Docteur Garreg war vielleicht Anfang siebzig, ein gebürtiger Concarnese. Unten auf dem Schild an der Praxis stand: Dr. Bernez Garreg, nicht Bernard. Er war groß und dünn, hatte ein lang gezogenes Gesicht, eine hohe Stirn. Das Domi-nanteste seiner Erscheinung war die unendliche Ruhe, die er ausstrahlte, nichts, so schien es, könnte ihn je nervös machen.

Dupin hatte seit Jahren wiederkehrende Magenbeschwer-den, vor ein paar Monaten waren sie einige Male sehr schlimm geworden. Garreg hatte ein paar Minuten zugehört und dann gesagt: »Nervöser Magen. Und zu viel Koffein. Wenn Sie wollen, untersuche ich Sie trotzdem.«

»Danke, danke.« Die Sache mit seinem Magen war ihm etwas unangenehm in dieser beruflichen Situation.

»Ich meine: gut. Besser, ja. Ein ganzes Stück besser.« Er wusste, er machte einen etwas konfusen Eindruck.

Garreg blickte von seinen Papieren auf und schaute ihn ein wenig kritisch an. Dann sagte er entschieden:

»Na gut.«

Dupin war erleichtert, der Tonfall machte klar, dass das The-ma erledigt war. Garreg sah ihn immer noch direkt an. Dupin hatte, so unauffällig wie möglich, nach seinem Stift genestelt. Vergeblich. Das Notizheft lag bereits auf seinem Schoß, aber der Stift war weg.

»Er hätte nicht mehr lange zu leben gehabt.«

Der Satz kam überraschend. Und Dupin hatte gedacht, er ginge weiter, aber Garreg hielt ihn hier erst einmal für beendet.

Garreg sprach immer mit derselben klaren, unbewegten, aber nie kalten Stimme, die ganz zu seiner Person passte. Es war evident, dass Garreg den alten Pennec meinte, dennoch rutschte Dupin seine Nachfrage raus:

»Pennec?«

Garreg ging nicht darauf ein.

»Das Herz. Er hätte umgehend mehrere Bypässe gebraucht. Beachtliche Stenosen. Ein Wunder, dass er die letzten Jahre, Monate und Wochen überhaupt noch geschafft hat. Das war eher unwahrscheinlich. Sehr unwahrscheinlich.«

»Sie kennen sein Herz? Ich meine, Sie sind auch *sein* Hausarzt?«

»›Hausarzt‹ kann man das schwerlich nennen. Er hat sich nie untersuchen lassen, in drei Jahrzehnten nicht. Gar nichts, nicht die einfachsten Vorsorgeuntersuchungen. Er kam nur wegen des Rückens. Er hatte Rückenbeschwerden seit vielen Jahren, dagegen bekam er ab und an Spritzen. Am Montagmorgen kam er mit Schmerzen in der Brust. Es müssen starke Schmerzen gewesen sein. Nur unter Protest hat er ein EKG schreiben lassen.«

Garreg hielt inne.

»Und?«

»Er hätte operiert werden müssen. Auf der Stelle. Er wollte nicht.«

»Er wollte nichts unternehmen?«

»Er hat gesagt: Wenn man in meinem Alter mit dem Operieren einmal anfängt, ist man verloren.«

Garreg verzog keine Miene.

»Wie lange hätte er noch zu leben gehabt?«

»Wie ich sagte: Medizinisch gesehen«, Garreg artikulierte jedes Wort überpräzise, »hätte er eigentlich bereits tot sein müssen.«

»Und Medikamente? Hat er Tabletten bekommen?«

»Die hat er strikt abgelehnt.«

»Und? Was haben Sie gesagt?«

»Nichts.«

»Aber er wusste, dass er daran sterben würde?«

»Ja.«

Garreg machte eine Pause und sagte dann in einem Tonfall, der den definitiven Abschluss dieses Punktes anzeigte:

»Ein geistig gesunder Mann. Und einundneunzig.«

Dupin verfiel einen Augenblick in Schweigen.

»Wusste jemand von seiner Krankheit – von seinem Zustand? Wie akut er war?«

»Ich denke nicht. Das wäre ihm sehr unangenehm gewesen, vermute ich. Er hat nie viel Aufhebens um sich gemacht. Er hat sogar gefragt, ob meine Sprechstundenhilfe davon wüsste, und war sehr beruhigt zu hören, dass sie die medizinischen Daten nicht abschließend beurteilen kann.«

Garreg hatte Dupins Erstaunen bemerkt und setzte hinzu:

»Ein sehr eigenwilliger Mann.«

»War er denn nicht sehr geschwächt? Hätte man ihm seinen Zustand nicht anmerken müssen? Zumindest in den letzten Wochen?«

Niemand hatte erwähnt, irgendeine Veränderung oder gar Schwäche an Pennec wahrgenommen zu haben.

»Wissen Sie, das ist so eine Sache. Ein starker Wille. Ein stolzer Mann. Und wirklich flink war er ohnehin schon lange nicht mehr. Einundneunzig.«

Garreg sprach das letzte Wort sehr langsam und schaute Dupin dabei ganz ruhig an. Mehr würde er nicht hören von Docteur Garreg. Es war alles gesagt.

»Danke. Das war eine wichtige Information.«

Dupin wusste, dass das Wort »wichtig« ein mutiges Wort war in diesem Zusammenhang. Durch nichts gedeckt. Er hatte im Augenblick keine Ahnung, ob sie überhaupt von Bedeutung für den Fall werden würde. Fest stand nur, dass diese Information den Fall im Augenblick noch ein Stück abstruser machte.

»Haben Sie schon Hinweise, eine Idee?«

Dupin war erleichtert über diese unerwartete Frage, sie minderte das Gefühl, das er während des Gespräches doch die ganze Zeit gehabt hatte: hier als Patient zu sitzen. Er bemühte sich, souverän zu antworten, was ihm aber nicht vollends gelang.

»Wir gehen verschiedensten Hinweisen nach.«

»Noch gar nichts also. Ja. Das ist ein schlimmer Fall. Ein wirklich schlimmer Fall.«

Die Stimme des Arztes hatte sich zum ersten Mal verändert, jetzt war ihm eine starke Emotion anzumerken. Er stand auf und streckte Dupin die Hand entgegen.

»Vielen Dank noch einmal, Docteur.« Dupin sprang viel zu schnell hoch, schüttelte Docteur Garreg die Hand, drehte sich um und ging. Mit raschem Schritt.

Wieder auf der Straße, musste Dupin seine Gedanken ordnen. Er hatte wirklich keine Ahnung, was er mit dieser Neuigkeit anfangen sollte. Aber sie wog schwer. Das Opfer eines brutalen Mordes, ein sehr alter Mann, war lebensbedrohlich herzkrank gewesen. Und wäre höchstwahrscheinlich in allernächster Zeit – und das meinte in diesem Fall tatsächlich: in jeder Sekunde – eines natürlichen Todes gestorben. Und er war sich darüber im Klaren gewesen. Niemand hatte auch nur angedeutet, von Pennecs Zustand gewusst oder an ihm irgendetwas bemerkt zu haben. Hatte er seinen Zustand womöglich ganz für sich behalten? So wie Garreg es vermutete? Dann waren es zufällige Tatsachen nebeneinander, der Mord an Pennec und Pennecs tödliche Krankheit. Vielleicht war aber auch alles ganz anders? Sicher war, Pennec hatte gewusst, dass es ihn nun jeden Tag hätte treffen können – und das hatte *für ihn* alles verändert, verändern müssen. Alles. Auch für einen Einundneunzigjährigen.

Dupin fühlte, wie er unruhig wurde. Er mochte das nicht. Er wählte Kadegs Nummer.

»Kadeg – ich will wissen, was Pierre-Louis Pennec in dieser Woche gemacht hat. In den Tagen seit Montag. Alles, was wir rauskriegen können. Was hat er getan, wen hat er gesehen, gesprochen, angerufen? Sprechen Sie noch einmal mit allen über diese vier Tage. Sagen Sie Riwal Bescheid. Wir konzentrieren uns auf diese vier Tage. Von Montagmorgen bis gestern Nacht.«

»Nur auf diese vier Tage? Warum?«

»Ja. Nein. Natürlich nicht nur. Aber hauptsächlich auf diese vier Tage. Als Erstes.«

»Und warum? Warum hauptsächlich auf diese vier Tage, Monsieur le Commissaire?«

»Ein Gefühl, Kadeg. Ein Gefühl.«

»Wir konzentrieren unsere ganze polizeiliche Arbeit auf ein Gefühl? Ich habe noch ein paar dringende Sachen, Monsieur le Commissaire.«

»Später, Kadeg. Ich besuche jetzt Fragan Delon.«

Dupin legte auf.

Nolwenn hatte bei Fragan Delon angerufen und Dupins Besuch auf 17 Uhr verlegt. Jetzt war es 16 Uhr 30. Er würde noch rasch ein paar Stifte kaufen bei dem Tabac-Presse um die Ecke, zu dem er immer ging. Traditionell kaufte er immer die gleichen, billigen schwarzen BIC, weil er sie ständig wieder verlor (schneller als er sie nachkaufen konnte). Und ein paar Hefte brauchte er auch. Seit seiner Ausbildung benutzte Dupin immer dieselben Hefte, Clairefontaine, ein wenig schmaler als DIN A5, unliniert, leuchtend rot; so fand er sie auf den ersten Blick unter allen anderen Dingen. Er hatte schon seit der Schulzeit eine hoffnungslos miserable Handschrift. Auch schrieb er Wörter ganz unterschiedlich groß, die vollgeschriebenen Seiten wirkten chaotisch für einen Außenstehenden. Er ging die Notizen während eines Falles immer wieder durch. Wenn er ehrlich war, wusste er auch keine strengen Kriterien zu nennen für das, was er sich da aufschrieb und was nicht. Das Prinzip hieß schlicht: Was er in dem Moment für wichtig hielt, aus welchen Gründen auch immer. Es waren Stichworte, Skizzen, Tableaus, zuweilen wucherten sie. Er brauchte das, denn sein Gedächtnis arbeitete, zu seiner großen Verärgerung, weitgehend willkürlich. Es behielt Dinge, die er gar nicht mehr wissen brauchte und wollte, die kleinsten, entlegensten Details; anderes hingegen, an das er sich unbedingt erinnern wollte und musste, entschwand.

In dem wuseligen Tabac-Presse am Quai Pénéroff, dem größten Platz der Stadt, war viel los. Wie in der ganzen Stadt seit ein paar Tagen. Concarneau bereitete sich auf den Höhepunkt des Jahres vor, das Fest der Feste: das *Festival des Filets Bleus*.

Dupin liebte diesen Laden; er war, wie alle guten Tabac-Presse-Läden, vollgestopft bis unter die Decke; jeder Winkel, jeder Zentimeter wurde genutzt für Zeitungen, Zeitschriften, Bücher, Hefte, Schreibwaren, Süßigkeiten, Plastikkram und alles mögliche andere Zeug.

Dupins Telefon klingelte. Eine verborgene Nummer. Er hatte gerade bezahlt und stand schon fast wieder auf der Straße. Er nahm ab, ohne sich zu melden.

»Monsieur le Commissaire?«

»Am Apparat.«

»Hier Fabien Goyard. Ich bin der Bürgermeister von Pont Aven.«

Dupin hatte von Goyard gehört, konnte sich aber nicht mehr an den Zusammenhang erinnern. Er hasste Politiker, bis auf sehr, sehr wenige Ausnahmen. Sie verrieten die wichtigsten Ideen. Dabei ging es um viel. Und sie hielten alle für bedauerlich naiv, die so über sie dachten wie Dupin.

»Ich rufe an, weil mir viel daran gelegen ist zu erfahren, ob Sie schon weitergekommen sind mit Ihren Ermittlungen? Das ist ein fürchterlicher Vorfall für unser kleines Pont Aven, wissen Sie – tödlich, absolut tödlich, und dies kurz vor der Saison. Sie müssen sich vorstellen …«

Ein jähes Gefühl schlimmster Verdrossenheit überkam Dupin. Es war eine unabänderliche Gesetzmäßigkeit, immer ging es den »Wichtigen« dieser Welt um zwei Dinge: Geld und das Ansehen der eigenen Person. Nicht, dass sich Dupin groß darum gekümmert hätte, aber es nervte, und am schlimmsten: Es kostete Zeit. Und sein Chef Locmariaquer war ihm dabei keine Hilfe, im Gegenteil. Der Bürgermeister redete immer noch, in der Stimme die typische Mischung aus Unterwürfigkeit und Befehlston. Dupin fiel ihm ins Wort:

»Wir tun unser Bestes, Monsieur le Maire. Glauben Sie mir.«

»Wissen Sie, dass nicht nur einige Gäste des *Central*, sondern auch schon einige Urlauber anderer Hotels abgereist sind? Wissen Sie, was das bedeutet? Und das in diesen Krisenzeiten. Dieses Jahr haben wir ohnehin weniger Gäste. Und nun das.«

Dupin sagte kein Wort. Es entstand eine längere Pause.

»Haben Sie denn schon eine Vermutung, Monsieur le Commissaire? Wenn ich das sagen darf: In einem so kleinen Städtchen kann doch so etwas nicht passieren, ohne dass es aussagekräftige Hinweise gibt.«

»Monsieur le Maire, Vermutungen zu haben ist nicht meine Aufgabe.«

»Aber was glauben Sie: Wer hat Pennec ermordet? Ein Auswärtiger oder jemand aus dem Ort? Es wird ganz sicher ein Auswärtiger gewesen sein. Darauf sollten Sie sich konzentrieren.«

Dupin seufzte unverhohlen.

»Meinen Sie, der Mörder ist noch in unserer Stadt? Könnte er weitermorden? Es würde eine unvorstellbare Panik geben.«

»Monsieur le Maire. Gerade sehe ich, dass ein wichtiger Anruf auf dem zweiten Telefon eingeht. Sobald es relevante Entwicklungen gibt, melde ich mich. Versprochen.«

»Verstehen Sie meine Position, ich …«

Dupin legte auf.

Er war sehr stolz auf sich. Er schaffte es erheblich besser als früher, seine Affekte zu zügeln. Er hatte keine Lust auf eine erneute Versetzung. Manchmal musste er den Mund halten, egal, wie schwer es ihm fiel. In Paris war es ihm einige Male sehr schwergefallen, und schließlich war es eine, so stand es in den Akten, »schwere Beleidigung« des Pariser Bürgermeisters – und pikanterweise dann späteren Staatspräsidenten – auf einer sehr großen öffentlichen Veranstaltung gewesen, die ihm den Garaus gemacht hatte. Und sicher waren die Beleidigungen oder wie es dann schriftlich hieß »fortgesetzten infamen Beschimpfungen« seines Vorgesetzten auch nicht gerade hilfreich gewesen.

Er machte das ganz gut mittlerweile, fand er, so wie eben. Aber glücklich machte es ihn nicht. Er bedauerte es heftig, seine Rage in Situationen wie dieser im Zaum halten zu müssen. Und er fand es auch deswegen ein wenig traurig, weil ihm ohnehin ein paar der »Abgründe« fehlten, die mittlerweile für seinen Berufsstand ein Erfordernis, quasi ein Standard zu sein schienen: Drogensucht, zumindest Alkohol, Neurosen oder Depressionen bis hin zu klinischen Graden, eine stattliche eigene kriminelle Vergangenheit, Korruption interessanteren Ausmaßes oder mehrere dramatisch gescheiterte Ehen. Nichts davon hatte er vorzuweisen.

Dupin war in der Zwischenzeit bei seinem Wagen angekommen. Er würde einigermaßen pünktlich bei Fragan Delon sein.

Dupin hatte sich sehr viel versprochen von der Unterhaltung mit Fragan Delon. Aber, wenn er ehrlich war, hatte sie nichts wirklich Entscheidendes zutage gefördert.

Francine Lajoux und Fragan Delon waren, so schien es Dupin, tatsächlich die Menschen, die Pennec am nächsten gestanden hatten. Wenn er jemandem Sorgen oder Ängste anvertraut hätte, dann am ehesten ihnen. Delon aber hatte nichts von seinem bedrohlichen Gesundheitszustand gewusst, also auch nichts darüber, ob sich Pennec jemand anderem anvertraut hatte. Er hatte auch nichts von irgendeinem Streit gewusst, einem Konflikt, den Pennec mit irgendjemandem gehabt hatte in den letzten Monaten oder Wochen, überhaupt je gehabt hatte. Außer mit seinem Halbbruder. Bei diesem Thema war Delon plötzlich sehr involviert gewesen, fast etwas gesprächig. Er hatte eine dezidierte Meinung zu dem Grund des Zerwürfnisses. Auch zu der Beziehung zwischen Madame Lajoux und Pennec. Er war sich sicher, dass es nie eine Liaison gegeben hatte. Nicht, dass Pennec dies ihm gegenüber formuliert hätte, Delon war sich einfach sicher. Und hatte dies – wie alles in diesem Gespräch – in sehr wenigen, kargen Worten ausgedrückt, sehr freundlich dabei. Das Verhältnis Pennecs zu seinem Sohn hielt Delon für nicht sehr eng.

Aber davon habe ihm Pierre-Louis Pennec – wie eigentlich von allen privaten Themen – nie viel erzählt. »Wir haben über andere Dinge gesprochen, nicht über uns.« Und das war sicherlich nicht ungewöhnlich für zwei Bretonen, zumal dieser Generation. Auch wenn Delon kein Wort darüber gesagt hatte, ihm war eine tiefe Trauer anzumerken gewesen.

Die letzten drei Tage vor seinem Tod, das hatte Dupin schon von Riwal erfahren, hatte Delon Pennec nicht gesehen. Delon war bei seiner Tochter in Brest gewesen. Er konnte also nicht behilflich sein bei der Rekonstruktion von Pennecs Tagen seit Montag, seit seinem Besuch bei Docteur Garreg.

Fest stand: Das Hotel war das Zentrum im Leben Pierre-Louis Pennecs gewesen. Dieses Erbe und die ganzen Verpflichtungen, die damit einhergingen. Pennec hatte sich in mehreren Komitees und Vereinen der Gemeinde zur »Pflege der Tradition« und ebenso zur Förderung junger Kunst in Pont Aven engagiert.

Was Dupin erfahren hatte – und das war dann doch auch etwas –, waren ein paar Dinge mehr über Pennecs Leben und Person. Über Vorlieben, Gewohnheiten, kleine Leidenschaften, von denen er einige mit Delon geteilt hatte. Sie hatten Schach gespielt, über fünfzig Jahre, schon als junge Männer, zumeist abends. Manchmal natürlich auch Pétanque, zusammen mit den anderen Männern des Ortes, unten am Hafen. Delon und er waren einmal die Woche zusammen auf dem Meer gewesen, egal, wie das Wetter war, mit Pennecs Boot, zum Angeln. Am liebsten im Frühjahr und Herbst, wenn die großen Makrelenschwärme die Küste entlangkamen. Sie hatten an einem oder zwei Abenden der Woche zusammen an der Bar des Hotels einen Lambig getrunken.

Insgesamt war Dupin ein wenig enttäuscht gegangen. Aber er mochte den alten Delon.

Die Straßen im alten Stadtkern um den Place Gauguin hatten sich wieder gefüllt, es war trubelig. Die meisten Urlauber waren vom Strand zurück, sie wollten noch etwas durch die Läden und Galerien streifen und sich dann ein Restaurant suchen. Es war unglaublich, wie viele Galerien es gab, erst jetzt mit der Hochsaison fiel einem das richtig auf. Sie schienen wie Pilze aus dem Boden geschossen zu sein. Allein in der kurzen Rue du Port, die zum Hafen führte, hatte Dupin zwölf Galerien gezählt, die meisten aber befanden sich zweifelsohne in der Nähe des Museums. Zu kaufen waren Reproduktionen aller Bilder der *Schule von Pont Aven*, natürlich, von billig bis hochwertig, aber auch zahlreiche Originale aktueller Maler, die hier, an dem für die Malerei epochalen Ort, ihr Glück versuchten. Dupin fand alle Bilder, die er bisher gesehen hatte, entsetzlich.

Er konnte nichts davon spüren, dass Urlauber in größerer Anzahl den Ort verlassen hatten oder meiden würden. Am Hotel *Central* selbst blieben einige Grüppchen kurz stehen, redeten etwas verdruckst und deuteten mit den Fingern hierhin oder dorthin. Nur am Morgen war ein paar Stunden lang so etwas wie Irritation zu spüren gewesen. Am Abend schien der Ort in die Sicherheit der touristischen Routinen zurückgekehrt zu sein.

Es war jetzt sieben Uhr. Dupin war wieder ein wenig schwindelig. Seit dem Sandwich am Nachmittag hatte er nichts gegessen. Und er hatte noch einiges vor heute. Er holte sein Handy hervor.

»Nolwenn?«

Dupin hatte es im Büro versucht, er wusste, dass sie noch da war.

»Monsieur le Commissaire?«

»Ich würde gerne morgen früh den Notar sehen, der Pierre-Louis Pennecs Testament verwahrt. Und wenn Sie uns Zugang

71

beschaffen würden zu Pennecs Bankkonten. Ich will eine genaue Übersicht. Auch über seine Immobilien.«

Wenn er sich mit solchen Dingen an den »offiziellen Weg« hielt, wurde es immer kompliziert, eigentlich bedurfte es richterlicher Verfügungen – Nolwenn hatte so etwas ein paar Stunden später erledigt, ohne ein Wort darüber zu verlieren.

»Alles notiert. Riwal hat mehrere Male versucht, Sie zu erreichen und bittet Sie, ihn anzurufen. Er hat Neuigkeiten.«

»Ist er noch in Pont Aven?«

»Vor einer halben Stunde war er noch da.«

»Sagen Sie ihm, dass ich gleich zum Hotel komme und wir uns dort besprechen.« Er zögerte. »Kadeg und die beiden Kollegen aus Pont Aven sollen sich auch bereithalten.«

Er hatte das gar nicht vorgehabt. Aber es war richtig, sich *à jour* zu bringen. Vielleicht waren sie weitergekommen, vor allem mit der Frage, wie Pennecs letzte Tage ausgesehen hatten.

»André Pennec hat angerufen. Er hat es von Loic Pennec erfahren. Er ist bereits heute am frühen Nachmittag in Pont Aven eingetroffen.«

»Er ist sofort gekommen? Hat alles stehen und liegen lassen?«

»Er würde Sie gerne morgen früh sehen. Um acht, schlug er vor.«

»Sehr gut. Ich würde ihn auch gerne sehen.«

»Ich vereinbare alles. Treffen Sie ihn im Hotel?«

Dupin überlegte kurz.

»Nein. Sagen Sie ihm, im Kommissariat. Bei mir. Acht ist gut.«

»Werden Sie noch einmal herkommen, Monsieur le Commissaire? Ich gehe nämlich jetzt gleich nach Hause.«

»Ja, tun Sie das. Ich komme heute nicht mehr ins Büro.«

»Es wird voll sein heute Abend in Concarneau, die ersten Vorveranstaltungen des Festivals laufen. Denken Sie dran, wenn Sie zurückkommen. – Der Präfekt bittet ebenso um einen Rückruf wie der Bürgermeister von Pont Aven. Ich habe beiden gesagt, sie befänden sich ohne Unterbrechung in Gesprächen, bis spät in die Nacht.«

»Großartig.«

Dupin bewunderte Nolwenn. Sie war von einer durch nichts zu erschütternden praktischen Zielstrebigkeit. Nichts war ihr unmöglich, alles schien immer nur eine Frage des – falschen oder richtigen – Herangehens zu sein. Was ihn, als sie ihm vorgestellt worden war, sofort für sie eingenommen hatte, waren ihre wachen Augen, in denen eine eigensinnige Intelligenz funkelte. Sie war eine gut aussehende Frau, Ende fünfzig, eher klein, kurze blonde Haare. Nolwenn war ihm unentbehrlich, ganz allgemein, insbesondere auch wegen ihrer schier unendlichen lokalen und regionalen Kenntnisse. Sie war in Concarneau geboren und aufgewachsen – in Konk-Kerne natürlich, so der bretonische Name der Stadt –, nie weggegangen, Bretonin durch und durch, der Frankreich im Grunde immer noch suspekt war. Schließlich gehörte die Bretagne erst seit 1532, »seit lächerlichen fünfhundert Jahren«, zu Frankreich – eine Annexion! Nolwenn half ihm, die Seele der Bretagne und ihrer Menschen zu begreifen. Ihm war zu Beginn gar nicht klar gewesen, wie unerlässlich das für seine Arbeit hier sein würde. Seit seinem ersten Tag hatte sie ihm Lektionen in bretonischer Geschichte, Sprache, Kultur und bretonischer Küche (*kein* Olivenöl – Butter!) gegeben. Sie hatte ihm zwei Sätze in zwei kleinen blauen Rahmen über den Schreibtisch gehängt. Den berühmten Ausspruch der Maria von Frankreich aus dem 12. Jahrhundert: »Die Bretagne ist Poesie« und einen Eintrag aus einem Konversationslexikon, in kitschig dekorativen Lettern gestaltet: »Der Bretone hat, vielleicht ein Ausdruck seines von Stürmen umbrausten, rauen Landes, eine melancholische

Gemütsstimmung, ein zurückhaltendes Wesen, dabei eine lebhafte, poetische Einbildungskraft, innere Empfindsamkeit und oft große Leidenschaftlichkeit, verborgen hinter äußerer Rohheit und Fühllosigkeit.« Dupin hielt die Formulierung selbst für einen Ausdruck einer lebhaften poetischen Ausdruckskraft. Dennoch war, das war ihm immer klarer geworden mit der Zeit, etwas sehr Wahres an diesen Sätzen.

Zu ihren spielerischen Ritualen gehörte, dass Nolwenn Dupin mit den – etwas schwierigeren – Zügen der Bretonen versöhn- te, mit ihrem berüchtigten Eigensinn, ihrer Starrköpfigkeit, ihrer Bauernschläue, ihrer Wortkargheit auf der einen und Geschwätzigkeit auf der anderen Seite. Oder auch mit der aufs höchste ausgeprägten Vorliebe für bretonische Komparative und Superlative. Der größte Artischockenproduzent der Welt, die zweitgrößte Gezeitenstärke der Welt (bis vierzehn Meter!), die Region mit den meisten Trachten der Welt (sechsundsechzig und tausendzweihundert Unterarten), der größte Thunfischhafen Europas (Concarneau), die weltgrößte Menge an angelandetem Tang und Algen, die meistgelesene Tageszeitung Frankreichs (*Ouest-France*), die höchste Dichte historischer Denkmäler, die größte Anzahl von Fischkonserven-Herstellern der Welt, die meisten Seevogelarten Europas. Nicht zu vergessen natürlich die siebentausendsiebenhundertsiebzig Heiligen, die bis heute mehr oder minder aufwendig geehrt wurden, für jedes erdenk- liche Zipperlein einen. Heilige, von denen weder die Welt noch Gott je gehört hatten. Zuweilen waren es auch Zahlen, die an sich gar nicht so imposant wären, aber in einem emphatischen bretonischen Satz doch sehr so klangen; dass es zum Beispiel vier Millionen Bretonen gab oder dass die Bretagne ein Sechstel der Landfläche Frankreichs ausmachte – das war doch eher wenig, fand Dupin, was ja nicht schlimm war.

War Dupin der Wechsel von Paris ans Ende der Welt am Anfang sehr schwergefallen, so war er im Inneren längst selbst »ein wenig ein Bretone« geworden (auch wenn er dies sich selbst und anderen gegenüber nie zugeben würde, er, der lupenreine Pariser in der tiefsten Provinz), wie Nolwenn ihn zuweilen lobte, wenn er Fortschritte machte in ihren gestrengen Augen. Und bei der Beurteilung eines »Parisers« war sie doppelt streng, in Dupins eigenem Interesse, fand sie. Natürlich blieb dieses Lob sehr oberflächlich, da machte Dupin sich keine Illusionen. Denn eigentlich würde er, selbst wenn er eine Bretonin heiratete, bretonische Kinder hätte und hier seinen Lebensabend beschließen sollte, für immer ein »Fremder« bleiben. Selbst nach zwei, drei Generationen würde man bei seinen Urenkeln sicher raunen: »Pariser«.

Das Licht, das sich jetzt am Abend wandelte, war magisch. Die Farben von Zauberkraft, alles strahlte intensiv, warm und sanft dabei. Golden. Es schien, als würde sich die Sonne in ihren letzten Stunden vor dem Untergehen entscheiden, auf geheimnisvolle Weise durch ihr Licht die Dinge einmal selbst leuchten zu lassen, so kam es Dupin immer vor. Die Dinge wurden nicht beleuchtet, sie leuchteten aus sich heraus. Dupin hatte nirgends auf der Welt je solch ein Licht gesehen wie in der Bretagne. Er war sich sicher, dass dies ein Hauptgrund für die Maler gewesen sein musste, hierhin zu kommen. Es war ihm selbst immer noch ein wenig peinlich, wenn er sich – er, der Großstädter par excellence – bei solchen naturromantischen Verzückungen wie gerade ertappte (und er musste zugeben, dass es ihm immer häufiger passierte).

Dupin ging auf das *Central* zu. Jemand hatte ein großes, mit der Hand beschriebenes Pappschild an den Eingang zum Restaurant gehängt: »Das Restaurant ist vorübergehend geschlossen.

Das Hotel ist geöffnet.« Es wirkte sehr verzweifelt. Er bog in die kleine Gasse rechts vom Hotel ein und lief bis zur gusseisernen Tür, die zum Hof des Hotels führte. Er war sofort ganz allein, kein Mensch verirrte sich vom Hauptplatz hierhin, und der Lärm von dort war auch nicht mehr zu hören. Die Tür war vorschriftsmäßig abgesperrt und versiegelt, die Spurensicherung hatte ihre Arbeit getan. Es sah nicht so aus, als ob die Tür oft benutzt würde.

»Monsieur le Commissaire. Hier – hier bin ich.«

Dupin hob mürrisch den Kopf, Kadeg stand nur ein paar Schritte entfernt im Hof des Hotels.

»Ja. Gehen wir rein.«

Im Hotel war es gespenstisch leer, an der Rezeption stand eines der Zimmermädchen verloren herum. Dupin hatte nicht mal versucht, sich ihren unaussprechlichen bretonischen Namen zu merken. Sie wirkte vollkommen unbeteiligt, drehte eine Haarsträhne um einen Finger und hob nur kurz den Kopf, als die beiden an ihr vorbeigingen.

»Wo sind die Kollegen aus Pont Aven – ich meine, die Kollegen von hier? Und haben sie Dercap erreicht?«, wandte sich Dupin an Kadeg.

»Dercap haben sie leider noch nicht erreichen können, sie versuchen es über das Hotel, wo er zuerst war. Arzhvaelig ist eben gegangen. Er hatte seit gestern Mittag Dienst. Bonnec ist noch da, er führt noch Gespräche. Die beiden haben viel geschafft heute. Die Zusammenarbeit ist hervorragend.«

»Sehr gut. Sehr gut!«

Dupin formulierte das fast feierlich. Immerhin hatte Dercap ihnen gute Leute hiergelassen.

»Wir haben eine erste Übersicht über Pierre-Louis Pennecs letzte Tage. Und ein wenig darüber hinaus. Sollen wir damit beginnen?«

»Unbedingt.«

Die Tür zu dem jetzt am Abend irgendwie traurig wirkenden Zimmer, das sie sich als Quartier eingerichtet hatten, stand offen. Riwal saß an dem kleinen und einzigen Tisch, der im Raum stand. Er sah etwas angeschlagen aus. Kadeg ehrlich gesagt auch. Sie traten ein. Dupin setzte sich auf einen der Stühle, die eng nebeneinanderstanden.

Kadeg übernahm weiterhin das Reden.

»Vielleicht kommen wir doch zunächst …«

»Der Tagesablauf, Pierre-Louis Pennecs letzte vier Tage!«

»Ich wollte nur …«

Kadeg fasste sich und berichtete:

»Für gewöhnlich sahen seine Tage so aus: Pennec stand früh auf, jeden Morgen um sechs, seit einigen Jahren schlief er meistens hier im Hotel. Er kam um 6 Uhr 30 runter.«

Kadeg war jetzt voll und ganz in seinem Element. Dupin konnte Kadegs Stolz auf seine peniblen Fleißarbeiten nicht ertragen. Er sprach künstlich gedrängt, bei den banalsten Dingen lächerlich pathetisch. Aber Dupin hörte genau zu.

»Er frühstückte in dem kleinen Frühstücksraum, meistens alleine, manchmal mit Angestellten, mit Madame Lajoux, um Hotel- und Restaurantangelegenheiten zu besprechen. Er blieb sitzen, wenn die ersten Gäste kamen. Es gibt wohl eine große Anzahl von Stammgästen, die jedes Jahr kommen, seit Jahren, Jahrzehnten teilweise.«

»Haben Sie alle Namen?«

»Alle. Bis neun, halb zehn war Pierre-Louis Pennec hier und im Hotel, erledigte dies und jenes. Dann machte er einen Spaziergang. Damit hat er vor einigen Jahren erst begonnen.«

»Allein?«

»Ja, wohl immer allein.«

»Wohin?« Dupin interessierte sich gar nicht ausdrücklich für die Antwort, aber Kadegs unausstehliche allwissende Art provozierte ihn stets aufs Neue, ihn zu testen. Und fast immer zog Dupin den Kürzeren.

»Pierre-Louis Pennecs Spaziergang führte ihn die Hauptstraße hoch, dann rechts wieder runter zum Fluss und dann auf der rechten Seite des Ufers entlang. Am Ende des Ortes beginnt ...«

Dupins Handy schrillte, auch Kadeg und Riwal schreckten kurz zusammen. Dupin nahm reflexhaft ab.

»Ja?«

»Ich bin's.«

Dupin brauchte einen Augenblick, um die Stimme zu erkennen. Und stammelte dann trotzdem.

»Ja?«

»Véro. Ich könnte heute nach der Arbeit bei dir vorbeikommen. Oder Austern, wir gehen Austern essen. Ich ...«

Das fehlte ihm noch.

»Ich bin in einem Fall. Ich – ich melde mich.«

Dupin legte auf. Riwal und Kadeg blickten ihn irritiert an.

Er musste sich wirklich überlegen, wie er das mit Véro löste. Es ging seit drei Monaten, und er wusste immer noch nicht, was er wollte. So konnte es jedenfalls nicht weitergehen.

»Ich fahre jetzt fort.«

Kadegs Tonfall klang betont verärgert.

»Also – Pennec ging dann noch ein Stück durch den Wald. Immer denselben Weg, aber wohl unterschiedlich weit. Der ganze Spaziergang dauerte zwischen einer und zwei Stunden, je nachdem. In den letzten Monaten ist er wohl nicht mehr sehr weit gegangen. Im Anschluss hielt Pennec sich wieder im Hotel auf. Die Vorbereitungen für das Mittagessen wurden getroffen. Pennec verabredete sich nicht selten zum Mittagessen. Er hielt sich immer hier unten auf, wie abends beim Essen. Sah nach dem Rechten. Seit vielen Jahren ging er dann so um halb drei auf sein Zimmer und ruhte sich aus. Anschließend machte er Erledigungen, Einkäufe. So um 16 Uhr, 16 Uhr 30. Ab sechs war er dann wieder im Hotel. Vorbereitungen für den Abend, das Abendessen, Gespräche mit den Angestellten, dem Koch, den Gästen. Ein frühes Abendessen vor dem Ansturm der Gäste zusammen mit den Angestellten. Im Frühstücksraum. So um halb sieben. Sie aßen immer das Gericht des Tages, das war Pennec sehr wichtig – immer ein gutes Essen für alle. Pennec war während des Abendessens hier und dort, schaute nach allem, begrüßte, verabschiedete, ging ab und zu von Tisch zu Tisch, und er war viel in der Küche. Manchmal an der Bar.«

Das erste Mal schaltete sich Riwal ein.

»Die halbe Stunde bevor das Restaurant um halb acht öffnete, stand Pennec immer an der Bar. Da kamen Bekannte oder Freunde. Besondere Gäste. Pennec selbst ging selten weg. Er traf die Leute hier. Nie sehr lange. Um diese Zeit war er selten allein, sagen alle Angestellten. Auch die letzten Tage nicht. Wir haben alle Namen derer, die er in den letzten Tagen gesehen hat.«

Dupin machte sich ein paar kryptische Notizen; ihn interessierten die Rituale, die Menschen sich schufen. In ihrem Tagesablauf, ihrer Zeit. In nichts, so war er fest überzeugt, zeigte sich das Wesen der einzelnen Menschen klarer, hier begann man sie zu verstehen.

Kadeg fuhr in seinem strengen Ton der Systematik fort:

»Dann am Ende des Tages der Lambig an der Bar, allein häufig. Ein, zwei Mal die Woche mit Fragan Delon. Oder eben mit einer anderen sehr vertrauten Person. Es war wohl eine große Auszeichnung, von Pennec dazu eingeladen zu werden.«

»Und die letzten Tage? Seit Montag?«

»Also«, übernahm Riwal, »das ist nicht leicht. Was wir haben, von Montag bis heute, ist noch vorläufig. Montagmorgen war Pennec zwei Stunden weg, nach dem Frühstück. Wir wissen noch nicht, wo er war. Hier im Hotel hat er keinem was gesagt. Aber das ist nicht ungewöhnlich. Wenn er das Hotel verließ, sagte er selten, wohin er ging. Ein Handy besaß er nicht. Montagnachmittag war er beim Frisör, um 16 Uhr. Der Salon unten am Hafen, da ging er seit Jahrzehnten hin, ungefähr eine Stunde. Er hatte am Donnerstag der vergangenen Woche angerufen und den Termin vereinbart.«

Pennec war tatsächlich ein sehr eigentümlicher Charakter. Dupin hätte verstanden, wenn jemand nach einer solchen Mitteilung wie der von Doktor Garreg den Frisörtermin abgesagt hätte.

»Wir werden noch mit dem Frisör sprechen.«

»Das sollten Sie unbedingt. Ihren Frisören erzählen Menschen viel. Selbst die verschwiegensten.«

Dupin rechnete indes im Falle Pennecs nicht damit. Nach allem, was er über Pennec erfahren hatte und wie er den Charakter nun einschätzte. Dennoch.

»Montagabend vor dem Essen war er mit Madame Lajoux an der Bar, es ging um Geschäftliches, nichts Ungewöhnliches nach Aussage von Madame Lajoux. Nach dem Schließen des Restaurants war er alleine an der Bar, eigentlich kam Fragan Delon montags gerne, er war aber verreist. Dienstagmorgen kam Frédéric Beauvois, ungefähr eine Stunde, so um neun Uhr, ein pensionierter Kunstlehrer, unter anderem Vorsitzender des örtlichen Kunstvereins. Er leitet zudem das Kunstmuseum, gleich hier um die Ecke. Pennec hat dem Museum hin und wieder Beträge gespendet, wir wissen noch nichts über die Höhen dieser Spenden. Beauvois macht ab und zu Führungen für besondere Gäste Pont Avens, auf Initiative des Bürgermeisters und Pennecs;

dann ist das *Central* natürlich eine feste Station auf dieser Tour. Morgen wäre die nächste Führung gewesen. Beauvois hat vor ein paar Jahren eine kleine Broschüre für Pennec entworfen, die hier überall im Hotel ausliegt, *Die Künstlerkolonie von Pont Aven und das Hotel Central.* Pennec hat alles bezahlt, auch den Druck. Die wollte er unbedingt erweitert haben. Darüber hatten sie sprechen wollen.«

»Woher wissen wir das?«

»Madame Lajoux. Und Delon wusste auch etwas davon, wenn auch nichts Genaues.«

Delon hatte Dupin gegenüber nichts von einem Beauvois erwähnt.

»Madame Lajoux wusste, dass Pennec Beauvois wegen der Broschüre sehen wollte.«

»Was heißt unter anderem?«

»›Unter anderem‹?«

»Was Beauvois ›unter anderem‹ ist?«

»Oh – er ist Vorsitzender mehrerer Vereine und Organisationen.«

Riwal blickte auf seine Notizen.

»Da wären die *Vereinigung der Freunde Paul Gauguins*, die *Vereinigung der Freunde Pont Avens*, die *Organisation zur Erinnerung an die Schule von Pont Aven*, der *Verein der Mäzene der Kunst* und …«

»Ist gut, Riwal.« Dupin kannte das. In der Bretagne gab es in jedem Ort mehr Vereine als Einwohner.

»Wann wurde die Verabredung getroffen?«

»Wohl erst Montag. Sie haben sich regelmäßig getroffen. An den Abenden dieser Woche hat Pennec wie immer mit den Angestellten gegessen.«

»Was noch?«

Riwal schaute auf seine Notizen.

»Monsieur Pennecs Sohn war Mittwochabend da. Aber das wissen Sie ja sicher von Loic Pennec selbst.«

Dupin fiel ein, dass er nach diesen Dingen gar nicht so konkret gefragt hatte, als er bei den Pennecs gewesen war. Aber sein Besuch hatte ja auch einen anderen Charakter gehabt.

»Der Sohn kam in der Regel ein Mal die Woche. Meistens eben abends die halbe Stunde vor dem Abendessen, an die Bar. Er blieb nie lange. Donnerstag kam der Chef des kleinen Hafens von Pont Aven, Monsieur Carlé, der auch alle möglichen Posten innehat; er ist unter anderem Vorsitzender mehrerer Freundschafts-Komitees, in denen Pennec Mitglied war. Das Gespräch hat etwas länger als die gewöhnliche halbe Stunde gedauert. So bis Viertel vor acht. Es ging hauptsächlich um Pennecs Hafenplatz für sein Boot. Er wollte ihn verlängern, er hat wohl einen besonders privilegierten Platz. Wir haben kurz mit Carlé gesprochen. Er wusste nichts Besonderes zu berichten, Pennec schien ihm wie immer.«

»Pennecs Boot liegt hier im Hafen?«

»Er hat zwei Boote. Sie liegen beide hier in Pont Aven.«

»Zwei Boote?«

Alle hatten bislang nur von einem Boot gesprochen.

»Zwei Motorboote. Ein neueres, größeres. Jeanneau Merry Fisher, sieben Meter fünfzehn.«

Riwals Augen leuchteten.

»Und ein sehr altes, wohl viel kleineres. Das alte liegt auch hier im Hafen, aber weiter unten. Er fuhr offenbar fast nur noch mit dem neuen, auch bei seinen Angelausflügen mit Delon.«

»Und das andere Boot, wozu benutzte er das?«

»Damit fuhr er anscheinend ganz selten, den Aven runter, in den Belon hinein manchmal, Austern holen.«

»Noch mehr? Was haben Sie, Kadeg?«

»Den Angestellten des Hotels ist in den letzten Tagen nichts aufgefallen. Wir haben intensiv mit allen gesprochen. Er hat sich vollkommen normal verhalten, sagen sie.«

»Das habe ich auch schon gehört.«

Kadeg ließ sich nicht aus der Ruhe bringen.

»Wir haben sie gebeten, sich umgehend bei uns zu melden, wenn jemandem noch etwas einfällt.«

»Weiter.«

»Dann waren da noch drei Personen, mit denen Pennec sich länger unterhalten hat in den letzten Tagen, zwei davon Stammgäste. Ein Gespräch am Dienstagabend, vor dem Essen die halbe Stunde, und eines am Mittwoch, das war spätabends an der Bar. Auch eine halbe Stunde ungefähr. Wir haben die Personalien. Riwal hat schon mit beiden geredet. Es waren Gespräche über das Wetter, das Essen, die Bretagne. Über die Saison. Von dem Gespräch mit dem Fremden hatten wir Ihnen schon berichtet.«

»Wann war das?«

»Am Mittwochmittag. Vor dem Hotel.«

»Ach ja.«

Dupin blätterte etwas konfus in seinem Notizbuch.

»Wir sollten unbedingt wissen, wer das war.«

»Wir sind dran. Mit dem Koch hat er jeden Abend gesprochen. Das wissen Sie bereits. Sie haben ja ausführlich mit ihm geredet.«

Jetzt übernahm wieder Riwal.

»Wir haben auch angefangen, die Telefonate zu überprüfen. Er hatte in seinem Zimmer einen privaten Anschluss; meistens hat er aber doch mit einem der drei schnurlosen Apparate von der Rezeption telefoniert; einen davon hatte er wohl fast immer bei sich, auch, wenn er oben in seinem Zimmer war. Von diesen Apparaten landen sämtliche Anrufe auf der allgemeinen Liste der Hauptnummer, über die alle Anrufe des Hotels und des Restaurants laufen. Da kann man nicht unterscheiden, wer telefoniert hat.«

»Ich will alles wissen.«

Kadeg wollte etwas sagen, ließ es aber.

»In den letzten vier Tagen vor seinem Tod hat er ein Mal mit seinem Halbbruder telefoniert, das zumindest wissen wir schon. Er hat André Pennec von seiner Leitung angerufen, zehn Minuten, am Dienstagmittag. Sie wollten ja selbst mit André Pennec sprechen. Wir haben aus den letzten drei Wochen von seinem Apparat kurze Telefonate mit Delon, eines mit einer Notarin hier in Pont Aven, eines mit dem Kunstlehrer und dem Bürgermeister.«

»Welche Anrufe waren diese Woche? Das mit der Notarin?«

»Ja, Montagnachmittag.«

»Haben Sie mit ihr gesprochen?«

»Nein, noch nicht.«

»Ist das Pennecs Notarin? Ich meine, ist das die Notarin, die Pennecs formale Angelegenheiten geregelt hat? Sein Testament?«

»Das wissen wir noch nicht.«

»Wir brauchen das Testament. Sprechen Sie morgen früh mit Nolwenn, sie wollte mir einen Termin mit dem Notar machen, der Pennecs Testament exekutiert. Wie heißt die Notarin, die er angerufen hat?«

»Camille de Denis. Die Kollegen sagen, dass alle ›besseren Leute‹ von Pont Aven ihre Angelegenheiten von ihr regeln lassen.«

»Madame de Denis?«

»Ja.«

»Gut.«

Dupin kannte sie flüchtig. Sie war, das wusste er, eine sehr angesehene Person in der Gegend, auch in Concarneau. Ohne Zweifel eine attraktive Frau, vermutlich Anfang vierzig, ein wenig jünger als er, die wegen ihrer Eleganz, ihrem unfehlbaren Stil und ihrem scharfen Verstand bewundert und geachtet war. »Eine echte Pariserin«, hätte man gesagt, doch Madame de Denis hatte ihr ganzes Leben in Pont Aven verbracht, nur für die Jahre des Studiums war sie in Paris gewesen, was sie nicht sonderlich beeindruckt hatte.

»Sagen Sie Nolwenn, sie soll in Erfahrung bringen, ob sie Pennecs Notarin ist. Als Erstes morgen früh. Und mir den Termin machen. Wie viele Anrufe sind auf der Liste des allgemeinen Anschlusses, die von dieser Woche stammen? Ausgehende Anrufe, meine ich.«

»Vierhundert bestimmt, vielleicht hundertfünfzig Nummern.«

»Rufen Sie alle an, finden Sie heraus, wen Pennec angerufen hat und worum es ging. Ich will von jedem Anruf wissen, den Pennec in den letzten Wochen gemacht hat. Alles. Vor allem in dieser Woche.«

Das Gesicht Riwals zeigte, dass er nichts anderes erwartet hatte. Kadegs Gesicht war ein wenig gerötet.

Dupin wusste, dass alles, was sie an Nachforschungen dieser – äußerst forcierten – Art anstellen würden, nur dann helfen würde, wenn der Mord *kein* »Zufall« gewesen war. Wenn er sich dagegen »spontan« an diesem Abend ereignet haben sollte, als eine Eskalation von etwas, das zuvor unsichtbar gewesen war – dann würde das alles nichts helfen. Gar nichts.

»Wir brauchen jetzt Glück.«

Kadeg blickte den Kommissar leicht höhnisch an.

»Es könnte auch eine Person sein, die wir überhaupt nicht auf dem Tableau haben.«

»Ich werde mit dem Halbbruder sprechen. Direkt morgen früh. Hat Lafond noch mal angerufen? Oder Reglas?«

»Wir haben mit beiden noch mal gesprochen. Reglas will noch nichts sagen; er hat aber auch bisher nichts, denken wir. Sie wissen, er hätte sofort damit angegeben. Docteur Lafond geht davon aus, dass es tatsächlich ein Messer war, nicht irgendein scharfer, spitzer Gegenstand, vier Stiche. Der Tod scheint zwischen 23 Uhr und ein Uhr nachts eingetreten zu sein, so seine erste, vorläufige Schätzung.«

Dupin wunderte sich, dass Lafond überhaupt schon irgendetwas gesagt hatte, eigentlich war das nicht seine Art.

»Aber weiter weiß er noch nichts«, kam Riwal Dupins Nachfragen zuvor, »nicht, wie lang die Klinge gewesen ist, wie groß das Messer war, welche Art Messer es war.«

»Das hilft uns alles nicht weiter.«

Dupin warf einen Blick auf seine Uhr. 20 Uhr 30. Kadeg und Riwal hatten viel geschafft, da gab es keinen Zweifel.

»Das war gute Arbeit, Inspektor Kadeg und Inspektor Riwal. Sehr gute Arbeit. Sie sollten jetzt nach Hause gehen.« Dupin meinte es wirklich so.

Kadeg war sichtlich irritiert über das ausgesprochene Lob und die Fürsorglichkeit des Kommissars. Beide schienen nicht zu wissen, was sie sagen sollten. Dupin nahm es ihnen ab.

»Dann sehen wir uns morgen.«

Die beiden Inspektoren standen auf, immer noch unschlüssig, als wären sie nicht ganz sicher, ob sie den Worten des Kommissars trauen konnten.

»Wirklich. Ich bleibe selbst nur noch kurz. Gehen Sie früh

schlafen. Erholen Sie sich, morgen wird wieder ein anstrengender Tag. Bonne nuit.«

Im Türrahmen blieben Kadeg und Riwal noch einmal stehen.

»Bonne nuit Monsieur le Commissaire.«

Dann eilten sie mit raschen Schritten davon.

Dupin wollte noch einmal ins Restaurant und in die Bar, nachdem er heute Morgen abrupt vertrieben worden war. Sich noch einmal alles ansehen. Er entfernte die Klebebänder zur Absperrung des Tatortes, öffnete die Tür und verschloss sie wieder von innen. Alles war genau so, wie es ausgesehen hatte, als Pennecs Leiche gefunden worden war, genau so, das war das Entscheidende, wie es ausgesehen hatte, als der Mörder vorgestern Nacht nach seiner Tat das Hotel verlassen hatte. Dupin ging bis zur Bar, bis zu der Stelle, an der Pennec gelegen hatte. Er kniete sich hin und sah sich aus dieser Perspektive um. Es war in der Tat unheimlich, wie vollkommen friedlich und freundlich dieser Raum wirkte.

Die Wände waren weiß getüncht, gröberer Putz. Die Gemälde, Reproduktionen und Kopien, hingen wild durcheinander, eng nebeneinander, übereinander, in schlichten Rahmen, fast die gesamte Fläche der Wände im Restaurant und in der Bar war mit ihnen bedeckt. Landschaftsbilder vorwiegend, die Landschaften Pont Avens und der Küste, die Mühlen. Bretonische Bäuerinnen. Dupin war heute Morgen nicht aufgefallen, wie viele es eigentlich waren.

Der Speisesaal des *Central* war nicht pittoresk, trotzdem, wenn man wollte, konnte man sich zurückversetzen in die große, glanzvolle Zeit, es gab immer noch genügend Anhaltspunkte dafür. Man konnte den Charme, das Flair von damals ahnen, diese eigentümliche Mischung aus Provinziellem, ja Ärmlichem eines Fischer- und Bauerndorfes, und dem plötzlich mit den Künstlern aus Paris und aller Welt einbrechenden Mondän-Modernen. Dupin erinnerte sich an eine Fotografie in einem Buch über Pont Aven, das in Nolwenns Büro stand. Auf der moosbewachsenen Steinbrücke war eine Gruppe Künstler zu sehen, auf der Mauer sitzend, alle schauten in die Kamera, die meisten extravagant gekleidet, mit großen Hüten, in feinen, aber abgetragenen Anzügen, im Hintergrund drei, vier Häuser, die die harte Kargheit des Ortes zeigten, Bauern und Fischer, die mühsam arbeiteten, um ihr Leben zu bestreiten. Links von der Brücke das *Central*. Alle waren sie zu sehen, die ganze *Schule von Pont Aven*, Gauguin, sein kongenialer junger Freund Emile Bernard, Charles Filiger und Henry Moret. Begann Nolwenn sie aufzuzählen, wurde die Liste endlos, Dupin selbst kannte nur einen sehr kleinen Teil. Die Künstler hatten sich offenbar einen Witz daraus gemacht, die berühmten bretonischen, vorne spitz zulaufenden Holzschuhe anzuziehen und die Beine weit von sich zu strecken, damit sie gut zu sehen waren auf dem Foto.

Plötzlich klopfte es an der Tür, Dupin schreckte hoch. Es klopfte wieder. Missmutig ging er zur Tür und öffnete sie. Vor ihm stand Madame Lajoux.

»Darf ich kurz hineinkommen, Monsieur le Commissaire? Mademoiselle Kann sagte, dass Sie hier sind.«

Dupin nahm sich zusammen.

»Natürlich. Kommen Sie, bitte, Madame Lajoux.«

Francine Lajoux bewegte sich zaghaft und blieb nach wenigen Schritten stehen.

»Das fällt mir sehr schwer, Monsieur le Commissaire.«

Sie schien um Jahre gealtert seit heute Morgen. Es war schlimm anzusehen; ihr Gesicht war ganz eingefallen, ihre Augen rot. Dupin fiel jetzt erst auf, wie schneeweiß ihre Haare waren.

»Es muss ganz fürchterlich sein für Sie, Madame Lajoux. Monsieur Pennec und Sie standen sich sehr nahe.«

»Hier ist er ermordet worden.«

Sie rang um ihre Fassung, schien all ihre Kräfte aufzubieten.

»Wollen wir lieber hinausgehen?«

»Nein, nein. Ja, wir waren uns sehr nahe, wissen Sie, Monsieur le Commissaire, aber …«, sie schaute Dupin unsicher an, »aber auch nie zu nahe, wenn Sie verstehen, was ich meine.«

»Unbedingt, ich weiß, was Sie meinen. Ich habe das nicht andeuten wollen.«

»Immer haben alle geredet. Und jetzt schauen mich alle so an seit heute Morgen. Ein gemeines Gerede. Er hat seine Frau geliebt. Wissen Sie, Monsieur le Commissaire, es geht mir gar nicht um mich, es geht mir um ihn. Seinen Ruf.«

»Sie sollten nichts darauf geben, Madame Lajoux. Gar nichts.«

Madame Lajoux hielt die Augen gesenkt.

»Wissen Sie schon mehr, Monsieur le Commissaire?«

»Wir wissen schon einiges, aber nicht genug.«

»Kann ich noch helfen? Ich würde gerne helfen, man muss den Mörder fassen und bestrafen. Wer ist zu so einer Tat imstande?«

»Das weiß man nie.«

»Meinen Sie? Wirklich? Das ist ein schrecklicher Gedanke.«

»Haben Sie André Pennec schon gesehen?«

Der Wechsel des Themas war abrupt, aber Madame Lajoux antwortete umgehend und mit ganz klarer Stimme.

»O ja. Er hatte die Unverfrorenheit, sich hier im Hotel ein Zimmer zu nehmen. Madame Mendu hat ihm eines gegeben. Mit einer großen protzigen Limousine ist er gekommen, direkt vom

Flugplatz. Ein unmöglicher Mensch. Eine Dreistigkeit, dass er hier logiert. So etwas Heuchlerisches. Das wäre Monsieur Pennec nicht recht gewesen. Er hat das Hotel gleich wieder verlassen, nachdem er seine Sachen ins Zimmer gebracht hat. Und ist mit seinem großen Wagen weg.«

»Wissen Sie, wohin er gefahren ist?«

»Er hat niemandem etwas gesagt.«

Dupin holte sein Heft hervor und machte sich eine Notiz.

»Madame Lajoux, um eine Sache würde ich Sie in der Tat bitten wollen: noch einmal sehr, sehr genau über die letzten vier Tage von Pierre-Louis Pennec nachzudenken. Wir müssen wissen, was er in diesen letzten vier Tagen getan hat. Damit würden Sie uns sehr helfen.«

»Monsieur Riwal hat mich schon danach gefragt. Ich habe ihm alles gesagt, was ich weiß, Monsieur le Commissaire.«

Sie zögerte einen Augenblick.

»Stimmt es, Monsieur le Commissaire, dass der Mörder immer zum Tatort zurückkehrt, zumindest einmal noch?«

»Das ist kompliziert. Bei Mordfällen gibt es keine Regeln. Für gar nichts. Glauben Sie mir.«

»Ich verstehe. Ich habe das einmal gelesen. In einem Buch. Ein Kommissar hat das gesagt.«

»Madame Lajoux, Sie sollten die Dinge nicht allzu ernst nehmen, die Sie in Kriminalromanen lesen. – Ich habe noch eine Frage, kennen Sie den Kunstlehrer und Leiter des kleinen Museums?«

Dupin hatte Mut gefasst, doch ein paar Dinge fragen zu können. Francine Lajoux schien im Laufe des Gesprächs an Kraft gewonnen zu haben, das Reden half ihr offensichtlich.

»Selbstverständlich. Gut kenne ich ihn. Ein ganz wunderbarer Mensch. Pont Aven hat Monsieur Beauvois viel zu verdanken.

Monsieur Pennec schätzte ihn sehr. Diese neue Broschüre war ihm sehr wichtig.«

»Wie weit ist sie?«

»Ich weiß es nicht genau, es gab einen ersten Entwurf, glaube ich. Mit einem Foto des Restaurants, zweien sogar, einem von damals, einem von heute. Dies hier war Pierre-Louis Pennec der liebste Raum des Hotels. Anfang des letzten Jahres haben wir alles neu gemacht im Erdgeschoss, die Wände, den Boden. Wir haben auch eine ganz neue Klimaanlage bekommen. Er hat nie gespart hier im Hotel.«

Dupin bemerkte erst jetzt, dass die Luft im Restaurant kein bisschen stickig geworden war, obgleich es doch so warm gewesen war heute und der Raum abgesperrt. Die Klimaanlage arbeitete sehr gut.

Seufzend fuhr sie fort: »Hier war Monsieur Pennec immer froh. Jeden Abend war er hier. Bis zum Schluss.«

»Worüber haben Sie gesprochen, in dieser Woche, bei Ihren Abendessen? Hat er etwas über seinen Halbbruder gesagt? Diese Woche oder in letzter Zeit?«

»Nein, gar nichts.«

»Hat er Ihnen gegenüber zuweilen von seinem Sohn gesprochen?«

»Nein. Er hat fast nie von ihm gesprochen. Nur über dessen Frau manchmal. Catherine Pennec. Manchmal hat er sich über sie aufgeregt, er mochte sie nicht, glaube ich. Aber ich sollte das nicht sagen.«

Es war Madame Lajoux anzumerken, dass sie sich zurückhielt.

»Worüber hat er sich aufgeregt?« Dupin musste blinzeln.

»Ich weiß es nicht genau. Sie wollte neue Möbel für ihr Haus. So etwas. Er fand immer, sie lebe über ihre Verhältnisse und wolle die große Dame spielen. Aber ich sollte so etwas wirklich nicht sagen«, sie zögerte, »sie ist gewiss keine Mörderin, auch wenn sie kein guter Mensch ist.«

»Sie können ganz offen mit mir reden.«

Sie seufzte noch einmal tief.

»Warum hat der Mörder Monsieur Pennec hier umgebracht? Meinen Sie, er kannte ihn und wusste, dass er hier jeden Abend war? Hat er ihn an diesem Abend beobachtet und gesehen, dass er alleine war?«

Madame Lajoux wirkte wieder gänzlich ermattet und ein wenig zittrig.

»Wir wissen es noch nicht. Madame Lajoux, Sie gehen jetzt am besten nach Hause. Es ist schon spät. Sie müssen sich schonen. Sie sollten sich ein paar Tage freinehmen, das wäre das Richtige.«

»Das würde ich nie tun, Monsieur le Commissaire. Gerade jetzt braucht mich Pierre-Louis Pennec.«

Dupin wollte widersprechen, dachte kurz nach und sagte dann:

»Ich verstehe. Aber wenigstens heute Abend sollten Sie sich etwas ausruhen.«

»Sie haben recht. Ich bin erschöpft.«

Sie wandte sich zum Gehen.

»Nur noch eine letzte Frage, Madame Lajoux. Es gab da einen Mann, mit dem Pierre-Louis Pennec eine Unterhaltung hatte, draußen vor dem Hotel. Am …«, Dupin blätterte in seinem Heft, fand die Stelle aber nicht, »in den letzten Tagen. Sind Sie sich sicher, dass es kein Gast war? Oder jemand aus dem Ort?«

»Nein, nein. Das war kein Gast. Ich kenne unsere Gäste. Und sicher niemand aus dem Ort.«

»Sie haben ihn nie zuvor gesehen?«

»Nein.«

»Wie sah er aus?«

»Der eine Inspektor hat sich das alles schon aufgeschrieben. Er war nicht sehr groß, eher dünn. Ich habe die beiden aber auch nur aus dem Augenwinkel gesehen. Von oben, vom Treppenhaus. Ich weiß nicht, wie lange sie gesprochen haben, aber sie schienen heftig zu diskutieren.«

»Inwiefern heftig?«

»Ich kann es nicht genau sagen, es kam mir so vor.«

»Es wäre sehr wichtig.«

»Sie gestikulierten. Ich – es war nur mein Gefühl. Hilft Ihnen das?«

Dupin kratzte sich an der rechten Schläfe.

»Vielen Dank. Das – hilft uns. Haben Sie eine gute Nacht, Madame Lajoux.«

»Ich hoffe, Sie fassen den Mörder bald. Aber Sie müssen sich auch ein wenig ausruhen, Monsieur le Commissaire. Und genug essen.«

»Vielen Dank, Madame Lajoux. Das werde ich. Bonne nuit.«

Sie verschwand in der Tür.

Dupin war wieder allein. Er war sich einigermaßen sicher, dass Francine Lajoux nichts von Pennecs gesundheitlichem Zustand gewusst hatte. Pennec hatte sich ihr nicht anvertraut.

Durch die Fenster, deren Verschläge heute früh bei der Sicherung des Tatortes geschlossen und von außen zusätzlich versiegelt worden waren, hörte man kurz dumpfes Stimmengewirr. Dann war es wieder ganz still.

Dupin hatte während des Gespräches gemerkt, wie müde er war. Abgesehen von seinem Hunger. Er hatte keine genaue Vorstellung davon, wonach er hier an der Bar suchen sollte. Er hatte sich nichts Konkretes versprochen. Schon als junger Polizist hatte er sich angewöhnt, die Tatorte wiederholt anzuschauen. Er versuchte sich, jeweils mit dem neuen Wissen über den Fall –

oder zuweilen auch mit nichts als der Fantasie –, den Hergang der Tat so genau wie möglich vorzustellen. Er saß dann da und verlor sich in Details. So sah er plötzlich entscheidende Dinge. Manchmal. Heute aber, da war er sich sicher, würde er gar nichts mehr sehen. Er beschloss, den Tag zu beenden und noch etwas zu essen im *Amiral*. Fast zehn war es jetzt. Er war zu nichts mehr zu gebrauchen. Er war nicht zufrieden.

Dupin saß in seinem Wagen, hatte beide vorderen Seitenfenster heruntergefahren, atmete die sanfte Luft des Abends und war froh, Pont Aven hinter sich zu lassen. Gleich würde er wieder zurück in seinem Concarneau sein. Hätte ihm das jemand vor drei Jahren gesagt, dass er in nicht allzu ferner Zeit »mein Concarneau« sagen würde, er hätte jeden ausgelacht. Aber so war es gekommen – er liebte diese kleine Stadt. Er kannte wenige Orte auf dieser Welt, an denen man so frei atmen konnte wie hier, sich, wie pathetisch es auch immer klingen mochte, so frei fühlen konnte. An Tagen wie diesem war der Horizont schier endlos, endlos wie der Himmel, alles in sanfter Klarheit. Wenn man von den Hügeln die lang gezogene Avenue de la Gare hinunterfuhr, die an beiden Seiten malerische, fein herausgeputzte Fischerhäuser säumten, schaute man direkt auf den Hafen, auf die großen, offenen Plätze, die weiten, unbebauten Flächen zwischen dem Meer und den Menschen. Concarneau war schön, wunderschön, aber das Schönste an dieser Stadt war die Stimmung, in die sie einen versetzte. Und diese Stimmung – das war das Meer selbst.

Dupin wusste, dass die Menschen hier das Meer auch anders kannten, so anders, dass man es sich an einem Abend wie dem heutigen überhaupt nicht vorstellen konnte: als Ungetüm, das grausam zerstörte und einem alles nahm. Die mächtige Hafen-

und Festungsanlage wehrte die Feinde ab – vor allem aber das wütende Meer. Und doch waren sie zu sehr verwoben, die Stadt und der Atlantik, als dass irgendetwas helfen würde, wenn er in Rage geriet. »In Concarneau«, hieß eine der vielen Sentenzen, mit denen die Menschen ihr raues Leben zumindest in Worten gebändigt hatten, »in Concarneau siegt das Meer.« Das war Dupin schnell klar geworden: Was die Menschen vom Meer von allen anderen unterschied, von denen, die am Meer, wie er, Tourist waren und blieben, war der Respekt, genauer: die Angst. Die Angst, nicht die Liebe, war ihr stärkster Bezug zum Meer. Jeder hier kannte jemanden, der einen Menschen an das Meer verloren hatte, einen oder mehrere, die das Meer genommen hatte.

Heute Abend aber, hier unten am Hafen, war das Meer freundlich. Das Wasser, das die Insel der Altstadt umspülte, war vollkommen glatt.

Dupin parkte seinen Wagen in der ersten Reihe, ganz nahe am Hafen.

Girard grüßte mit einer aufmunternden Geste, als sich Dupin an einem der kleinen Tische in der Ecke der Bar niederließ. Eine Geste, die erkennen ließ, dass er wusste, welch harten Tag der Kommissar hinter sich haben musste. Ohne Hektik kam er zum Tisch.

»Schwierig alles?«

»Ja.«

»Hm. Entrecôte?«

»Ja.«

Das war die ganze Konversation. Abgesehen davon, dass sie ausreichte und im Umfang ganz typisch war für die Konversation zwischen Dupin und Girard, war es auch alles, was Dupin an Unterhaltung noch schaffte. Es war kurz vor elf jetzt. Ihm war schlecht vor Hunger. Zwar liebte er die bretonische Küche sehr, und im *Amiral* waren alle ihre köstlichsten Spezialitäten zu haben, aber nichts, nichts ging für Dupin über Entrecôte mit Pommes frites (das wirkliche große Nationalgericht der Grande Nation – sie konnte, fand Dupin ganz aufrichtig, darauf stolz sein). Nichts war so gut. Und nichts half so gut. Nach einem solchen Tag. Dazu Rotwein, tiefroter Languedoc. Schwer, samtig und weich.

Dupin musste nicht lange warten, und alles stand vor ihm. Dann aß er. Und dachte nicht mehr viel nach.

Der zweite Tag

Es war 6 Uhr 30. Kommissar Dupin hatte wirr und unruhig geträumt. Er war zwar um halb eins im Bett gewesen, aber erst um drei eingeschlafen. So richtig tief hatte er erst seit Kurzem geschlafen. Das Telefon hatte einen entsetzlichen Ton. Und war ohrenbetäubend laut. Es war ein neues Gerät, und Dupin war mehrere Male hoffnungslos bei dem Versuch gescheitert, den Ton und die Lautstärke in den vielfältigen Menüs und Untermenüs zu verändern. Er sah Kadegs Nummer. Und nahm den Anruf eigentlich nur an, um das infernalische Klingeln zu beenden.

»Jemand hat die Versiegelungen an einem der Fenster in der kleinen Seitengasse entfernt und die Fensterscheiben eingeschlagen. Das Fenster steht offen.«

Kadeg hatte nicht einmal gefragt, ob er richtig verbunden war.

»Was? Kadeg! Was ist los?«

Dupin verstand nicht, worüber Kadeg sprach.

»Jemand ist heute Nacht in den Tatort eingedrungen.«

»Ins *Central*?«

»In die Bar, in der Pierre-Louis Pennec ermordet worden ist.«

»Und hat was gemacht?«

»Keine Ahnung.«

»Keine Ahnung?«

»Die Kollegen aus Pont Aven haben gerade angerufen. Sie haben es nur gemeldet.«

»Jemand ist gewaltsam durch ein Fenster in den Tatort eingedrungen?«

Kadeg zögerte mit der Antwort:

»Streng genommen wissen wir das gar nicht. Nur dass jemand ein Fenster eingeschlagen hat und dass es offen steht. Das, das dem gusseisernen Tor am nächsten ist, also weiter hinten, Richtung Bar, wenn ich es richtig verstanden habe.«

»Ist etwas zu sehen im Restaurant oder in der Bar?«

»Soweit ich weiß nichts. Keine Verwüstungen, keine Zerstörungen. Aber das ist sicherlich eine vorläufige Aussage.«

»Was soll das heißen?« Dupin kam langsam zu sich.

»Die Kollegen haben nichts Auffälliges gesehen. Aber sie haben natürlich noch keine spurendienstlichen Untersuchungen vorgenommen. Sie haben Reglas benachrichtigt. Das ist sicher das Wichtigste im Moment.«

»Wie ist das aufgefallen? Das Restaurant ist abgesperrt.«

»Der Koch.«

»Edouard Glavinec?«

»Ja, Monsieur le Commissaire.«

»Ist jemand durch die Bar und das Restaurant ins Hotel gekommen?«

»Nein, sicher nicht. Die Tür ist intakt und verschlossen. Da müsste jemand den Schlüssel gehabt haben. Und die haben wir ja sämtlich an uns genommen.«

»Ich mache mich sofort auf, Kadeg. Wo sind Sie?«

»Zu Hause. Ich fahre jetzt los.«

»Gut.«

»Bis später.«

Dupin brauchte zuallererst einen *café*. Für das *Amiral* war es noch zu früh. Er hatte sich in seinem letzten Jahr in Paris eine kleine Espressomaschine gekauft. Drei Mal hatte er sie seitdem benutzt, er saß einfach zu gerne im Café. Die Maschine hatte sehr erstaunliche tausend Euro gekostet. Dupin hatte keine Ahnung von Espressomaschinen gehabt, und die Verkäuferin mit den tiefgrünen Augen hatte ihm überzeugend versichert, dass dies die einzige vernünftige Wahl sei. Auch die Bohnen mussten so alt sein wie die Maschine. Es war etwas umständlich, aber als der letzte Tropfen in die kleine Tasse tropfte, war er fast ein wenig stolz.

Fertig angezogen, trat Dupin mit seinem *café* auf seinen schmalen Balkon, der auf das Meer hinausging wie fast alle Zimmer der Wohnung, die ihm die Stadt zur Verfügung gestellt hatte. In einem der schönsten Häuser Concarneaus, vom Ende des 19. Jahrhunderts, nicht prahlerisch, aber sehr stilvoll, in einem strahlenden Weiß gestrichen. Man schaute direkt auf den Flaubert-Felsen, wie ihn die Concarnesen nannten. Dort hatte Flaubert angeblich immer gesessen, wenn er in Concarneau war. Nur die schmale Straße lag zwischen dem Haus und dem Meer. Rechts führte die Küste zu dem noblen *Les Sables blancs*, einem langen, blendend weißen Sandstrand mit teuren Villen dahinter, links lag die Hafeneinfahrt mit dem kleinen Leuchtturm und den Bojen, die sich schläfrig in der sanften Dünung wiegten. Das Beste aber war der Blick auf den weiten Ozean. Darüber begann gerade am Himmel der Tag, am Horizont waren Himmel und Meer noch nicht auseinanderzuhalten. Die Sonne würde gleich aufgehen.

Auch wenn die Bohnen alt waren, der *café* war stark und schmeckte nicht übel. Dupin dachte nach. Er war sich nicht mehr sicher, ob er jetzt überstürzt nach Pont Aven aufbrechen sollte. Das Wichtigste dort war Reglas' Arbeit, da hatte Kadeg recht. Und der emsige Reglas würde sicher rasch dort sein. Vor ihm. Das Ganze schien im Augenblick seltsam. Warum sollte jemand in das Restaurant eingebrochen sein? War der Mörder zurückgekehrt an den Tatort? Die Spuren der Mordnacht – es waren ja fast keine – waren alle dokumentiert. Es sei denn, sie hatten gestern etwas übersehen. Auf alle Fälle war der Einbrecher ein hohes Risiko eingegangen. Einen Tag nach dem Mord in den Tatort einzubrechen – das war Wahnsinn. Es musste einen sehr gewichtigen Grund geben. Oder es war ein Ablenkungsmanöver. Aber wovon? Warum?

Der Fall, das schien nun klar, lag keineswegs so, dass es nach einem Drama, das sich über eine bestimmte, kurze oder lange Zeit entwickelt hatte, zu einem Mord gekommen war und die Geschichte damit ein Ende hatte. Das Drama war noch im Gange, wenn sie es auch noch nicht sehen konnten. Ein Drama, das der alte Pennec vielleicht sogar selbst ausgelöst hatte durch irgendeine seiner Handlungen, nachdem er von seinem lebensbedrohlichen Gesundheitszustand erfahren hatte. Wie auch immer: Dupin musste sich beeilen, das war klar. Der Gang der Ereignisse beschleunigte sich.

Dupin entschied, nicht nach Pont Aven zu fahren. Er würde aufs Kommissariat gehen, um das Gespräch mit André Pennec zu führen, wie geplant. Und auf die Ergebnisse der Spurensicherung warten.

André Pennec wartete bereits im Kommissariat, als Dupin um kurz nach acht das unscheinbare, eher hässliche Gebäude in der Nähe des kleinen Bahnhofs betrat. Ein Zweckbau, Achtzigerjahre. Und nicht einmal sehr geräumig, geschweige denn komfortabel. Zudem konnte Dupin den Geruch des Gebäudes (ein eigenartiger Plastikgeruch, den niemand außer ihm wirklich wahrzunehmen schien) nicht ausstehen, und alle weit geöffneten Fenster der Welt halfen nichts.

»Er sitzt in Ihrem Büro.«

Nolwenn war bereits ganz bei der Sache.

»Bonjour Nolwenn.«

»Bonjour Monsieur le Commissaire.«

»Ich gehe sofort zu ihm. Haben wir schon eine Auskunft, wer Pennecs Testament verwaltet? Ist das Madame de Denis?«

»Sie erwartet Sie.«

Dupin musste lächeln, Nolwenn schaute ein wenig verwundert.

»Halb elf, in ihrer Kanzlei in Pont Aven. Oder wollen Sie zuerst ins *Central*, wegen des Einbruchs?«

»Nein. Ich will nur informiert werden, wann immer es etwas Neues gibt. Sobald jemand auch nur das Kleinste hat.«

»Das ist doch merkwürdig. Das wird eine immer größere Geschichte«, sie stockte, »und sie ist ja schon jetzt groß genug. Worum könnte es gehen, meinen Sie?«

»Ich weiß nicht. Ich weiß es wirklich nicht.«

»Ich hab auch alle anderen Informationen, ich gebe sie an Riwal. Sie sollten jetzt …«

»Ja, ja.«

Dupin zögerte kurz, klopfte dann doch symbolisch an seiner eigenen Tür, auch wenn es ihm komisch vorkam, und trat ein.

Er wäre fast zusammengeschreckt. André Pennec sah Pierre-Louis Pennec unfassbar ähnlich. Frappierend. Dass er eine andere Mutter hatte, war ihm nicht anzusehen. Dieselbe Statur, dieselbe Physiognomie. Das hatte seltsamerweise niemand erwähnt.

Er saß auf dem Stuhl gegenüber von Dupins Schreibtisch, machte keine Anstalten aufzustehen und blickte Dupin direkt in die Augen. Ein heller, sehr formeller, steifer Sommeranzug, die im Vergleich zu seinem Halbbruder etwas längeren Haare mit Gel peinlich nach hinten gekämmt.

»Bonjour Monsieur.«

»Monsieur le Commissaire.«

»Gut, dass wir uns sehen.«

»Ich hätte erwartet, dass Sie mich persönlich in Kenntnis setzen.«

Dupin wusste zunächst nicht, was André Pennec meinte, fasste sich aber schnell wieder.

»Das tut mir aufrichtig leid. Mein Augenmerk lag unmittelbar auf den ersten Ermittlungen. Darum hat Inspektor Riwal es übernommen, Sie zu unterrichten.«

»Das ist gänzlich inadäquat!«

»Wie ich sagte, es tut mir aufrichtig leid. Wie ich überhaupt mein tiefstes Beileid formulieren möchte über den Verlust Ihres Halbbruders.«

André Pennec blickte Dupin kalt an.

»Standen Sie sich nahe, Monsieur Pennec? Sie und Ihr Halbbruder?«

»Wir waren Brüder. Was soll ich sagen. Mit allem, was Familie bedeutet. Jede Familie hat ihre Geschichten. Und eine Halbbrüderschaft ist wohl immer eine noch kompliziertere Sache.«

»Was meinen Sie damit?«

»Exakt das, was ich sagte.«

»Ich würde gerne mehr wissen, Monsieur Pennec.«

»Ich sehe keinen Grund, Ihnen private Details über das Verhältnis zwischen meinem Bruder und mir preiszugeben.«

»Sie waren ein radikaler Verfechter der bretonisch-nationalistischen Bewegung *Emgann* Anfang der Siebzigerjahre.«

Dupin hatte – eine seiner liebsten Vorgehensweisen – vollkommen ansatzlos mit dem Thema begonnen.

»Manche sagen Ihnen Verbindungen zu deren extremem, militärischem Flügel nach, zur *Bretonischen Revolutionären Armee*.« Dupin macht eine längere Pause. »Es hat Tote gegeben im Kampf gegen die ›französischen Unterwerfer‹. Nicht wenige.«

André Pennec hatte für einen Augenblick die Kontrolle über seine Gesichtszüge verloren, nur für den Bruchteil einer Sekunde, aber Dupin hatte es gesehen. Wut und Fassungslosigkeit.

»Das sind ganz alte Geschichten, Monsieur le Commissaire.«

André Pennec sprach nun in großmännischem, entspanntem Ton.

»Jugendsünden. Nie hat es Verbindungen zur *Bretonischen Revolutionären Armee* gegeben. Nicht im Entferntesten. Eine Idiotie war das. Diese Armee. Gut, dass man sie exterminiert hat.«

»Ein junger Sozialist, Fragan Delon, hat Ihnen diese Verbindungen damals öffentlich vorgeworfen. Wiederholt und an prominenter Stelle. Sie haben es, heißt es, unterlassen, dagegen vorzugehen, weil Sie Angst vor den Nachforschungen hatten.«

»Das ist absurd. Delon war schon immer ein Spinner. Mein Bruder hätte sich vor ihm vorsehen müssen. Ich hab es ihm immer gesagt.«

Immer noch war seine Stimme beherrscht, wenn sie auch etwas schneidender wurde.

»Sich vorsehen müssen?«

»Ich meine …« Er brach kurz ab. »Jeder wählt sich seine Freunde.«

»Ihr Bruder war ein dezidierter Gegner von *Emgann*, in jeder Hinsicht.«

»Wir hatten hierüber ein paar Differenzen.«

»Seitdem haben Sie sich nur wenige Male gesehen, in fast vierzig Jahren. Das müssen schon schwerwiegendere ›Differenzen‹ gewesen sein.«

»So ist es nun mal gewesen, Monsieur le Commissaire. Alte Geschichten.« Er zögerte wieder etwas. »Wir haben telefoniert von Zeit zu Zeit. Unregelmäßig.«

»Man sagt, Sie hätten die Bretagne dann Ende der Siebziger verlassen und in der Provence noch einmal ganz neu angefangen, weil Sie fürchteten, aufgrund der alten Geschichten könnte eine politische Karriere in der Bretagne jederzeit gefährdet sein.«

»Auch das ist absurd.«

»Sie haben in den folgenden Jahren eine ziemlich steile Karriere gemacht.«

»Monsieur le Commissaire, worauf wollen Sie hinaus? Verdächtigen Sie mich des Mordes an meinem Bruder? Das ist grotesk genug. Und das wegen kleiner ideologischer Zwistigkeiten, um die es vor vierzig Jahren ging? Ich bin jetzt fünfundsiebzig und werde mich damit nicht mehr befassen. Das alles ist gänzlich unerheblich. Ein Witz.«

»Sie werden demnächst eine bedeutende Ehrung erfahren. Sie erhalten den *Orden der Nation*. Das wäre die Krönung Ihres politischen Lebenswerkes.«

»Genau.«

»Schlechte Nachrichten könnten alles zerstören.«

»Schlechte Nachrichten? Es gibt keine schlechten Nachrichten. Ich weiß nicht, wovon Sie reden.«

»Wo waren Sie vorgestern, am Donnerstag – tagsüber, am Abend?«

»Ist das ein Verhör, Monsieur le Commissaire?«

Der Tonfall war jetzt offen aggressiv. André Pennec besann sich aber sofort wieder und wechselte das Timbre.

»In Toulon. Am Donnerstag war ich in meinem Haus in Toulon. Ich habe gearbeitet, den ganzen Tag.«

»Und sicher kann das jemand bezeugen.«

»Meine Frau selbstverständlich. Gestern früh war ich dann im Büro, als mich der Anruf Loic Pennecs erreicht hat. Ich bin umgehend aufgebrochen. Meine Frau hat mir einige Sachen in einem kleinen Koffer zum Flughafen gebracht. Sie können gerne meine Boardingcard sehen. In Quimper habe ich mir einen Wagen geliehen. Und mehr werde ich dazu nicht sagen.«

»Finden Sie im Testament Ihres Bruders eine Berücksichtigung?«

»Bitte?«

»Ob Sie denken, dass Sie im Testament Ihres Bruders berücksichtigt sein werden?«

»Nein. Das werde ich nicht. Es sei denn, er hätte es in den letzten Jahren noch einmal geändert, was sich indessen sehr unwahrscheinlich ausnimmt. Nach unseren Differenzen hat er die Verfügung eines Erbausschlusses meiner Person formuliert. Und bei seiner Notarin hinterlegt. Das hat er mir mitgeteilt.«

André Pennec sprach jetzt wieder in größter Ruhe.

»Wissen Sie, ich habe es selbst zu einem gewissen Wohlstand gebracht, ich brauche keine finanziellen Zuwendungen. Und natürlich kennen Sie das Testament meines Bruders längst. Sie wissen, dass ich nicht berücksichtigt bin.«

»Der Ruf eines Politikers ist sein größtes Kapital. Und sein empfindlichstes.«

»Monsieur le Commissaire«, Pennecs Ton war nun geradezu konziliant, »das scheint mir kein adäquates Gespräch zu sein. Ich bin gekommen, um zu erfahren, was es mit dem Mord an meinem Bruder auf sich hat. Ob Sie schon etwas wissen. An mehr bin ich nicht interessiert, offen gesagt. Und dann werde ich schauen, ob ich Loic und Catherine auf die eine oder andere Weise helfen kann. Und ob mit dem Hotel alles in Ordnung ist. Das war die Lebensaufgabe meines Bruders.«

Dupin schaffte es nur mit Mühe, sich zu mäßigen.

»Wir haben noch keine relevanten Ergebnisse, Monsieur Pennec. Die Ermittlungen laufen. Ich führe meine Gespräche mit den Verdächtigen.«

»Noch nichts also.«

»Haben Sie Vertrauen in die bretonische Polizei. – Haben Sie denn eine Idee, Monsieur Pennec, was hier geschehen sein könnte? Das würde mich sehr interessieren.«

»Ich? Nicht im Geringsten natürlich. Wie könnte ich eine Idee haben? Ein Raubüberfall? Mein Bruder war ein guter Geschäftsmann. Heutzutage wird man wegen zehn Euro abgestochen.«

»Das wäre Ihre Vermutung, ja?«

»Ich habe gar keine Vermutung. Die Aufklärung des Falls ist Ihre Aufgabe.«

»Haben Sie in der letzten Zeit Kontakt zu Ihrem Bruder gehabt?«

André Pennec antwortete, ohne zu zögern.

»Wir haben am Dienstag telefoniert.«

»Jetzt am Dienstag?«

»Ja, zwei Tage vor seinem Tod.«

»Ein verrückter Zufall, nicht? Da sprechen Sie so selten – dann aber kurz vor seinem Tod.«

»Diese Andeutung stellt eine weitere Impertinenz dar. Was immer sie in ihrer infamen Unbestimmtheit meint. Ich werde nicht darauf eingehen.«

Der scharfe Gehalt der Sätze stand in sehr wirkungsvollem Kontrast zur Ruhe und Sicherheit des Tonfalls, in dem sie gesprochen wurden. André Pennec war ein Meister der Selbstbeherrschung – und des taktischen, vollkommen gleichgültigen Wechsels von Tonlagen nach Belieben, auch hierin ganz Politiker.

»Können Sie mir sagen, worum es in diesem Telefonat ging?«

»Wie Sie schon wissen, habe ich ihn ab und zu angerufen. Um zu hören, wie es ihm geht, dem Hotel, seinem Sohn und seiner Schwiegertochter. Familie eben. Sicher seit zehn Jahren wieder. Ich wollte einen Austausch – so schwer das vor dem Hintergrund unserer Geschichte auch war.«

»Darum ging es zehn Minuten lang.«

»Darum ging es, zehn Minuten lang. Und um es Ihnen direkt zu sagen: Er hat nichts Ungewöhnliches erzählt. Mir ist nichts an ihm aufgefallen.«

»Worüber konkret haben Sie gesprochen?«

André Pennec überlegte kurz.

»Wir haben über das Angeln gesprochen. Er hatte vor, eine neue Angelausrüstung zu kaufen. Das war immer ein Thema. Das Meer. Das Angeln.«

»Ja«, Dupin setzte kunstvoll ab, »ja, dann denke ich, dass wir unser Gespräch beenden können – ich meine, wenn Sie erfahren haben, was Sie erfahren wollten.«

Noch einmal war André Pennec einen kleinen Augenblick irritiert.

»Ich gehe nun davon aus, dass Sie mich persönlich informieren, sobald etwas vorliegt.«

»Das werden wir, Monsieur Pennec. Verlassen Sie sich drauf.«

Pennec stand energisch auf, reichte Dupin professionell höflich die Hand und ging Richtung Tür.

»Au revoir Monsieur le Commissaire.«

»Entschuldigung, Monsieur Pennec – nur eines noch: Wie lange werden Sie bleiben?«

Pennec war schon in der Tür gewesen. Er drehte sich nicht einmal ganz um.

»Bis alles in Ordnung ist hier. Die Beisetzung. Alle Dinge, um die es jetzt geht.«

»Gut. Ihre Nummer habe ich ja. Und weiß, wo ich Sie antreffe.«

Pennec ging nicht darauf ein. Dupin wartete, bis er hörte, dass Pennec das Vorzimmer verlassen hatte. Dann verließ auch er sein Büro.

»Ich fahre zur Notarin, Nolwenn.«

Ganz am Rand von Nolwenns Schreibtisch stand ein *café*. Dupin musste lächeln. Nolwenn stellte ihn immer dahin, wortlos. Er nahm die Tasse und trank ihn in einem Zug.

»Tun Sie das. Bis dahin haben wir den hochoffiziellen ›richterlichen Beschluss‹ zur Einsichtnahme des Testaments, nur noch ein Anruf. Madame de Denis ist wohl erst vorgestern Mittag aus London zurückgekommen. Eine äußerst beeindruckende Frau. Ihre Familie reicht weit, weit zurück. Sie spricht fließend Brezhoneg. Nur mit Männern hat sie kein Glück.«

Dupin war noch ganz mit dem unangenehmen Gespräch befasst.

»Ich muss Riwal anrufen.«

»Er hat sich eben gemeldet. Wegen des Einbruchs.«

»Sehr gut.«

»Ein entsetzlicher Mensch, dieser André Pennec«, sagte Nolwenn mit trauriger Stimme, »es ist sehr eigenartig, sie sehen sich so unglaublich ähnlich und sind doch so vollkommen unterschiedlich.«

Dupin sagte nichts.

»Ach, noch etwas: Ihre Schwester hat sich gestern noch gemeldet. Es ist nichts Besonderes, soll ich sagen, sie wollte Sie einfach sprechen. Ich habe ihr gesagt, Sie steckten in einem komplizierten Fall. Ich soll Sie grüßen.«

Lou. Er hatte sich längst bei ihr melden wollen, sie versuchte es schon gar nicht mehr auf seinem Handy.

»Danke, Nolwenn. Ich rufe sie an.«

Das würde er wirklich tun.

Er eilte aus der Tür.

Dupin hatte den Wagen auf dem großen Parkplatz am Hafen stehen lassen, das kleine Stück zu fahren lohnte sich nie. Concarneau war ein Gewirr von Einbahnstraßen.

Dupin fingerte an seinem Handy herum.

»Riwal?«

»Ja?«

»Kontrollieren Sie, wann André Pennec gestern in Toulon aufgebrochen ist – seine ganze Anreise. Er war zuvor im Büro. Wann hat er wo das Ticket gekauft, auf welchem Flug war er? Wo hat er den Wagen in Quimper gemietet? Alles. Und sofort!« Er machte nur eine kurze Pause. »Was sagt Reglas zum Einbruch am Tatort?«

»Ich – ja. Ich kümmere mich. Zum Einbruch, Reglas sagt: nichts festzustellen. Bisher. Er konzentriert sich ganz auf mögliche Spuren, Fußabdrücke, was auch immer, um das Fenster herum. Um herauszufinden, ob überhaupt jemand eingestiegen ist.«

»Ihnen ist auch nichts aufgefallen? Haben Sie genau hingeschaut?«

»Aber natürlich, Monsieur le Commissaire. Es war nichts zu sehen, keinerlei Veränderungen gegenüber gestern, nicht in der Bar, nicht im Restaurant. Wenn jemand den Raum betreten hat, dann ist nicht zu ersehen, was er dort gemacht haben könnte.«

»Gut, Riwal.«

»Das ergibt doch keinen Sinn. Warum sollte jemand die Versiegelungen an einem Tatort aufbrechen und eine Fensterscheibe einschlagen? Meinen Sie, es könnte ein alberner Streich gewesen sein?«

»Ich habe keine Ahnung, Riwal.«

»Ich werde die Pennecs unterrichten. Ich nehme an, Sie legen keinen Wert darauf, das selbst zu tun.«

»Gut. Wir sehen uns nach meinem Besuch bei der Notarin.«

»Mein Gefühl sagt mir, hier geht es um eine große Geschichte. Eine wirklich große Geschichte.«

Riwal sagte das in einem sehr grundsätzlichen Ton, der gar nicht zum bisherigen Gespräch passte. Es entstand eine längere Pause.

»Was meinen Sie?«

»Ich weiß es auch nicht. Ich meine, ich weiß es selbst nicht.«

»Also dann.«

Dupin legte auf.

Die Notarin besaß ein wunderschönes altes Steinhaus – geschmackvoll restauriert – weiter oben am Fluss, der hier in einem gewundenen Flussbett wildromantisch über gewaltige Granitblöcke floss. Im Erdgeschoss und im ersten Stock hatte sie ihr Büro, im zweiten Stock wohnte sie. Im kleinen, prächtig bepflanzten Vorgarten stand ein halbes Dutzend Palmen – stets eine Attraktion für Touristen; und immer hörte man jemanden sich damit brüsten, was alle sowieso wussten: »Der Golfstrom trifft genau auf die Bretagne und sorgt auch im Winter für mildes Klima, in der Bretagne gibt es deswegen nie Frost, selten wird es unter zehn Grad – ideal für Palmen.«

Madame de Denis öffnete selbst die Tür. Sie war stilvoll gekleidet. Beiges Etuikleid mit passenden hohen Sandalen. Sah teuer aus. Sehr understatement.

»Bonjour Monsieur le Commissaire.«

Sie lächelte Dupin an, nicht übertrieben, aber doch sehr direkt.

»Bonjour Madame Maître.«

»Kommen Sie herein. Wir gehen hoch in mein Arbeitszimmer.«

Sie machte eine Geste Richtung Treppe, die direkt neben der Eingangstüre nach oben führte.

»Gern.«

Dupin ging voraus.

»Geht es Ihnen gut?«

»Ja. Danke. Wunderbar.«

»Ich danke Ihnen, dass Sie so kurzfristig Zeit für mich haben. Sie kannten Monsieur Pennec sicherlich ganz gut.«

»Seit Langem. Seit meiner Kindheit.«

Sie hatte sich hinter ihren eleganten alten Schreibtisch gesetzt, Dupin auf einen der beiden nicht minder eleganten Stühle davor.

»Monsieur Pierre-Louis Pennec hat mich am Dienstagmorgen angerufen, in einer privaten Angelegenheit, sagte er. Nichts, was das Hotel betraf. Es sei eilig. Zunächst wollte er einen Termin am Donnerstag um 18 Uhr. Den habe ich ihm zugesagt. Dann rief er nach einer Stunde noch einmal an und wollte den Termin auf Freitagmorgen verlegen. Er habe vor, eine Änderung am Testament vorzunehmen, hat er gesagt. Ich dachte, das sollte ich Ihnen mitteilen, noch bevor wir zum Inhalt des Testaments kommen.«

Dupin war bei ihren Worten zusammengezuckt. Er war augenblicklich hellwach.

»Eine Änderung am Testament?«

»Er hat mir am Telefon nicht gesagt, worum es genau ging. Ich habe ihn gefragt, ob ich schon etwas vorbereiten könne. Aber er wollte persönlich mit mir darüber reden.«

»Haben Sie eine Ahnung, was es gewesen sein könnte? Was er ändern wollte?«

»Nicht die geringste.«

»Gibt es etwas Besonderes in dem Testament? Ich meine, etwas Überraschendes? Ich nehme an, dass Loic Pennec alles erben wird.«

»Sein Sohn erbt das Hotel, was mit einigen Auflagen, wie es zu führen ist, verbunden ist – und das Haus, in dem er mit seiner Frau lebt. Ein zweites Haus der vier Immobilien aus der Erbschaft, das, in dem er selbst lebte, hat Pierre-Louis Pennec dem Kunstverein Pont Aven vermacht. Die dritte Immobilie erbt Fragan Delon und die vierte Francine Lajoux. Für sie hat Pierre-Louis Pennec zudem einen Brief hinterlegt, den sie nun erhält. Monsieur Delon erbt die beiden Boote Pennecs.«

Dupin beugte sich vornüber, er konnte sein Erstaunen nicht verbergen. Dem Gesichtsausdruck und der Stimme Madame de Denis' waren keinerlei Regungen anzumerken. Sie referierte sachgemäß die Festlegungen des Testaments.

»Es handelt sich bei den zuletzt erwähnten Immobilien um die Häuser, die Madame Lajoux und Monsieur Delon bereits seit längerer Zeit bewohnen. Bargeld und alles andere geht an den Sohn, aber dabei geht es nicht um große Werte. Rund zwei-hunderttausend Euro betrug das Barvermögen nach meinen letzten Kenntnissen. Auch dies mit Bestimmungen verbunden. Mindestens hunderttausend Euro müssen immer für eventuelle Reparaturen und Renovierungen des Hotels auf dem Konto verbleiben. Und ein paar Grundstücke gehören zum Erbe, die an seinen Sohn gehen. Sieben Stück, ziemlich wild in der Ge-gend verstreut; alles kleinere Parzellen, nur zwei etwas größere, um die tausend Quadratmeter, auf denen jeweils auch eine Art Schuppen stehen muss. Eins in Port Manech, eins in Le Pouldu. Alles keine Baugrundstücke, ohne Wert eigentlich. Wenn man eine Baugenehmigung bekäme, sähe das natürlich ganz anders aus. Aber die strengen Küstenschutz-Gesetze verbieten das. Die meisten der Grundstücke hat Monsieur Pennec selbst schon geerbt. – Das ist der Kern des Testaments.«

Dupin hatte alles minutiös mitgeschrieben.

»Delon und Lajoux erben. Und der Kunstverein auch. Ein ganzes Haus.«

Es war keine Frage. Madame de Denis antwortete auch nicht.

»Drei von vier Immobilien gehen nicht an seinen Sohn.«

»Drei von fünf.«

»Fünf?«

»Das Hotel.«

»Ja, natürlich. Dennoch, das ist eine Überraschung.«

»Ich erwarte Loic und Catherine Pennec heute um 15 Uhr, zur Eröffnung des Testaments. Mit den anderen Begünstigten werde ich für morgen früh Termine machen.«

»Weiß Loic Pennec davon? Ich meine, hat Monsieur Pennec Ihnen gegenüber geäußert, dass sein Sohn Kenntnis hat von diesen Verfügungen des Testaments?«

»Das vermag ich Ihnen nicht zu sagen. Über so etwas haben wir nicht gesprochen.«

Madame de Denis dachte nach.

»Er hat mir nie gesagt, dass sein Sohn die Bestimmungen kennt. Aber wissen Sie, das sind nicht die Angelegenheiten einer Notarin.«

»Was meinen Sie, was sagt Ihnen Ihr Gefühl? Wenn ich das so fragen darf.«

»Ich vermag das wirklich nicht zu sagen, Monsieur le Commissaire. Und ich fühle mich unwohl bei dem Gedanken, dass mein Gefühl bei dieser Frage eine Rolle spielen würde.«

»Das verstehe ich, Madame. Von wann stammt das Testament?«

»Pierre-Louis Pennec hat es vor zwölf Jahren niedergelegt.

Ich habe es für ihn aufgesetzt. Seitdem ist es unverändert geblieben.«

»Gibt es nur dieses eine Exemplar, hier bei Ihnen?«

»Ja, nur dieses. Selbstverständlich angemessen aufbewahrt, im Haustresor wie alle wichtigen Unterlagen.«

»Und was für ein Brief ist das, den er an Madame Lajoux geschrieben hat?«

»Ich kenne seinen Inhalt selbstverständlich nicht. Ein persönlicher Brief.«

»Das Ehepaar Pennec wird nicht sehr glücklich sein über dieses Testament.«

»Es sind noch zwei weitere Verfügungen zu erwähnen. Die eine betrifft einen Schuppen. Im hinteren Teil des Grundstücks von Delons Haus liegt ein großer Schuppen, fast ein kleines Haus. Um den gab es einmal Streit zwischen Pennec und seinem Sohn, zu der Zeit, als das Testament abgefasst wurde. Der Sohn hatte dort ein Lager eingerichtet für seinen Honig. Sie wissen ja sicher von dieser Unternehmung Loic Pennecs?«

»Nicht viel, nur dass er sich mal als kleiner Unternehmer versucht hat. Er wollte wohl bretonischen Honig verkaufen, *miel de mer*.«

»Mehr weiß ich auch nicht, Monsieur le Commissaire.«

»Gibt es denn noch Geschäfte? Wird das Lager noch genutzt?«

»Das kann ich Ihnen leider nicht sagen. Ich weiß nur, dass Pennec Delon diesen Schuppen zur Verfügung stellen wollte – er liegt ja in seinem Garten. Wie der Sohn mit seinem Honig da überhaupt reinkam, kann ich Ihnen nicht sagen. Es gab eine Auseinandersetzung, und Pierre-Louis Pennec hat das Gebäude dann doch seinem Sohn überlassen, aber das Testament sieht vor, dass es nach seinem Tod an Delon geht. Am liebsten hätte sein Sohn damals auch direkt Delons Haus bekommen und es zum

Geschäft umgebaut. Ich weiß das nur, weil die Bestimmung im Testament auf diesen Streit zurückgeht.«

»War es ein schlimmer Streit?«

»Monsieur Pennec war sehr entschieden. Ihm war wichtig, dass diese Bestimmung des Testaments eindeutig und unumstößlich ist.«

»Und die zweite Verfügung? Sie sprachen von zwei Verfügungen.«

»Die zweite ist schon dreißig Jahre alt. Sie schließt seinen Halbbruder vom Erbe aus. Gänzlich.«

»Davon weiß ich bereits. Kennen Sie den genauen Grund?«

»Nein. Überhaupt nicht. Darüber weiß ich gar nichts. Die Verfügung lag zunächst bei meinem Vorgänger, ich habe sie mit den Akten übernommen. Die Verfügung ist auch nur ganz knapp. Sie stellt in einem Satz den Ausschluss fest.«

Kommissar Dupin verfiel in ein kurzes Schweigen.

»Wussten Sie von Pierre-Louis Pennecs Gesundheitszustand?«

»Was meinen Sie?«

»Er hatte nur noch kurz zu leben. Es war wohl ein Wunder, dass er überhaupt noch lebte. Die Arterien waren vollkommen verstopft. Er war am Montag dieser Woche bei Docteur Garreg und hätte sofort operiert werden müssen, aber er hat es kategorisch abgelehnt. Er wusste, dass das seinen baldigen Tod bedeutete.«

Madame de Denis schüttelte fast unmerklich den Kopf.

»Nein, das wusste ich nicht. Ich hatte ihn länger nicht gesehen. Und ich habe davon auch nichts gehört.«

»Er hat es wohl niemandem erzählt. Soweit wir zurzeit wissen.«

Madame de Denis runzelte die Stirn, sie sprach langsam.

»Das, wenn ich das sagen darf, Monsieur le Commissaire,

klingt doch seltsam. Pierre-Louis Pennec erfährt, dass er nur noch wenige Tage zu leben hat, will sein Testament ändern und – wird zwei Tage später ermordet.«

Sie brach ab.

»Ich weiß.«

In dieser Zuspitzung, das stimmte, klang ein Zufall unwahrscheinlich. Aber es ließ sich auch alles anders formulieren.

»Sie erwähnten eben einige Auflagen. In Hinblick auf die Erbschaft des Hotels.«

»Ja, es sind nicht viele. Dass Madame Lajoux ihre Stellung bis zu ihrem Lebensende behält, auch ihr Gehalt. Dass Madame Mendu ihre Nachfolgerin als Hausdame sein soll. Eine Art Managerin des Hotelbetriebs. Als Allererstes, dass das Hotel nicht verkauft oder wesentlich in seiner aktuellen Gestalt verändert werden darf. In diesen Formulierungen liegt selbstverständlich eine gewisse Vagheit. In all das muss Loic Pennec verbindlich einwilligen, damit er die Erbschaft antreten kann.«

Dupin überlegte.

»Ich hatte damals das Gefühl, als würde Pierre-Louis Pennec dieser Liste eigentlich gerne noch ein paar Punkte hinzufügen. Er hatte es ein paar Male angedeutet.«

»Könnte das der Grund gewesen sein, das Testament nun abändern oder ergänzen zu wollen?«

»Ich kann es Ihnen nicht sagen.«

»Hat Pierre-Louis Pennec von einer Abänderung oder Ergänzung gesprochen?«

»Von einer Abänderung.«

Dupin notierte sich das Wort und unterstrich es zwei Mal.

»Was könnte das Testament in dieser Form an Motiven für einen Mordfall enthalten? So spektakulär ist es nicht – es ist, sagen wir: überraschend in einigen Punkten.«

Es war keine richtige Frage gewesen, Madame de Denis hatte Dupin nicht angeschaut, sondern unbestimmt durch das Fenster geblickt. Dupin war ihrem Blick gefolgt.

»Ein unglaubliches Blau.«

Wieder entstand eine längere Pause. Schließlich machte Madame de Denis eine Bewegung, als würde sie sich schütteln wollen.

»Ich mag keine Spekulationen. Mein Beruf sind die Fakten und die Sicherung der Fakten. Aktenkundiges.«

Dupin verstand nicht genau, was sie meinte. Er war jetzt selbst in Gedanken und ganz unruhig geworden. Ungeduldig.

»Wissen Sie, das hat mir alles sehr geholfen. Das waren wichtige Auskünfte. Haben Sie ganz herzlichen Dank, Madame Maître. Das war sehr freundlich.«

»Sehr gerne, Monsieur le Commissaire. Sehr gerne. Ich hoffe, dass sich das Dunkel bald lichtet. Das ist ein entsetzliches Verbrechen. Nicht auszudenken, dass Monsieur Pennec in seinem Alter so gewaltsam sterben musste.«

»Ja.«

»Ich bringe Sie hinunter.«

»Nein, nein, Madame, machen Sie sich keine Mühe. Ich kenne den Weg.«

Dupin schüttelte Madame de Denis die Hand.

»Alles Gute, Monsieur le Commissaire.«

»Ja, alles Gute. Ich hoffe, wir sehen uns bald einmal wieder – unter angenehmeren Bedingungen.«

Madame de Denis lächelte.

»Das hoffe ich auch.«

Kommissar Dupin wusste, dass seine Verabschiedung von Madame de Denis abrupt gewesen war. Er wollte ein paar Meter gehen. Die Dinge wurden immer verwirrender. Eigentlich wusste er, dass dies für gewöhnlich ein gutes Zeichen war. In dieser Phase. Aber dieses Mal fühlte es sich nicht gut an.

Er ging bis zum Hotel zurück, bog rechts in die kleine Gasse ab und entschied sich dann, einfach dem Straßenverlauf zu folgen, ganz den Hügel hoch. Da es hier nicht direkt zum Fluss hinunterging, war die Gegend touristisch uninteressant, er würde seine Ruhe haben.

Das Testament war kein Eklat, nein, aber doch eine erhebliche Überraschung. Und auch hier, wie bei der Herzerkrankung: Es war vollkommen unklar, ob überhaupt jemand von den Verfügungen Pennecs gewusst hatte. Hatte er den Bedachten je etwas gesagt? Sein Sohn und dessen Frau hatten bestritten, Genaueres über das Testament zu wissen, das Ganze spürbar für eine reine Formalie gehalten. Das Erbe sahen sie ganz bei sich. Aber das hieß natürlich nichts. Auch Fragan Delon und Francine Lajoux hatten sich nichts anmerken lassen. Der entscheidende Punkt aber war nicht mal das bestehende Testament: Pennec hatte, nachdem er erfahren hatte, sehr bald sterben zu müssen, das dringende Ansinnen gehabt, sein Testament noch einmal zu ändern. In welchem Punkt? In einem, in mehreren? Hatte er etwas Neues hinzufügen wollen? Diese Auskunft wäre vielleicht der Schlüssel zu allem. Und auch hier wieder die Frage: Hatte jemand von dieser Absicht gewusst? Es musste augenscheinlich um diese beabsichtigte Änderung gehen – alles andere, das bestehende Testament mit seinen Verfügungen, schien als Motiv für einen Mord nicht hinzureichen. Die Sache müsste dramatischer sein. Oder sie war dramatisch, und das Testament enthielt

Dinge, die er bisher nicht gesehen hatte, nicht zu sehen vermochte.

Dupin war oben auf dem Hügel angekommen. Von hier war die Aussicht wirklich spektakulär. So sah Pont Aven auf den Bildern der Maler aus. Man sah, wie hügelig die ganze Region war, wie verschlungen das Tal und wie der Fjord entstand. Plötzlich hatte er eine Idee. Er kramte sein Handy hervor und wählte Madame de Denis' Nummer.

»Georges Dupin hier. Entschuldigung, wenn ich Sie noch einmal störe, Madame Maître. Ich habe doch noch eine Frage.«

»Sie stören gar nicht, Monsieur le Commissaire.«

»Als Monsieur Pennec am Dienstag um den Termin für eine Änderung seines Testaments bat, sagte er, es sei ›sehr eilig‹ und hat dann selbst den Donnerstag vorgeschlagen, oder?«

»Ja, er hat den Donnerstag vorgeschlagen.«

»Er sagte, es sei sehr dringend und wollte aber keinen Termin am selben Tag wenn möglich? Oder zumindest Mittwoch?«

»Hm. Nein. Wie ich sagte, er hat den Donnerstag vorgeschlagen.«

Madame de Denis schwieg eine Weile.

»Ich verstehe. Sie haben recht. Drei Tage. Er trifft für drei Tage später eine Verabredung in einer Sache, die ihm ungemein wichtig ist – wissend, dass er jederzeit tot umfallen könnte. Er …«, sie zögerte, »er hatte noch Dinge zu regeln vor dem Termin mit mir.«

Dupin hatte um ihre Klugheit gewusst.

»Ja. Das denke ich auch.« Es entstand eine kurze Pause. »Ich danke Ihnen noch einmal, Madame de Denis.«

»Sie werden den Fall sicher bald lösen, Monsieur le Commissaire.«

»Ich weiß noch nicht so recht. Bis bald, Madame Maître.«

»Bis bald.«

Dupin nahm einen steilen, schmalen Weg den Hügel hinunter, am Ende führte er über alte Steintreppen, die sich zwischen den noblen Villen und Grundstücken hindurchwanden und an den Aven führten. Unten angekommen, entdeckte er einen versteckten Pfad, der vom Fußgängerweg entlang des Flusses abging, und nach zwanzig, dreißig Metern zu einer knallroten Holzbank führte, die plötzlich hinter üppigen Sträuchern unter einer Handvoll Pappeln vor ihm auftauchte. Sie war vom Weg aus nicht zu sehen, aber nur einen halben Meter vom Fluss entfernt, etwas erhöht. Er setzte sich. Beeindruckende Stromschnellen und Kaskaden ließen das Wasser des Avens an dieser Stelle stark rauschen, wie bei einem Gebirgsflüsschen. Der Lärm des wilden, fallenden Wassers war überall in Pont Aven zu hören, nur unten am Hafen nicht mehr, er machte gewissermaßen den steten Grundton des Ortes aus, vor allem nachts. Hier war nichts vom Meer zu spüren, eine andere Welt. Es war erstaunlich.

Dupin saß ein paar Minuten ganz still. Dann griff er nach seinem Handy.

»Riwal?«

»Monsieur le Commissaire?«

»Ja.«

»Ich verstehe Sie schlecht.«

»Wo sind Sie?«

»Im Büro, ich komme gerade aus Pont Aven. Die Verbindung ist nicht sehr gut. Es rauscht so. Wo sind Sie denn?«

»Ich sitze am Fluss.«

»Sie sitzen am Fluss?«

»Das habe ich gesagt. Gibt es Neues vom Einbruch? Spuren?«

»Nein, gar nichts bisher. Reglas hätte sich gemeldet.«

»Rufen Sie ihn noch mal an.«

»Aber er …« Riwal brach von allein ab.

»Ich will den Vorsitzenden des Kunstvereins sprechen. Haben Sie seine Adresse?«

»Kadeg hat sie.«

»Dann rufe ich Kadeg an.«

»Noch etwas, Monsieur le Commissaire, Docteur Lafond hat angerufen vor einer Stunde, er wollte Sie sprechen, Sie waren bei der Notarin, Nolwenn hat ihn dann mit mir verbunden.«

Riwal wusste, dass Dupin die Gespräche mit Lafond immer selbst führen wollte.

»Und?«

»Vier Stiche, wie schon bekannt. Tief, jeweils bis zum Anschlag des Messers. Oberbauch, Lunge, zwei in der Herzgegend. Er ist wohl sehr schnell gestorben, sagt Docteur Lafond. Das Messer ist im rechten Winkel in den Körper eingedrungen. Eine sehr scharfe, glatte Klinge, etwa acht Zentimeter lang.«

»Das heißt?«

Dupin konnte sich das bei Messern nie vorstellen.

»Das ist eine übliche Klingenlänge für ein Messer. Könnte auch ein größeres Taschenmesser gewesen sein. Opinel, Laguiole, so was. Kein Rost, keine Verunreinigung. Ein gut gepflegtes Messer.«

»Wann ist Pennec gestorben, kennen wir jetzt den genauen Todeszeitpunkt?«

»Gegen Mitternacht. Nicht später. Aber auf die Minute kann man es nicht sagen, Sie wissen doch …«

»Ich weiß, wir wollen ja nicht, dass Lafond fabulieren muss und seine wissenschaftliche Seriosität riskiert.«

»So ähnlich hat er es gesagt, ja.«

»Gut. Ich weiß Bescheid. Rufen Sie mich an, wenn es Neuigkeiten gibt.«

Auch der heutige Tag war ein prächtiger Sommertag geworden, der Himmel klar und weit, von Wolken und Eintrübungen, die schon für die Nacht angekündigt worden waren, keine Spur. Dupin war sich ganz sicher, alle Zeichen für ein Hoch ausmachen zu können, das zumindest ein paar Tage stabil bliebe.

Kadeg hatte die Adresse von Monsieur Beauvois sofort parat gehabt. Auch er wohnte mitten im Ort, den Aven ein Stück hinauf, wo es immer feucht war, in einem der engen Sträßchen. Rue Job Philippe. Es war – wie eben fast alle Häuser dieses Bilderbuchortes – ein wirklich hübsches altes Steinhaus, wie in einem Reiseführer, gewaltige Hortensienbüsche im schmalen Vorgarten. Hortensien in verschiedensten Farben: Pink, Violett, Hellblau, Dunkelblau, Rot.

Dupin hatte das Gartentor geöffnet und wollte gerade klingeln, als die Tür energisch geöffnet wurde und ein kleiner, recht rundlicher Mann vor ihm stand und ihn skeptisch anblinzelte. Nicht mehr sehr viele Haare, dafür aber ganz kurz geschnitten. Eine kleine ovale Brille. Ein ovaler Kopf.

»Commissaire Georges Dupin. Bonjour.«

»Ah – Monsieur le Commissaire. Frédéric Beauvois. Es freut mich sehr, Ihre Bekanntschaft zu machen«, er zögerte etwas, »natürlich sind es schreckliche Umstände.«

»Komme ich ungelegen?«

»Nein, nein. Sie kommen gar nicht ungelegen. Ich wollte nur gerade etwas essen gehen«, er schien sich irgendwie ertappt zu fühlen, »ich lebe alleine. Ein alter Junggeselle. – Ich wäre froh, wenn ich helfen könnte. Was immer ich tun kann. Pierre-Louis Pennec, das muss man so sagen, gehörte zu den bedeutendsten Bürgern der Stadt, und sein Verlust ist in höchstem Maße tragisch für Pont Aven. Das ist das einzige Wort, das angemessen ist. Tragisch. Er hat sich auf vielfältigste und großzügigste Weise verdient gemacht um unseren Ort. Und ich darf sagen: Ich war ein Freund. Drei Jahrzehnte haben wir uns gekannt und zusammengearbeitet. Er war ein echter, ein großer Mäzen. Aber kommen Sie doch herein!«

»Danke.«

Im Haus war es ziemlich dunkel, wie in den meisten dieser alten Steinhäuser. Das konnte unter Umständen sehr gemütlich sein – am Kamin, bei einem tosenden, peitschenden Sturm draußen –, aber auch deprimierend, fand Dupin. Vor allem an einem solch strahlenden Tag.

Dupin druckste etwas herum.

»Wissen Sie, ich habe auch Hunger. Wollen wir nicht zusammen etwas essen gehen? Was meinen Sie?«

Das war eine ganz spontane Idee gewesen. Und Dupin hatte wirklich großen Hunger, merkte er jetzt. Und keine Lust, bei diesem Wetter und diesem Licht in halber Dunkelheit zu sitzen. Monsieur Beauvois schaute den Kommissar ein wenig überrascht an, aber nur einen Augenblick.

»Das wäre mir eine große Freude. Gehen wir doch zu Maurice, in der Mühle. Ein alter Freund von mir. Und das beste Restaurant Pont Avens. Vom *Central* natürlich abgesehen.«

Beauvois lächelte sehr freundlich.

»Sehr gerne, Monsieur Beauvois.«

Dupin musste sich in seinem Tempo mäßigen, mit dem er sich umdrehte und Richtung Tür eilte, um schnellstmöglich aus dem Haus zu kommen.

Sie gingen zielstrebig durch die kleinen Gässchen den Weg am Hotel vorbei zur alten Mühle, der *Moulin de Rosmadec*, die seit zwanzig Jahren ein weit über Pont Aven hinaus bekanntes Restaurant war. Beauvois, der pensionierte Lehrer, ließ es sich nicht nehmen, Dupin, dem der Magen knurrte, eine kleine Führung durch den Ort und seine Geschichte zu geben (mit großem Stolz und zahlreichen Superlativen). Dupin sagte kaum ein Wort.

Endlich saßen sie unter einer großen, prächtigen Linde, neben dem alten Mühlrad. Das Wasser rauschte über die Steine, es war wie in einem Märchen. Dupin hatte nichts von den vielen Mühlen in Pont Aven gewusst. Schon lange vor den Künstlern war der Ort für seine Mühlen berühmt gewesen, eine große Anzahl Müller hatte sich hier über die Jahrhunderte niedergelassen und die ganze Region mit Mehl versorgt. Das Mehl war bis nach Nantes und sogar nach Bordeaux geliefert worden, als der Hafen noch ein echter Seeverkehrshafen gewesen war, wie Beauvois mit Pathos ausführte.

Maurice Kerriou, der übereifrige Besitzer des Restaurants, und Beauvois einigten sich nach ausführlicheren kulinarischen Erörterungen – Dupin war nur am Rande einbezogen – auf ein kleines *plâteau de fruits de mer*, dann *filets de rougets*.

»Die *fruits de mer* müssen Sie essen – die *palourdes grises*! Die besten Muscheln der ganzen Bretagne. Die kriegen Sie so nicht bei Ihnen in Paris. Eine große Spezialität.«

Dupin liebte die *palourdes grises* in der Tat – und er hätte gerne gesagt, dass er sie im *Lutétia*, seiner liebsten Brasserie in Paris, schon viele Male und immer sehr frisch gegessen hatte und noch lieber mochte als die *palourdes roses,* weil sie wie ein Destillat des ganzen Atlantiks schmeckten. Seit er in der Bretagne lebte, aß er sie die ganze Saison über. Aber er sagte nichts. Er hätte nur ein mitleidiges Lächeln kassiert: Ihr armen Pariser, die ihr mit einem tagelang unterwegs gewesenen Ausschuss sowieso schlechter Muscheln aus Übersee für sehr teures Geld abgespeist werdet. Er kannte das.

»Das ist sehr freundlich, ja.«

»Sie werden sehen, das wird eine Entdeckung sein. Alles ist exzellent hier.«

»Monsieur Beauvois, Sie haben Pierre-Louis Pennec diese Woche noch gesehen, am Dienstag.«

»Mein Gott, ja. Ich kann es nicht fassen. Am Dienstag. Er war ganz lebendig. Wir sprachen vornehmlich über die neue Broschüre.«

»Die über die Künstlerkolonie von Pont Aven und die Hotels?«

»Genau, ja. Wir hatten schon länger über eine Erweiterung gesprochen. Bei der ersten Fassung haben wir alles sehr knapp gehalten, sie ist zwanzig Jahre alt. Gerade über das Leben der Künstler in Pont Aven weiß man nun so viel mehr. Wissen Sie – es war ein Skandal, man hatte sie alle vergessen, bis auf Gauguin und vielleicht Émile Bernard. Erst vor zwei Jahrzehnten hat man die anderen Maler wiederentdeckt. Es waren so erstaunliche Talente darunter, so große Künstler. Wir haben hier in Pont Aven eine Menge Recherchen angestellt. Wer wo genau gewohnt hat, wer mit wem wo gemalt hat, wer wo gegessen hat …«

Beauvois lächelte verschmitzt und wissend.

»Und wer welche Affäre hatte, mit welcher Unschuld vom Lande. Das war ein buntes Treiben. Oh, da gibt es viele Geschichten.«

Er unterbrach sich, als müsste er sich zur Disziplin ermahnen.

»Also, ich habe Pierre-Louis die Texte mitgebracht, die neuen. Er wollte auch noch einmal nach Fotos schauen. Wissen Sie, er hat eine kleine, aber doch erstaunliche Fotosammlung. Von seiner Großmutter, von Marie-Jeanne. Ein paar hat sie sogar selbst gemacht.«

»Im Hotel? Fotos aus der Künstlerzeit?«

»Ja. Vielleicht hundert Fotografien. Ein paar ganz außerge-
wöhnliche darunter. Darauf sieht man sie alle, die Großen!«

Dupin hatte sein Clairefontaine-Heft herausgeholt. Er notierte
etwas.

»Wo bewahrte er sie auf?«

»Bei sich oben, in dem kleinen Raum neben seinem Zimmer.
Wo auch ein paar Kopien stehen, die er unten im Restaurant
nicht mehr aufhängen konnte nach der Renovierung. Da hat er
sie mir einmal gezeigt.«

»Könnte ich die Texte sehen?«

Beauvois war irritiert.

»Meine Texte für die Broschüre?«

»Ja.«

»Sehr gerne. Ich werde sie Ihnen zukommen lassen.«

»Hatte es Pennec eilig?«

»Mit der Broschüre?«

»Mit der Broschüre.«

»Er hatte es immer eilig, wenn er etwas wollte.«

»Sie haben bei vielen Dingen zusammengearbeitet, nicht nur
bei dieser Broschüre – wenn ich richtig informiert bin.«

Beauvois setzte sich ein Stück zurück und atmete tief ein, er
schien froh über Dupins Frage.

»Sie sollten vielleicht doch mehr über meine Arbeit wissen,
Monsieur le Commissaire. Sonst vermögen Sie manches nicht
recht einzuschätzen. Wenn Sie erlauben, führe ich etwas aus,
ganz kompakt selbstverständlich.«

»Ich bitte Sie.«

»Ohne eitel wirken zu wollen – es ist uns hier mit dem Museum unter meiner Führung doch Stupendes gelungen. 1985 habe
ich die Leitung übernommen. Ich habe eine ständige Ausstellung
gegründet – geordnet und endlich adäquat gezeigt, was wir ha-

ben, und zudem nach und nach nicht unbedeutende Ankäufe getätigt, über tausend Bilder haben wir heute, tausend! Auch wenn wir natürlich nicht alle aufhängen können. 2002 hat uns das *Ministère de la Culture* offiziell als *Musée de France* klassifiziert, das war die überfällige Anerkennung meiner Arbeit. Und von Beginn an hatte ich die Unterstützung von Pierre-Louis. Er war Mitglied in allen Vereinen, die ich gegründet habe, schon im ersten, der *Association des Amis du Musée de Pont Aven*, da war er einige Zeit zweiter Präsident.«

Maurice Kerriou erschien mit den Meeresfrüchten, einer Flasche kaltem Sancerre und einer großen Flasche Badoit. Dupin fand es ein wenig zu aufwendig. Alles wurde attraktiv auf dem Tisch arrangiert. Es dauerte.

»Sie waren bei den Vereinen stehen geblieben.«

»Ja, wie ich sagte: Monsieur Pennec hat neben der Arbeit in seinem Hotel die Zeit gefunden, sich in Vereinen für Pont Aven und das Museum zu engagieren. Vor allem sollte ich natürlich erwähnen, dass er bis letztes Jahr Vorsitzender des *Mécénat breton* war – eine Vereinigung aller Mäzene des Museums. Wir haben eine große Anzahl prominenter Mäzene. Ohne sie hätten wir nie erreichen können, was uns gelungen ist – natürlich haben uns auch die Stadt, die Gemeinde, das Département wie auch das Regionalparlament unterstützt. Mit den Mitteln des Vereins haben wir den hinteren Teil des Hotels *Julia* zum Museum ausbauen können und ein angesehenes Architekturbüro in Concarneau mit dem Bau des neuen Teils beauftragen können – Sie kennen es ja sicher.«

»Ich kenne es.«

»Und auch unsere spektakulären Akquisitionen haben wir nur so tätigen können. Sie wissen sicher davon?«

Beauvois blickte Dupin prüfend an.

»Ich würde gerne wissen, mit welchen Beträgen sich Pierre-Louis Pennec beteiligt hat – und woran genau?«, fragte Dupin, anstatt zu antworten. Es reichte ihm langsam mit den großartigen Geschichten Beauvois' über sich selbst.

In Beauvois' Gesicht war Enttäuschung zu sehen.

»Das war sehr unterschiedlich. Manchmal ging es um kleine Beträge, für das Plakatieren von Ausstellungsplakaten zum Beispiel. Manchmal auch um größere Summen.«

»Wenn Sie konkreter werden könnten?«

»Aktuell ging es um zwei Beträge. Dreitausend Euro für eine Strecke Radiowerbung, für unsere neue Ausstellung. Wir werden …«

»Und die zweite Summe?«

»Da ging es um einen größeren Geldbetrag. Für das Museum. Wir müssen renovieren. Wir brauchen eine neue Klimaanlage. Für die Ausstellungsräume. Wissen Sie, wir haben keine der ganz bedeutenden Bilder hier, natürlich nicht, aber doch ein paar interessante.«

»Was heißt *größer*?« Dupin war genervt.

»Achtzigtausend Euro.«

»Achtzigtausend Euro?«

»Die Klimaanlage und ihr Einbau wird ein Vielfaches kosten. Es bedarf durchaus einiger baulicher Maßnahmen. Den anderen Teil der Mittel erhalten wir großzügigerweise von Armor Lux – wissen Sie, die bretonische Textilfirma, die mit den Streifenpullis.«

Natürlich kannte Dupin Armor Lux, ganz Frankreich kannte es.

»Pierre-Louis Pennec kannte den Inhaber von Armor Lux, er hat mir ein wenig bei der Akquisition dieser Mittel geholfen. Und den Betrag, der noch fehlte, wollte er übernehmen.«

»Das sind tatsächlich größere Beträge. Haben Sie eine Ahnung, um welche Summe es in den letzten Jahren und Jahrzehnten ging bei seinen Zuwendungen? Ich meine alleine für das Museum hier.«

»Oh, das ist schwer zu sagen. Ich muss einmal überlegen.«

Beauvois kratzte sich an der Nase, das Thema schien ihm ein wenig unangenehm zu sein.

»Vielleicht – vielleicht dreihunderttausend in den letzten fünfzehn Jahren, seitdem gibt es unseren Kunstverein. Es gab auch schon einen davor. Aber völlig unprofessionell geführt, Monsieur Aubert hatte …«

»Sie meinen dreihunderttausend Euro?«

»Ich kann es jetzt nicht genau sagen. So ungefähr, vermute ich.«

»Das waren dann doch substanzielle Zuwendungen.«

»In der Tat. Die einzelnen Beträge summieren sich. Die achtzigtausend waren aber, wenn ich jetzt nichts vergesse, die höchste Einzelsumme.«

»Und wofür sind die anderen Beträge eingesetzt worden?«

»Oh, das ist auf das Genaueste dokumentiert, jede Einzelheit, Sie können gerne Einblick nehmen in unsere Bücher.«

Beauvois wirkte leicht indigniert.

»Ich meine: Was für Projekte wurden mit diesen Mitteln verwirklicht?«

»Renovierungsarbeiten am Hotel *Julia*, Umbauten an diesem Teil des Museums. Wenn Sie wüssten, was Sanierungen so alter Häuser kosten. Ein ganz neuer Boden in drei Räumen. Die Isolierung innen, ich könnte …«

»Der Tod von Pierre-Louis Pennec wird für den Kunstverein sicher schwer wiegen. Sie haben bestimmt nicht viele so großzügige Unterstützer.«

»Nun, nicht viele, nein. In der Tat. Aber wir können uns auch nicht beklagen. Wir konnten eine Reihe der regionalen Unternehmen zu einem Engagement bewegen, nicht nur einzelne Privatleute. Aber ja, das ist ein schwerer Verlust auch für unseren Verein. Pierre-Louis war ein großzügiger Charakter!«

»Ich bin mir sicher, dass Monsieur Pennec auch über seinen Tod hinaus Ihre Arbeit sichern wollte.«

Der Satz war ungelenk formuliert, das wusste Dupin. Aber es interessierte ihn sehr, ob Beauvois etwas von den Verfügungen des Testaments wusste. Und wenn man nicht direkt fragen konnte, halfen merkwürdig unbestimmt formulierte Sätze manchmal sehr.

»Wie meinen Sie das, Monsieur le Commissaire? Dass er unsere Arbeit in seinem Testament bedacht hat?«

Dupin hatte nicht damit gerechnet, dass Beauvois so direkt würde.

»Ja. Am Ende meinte ich wahrscheinlich genau das.«

»Davon, Monsieur le Commissaire, weiß ich nichts. Monsieur Pennec hat so etwas nicht einmal angedeutet. Nie, zu keiner Zeit. Wir haben nie darüber gesprochen.«

Ein Handy klingelte mit einer grotesken Melodie. Monsieur Beauvois griff in die Tasche seines etwas ausgebeulten dunkelblauen Jacketts.

»Hallo?«

Er lächelte Dupin komplizenhaft an.

»Ah. Ich verstehe. Fahren Sie fort.«

Beauvois hörte der Person am anderen Ende der Leitung eine Zeit aufmerksam zu. Dann wechselte er plötzlich in einen barschen Tonfall.

»Nein, das sehe ich nicht so. Ganz und gar nicht. Ich werde mich melden. Das besprechen wir. Ja, au revoir.«

Er legte auf, lächelte Dupin wieder zu und fuhr umstandslos fort.

»Es wäre natürlich ein großes Glück – in dieser Katastrophe, meine ich natürlich. Ein großes Glück für unsere Arbeit. Aber davon weiß ich wirklich nichts. Von einer solchen Bestimmung in seinem Testament.«

Er blinzelte.

»Und ich gehe auch nicht davon aus – auch wenn ich es nicht weiß.«

Beauvois machte das geschickt. Oder es war, wie er es sagte.

»Und ansonsten?«

Beauvois schaute verwirrt.

»Ich meine, ist Ihnen etwas aufgefallen an Monsieur Pennec, als Sie ihn Dienstag gesehen haben, eine Veränderung in seinem Verhalten, an seinem Aussehen? Was immer, jeder noch so unbedeutende Umstand könnte wichtig sein.«

»Nein.«

Die Antwort kam ohne ein Zögern.

»Schien er Ihnen in irgendeiner Weise gesundheitlich angegriffen?«

»Gesundheitlich angegriffen?«

»Ja.«

»Nein – ich meine, ich habe nichts Besonderes an ihm bemerkt. Er war schon sehr alt. Das merkte man ihm seit ein paar Jahren an. Aber sein Verstand war hellwach und immer noch messerscharf. Meinen Sie etwas Bestimmtes?«

Dupin hatte mit keiner anderen Antwort gerechnet.

»Kennen Sie den Halbbruder von Pierre-Louis Pennec?«

»André Pennec? Nein. Ich weiß nur, dass es ihn gibt. Er war nicht häufig hier. Ich bin erst seit dreißig Jahren in Pont Aven. Ich komme aus Lorient. Ich kenne die ganzen Geschichten nicht. Als ich nach Pont Aven kam, hatte André Pennec das Finistère schon verlassen. Ich weiß nur, dass es ein ernstes Zerwürfnis gab. Etwas sehr Persönliches, denke ich.«

»Und das Verhältnis zu seinem Sohn?«

»Auch das vermag ich nicht recht zu beurteilen. Wissen Sie, Pierre-Louis Pennec war ein so diskreter Mensch. Mit festen Prinzipien. Er hätte nie etwas gesagt, wenn das Verhältnis nicht gut gewesen wäre. Geredet wurde ja viel über die Beziehung von Vater und Sohn. Hier im Dorf meine ich.«

»Ja? Was wurde geredet?«

»Sie sollten nicht zu viel darauf geben.«

»Das werde ich nicht. Aber vielleicht sollte ich zumindest wissen, was man so geredet hat, oder?«

In Beauvois' Blick lag amüsierte Anerkennung.

»Dass der Vater nicht sehr glücklich war über den Sohn.«

»Ja?«

»Ich kann mir in der Tat vorstellen, dass … Ach wissen Sie, eines war ja klar, das sah man doch sofort: dass das Pennec'sche, das typisch Pennec'sche nicht sehr stark ausgeprägt war in Loic Pennec. Etwas Großes zu wollen. Etwas Großes schaffen zu wollen. Das vererbt sich nicht in jede Generation.«

»Und das war klar, denken Sie? Allen klar?«

»O ja, wer Augen hatte, sah das. Es ist traurig. Hier im Dorf hatte man sich damit abgefunden. Auch ich.«

»Hier im Dorf?«

»Ja. Das Dorf ist eine – eine enge Gemeinschaft. Das kennen Sie nicht. Sie dürfen nicht an die wenigen Wochen des Sommers denken, wenn Tausende Fremde da sind. Denken Sie an den Rest des Jahres. Wir sind dann sehr unter uns. Und die Menschen sind sich zwangsläufig sehr nahe. Jeder weiß viel vom anderen, das bleibt nicht aus.«

»Haben sie sich gestritten? Hatten sie Auseinandersetzungen?«

»O nein, das war es nicht. Nie, soviel ich weiß.«

Beauvois runzelte die Stirn.

»Hat man viel geredet über den Sohn?«

»Früher ja. Mittlerweile weniger. Es stand irgendwann halt fest.«

»Was stand fest?«

»Dass er kein echter Pennec ist. Das eben.«

»Und hat er gewusst, wie über ihn geredet wurde?«

»Indirekt sicher. Er hat es gespürt. Er ist ja mit allem gescheitert.«

»Und warum vererbt sein Vater ihm dann das Hotel, damit er es weiterführt?«

»Hat er das? Ja?«

»Gehen Sie nicht davon aus?«

»Ja, doch durchaus. Bestimmt, ja.«

Beauvois wirkte etwas erschrocken.

»Ich denke, es gab wohl keine andere Möglichkeit. Pierre-Louis Pennec hätte niemals, unter keinen Umständen, einen Skandal verursachen wollen. Und das wäre eine sehr große Sache gewesen, in jeder Hinsicht. Ich meine, wenn das Hotel an jemand anderen gegangen wäre.«

»Wer sonst hätte das Hotel denn weiterführen können?«

»Niemand eben. Das meine ich: Das *Central* – das ist nun einmal die Familie Pennec. Und die Familie, die Tradition waren Pierre-Louis heilig. Ein Nicht-Pennec als Chef des *Central* – das wäre undenkbar gewesen. Und wissen Sie, Pierre-Louis Pennec war klug genug, vor Jahren schon Madame Mendu im Hotel einzuführen, die es nach Madame Lajoux leiten könnte – ganz in Pierre-Louis Pennecs Sinne. Unter der Führung seines Sohnes meine ich natürlich.«

Beauvois fühlte sich nun sichtlich unwohl mit dem Thema.

»Das sind komplizierte Dinge.«

»Ja. Sehr kompliziert, Monsieur le Commissaire. Und man muss wohl auch nicht über alles reden. Ich denke, ich habe schon zu viel gesagt.«

»Hatten Sie noch weitere gemeinsame Projekte? Pierre-Louis Pennec und Sie, meine ich.«

»Wir haben immer über viel gesprochen, wenn wir uns gesehen haben. Aber über nichts Konkretes in letzter Zeit. Ich meine, nicht über einen konkreten Plan. Höchstens die kleine Fotoausstellung. Ja. Das hatten wir uns wirklich überlegt. Die Fotos, über die wir sprachen, er hätte sie gerne einmal ausgestellt gesehen.«

»Haben Sie auch am Dienstag darüber geredet?«

»Ja, kurz. Ich habe es angesprochen, aber wir sind dann nicht weiter darauf eingegangen. Es ging Pierre-Louis am Dienstag um die Broschüre, die war ihm sehr wichtig. Und auch um die Baumaßnahmen im Museum.«

»Hatte Pennec um die Verabredung gebeten?«

»Ja, am Montagabend. Wir haben uns immer kurzfristig verabredet.«

»Und er erschien Ihnen kein bisschen anders an diesem Tag?«

»Er schien voller Energie. Ganz ungeduldig.«

Dupin wusste, wenn er ehrlich war, im Moment gar nicht mehr genau, wohin er das Gespräch noch steuern sollte. Obgleich er viel erfahren hatte. Beauvois war eine komische Figur, fand er, irgendeine Rolle schien er zu spielen. Vor allem: Etwas beschäftigte Dupin im Inneren. Undeutlich, schon den ganzen Tag, noch stärker, noch dringender jetzt durch das Gespräch mit

Beauvois. Er wusste nicht, was es war, aber es machte ihn unruhig.

Sie hatten die Rougets schon gegessen. Sie waren tatsächlich köstlich gewesen, gegrillt, so wie Dupin sie am liebsten aß. Dieses klein wenig Bittere im Geschmack des ganz weißen, festen Fleisches, das war delikat. Es war allerdings nach dem Filetieren nie mehr viel dran, fand er. Sie hatten auch ein zweites Glas Sancerre getrunken, obwohl Dupin es gar nicht gewollt hatte.

»Nun, wir sollten mit Maurice über die Desserts sprechen«, unterbrach Beauvois die kleine Pause, zu der es gekommen war.

»Oh, für mich heute nicht. Sie sind sicherlich exzellent. Aber danke, nein, ich habe noch viel zu erledigen.«

»Sie versäumen wirklich etwas, Monsieur le Commissaire.«

»Da bin ich mir sicher. Aber ich muss aufbrechen. Sie sollten unbedingt noch sitzen bleiben und ein Dessert genießen.«

»Gut, wenn Sie es mir befehlen.«

Beauvois lachte, ein offen erleichtertes Lachen.

»Dann bleibe ich sitzen. Das haben wir Rentner uns auch verdient.«

»Ich danke Ihnen, Monsieur Beauvois. Sie haben mir sehr geholfen.« Dupin war froh, Beauvois endlich loszuwerden.

»Ich hoffe, Sie kommen voran mit den Ermittlungen.«

»Danke. Au revoir.«

Dupin war aufgestanden, hatte Monsieur Beauvois die Hand gegeben und war schon ein paar Meter gegangen, da fiel ihm plötzlich ein, dass er nicht bezahlt hatte. Er machte kehrt, Beauvois lächelte ihm schon entgegen.

»Es war mir eine Freude, Monsieur le Commissaire.«

»Nein, das kann ich nicht annehmen, ich meine …«

»Ich bestehe darauf.«

»Gut – ja, dann danke ich Ihnen sehr, Monsieur Beauvois.«

»Sehr gerne. Au revoir.«

»Haben Sie einen schönen Tag.«

Dupin verließ das Restaurant unverhältnismäßig schnell.

Es war jetzt halb vier. Die Pennecs waren bei Madame de Denis. Dupin wollte die beiden noch einmal sprechen. Der Termin bei der Notarin würde sicher nicht lange dauern. Er entschied, später einfach bei ihnen vorbeizugehen. Er hatte Zeit, ein paar Anrufe zu machen. Er würde zu seiner verborgenen Bank gehen, da war er für sich. Es war nicht weit.

Wieder war kein Mensch zu sehen, sobald er vom Weg abbog. Er blieb vor der Bank stehen, direkt am Wasser. Er beobachtete die Stromschnellen. Zwei Forellen, die hin und her flitzten. Wenn man einen Augenblick vergaß, dass man nur ein paar Meter vom Atlantik entfernt war, sah es hier genauso aus wie in dem kleinen Dorf, aus dem sein Vater kam – am anderen Ende Frankreichs, in den beginnenden Bergen, mitten im Jura. Das hatte er vorhin schon gedacht. Der Doubs war ein kleiner Fluss in Orgêt, ganz so wie der Aven hier. Es war dieselbe Atmosphäre, es war wirklich eigenartig. Sein Vater, Gaspard Dupin, hatte den kleinen Ort geliebt, auch noch als er schon lange in Paris lebte und mit Anna, einer großbürgerlichen Pariserin, verheiratet war, die pariserischer gar nicht sein konnte und, bis heute, lieber sterben würde, als Paris zu verlassen. Mit siebzehn hatte Gaspard den Hundertseelenort am Rande der Berge verlassen, war in die Hauptstadt gegangen und dort in den Polizeidienst eingetreten, wo er es, in beachtlichem Tempo, bis zum Hauptkommissar gebracht hatte. Dupin hatte nicht viele

Erinnerungen an seinen Vater, er war mit einundvierzig Jahren gestorben, ein Herzanfall, da war Dupin sechs gewesen; aber er erinnerte sich, wie sie zusammen Forellen angeln waren, im Doubs.

Dupin merkte, dass er abschweifte. Er holte sein Handy hervor. Riwal war sofort am Apparat.

»Monsieur le Commissaire?«

»Ich komme vom Essen mit Beauvois.«

»Und?«

»Ich weiß nicht so recht.«

»Ein komischer Kauz, denke ich. Und nicht ungefährlich. Was Sie noch wissen sollten: Die Pennecs möchten Sie noch einmal sprechen. Sie haben am späten Vormittag angerufen und um ein rasches Treffen gebeten. Und der Bürgermeister von Pont Aven war hier, Monsieur Goyard. Zudem hat der Präfekt versucht, Sie zu erreichen, er sagte, es sei dringend.«

»Was meinen Sie mit ›nicht ungefährlich‹?«

»Ich – ich verstehe Sie wieder so schlecht. Es ist laut bei Ihnen – sind Sie wieder am Fluss?«

Dupin antwortete nicht, sondern wiederholte nur seine Frage, ein ganzes Stück lauter.

Riwal schwieg länger.

»Ich weiß nicht.«

Dupin fuhr sich durch die Haare. Er wusste, dass es – sprach Riwal Sätze auf diese Art – keinen Sinn machte nachzufragen. Aber es machte ihn verrückt. Jedes Mal, wenn sie in einem komplizierten Fall steckten, diese plötzlichen mysteriösen Sätze – und nie eine Erklärung. Dupin konnte nicht abstreiten, dass sie, ganz gegen seinen Willen, eine Wirkung auf ihn hatten.

»Und bei Kadeg und Ihnen, wie gehen Ihre Ermittlungen voran?«

»Wir sind weitergekommen mit den Telefonlisten. Ich meine, mit dem allgemeinen Anschluss, die Anrufe, die von hier ausgegangen oder eingegangen sind. Wir haben die Anrufe nach Radien, Distanzen und Regionen geordnet. Zwei Drittel gingen nach Pont Aven und in die Region. Die meisten davon nach Quimper und Brest. Und wir haben viele Anrufe nach Paris, meistens private Anschlüsse. Gäste wahrscheinlich. Die meisten der Gäste des *Central* kommen aus Paris. Dann ein paar andere Anrufe nach Paris. Drei Mal mit dem Ministerium für Tourismus. Mit einer Firma, die Küchen vertreibt, auch drei Mal. Zwei Mal mit dem *Musée d'Orsay.*

»Dem Ministerium für Tourismus und dem *Musée d' Orsay*?«

»Ja.«

»Warum das?«

»Wir wissen es noch nicht.«

»Versuchen Sie es herauszufinden. Ich will wissen, wer da vom Hotel aus angerufen hat. Und warum.«

Dupin kannte das *Musée d'Orsay*, gut sogar. Eine Freundin hatte dort lange Zeit gearbeitet, jetzt war sie in Arles. Er war oft da gewesen. Er liebte es.

»Wann waren diese Anrufe?«

»Beide Dienstag, einmal morgens, um halb neun, einmal um halb zwölf.«

»Gut. Ich komme gleich noch einmal ins Hotel. Aber erst gehe ich zu den Pennecs. Hat Reglas noch etwas gesagt zu dem Einbruch?«

»Nur, dass er nichts gefunden hat bisher. Nicht mal Spuren von Fußabdrücken. Dass er eher davon ausgeht, es handele sich um einen üblen Scherz oder ein Ablenkungsmanöver.«

»Blödsinn. – Ist jemand im Raum gewesen heute?«

»Niemand. Nur Kadeg und ich haben Schlüssel. Und Sie natürlich.«

Es entstand eine Pause. Riwal wusste, dass der Kommissar manchmal ohne eine Verabschiedung auflegte, wenn er das Gefühl hatte, das Gespräch sei beendet.

»Sind Sie noch da, Monsieur le Commissaire?«

Auch jetzt antwortete Dupin erst mit einer Verzögerung.

»Ich will noch einmal in das Restaurant.«

Dupin sprach diesen Satz sehr bestimmt. Dennoch hatte er mehr zu sich gesprochen als zu Riwal.

»Soll ich etwas tun?«

Wieder entstand eine längere Pause, und als Riwal ein zweites Mal fragte, ob der Kommissar noch dran sei, hatte Dupin wirklich aufgelegt.

Ja bitte?«

Madame Pennec stand in der Tür. Sie blickte Dupin direkt an, in ihrem Blick lag eine Art Vorwurf. Ihm fiel ein, dass er sich keinerlei Strategie für dieses Gespräch zurechtgelegt hatte, er konnte ja nicht einfach fragen, wie es denn bei der Testamentseröffnung gelaufen war.

»Sie hatten den Wunsch geäußert, mich zu sprechen, sagte mir Inspektor Riwal.«

Madame Pennec fasste sich.

»Ja, natürlich. Das wollten wir. Kommen Sie herein. Mein Mann wollte sich gerade etwas hinlegen. Er hat sich schlimm verausgabt. Seelisch, meine ich. Ich werde ihn holen. Warten Sie doch im Salon.«

Dupin kannte das schon. Ein paar Minuten später erschien Loic Pennec auf der Treppe.

»Monsieur le Commissaire. Es ist gut, dass Sie kommen.«

Pennec sah in der Tat schrecklich aus. Das Gesicht ganz eingefallen, die Augen gerötet.

»Aber selbstverständlich.«

Pennec blickte zu seiner Frau.

»Wir wollten natürlich zuerst einmal wissen, wie die Ermittlungen stehen? Ob Sie schon Fortschritte gemacht haben? Auch bezüglich der Sache heute Nacht.«

»Das haben wir, Monsieur Pennec. Das kann ich Ihnen versichern. Wenngleich wir noch keine, wie man sagt, ganz heiße Spur haben. Die Ermittlungen werden sich sicher noch etwas hinziehen. Je mehr wir wissen, desto komplizierter wird dieser Fall.«

Dupin machte eine Pause.

»Und zu der kaputten Scheibe und dem möglichen Einbruch diese Nacht können wir noch gar nichts sagen.«

»Ja, ich kann mir denken, dass es jetzt sehr viel ist für Sie.« Pennec versuchte zu lächeln, aber es gelang ihm nicht.

»Das ist es. Aber das ist unsere Arbeit.«

»Und das andere«, Madame Pennecs Stimme klang gepresst, »das andere ist: Wie, meinen Sie, geht es mit Ihren Arbeiten im Hotel weiter? Wir meinen die ganzen Absperrungen, all das. Sie können sich sicher vorstellen, dass das nicht einfach ist. Wir befinden uns in der Hochsaison. Mein Mann ist nun verantwortlich für alles«, sie setzte kurz ab, »ich meine, Sie werden verstehen, dass er adäquat mit der neuen Verantwortung umgehen will, die ihm diese fürchterliche Wendung des Schicksals auferlegt hat.«

»Natürlich, Madame Pennec, das verstehe ich sehr gut. Wenn Sie mir sagen, was Sie genau meinen, können wir vielleicht helfen.«

»Wann wird wieder alles normal sein im Hotel? In der Hochsaison ohne Restaurant, wie soll das gehen? Die Gäste erwarten zu Recht die Küche des *Central*. Und das Restaurant wird auch als Frühstücksraum gebraucht. Es geht immer um die Gäste.«

»Sie meinen, wann wir den Tatort für unsere Untersuchungen nicht mehr benötigen?«

Dupin kannte diese Situation. Es war immer dasselbe.

»Das ist schwer zu sagen. Die Aufklärung eines Mordfalles hat ihren ganz eigenen Rhythmus.«

Catherine Pennec schien kurz zu erwägen, noch weiterzugehen, ließ es dann aber.

»Entspricht das Testament Ihres Vaters beziehungsweise Schwiegervaters dem, was Sie sich gedacht haben, ich meine, haben Sie diese Verfügungen erwartet?«

Dupins plötzliche Frage überraschte beide, Madame und Monsieur Pennec blickten ihn irritiert an. Es dauerte eine Weile, bis sie reagierten, Madame Pennec als Erste.

»Sie kennen das Testament bereits?«

»In einem Mordfall gehört die Kenntnis des Testaments selbstverständlich zu den ersten Ermittlungen der Polizei.«

»Natürlich.«

Madame Pennec wirkte etwas verlegen, Loic Pennec gab sich betont ruhig.

»Sie können sich sicher vorstellen, dass wir mit – mit ein wenig anderen Verfügungen gerechnet hatten, das können wir nicht verhehlen – ich meine, es entspricht im Wesentlichen ganz unseren Erwartungen – dem, was mein Vater und ich seit Langem immer wieder besprochen haben. Ich übernehme das Hotel.«

»Das ist ja der Kern des Testaments.« Madame Pennecs Stimme schwankte ein wenig. Aber sie hatte sich unter Kontrolle.

»Wir sind, danach fragen Sie ja sicher, durchaus davon ausgegangen, dass sämtliche Immobilien meines Vaters sich in unserem Erbteil befinden werden. Und ich denke, es war berechtigt, davon auszugehen.«

»Natürlich. Was denken Sie, motiviert die Verfügungen an Madame Lajoux, Monsieur Delon und den Kunstverein? Ich meine, es sind ja erhebliche Immobilienwerte.«

»Mein Schwiegervater war ein sehr großzügiger Mensch, ein Mensch, dem Familie, aber eben auch seine Freunde sehr viel bedeuteten.«

Loic Pennec kam seiner Frau zu Hilfe: »Sie verstehen sicher, was meine Frau sagen will. Für meinen Vater haben Freundschaften und natürlich seine Arbeit eine große Bedeutung gehabt – das Hotel, die Tradition, die Künstler, all das – und dem hat er auch in seinem Testament Ausdruck verliehen. Natürlich respektieren wir das voll und ganz. Sein Testament korrespondiert ganz mit seinem Leben.«

Die Irritation, die das Testament bedeutete, war beiden anzumerken – ebenso ihr Bemühen, diese Irritation zu überspielen. Aber es kam Dupin auch nicht so vor, als sei es ein Schock für sie gewesen. Eher wirkten sie nervös.

»Natürlich, ja. Das verstehe ich. Handeln Sie eigentlich noch mit dem Honig?«

Wieder kam die Frage ganz unvermittelt.

»Wir haben nie wirklich damit begonnen.«

Madame Pennec hatte sich beeilt, schneller zu antworten als ihr Mann. »Wir haben es eine Zeit lang erwogen. Das hätte ein sehr lukratives Geschäft sein können. Aber wir haben es wieder verworfen. Es hätte einen ganz gefordert, ich meine, wenn man es richtig hätte machen wollen. Und es war ja immer klar, dass mein Mann eines Tages die Verantwortung für das Hotel übernehmen würde.«

»Aber einen Lagerraum gab es schon.«

Die Pennecs blickten Dupin verwundert an.

»Sie meinen den Schuppen meines Vaters?«

»Ja, auf dem Grundstück, wo Monsieur Delon lebt.«

Dieser Satz war Dupin sehr schroff herausgerutscht.

»Sie haben recht. Der Schuppen wäre ideal zur Einrichtung eines Lagers gewesen. Wir haben diese Überlegung in der Tat angestellt.«

»Gab es Dinge, die Ihrem Vater Sorgen bereiteten?«

Im Blick von Catherine und Loic Pennec lag nun offene Verwirrung. Die Frage war so abstrakt wie allgemein.

»Was meinen Sie?«, fragte Loic Pennec.

»Etwas, das Ihren Vater sehr beschäftigte?«

»Ich weiß wirklich nicht, was Sie meinen, Monsieur le Commissaire. Das Hotel war das Leben meines Vaters. Und es hat ihn unentwegt beschäftigt. Die ganze Zeit.«

»Ich meine andere Dinge.«

»Und was?«

»Das frage ich Sie.«

Eine Stille entstand.

»Haben Sie von dem kranken Herz Ihres Vaters gewusst?«

»Ein krankes Herz?«

»Ein ernsthaft krankes Herz.«

»Nein. Was soll das heißen? Was für ein krankes Herz?«

»Er hätte nicht mehr lange gelebt.«

»Mein Vater? Er hätte nicht mehr lange gelebt? Woher wissen Sie das?«

Pennec war ganz weiß im Gesicht, er schien tief bestürzt.

»Mein Schatz. Beruhige dich. Er ist schon tot. Das kann ihn nicht mehr treffen.«

Madame Pennec bemerkte die unfreiwillige Komik ihres Satzes im nächsten Augenblick selbst.

»Ich meine«, stammelte sie, »ich meine, das ist einfach entsetzlich.«

Sie brach ab und legte eine Hand auf die Wange ihres Mannes.

»Docteur Garreg hat mich gestern davon in Kenntnis gesetzt. Sie wissen, die ärztliche Schweigepflicht. Er hat ihn untersucht, Anfang der Woche, und ihm zu einer sofortigen Operation geraten. Ihr Vater scheint niemandem etwas davon mitgeteilt zu haben.«

»Monsieur le Commissaire«, Madame Pennec kam ihrem Mann zuvor, »Pierre-Louis Pennec war ein großartiger Mensch, aber auch sehr eigenbrötlerisch. Der niemanden belasten wollte. Vielleicht wollte er uns nicht unnötig Sorgen bereiten. Und ein schwaches Herz haben viele alte Menschen. Sie sollten den Schmerz nicht noch vergrößern.«

»Natürlich, Madame Pennec. Ich dachte nur, dass es Ihnen wichtig sein könnte, solche bedeutenden persönlichen Dinge über Ihren Vater und Schwiegervater zu wissen.«

Catherine Pennec schaute eine Moment beschämt.

»Natürlich.«

»Ich danke Ihnen sehr für Ihre Offenheit, Monsieur le Commissaire. Hat mein Vater gelitten – ich meine, hatte er Schmerzen?«

»Wie schien es Ihnen denn, hatte er Beschwerden? Haben Sie nichts an ihm wahrgenommen?«

Pennec schaute immer noch vollkommen verstört.

»Nein. Ich meine, ich weiß nicht. Nichts Besonderes. Ja, er wirkte manchmal sehr erschöpft. Das schon.«

»Aber er war einundneunzig. Mit einundneunzig ist man manchmal erschöpft. Natürlich hat er abgebaut. Seit einigen Jahren.«

Pennec sah seine Frau etwas missbilligend an.

»Ich meine doch nur. Es ist doch normal, dass sich ein Einundneunzigjähriger schneller verausgabt als ein Achtzigjähriger oder Siebzigjähriger. Aber er war immer noch in sehr guter Verfassung. Für sein Alter. Und eine auffällige körperliche Schwäche hat man ihm nicht anmerken können. Auch nicht in letzter Zeit.«

Pennec nickte seiner Frau erleichtert zu.

»Ich werde einmal mit Docteur Garreg sprechen. Ich will wissen, was genau mit meinem Vater war.«

»Das verstehe ich sehr gut, Monsieur Pennec.«

Es entstand eine längere Pause, eine wohltuende Pause, in der jeder seine Gedanken ordnete. Dupin holte sein Clairefontaine heraus und blätterte, als würde er etwas suchen.

»Und in den letzten Tagen, ich will Sie noch einmal fragen, ist Ihnen da an Ihrem Vater etwas Besonderes aufgefallen? Sie haben ihn ja in dieser Woche gesehen. Worüber haben Sie gesprochen?«

»Diverse Dinge, wie immer. Die Fische, die Makrelenschwärme, sein Boot, das Hotel. Die beginnende Saison. Das war sein großes Thema jetzt. Wie alles anläuft.«

»Läuft es gut an?«

»Danke. Gut – sehr gut. Mein Vater war sicher, dass die Saison sehr gut werden würde. Aber wir haben auch in der Krise keine wirklichen Einbußen hinnehmen müssen.«

»Nur die Billighotels, nicht die besseren Hotels, Monsieur le Commissaire.«

»Waren Sie in die mäzenatischen Tätigkeiten Ihres Vaters eingebunden?«

»Ich denke, man kann … Er hat, nehme ich an, niemanden einbezogen in diese Dinge. Er hat es als seine ureigene Aufgabe angesehen. Und es hat ihm Spaß gemacht.«

»Wissen Sie, dass es gerade um eine größere Summe ging, die er stiften wollte? Für den Kunstverein und das Museum. Für eine Renovierung.«

»Pierre-Louis Pennec war ein großer Mäzen.«

Madame Pennec hatte diesen Satz mit beflissen pathetischem Ton gesprochen.

»Um was für eine Summe ging es?«, fragte Loic Pennec mit etwas vorsichtiger Stimme.

»Oh, ich kenne keine genauen Summen. Aber es ging doch wohl um einen substanziellen Betrag.«

»Und Sie haben keine Vorstellung, um welche Größenordnung es sich handeln könnte?«

Madame Pennec hatte sich bei ihren letzten Worten etwas vorgelehnt.

»Das kann ich Ihnen nicht sagen.« Dupin vermutete, dass sie sich gerade fragten, ob dieser Betrag noch vom Erbe abgehen würde.

»Und des Weiteren, worüber haben Sie noch gesprochen in Ihren letzten Gesprächen, Monsieur Pennec?«

»Über kleinere Dinge hier im Hotel.«

»Was meinen Sie damit?«, fragte Dupin.

»Mein Vater hat mir regelmäßig von den Angelegenheiten des Hotels erzählt. Was zu tun war. Es ging um neue Fernsehgeräte in den Zimmern. Davon hat er zum Beispiel gesprochen. Die jetzigen Geräte sind wirklich alt. Er wollte moderne, schicke Flachbildschirme anschaffen. Er hasste Fernseher und fand, dass diese fürchterlichen Geräte nun zumindest nicht mehr so viel Platz wegnehmen sollten. Und das sind dann natürlich in Hinblick auf alle Zimmer größere Investitionen.«

»Darüber haben Sie gesprochen in dieser Woche?«

»Ja. Unter anderem eben.«

»Und was heißt, er hat mit Ihnen darüber gesprochen?«

»Ich verstehe Ihre Frage nicht.«

»Ich meine, hat er Ihnen davon erzählt oder haben Sie gemeinsam über diese Dinge beraten?«

»Er hat mir davon erzählt – und dann haben wir darüber beraten, ja.«

Er schaute Dupin fragend an, als wolle er bestätigt bekommen, die richtige Antwort gegeben zu haben.

»Und gab es etwas, das Ihren Vater umgetrieben hat in letzter Zeit, eine größere Angelegenheit?«

Madame Pennec schaltete sich ein. Es klang ein wenig unwirsch.

»Sie haben ja bereits danach gefragt. Uns ist nichts Ungewöhnliches eingefallen.«

»Aber natürlich ist es richtig, wieder und wieder nachzudenken. Wenn man so aufgewühlt ist, vergisst man vielleicht etwas.«

Dupin war beeindruckt, wie vollkommen souverän Loic Pennec nun agierte.

»Nein, ich weiß von keiner Angelegenheit, die meinen Vater in besonderer Weise umgetrieben hat in letzter Zeit. Außer jetzt natürlich – es wird doch sicherlich so gewesen sein, dass ihn sein Gesundheitszustand sehr beschäftigt hat, die letzten Wochen und Monate schon, vor allem natürlich in den letzten Tagen. Seit der Diagnose. Das muss man sich nur einmal vorstellen.«

Während Loic Pennec sprach, war Dupin plötzlich unruhig geworden. Ihm war mit einem Mal eingefallen, was es gewesen war im Gespräch mit Beauvois, das ihn seitdem dunkel beschäftigt hatte.

»Ich denke – das waren jetzt sehr viele Dinge –, Sie haben mir noch einmal sehr geholfen, Monsieur Pennec, Madame Pennec.«

Dupin wollte gehen. Er wollte seiner Fährte folgen. Keinen der beiden Pennecs schien das abrupte Ende des Gesprächs zu stören.

»Das versteht sich doch von selbst, Monsieur le Commissaire. Wir wollen helfen, so gut es irgend geht. Bitte zögern Sie nicht, uns jederzeit wieder aufzusuchen, wenn Sie denken, wir könnten behilflich sein.«

Madame Pennec nickte zustimmend, ihre Züge waren wieder ganz entspannt. Wie auf ein geheimes Signal hin standen sie alle drei gleichzeitig auf.

Loic Pennec setzte noch einmal an: »Wir möchten Ihnen sehr für Ihre engagierte Arbeit danken! Und ich bitte Sie, zu entschuldigen, wenn wir im Augenblick zuweilen etwas – emotional reagieren. Wir …«

»Aber Monsieur Pennec, das ist doch zu verständlich. Ich habe meinerseits ein schlechtes Gewissen, Sie in Ihrer Trauer mit all diesen Dingen zu behelligen. Das ist, ich habe es bereits gestern gesagt, eigentlich eine Zumutung.«

»Aber nein, Monsieur le Commissaire. So ist es richtig.«

Madame Pennec war vorgegangen und hatte die Tür bereits geöffnet.

»Au revoir Madame, au revoir Monsieur.«

»Au revoir Monsieur le Commissaire. Wir sehen uns ja sicher bald.«

Dupin blieb in der Tür stehen.

»Ach, Monsieur Pennec?«

Beide Pennecs schauten den Kommissar fragend an.

»Nur eine Kleinigkeit noch. Ob wir uns morgen am Vormittag einmal im Hotel treffen könnten? Das wäre gut. Sie könnten mir noch etwas zeigen.«

»Im Hotel? Gerne. Und was … Ich meine, um was geht es?«

»Keine bestimmte Sache. Ich würde gerne einmal mit Ihnen zusammen durch das ganze Hotel gehen, in aller Ruhe.«

Loic Pennec war ein gewisser Unbill anzumerken.

»Natürlich, Monsieur le Commissaire. Wir haben um elf einen Termin mit dem Bestatter, ansonsten stehe ich Ihnen gerne zur Verfügung. Ich habe im Hotel jetzt ja ohnehin viel zu erledigen.«

»Sehr gut. Ich danke Ihnen. Bis morgen also.«

»Bis morgen.«

Kadeg und Riwal warteten schon, als Dupin am Hotel ankam. Riwal stand vor der Tür und rauchte. Das tat er sehr selten, Dupin hatte es vielleicht drei, vier Male in den letzten Jahren gesehen. Kadeg lehnte sich fast lässig an den Türrahmen im Eingang, er schaute betont verdrießlich, als er Dupin kommen sah, und schoss sofort auf ihn zu.

»Monsieur le Commissaire, ich muss …«

»Ich will ins Restaurant. Alleine.«

»Es gibt ein paar dringende Dinge zu besprechen. Ich muss Sie darauf aufmerksam machen, dass …«

»Wir werden alles besprechen. Später.«

»Wir haben …«

»Nicht jetzt.«

»Aber Monsieur le Commissaire …«

Dupin war einfach an Kadeg vorbeigelaufen. Riwal folgte Dupin mit dem Kopf, er zog tief an seiner Zigarette, alles mit einem Minimum an Bewegung. Dupin war schon im Vorraum des Hotels, holte seinen Schlüssel hervor und öffnete die Tür zum Restaurant. Kadeg ließ nicht locker. Er stand jetzt aufdringlich nah neben Dupin.

»Wir haben auch …«

»Nicht jetzt, Kadeg.«

Dupins Stimme war scharf. Er trat ein, schloss die Tür sofort hinter sich, drehte den Schlüssel zwei Mal und hatte Kadeg augenblicklich vergessen.

Sofort war es still. Die Isolierung war wirklich exzellent. Die Klimaanlage war nur als ein schwaches, tiefes Summen im Hintergrund zu hören, ganz gleichmäßig, man musste schon genau hinhören. Dupin schaute sich um. Er ging einige Meter in den Raum und blieb stehen. Er wanderte mit dem Blick langsam die Wände und die Decke entlang. Die Klimaanlage selbst, das Gerät, war nicht zu sehen, sie musste sich im Nebenraum befinden, in der Küche vielleicht. Im ganzen Raum, etwa alle zwei Meter, waren unauffällige, etwa dreißig Zentimeter lange Luftschlitze an der Decke zu sehen, in mattes Aluminium gefasst. Hier trat die Luft aus. Die Anlage musste stark sein. Das mussten aufwendige bauliche Maßnahmen gewesen sein.

Dupin ging in die Mitte des Raums und behielt die Augen auf die Wände geheftet, auf die Bilder. Er schätzte die Zahl der Gemälde auf fünfundzwanzig, vielleicht dreißig Bilder der berühmten Künstlerkolonisten wie Paul Sérusier, Laval, Emile Bernard, Armand Seguin, Jacob Meyer de Haan und natürlich Gauguin, aber auch von ihm ganz unbekannten Malern. Dupin hatte einmal eine tolle Geschichte gehört. Juliette hatte sie ihm erzählt. Sie war noch Studentin gewesen. Kunstgeschichte. An der *École des Beaux-Arts*. Sie waren in Collioure und Cadaqués unterwegs gewesen. Eine verrückte Geschichte war es, die sie ihm erzählt hatte. Aber wahr. Dupin bewegte sich nur sehr langsam. Betrachtete jedes Bild. Er war hoch konzentriert.

Eine Dreiviertelstunde hatte Dupin so im Restaurant und in

der Bar zugebracht. Es hatte ein paarmal an der Tür geklopft, Dupin hatte es nicht wirklich wahrgenommen. Um 18 Uhr war er es dann selbst, der die Tür öffnete. Beide Inspektoren standen gegenüber an der kleinen Rezeption. Dieses Mal war es Riwal, der herbeieilte.

»Monsieur le Commissaire, ist etwas passiert?«

Riwals Stimme war erregt. Kadeg war stehen geblieben, er blickte immer noch missmutig.

»Wer kennt sich hier im Ort am besten mit Malerei aus? Ich meine mit den Bildern der berühmten Maler, die hier waren.«

Riwal schaute erstaunt.

»Mit Kunst? Keine Ahnung. Ich denke Monsieur Beauvois. Vielleicht einer der Galeristen. Oder der neue Kunstlehrer der Schule hier. Wir müssten jemanden fragen.«

Dupin überlegte.

»Nein. Ich will einen Experten, der nicht aus Pont Aven kommt. Ich will jemanden von außerhalb.«

»Einen Kunstexperten von außerhalb? Worum geht es denn?«

Kadeg war an sie herangetreten und stand nun auch vor Dupin.

»Ja, es wäre durchaus hilfreich, wenn Sie uns einweihen würden.«

Ohne ein Wort zu sagen, verließ Dupin das Hotel. Er ging nach links, noch mal nach links und befand sich in der kleinen ruhigen Seitengasse. Er holte sein Telefon heraus.

»Nolwenn? Sind Sie noch da?«

»Monsieur le Commissaire?«

»Ich brauche Ihre Hilfe. Ich brauche einen Experten für Malerei. Die *Schule von Pont Aven*. Jemanden, der die Werke kennt, die Bilder. Niemanden aus Pont Aven.«

»Niemanden aus Pont Aven?«

»Nein.«

»Egal woher, nur nicht aus Pont Aven? Und eine Kapazität.«

»Ja.«

»Gut. Ich kümmere mich darum.«

»Ich brauche ihn sehr schnell.«

»Sie meinen sofort? Heute Abend noch?«

»Genau.«

»Es ist jetzt halb sieben.«

»So schnell es geht.«

»Soll er ins *Central* kommen?«

»Ja.«

Nolwenn legte auf.

Dupin blieb ein paar Augenblicke stehen. Er dachte nach. Dann ging er weiter die Gasse entlang, bis sie sich gabelte. Er lief dieses Mal direkt zum Fluss und über die albern verzierte Holzbrücke auf die andere Seite, zum Hafen. Dort blieb er stehen. Das Meer war zurückgekommen, die Flut hatte annähernd ihren höchsten Stand erreicht, die Boote standen stolz und aufrecht im Wasser. Er schaute auf die wippenden Schiffsmasten, wie sie wild durcheinandertanzten. Die kleinen Wellen erreichten sie nie gleichzeitig und auf dieselbe Weise, und so hatte jedes Boot seinen eigenen Rhythmus. Jedes tanzte für sich – und doch alle zusammen, in chaotischer Harmonie. Dupin mochte die Geräusche, die sie machten, die kleinen Glöckchen an der äußersten Spitze des Mastes.

Er ging ein Stück den Hafen entlang, die Hände hinter dem Rücken verschränkt. Wenn es so war, wie er es sich dachte, war es eine unglaubliche Sache, um die es ging. Eine große Geschichte. Er war sich darüber im Klaren, dass sie ziemlich fantastisch klang.

Erst am letzten Haus ganz am Ende des Hafens machte er kehrt und ging sehr langsam und mit einigen Umwegen zum Hotel zurück. Er dachte wieder und wieder alles durch.

Es hatte exakt zweiunddreißig Minuten gedauert, bis Nolwenn zurückrief. Marie Morgane Cassel hieß die Kunsthistorikerin. Aus Brest. Von der renommierten *Université de Bretagne Occidentale*. Nolwenn zitierte Artikel, Experten aus Paris. Sie war wohl die Beste. Nolwenn hatte über einige Stationen und unter Einsatz höchster polizeilicher Autorität – die *Mordkommission* – Cassels Handynummer erhalten und sie sofort am Apparat gehabt. Marie Morgane Cassel sei erstaunlich gelassen gewesen, hatte Nolwenn gesagt, obwohl sie ihr eigentlich ja nicht im Geringsten hatte sagen können, worum es gehe. Es musste doch alles ziemlich abenteuerlich anmuten. Nolwenn hatte ihr eröffnet, dass die Polizei sie dringend als Beraterin in einem Fall bräuchte, und dass sie, wenn sie einverstanden sei, zwei Kollegen aus Brest nach Pont Aven bringen würden, heute Abend noch. An einem Samstag. Gleich. Madame Cassel hatte nur gefragt, ob sie Sachen für die Nacht einpacken solle.

Riwal und Kadeg saßen im Frühstücksraum und aßen etwas, als Dupin wieder im *Central* eintraf. Madame Mendu hatte sich um sie gekümmert und regionale Köstlichkeiten zusammengetragen, Rillettes (Dupin liebte die aus Jakobsmuscheln am meisten), Pâté, bretonischen Ziegenkäse, verschiedenste Senfsorten, Baguette und eine Flasche roten Faugères. Dupin setzte sich zu ihnen und aß mit.

Nolwenn hatte Kadeg und Riwal verständigt, sie wussten, dass der Kommissar noch jemanden erwartete und wer es war. Zu Dupins Überraschung stellte keiner der beiden eine Frage, sie unternahmen nicht einmal indirekt einen Versuch, etwas aus Dupin herauszubekommen, auch Kadeg nicht, er wirkte jetzt seltsam aufgeräumt. Nolwenn musste ein paar Worte mit ihnen gewechselt haben, Dupin fiel keine andere Erklärung ein, er fragte auch nicht. Niemand wusste so sehr wie Nolwenn, dass man ihn, wenn es Ernst wurde, einfach lassen musste, er war so. Vielleicht war es auch einfach die beruhigende Wirkung des Essens und des Rotweins.

Riwal berichtete von seinem Besuch bei dem Frisör am Hafen, der Pennec Montagnachmittag noch die Haare geschnitten hatte. Dass der Frisör, Monsieur Houarvian, gelacht habe bei der Frage, worüber sie geredet hatten – sie hätten sehr wenig geredet. Sie hätten immer sehr wenig geredet und auch an diesem Montag. Pennec sei mit Papieren beschäftigt gewesen, Monsieur Houarvian hatte keine Ahnung, was für Papiere das gewesen seien. Kadeg schwieg während Riwals Bericht und begann dann mit wenig Energie seine Ergebnisse vorzutragen. Die Telefonlisten waren nun fast ganz abgearbeitet. Das war wichtig. Dupin würde sie sich morgen ansehen. Er war jetzt nicht bei der Sache. Und hatte sehr viel gegessen.

Kurz vor zehn traf der Polizeiwagen ein. Dupin war nach dem Essen noch einmal allein in die Bar gegangen. Wieder war es vollkommen still gewesen, obgleich jetzt draußen auf dem Platz viel los war. Er schrak zusammen, als es klopfte. Er hatte nicht abgeschlossen. Riwal trat herein.

»Die Professorin aus Brest ist angekommen, Monsieur le Commissaire. Marie Morgane Cassel. Wir haben sie oben in das Besprechungszimmer gebracht.«

»Nein, nein, sie soll hier runterkommen.«

»Hierhin? An den Tatort?«

»Genau.«

»Wie Sie wünschen. Nolwenn hat alles organisiert für Madame Cassel. Es ist ein Zimmer für sie hier im Hotel reserviert.«

»Sehr gut.«

»Und eben haben die Kollegen endlich Kommissar Dercap erreicht. Das war nicht einfach. Er sitzt irgendwo in den Bergen und hat so gut wie keinen Empfang. Sie haben ihn kaum verstanden, das Gespräch war ständig unterbrochen.«

»In den Bergen? Ich dachte, er ist auf La Réunion.«

»Die machen nach der Hochzeit eine Bergtour, hinauf zum Piton des Neiges. Ein Vulkan. Der höchste Berg im Indischen Ozean. Sie werden übermorgen zurück in Saint-Denis sein.«

»Was machen die nach der Hochzeit auf einem Vulkan?« Dupin seufzte. »Was soll's. Wir kommen ohne Dercap klar.«

So war es jetzt eben. Es lag ihm noch kurz auf der Zunge, zu fragen, warum Riwal sich so auskannte mit Vulkanen auf Inseln vor Afrika. Er ließ es.

»Das denke ich auch, Monsieur le Commissaire. Ich hole jetzt die Professorin.«

Eine Minute später stand Madame Cassel in der Tür. Sie war wirklich jung für eine Professorin. Er schätzte sie auf Mitte dreißig. Lange, anscheinend schwer zu bändigende schwarzbraune Haare, blitzende blaue Augen, ein auffälliger Mund, schlank. Ein dunkelblaues, figurbetontes Kleid.

Sie blieb im Türrahmen stehen.

»Bonsoir Madame, ich bin Georges Dupin, der Kommissar, der mit dem Mordfall an Pierre-Louis Pennec befasst ist. Sie haben vielleicht davon gehört. Und ich hoffe, meine Kollegen haben Ihnen schon ein wenig erzählt, worum es geht.«

Dupin ärgerte sich, es war ja Blödsinn, was er gerade sagte.

»Eigentlich weiß ich noch gar nichts. Die beiden freundlichen Polizisten, die mich hergebracht haben, sagten, sie wüssten selbst nichts. Und Ihre Mitarbeiterin konnte mir lediglich sagen, dass es um den Mordfall an dem Hotelier geht, von dem in jeder Zeitung zu lesen war. Dass ich eventuell in einem Punkt helfen könnte. Sie würden mir dann vor Ort sagen, wie genau.«

Dupin war froh, dass er heute keine Zeitung gelesen hatte.

»Es tut mir leid. Das ist mein Fehler. Es ist sehr unhöflich, Sie einfach so in einen Polizeiwagen setzen zu lassen, ohne Ihnen auch nur ungefähr zu sagen, worum es geht. Und sehr freundlich von Ihnen, dennoch einzusteigen und herzukommen.«

Auf Marie Morgane Cassels Gesicht war ein leichtes Lächeln zu sehen.

»Und worum geht es, Monsieur le Commissaire? Was kann ich für Sie tun?«

»Ich habe eine Theorie. Vielleicht ist sie abstrus.«

Madame Cassel lächelte jetzt ganz offen.

»Und da kann ich helfen?«

Jetzt musste Dupin lächeln.

»Das können Sie, denke ich.«

»Gut. Fangen wir an.«

»Gut. Ja.«

Marie Morgane Cassel stand immer noch im Türrahmen.

»Kommen Sie herein. Ich möchte die Tür schließen.«

Er schloss ab und ging dann wortlos bis zur Bar, Madame Cassel folgte ihm.

»Wie hoch würden Sie den Wert eines Gauguins in diesem Format einschätzen?«

Dupin zeigte auf eines der Bilder an der Wand, drei Hunde, die auf einem Tisch aus einer Schüssel tranken.

»Das ist ein sehr berühmtes Bild von Gauguin, *Stillleben mit drei Hündchen* – das Obst, die Gläser, die Schüssel, ganz unglaub-lich, so vertraut diese Bildgegenstände wirken, schauen Sie ein-mal genau hin: wie unvermutet das ganze räumliche Gefüge ins Wanken gerät. Hier kann man gut sehen, was Gauguins typisches Vorgehen ist … Oh, Entschuldigung, darum geht es ja gar nicht.«

»Ich meine nicht dieses Bild im Speziellen, nur als Beispiel. Ich meine den Wert eines Gauguins in diesem Format.«

»Zirka neunzig mal siebzig Zentimeter ist ein häufig verwen-detes Format Gauguins gewesen. Der Wert ist aber nicht nur eine Frage des Formates, auch der Phase. Am allermeisten hängt er von der Bedeutung des Bildes innerhalb seines Œuvres und in der Kunstgeschichte ab. Und natürlich davon, wie wahnsinnig der Kunstmarkt sich gerade gebärdet.«

»Ich denke an ein Bild, das Gauguin hier in Pont Aven gemalt hat. Nicht als er gerade hierhergekommen war, eher später.«

»Gauguin war vier Mal in Pont Aven, zwischen 1886 und 1894, ganz unterschiedlich lang. Wussten Sie, dass er genau hier gewohnt hat? In diesem Hotel?«

»Wusste ich.«

»Beim vierten Aufenthalt war er streng genommen auch nicht mehr in Pont Aven, es war ihm schon zu viel Trubel, und er lebte und arbeitete in Le Pouldu. Die entscheidenden Jahre waren sicherlich die von 1888 und 89 bis 91 – der zweite und dritte Aufenthalt, hier entstanden die wichtigsten Bilder, er …«

Die Professorin war in ihrem Element. Sie war ganz offen-sichtlich eine leidenschaftliche Wissenschaftlerin. Es strömte aus ihr heraus.

»Sagen wir ein Bild dieses zweiten oder dritten Aufenthaltes. Nur als Annahme.«

»Es gibt einige Bilder in ungefähr diesem Format, die während dieser Zeit entstanden sind. Ein paar kennen Sie sicher – der

Gelbe Christus natürlich oder das *Selbstbildnis mit gelbem Christus* oder das *Bildnis der Madeleine Bernard*, der Verlobten Lavals', Gauguins Muse und langjährige Brieffreundin. Meinen Sie ein bestimmtes Bild?«

»Nein, kein bekanntes Bild«, er zögerte etwas, »ich meine ein bisher vollkommen unbekanntes Bild.«

»Ein unbekannter großer Gauguin aus den Jahren 1888, 89 oder 90?«

Marie Morgane Cassel war eine größere Aufregung anzumerken, sie sprach jetzt schneller.

»Das sind die Jahre, in denen er seinen revolutionären Stil entwickelt hat, dem er dann alles unterwarf, Technik und Farbe, alles. In dem er sich endgültig von den Bindungen an den Impressionismus löste. Er war von seinem ersten Aufenthalt in Panama und auf Martinique zurückgekehrt. Und war jetzt schon der führende Kopf der Künstlergruppe. Im Oktober zog er zu van Gogh nach Arles, um mit ihm gemeinsam zu leben und zu arbeiten – was nur zwei Monate dauerte und in einem fürchterlichen Streit endete, in dessen Verlauf van Gogh sich das berühmte Stück seines Ohres abschnitt, das kennen Sie ja … Entschuldigung, ich schweife schon wieder ab. Eine Berufskrankheit, schätze ich.«

»Ja genau, ein Bild aus diesen Jahren.«

»Das ist höchst unwahrscheinlich, Monsieur Dupin. Ich denke nicht, dass es Bilder aus dieser Zeit in diesem Format gibt, von denen man nichts weiß.«

Dupins Stimme wurde leise.

»Ich bin mir dessen bewusst.«

Noch etwas leiser, kaum hörbar, fügte er hinzu:

»Ich glaube, in diesem Raum hängt eines. Ein bisher unbekanntes Gemälde Gauguins. Aus dieser Zeit.«

Es entstand eine lange Pause, Marie Morgane Cassel starrte den Kommissar ungläubig an.

»Ein echter Gauguin? Ein unbekanntes Bild aus einer seiner wichtigsten Phasen? Sie sind verrückt, Monsieur Dupin. Wie sollte ein echter Gauguin hierhin gelangt sein? Wer würde einen Gauguin in ein Restaurant hängen?«

Dupin nickte freundlich. Er trat ein paar Schritte in den Raum.

»Eines Abends«, das war die Geschichte, die Juliette ihm damals erzählt hatte, »hatte Picasso mit einer Gruppe von Freunden in einem Restaurant gegessen, es war eine lange, wunderbare Nacht geworden. Es wurde viel gegessen und getrunken. Picasso war bester Laune und zeichnete und malte die ganze Nacht auf die Papiertischdecke. Als sie zahlen wollten, schlug der Wirt ihm vor, stattdessen einfach auf der Tischdecke zu unterschreiben und sie dazulassen. Und am nächsten Morgen hing ein Picasso, ein echter großformatiger Picasso, an der Wand des Landgasthauses. – Warum könnte sich hier in Pont Aven, zwischen Marie-Jeanne Pennec und Gauguin, nicht eine ähnliche Geschichte abgespielt haben?«

Marie Morgane Cassel schwieg.

»Es klingt abenteuerlich, ich weiß. Aber vielleicht gab es keinen sichereren Ort für das Bild als diesen hier. Wo niemals jemand so etwas vermutet hätte. Wo es immer schon gehangen hatte und wo es jeder kannte. Und Pierre-Louis Pennec konnte das Bild immer sehen, wenn er wollte.«

Die Kunsthistorikerin schwieg immer noch.

»Schauen Sie, dieser Raum besitzt eine vollkommen professionelle Klimaanlage, wer baut so was in ein Restaurant ein – in der Bretagne? Die Anlage ist völlig überproportioniert. Für den Zweck eines Restaurants hätte es eine viel kleinere, einfachere Anlage getan. Pierre-Louis Pennec muss eine große Summe in diese Anlage und die baulichen Maßnahmen investiert haben. Mit Anlagen dieser Art werden Krankenhäuser oder Großbüros klimatisiert – und Museen.«

Das war es, was ihm dunkel hängen geblieben war aus dem Gespräch mit Beauvois. Das mit der Klimaanlage. Was ihn so beschäftigt hatte die ganze Zeit, ohne dass er gewusst hatte, was es gewesen war. Und nicht nur in dem Gespräch mit Beauvois war es um die Klimaanlage gegangen – das sperrige Wort stand sicher ein halbes Dutzend Mal in seinem Heft. Wer brauchte in der Bretagne überhaupt Klimaanlagen? Und in dieser Dimension? Warum ausgerechnet in diesem Raum so eine Anlage? Es würde alles haargenau passen, so fantastisch es auch klang.

»Sie meinen, so konnten Luftfeuchtigkeit und Temperatur auf sichere Weise konstant gehalten werden und …«

Marie Morgane Cassel brach ab und schien intensiv nachzudenken. Dupin hatte nicht vorgehabt, die Professorin derart weitgehend in seine Gedanken und in den Fall einzubeziehen. Das war gar nicht seine Art.

»Dreißig Millionen. Vielleicht mehr. Vierzig Millionen. Schwer zu sagen.«

Jetzt war es Dupin, der sprachlos war. Es dauerte einen längeren Moment, bis er wieder zu sich fand.

»Sie meinen – dreißig Millionen Euro?«

»Vielleicht vierzig Millionen oder sogar noch mehr.«

Mit beiläufig klingender Stimme fügte sie hinzu: »Ich kenne diese Picasso-Geschichte. Sie ist wahr.«

Madame Cassel hatte angefangen, sich langsam durch den Raum zu bewegen, die Augen vollkommen fokussiert, scannte sie jedes einzelne Bild.

Dreißig Millionen. Vielleicht vierzig Millionen. Oder mehr. Dupin spürte eine Gänsehaut an den Unterarmen. Das war ein Motiv. Ein gewaltiges Motiv. Wenn es um solche Summen ging, war alles vorstellbar. Dafür würden viele Menschen vieles tun.

»Ein Sérusier, ein Gauguin, ein Bernard, ein Anquetin, ein Seguin, ein Gauguin, ein Gauguin. Alles Kopien. Gute Kopien. – Einige hat sicher Marie-Jeanne Pennec bereits anfertigen lassen, sie sind schon fast so alt wie die Originale. Oder sie wurden ihr geschenkt, auch das war nicht unüblich.«

Gewissenhaft schritt sie jedes Bild ab. Von der Bar, wo sie gestanden hatten, Richtung Tür. Dupin sah ihr aufmerksam zu. Plötzlich blieb sie stehen. Vor dem letzten Bild. Dort, wo keine Tische standen.

»Das ist lächerlich!«

Sie sprach mit echter Empörung.

»Hier hat der Maler – ich meine, der Kopist, absurde Fehler gemacht. Das soll eins von Gauguins wichtigsten Bildern sein, *Die Vision nach der Predigt oder Der Kampf Jacobs mit dem Engel*, auch ein Bild von 1888.«

»Und?«

Dupin hatte sich neben sie gestellt und starrte gebannt auf das Bild.

»Es sind ihm grobe Missgeschicke unterlaufen. Die Grundfarbe, das Rot, das ist hier grell orange. Es ist insgesamt ein Stück zu groß. Es gibt mehr bretonische Bäuerinnen auf diesem Bild als auf dem Original, dafür stehen sie hier aber weiter am Rande. Und vor allem: Der Priester steht in der Mitte, unter dem Baumstamm, sehen Sie? Auch das ist falsch.«

Marie Morgane Cassel deutete bei allem, was sie sagte, aufgeregt auf die entsprechenden Partien im Bild.

»Auf dem Original steht er ganz in der Ecke. Rechts unten. Überhaupt ist die ganze Perspektive bei dieser Kopie versetzt, wie ein Weitwinkel. Hier ist oben noch etwas Landschaft zu sehen, ein wenig Horizont, im anderen – im echten Bild ist es nur eine rote Fläche und oben sind bloß die Äste des Baumes. Dies hier hat fast noch einen größeren Sog. Das liebte Gauguin, diesen Sog. Aber …«

Sie brach ab. Verharrte vollkommen regungslos. Sie neigte sich so weit es ging zum Bild hin, bis ihre Augen nur noch wenige Zentimeter von ihm entfernt waren, dann wanderten sie es, von unten beginnend, akribisch ab. Es dauerte Minuten, bis sie wieder sprach.

»Es ist erstaunlich. Ganz seltsam. Ein irrer Gauguin – wenn er ihn gemalt hätte. Aber er hat ihn nicht gemalt. Auch wenn er natürlich die imitierte Signatur trägt.«

Dupin begriff nicht. »Was meinen Sie?«

»Ich meine: Gauguin hat kein solches Bild gemalt. Der Maler dieses Bildes hat gewisserweise auf der Grundlage des Gauguin-Bildes improvisiert, eine Variation geschaffen.«

»Und wer hat es gemalt – ich meine, wer hat sich dieses Bild ausgedacht?«

»Keine Ahnung, einer der hundert Maler, die Gauguin-Bilder nachgemalt und variiert haben. Und es immer noch tun. Die vielleicht auch diese anderen Bilder gemalt haben hier, wer weiß. Sie sind alle sehr gut gemacht, von Leuten, die ihr Handwerk verstehen. Sie kennen sich aus mit Gauguins Stil, seinem Pinsel, seiner Art zu arbeiten.«

»Was Sie meinen, ist: Sie kennen kein solches Bild von Gauguin. Kein Bild, das so aussieht.«

Diese Präzisierung war Dupin wichtig.

Marie Morgane Cassel ließ sich Zeit mit der Antwort.

»Ja. Sie haben recht. Streng genommen kann ich nur das sagen.«

Sie fixierte das Bild immer noch hoch konzentriert.

»Eine außerordentliche Arbeit. Ein großartiges Bild. Dieser Imitator ist sehr gut.«

Sie schüttelte den Kopf, Dupin war unsicher, was das heißen sollte.

»Und Sie können mit Sicherheit ausschließen, dass es ein Gauguin ist – ich meine: von Gauguin gemalt wurde. Dieses Bild, das hier hängt?«

»Das kann ich. Das Malweiß in diesem Bild, das kann man auch ohne spektroskopische Analyse sehen, ist Titanweiß. Das gibt es in der modernen Malerei erst ab 1920. Gauguin malte mit einer Zusammensetzung aus Bleiweiß, Bariumsulfat und Zinkweiß. Zudem ist die Craquelure nicht tief und verästelt genug für ein hundertdreißig Jahre altes Bild.«

Dupin fuhr sich durch die Haare. Aber es gab noch eine andere Möglichkeit. Noch war er nicht am Ende.

»Vielleicht ist *das* hier nur eine Kopie. Wie bei den anderen Bildern. Und in einem Tresor liegt das echte Bild.«

»Und Monsieur Pennec hätte die teure Klimaanlage für ein abgemaltes, fast wertloses Bild installieren lassen?«

Jetzt schwieg Dupin für längere Zeit.

»Pierre-Louis Pennec hat in den Tagen vor seinem Tod versucht, mit dem *Musée d'Orsay* in Verbindung zu treten.«

Dupin hatte diesen Satz ohne Kraft gesprochen, wie eine letzte, schon resignierte Auflehnung.

»Mit dem *Musée d'Orsay*? Das wissen Sie?«

»Ja.«

»Sie meinen, er hätte sich – gäbe es einen echten Gauguin, entschieden, jemandem von dem Bild zu erzählen? Einem Experten? Ich meine, warum jetzt? Und …«

Nun blickte auch Madame Cassel ratlos.

»Pennec hat Anfang der Woche erfahren, dass er todkrank ist. Und jeden Tag hätte sterben können …«

Wieder war Dupin erstaunt, wie viel er erzählte. Seine Inspektoren wussten nichts von all diesen Dingen.

»Er war todkrank? Und man hat ihn umgebracht?«

»Ja. Und ich bitte Sie, das ganz für sich zu behalten.«

Marie Morgane Cassel runzelte die Stirn.

»Geben Sie mir ein Notebook mit Internetzugang. Ich will etwas recherchieren. Über diese Jahre Gauguins. Über die *Vision*, Vorarbeiten und Studien zu diesem Bild.«

»Ja. Tun Sie das.«

Dupin schaute auf die Uhr. Es war jetzt halb zwölf. Er konnte plötzlich nicht mehr. Er war erschöpft und wusste nicht mehr weiter. Er ging wortlos zur Tür und öffnete sie.

»Machen Sie das in Ruhe. Wir haben ein Zimmer für Sie reserviert. Ich werde einen meiner Inspektoren bitten, Ihnen ein Notebook hinaufzubringen.«

»Das ist nett, ich habe nicht daran gedacht, meins mitzubringen.«

»Wie sollten Sie auch. Es ist jetzt fast Mitternacht. Wir sehen uns dann morgen früh. Sollen wir uns zum Frühstück treffen?«

»Zum Frühstück! Acht Uhr. Dann habe ich noch etwas Zeit.«

»Gut.«

Dupin trat in den Vorraum. Kadeg stand an der Rezeption.

»Kadeg, Madame Cassel braucht ein Notebook. Gibt es einen Internetzugang auf ihrem Zimmer? Wir brauchen das sofort.«

»Jetzt?«

»Ja, jetzt. Es geht um wichtige Recherchen.« In noch bestimmterem Ton fügte er hinzu: »Und ich will morgen früh Reglas sehen.«

»Reglas hat vor einer Stunde angerufen und wollte Sie sprechen, wegen des Einbruchs oder was auch immer es war.«

»Ich will ihn sehen. Um sieben Uhr. Halb acht. Hier im Restaurant. Er soll seine Ausrüstung mitbringen.«

Riwal, der die ganze Zeit nichts gesagt hatte, schien etwas fragen zu wollen, ließ es dann aber bleiben.

»Ich weiß nicht, es ist …«

Dupin unterbrach Kadeg in einem ruhigen Ton.

»7 Uhr 30.«

Marie Morgane Cassel stand etwas verloren in der Tür, Dupin wandte sich an sie.

»Ich danke Ihnen schon einmal sehr für Ihre Hilfe, Madame.«

»Gerne.« Die Professorin lächelte. Dupin war sehr froh über dieses Lächeln. Es war ein langer, anstrengender Tag gewesen. Niederschmetternd am Ende.

»Dann sehen wir uns morgen früh, Madame Cassel. Schlafen Sie gut.«

»Danke, Sie auch, hoffe ich.«

»Ja, ich denke schon.«

Ganz bald, hoffte Dupin.

Kadeg hatte ihre Tasche genommen und begann demonstrativ die Stufen zum ersten Stock hochzusteigen, Madame Cassel folgte ihm.

Dupin war während der letzten Stunde wieder schwindelig geworden. Er würde jetzt nach Concarneau zurückfahren. Er war froh, gleich zu Hause zu sein.

Riwal stand vor dem Hotel und rauchte, als Dupin in die Nacht heraustrat. Er blickte nur einmal ganz kurz zu ihm. Auch er sah jetzt hundemüde aus.

»Bonne nuit Riwal. Wir sehen uns morgen früh.«

»Bonne nuit Monsieur le Commissaire.«

Dupin hatte den Wagen direkt auf dem Place Gauguin geparkt, rechts vom Hotel.

Er brauchte knapp fünfzehn Minuten für den Heimweg und schaute lieber gar nicht erst auf den Tacho. Die Straßen waren ganz leer. Er hatte das riesige Schiebedach seines XM geöffnet, um so viel wie möglich dieser unglaublich schönen, milden Sommernachtsluft abzubekommen. Und um diesen unfasslichen Sternenhimmel zu sehen. Die Milchstraße strahlte hell und klar. All dem wollte er etwas näher sein. Das half, ein wenig.

Der dritte Tag

Reglas war schon da, als Dupin im *Central* eintraf, er war allein, ohne seine Mannschaft. Er stand am Ende der Bar und sah zerschlagen aus. Dupin trat zu ihm.

»Was gibt es? Worum geht es?«, fragte Reglas.

Dupin hatte eine aggressive Gangart erwartet. Die nicht weiter erklärte Einberufung zu dieser Uhrzeit würde Reglas als Provokation empfinden, davon war Dupin überzeugt gewesen (und war ihm deswegen auch eine kleine Freude). Tatsächlich aber wirkte Reglas eher nervös. Dupin konzentrierte sich, es ging um Wichtiges.

»Ich will, dass Sie mir sagen, wie lange das Bild vorne an der Tür hier schon hängt. Im Vergleich zu den anderen. Ob sie alle gleich lange hier im Raum hängen? Ob irgendwelche Spuren an diesem Bild oder dem Rahmen zu finden sind?«

»Wie lange das Bild hier hängt? Sie wollen wissen, wie lange diese billige Kopie hier in diesem Raum hängt? Dafür bin ich gekommen?«

Dupin ging ganz ruhig zur Wand und stellte sich vor das Bild.

»Es geht um dieses Bild mit diesem Rahmen im Vergleich zu den anderen Bildern. Ja, ich will wissen, ob dieses eine Bild hier so lange hängt wie alle anderen.«

»Das haben Sie bereits gesagt. Ich habe keine Ahnung, was Sie meinen. Was ist Ihr Verdacht?«

Reglas hatte ein Recht auf eine Antwort. Aber Dupin hatte keine Lust, auch nur ein klein wenig mehr preiszugeben.

»Ich will wissen, ob dieses Bild eventuell erst in den letzten Tagen hier aufgehängt worden ist. Das kann doch nicht sehr schwer sein. Hier wird sicher regelmäßig Staub gewischt. Seit dem letzten Staubwischen muss sich auf allen Bildern eine bestimmte ...«

»Ich weiß sehr wohl, wie ich meine Arbeit mache. Hier im Raum hat sich nichts verändert von gestern auf heute. Gar nichts. Und wie es scheint, schon lange nicht. Wir haben den aktuellen Raum mit Fotografien aus den letzten Jahren verglichen. Auch im Hinblick auf die Bilder. Sie hängen in derselben Anordnung, mindestens seit einigen Jahren also schon.«

»Ich weiß. Nein, ich meine wirklich konkret diesen einen Rahmen.«

»Und warum im Vergleich zu allen anderen? Das ist eine wahnsinnige Arbeit.«

»Es könnte ja sein, dass ein Bild oder mehrere Bilder in den letzten Tagen ausgetauscht worden sind.«

»Ich verstehe immer noch nicht, worauf Sie hinauswollen. Vor allem, weil dies das idiotischste aller Bilder hier ist. Gauguin hat nie ein derartiges Bild gemalt, das hat sich einer dieser Pfuscher ausgedacht. Dümmer geht es nicht. Eine entstellte Imitation der *Vision nach der Predigt*.«

Dupin konnte seine Verwunderung über Reglas' Gauguin-Kenntnisse nicht verbergen.

»Sie kennen sich mit Kunst aus?«

»Gauguin ist meine große Leidenschaft, die ganze Künstler-kolonie-Bewegung, ich ...«

Reglas brach ab. Er schien sich zu fragen, warum er Dupin so etwas erzählte.

»Das tut natürlich nichts zur Sache. Ich möchte Sie ganz formal und offiziell fragen: Ist es für die Ermittlungen im Mordfall Pennec unerlässlich zu wissen, ob dieses Bild hier erst seit ein paar Tagen hängt?«

Reglas war wieder angriffsbereit.

»Absolut, diese Frage ist von entscheidender Bedeutung.«

Dupin war sich darüber im Klaren, dass Reglas ihm das nicht abnahm und die Formulierung als weitere Provokation empfinden würde – aber es stimmte. Genau so war es.

»Dann werden wir mit den Arbeiten gleich beginnen, ich rufe mein Team.«

Reglas hatte sich unter Kontrolle, das musste Dupin zugeben.

»Sie kennen auch kein derartiges Bild, das Gauguin gemalt hätte?«

»Nein. Wie ich sagte. Der Imitator hat lächerliche Fehler gemacht. Eine vollkommene Entstellung.«

»Aber allgemein. Theoretisch. Was denken Sie, könnte dies nicht ein Bild Gauguins sein?«

»Diese Frage macht keinen Sinn.«

»Ich weiß.«

Reglas schaute den Kommissar direkt an. Er überlegte. Dann sagte er:

»Nun ja, mir scheint, das hätte er malen können, gewissermaßen. Es wirkt wie ein Gauguin.«

Jetzt war Dupin verwirrt. Er fühlte sich ganz unbehaglich – er hatte felsenfest mit einem Angriff gerechnet.

»Danke. Ich meine, danke für Ihre Einschätzung.«

Er räusperte sich.

»Gut, ja. Ich rufe jetzt meine Mitarbeiter an.«

Reglas griff in seine Sakkotasche. Ohne weitere Worte verließ er den Raum, das Handy in der Hand. Auch Dupin sagte nichts mehr.

Um kurz vor acht betrat Dupin den Frühstücksraum. Er hatte gebeten, dass man ihn für die anderen Gäste bis halb neun sperrte. Marie Morgane Cassel saß schon an einem der kleinen Tische, ganz in der Ecke, am Fenster. Vor sich einen *grand crème*. Ein großer Korb voller Croissants, *pains au chocolat*, Brioches und Baguettes stand auf dem Tisch, mehrere Marmeladen und Butter. Außerdem ein ganzer *gâteau breton*, dessen besonderer Geschmack der Mischung aus viel gesalzener Butter und viel Zucker zu verdanken war. Ein riesengroßer Früchtekorb, Joghurts. Madame Mendu hatte es sehr gut gemeint. Zwischen all diesen köstlichen Dingen stand ein aufgeklapptes Notebook.

»Guten Morgen, Madame Cassel. Haben Sie gut geschlafen?«

Die Professorin lächelte Dupin freundlich an, den Kopf ein wenig zur Seite gelegt. Ihre Haare waren noch feucht, sie musste eben erst geduscht haben.

»Guten Morgen. Wissen Sie, ich bin keine so gute Schläferin, das bin ich nie gewesen.« Sie zuckte mit den Schultern. »Aber das ist nicht schlimm. Es war eine sehr ruhige Nacht hier, wenn Sie das meinen. Ich habe ungestört recherchieren können.«

Marie Morgane Cassel wirkte alles andere als müde, im Gegenteil. Sie schien hellwach.

»Haben Sie etwas herausgefunden?«

Dupin setzte sich zu ihr.

»Es gibt keinerlei Hinweise, dass es eine zweite *Vision nach der Predigt* geben könnte, ein zweites Bild, das dieses Thema aufnähme. Dass Gauguin überhaupt an einer anderen Version gearbeitet hat.«

Sie war ganz bei der Sache.

»Aber es ist – theoretisch – auch nicht ausgeschlossen.«

»Was heißt das?«

»Zum einen: Gauguin hat manchmal sehr wohl mehrere Auseinandersetzungen mit ein und demselben Sujet unternommen, wenn es ihn sehr beschäftigt hat. Manchmal hat er mehrere Bilder zu einem Thema gemalt, die dann bestimmte Dinge, Motive, Aspekte variierten. Für die *Vision* gibt es eine große Anzahl von Skizzen, Studien, auch kleinere Vorarbeiten zu den meisten Teilen und Motiven dieses Bildes. Viele Elemente werden hier variiert. Ich habe mir alles noch mal genau angeschaut und etwas Erstaunliches gefunden.«

Jetzt strahlte sie.

»Schauen Sie hier. Ich hab etwas im Spezialarchiv des *Musée d'Orsay* gefunden. Eine wissenschaftliche Datenbank, sie haben in den letzten Jahren sämtliches Material Gauguins gescannt, auch viel aus Privatbesitzen, die man gar nicht oder nur wenig kannte.«

Sie drehte das Notebook um. Dupin schaute auf den Bildschirm. Es war gar nicht viel zu sehen auf der Abbildung.

»Das ist eine Skizze, fünfzehn mal zwölf Zentimeter. Die Qualität der Abbildung hier ist nicht sehr gut. Aber man sieht alles Entscheidende.«

Am linken und unteren Bildrand waren Schemen zu sehen, die figürlich wirkten, aber streng genommen bloß Flächen waren, weiß, stark mit Schwarz konturiert. Genau im Zentrum ein Baumstamm, der steil in das Bild ragte und am oberen Bildrand nach rechts gehend ein wenig Geäst andeutete. Das Hervorstechendste dieser Skizze aber war eine Farbe: ein grelles Orange, das den ganzen Hintergrund ausmachte, als wäre es die Grundfarbe dieses Stück Papiers.

»Er hat es ausprobiert. Gauguin hat das Orange hier ausprobiert. Das ist unglaublich.«

Dupin war nicht klar, was Madame Cassel damit sagen wollte.

»Damit ist ein solches Bild wie es hier im Restaurant hängt – ich meine, ein mögliches Original dieses Bildes ein Stück, wie soll ich sagen, vorstellbarer geworden.«

»Ein Stück vorstellbarer?«

Plötzlich klopfte es sehr heftig. Dupin hatte Lust, betont übellaunig zu reagieren und »Jetzt nicht« zu rufen, aber Kadeg stand schon im Raum. Er war vollkommen außer Atem und leichenblass. Seine Stimme schepperte eigenartig.

»Es gibt«, er rang nach Luft, »es gibt einen weiteren Toten.«

Dupin und Madame Cassel wussten beide einen Augenblick lang nicht, ob sie lachen sollten. Kadegs Auftritt wirkte wie eine schlechte Szene in einem schlechten Theaterstück.

»Sie sollten sofort kommen, Monsieur le Commissaire.«

Dupin schnellte auf ähnlich theatralisch absurde Weise hoch wie Kadeg hereingeplatzt war, und wusste immer noch nicht, was er sagen sollte. Er murmelte: »Gut, ja. Ich komme.«

Die Leiche sah schlimm aus. Arme und Beine standen auf eine ganz unnatürliche Art vom Körper ab; die Knochen mussten mehrfach gebrochen sein. Hose und Pullover waren an manchen Stellen zerrissen, zerfetzt, wie die Haut und das Fleisch an den Knien, Schultern und an der Brust. Die linke Seite des Kopfes war zertrümmert. Die sturmumtosten Klippen waren tückisch an diesem Teil der Küste. Hoch aufragend, dreißig, vierzig Meter über dem Meer, steil abfallend, so wild geschachtelt, so dramatisch zerfurcht, so scharfkantig und dabei porös, dass schon ein Sturz aus einer geringen Höhe verheerend war. Loic Pennec musste auf den schmalen Vorsprüngen einige Male aufgeschlagen sein, bevor er endgültig hier unten auf den mächtigen Klippen direkt an der Brandung auftraf. Niemand würde je wissen, ob er den Sturz zunächst noch überlebt und lange Stunden auf Hilfe gehofft hatte. Der heftige Regen und Sturm hatten das Blut und alles andere weggeschwemmt, der Sand zwischen den großen Steinen war rot eingefärbt.

Der Wind kam in brutalen, kurz aufeinanderfolgenden Stößen, er peitschte den Regen vor sich her. Es war halb neun, aber hell war es bisher nicht geworden. Der Himmel war von dramatischer Schwärze, massige Wolkenungetüme rasten dicht über die See. Pennec lag vielleicht zweihundert Meter vom Plage Tahiti entfernt, Dupins Lieblingsstrand, vor dem sich wie gemalt zwei kleine, direkt der Küste vorgelagerte Inselchen erstreckten. Mit dem Wagen waren es von hier aus vielleicht zehn Minuten bis Pont Aven. Gestern noch hatten hier Urlauber einen perfekten Sommertag erlebt, Kinder bei unfassbar glattem Meer in blautürkisfarbenem Wasser gespielt, auf feinem, blendend weißem Sand – das Ganze bei prächtigem Wetter von einer Bucht in der Südsee nur schwer zu unterscheiden. Heute war es wie das Ende aller Tage.

Von der östlichen Strandseite führte ein schmaler Weg die Klippen hoch und dann oben in abenteuerlichen Windungen die Küste entlang (ein alter Schmugglerweg, wie die Einwohner stolz berichteten), bis nach Rospico und weiter nach Port Manech. Das Gelände war wenig besiedelt, ein Naturschutzgebiet. Ein atemberaubend schöner Weg. Dupin kam manchmal zum Spazieren hierher.

Reglas war direkt mit Dupin gefahren, sie hatten Dupins Auto genommen. Riwal und Kadeg waren mit einem zweiten Wagen gefolgt und fast gleichzeitig eingetroffen.

Eine Joggerin hatte Pennec gefunden und die Polizei benachrichtigt, die beiden Kollegen aus Pont Aven waren sofort aufgebrochen und als Erste da gewesen, jetzt sicherten sie oben den

Weg, den man von hier unten schon fast nicht mehr erkennen konnte, so tief hingen die Wolken. Bonnec hatte am Parkplatz auf Dupin gewartet und sie zu Loic Pennecs Leiche geführt.

Sie standen zu viert um die Leiche herum, Riwal, Kadeg, Reglas und Dupin, schon jetzt waren sie vollkommen durchnässt, der Weg vom Parkplatz bis hierhin hatte genügt. Es war ein grausames Bild. Reglas war der Erste, der etwas sagte.

»Wir sollten sofort die Spuren auf dem Weg sichern. Wir werden umgehend untersuchen, ob wir Hinweise auf eine zweite Person finden.«

»Ja, das sollten wir so schnell wie möglich wissen.« Dupin musste Reglas recht geben. Davon hing alles ab.

»Wir müssen uns beeilen. Die Spuren werden bereits jetzt weitgehend weggeschwemmt worden sein, wenn sie sich nicht tief in den Boden geprägt haben. Ich lasse mein Team kommen.«

Reglas wandte sich um und begann geschickt, aber auch mit erkennbar großem Respekt über die Felsen nach oben zu klettern. Regen und Gischt hatten alles fürchterlich glitschig werden lassen. Riwal, Kadeg und Dupin blieben bei der Leiche, wieder sagte keiner ein Wort, wieder standen sie nur und schauten, als würden sie eine seltsame Andacht halten.

Kadeg löste sich als Erster. Er gab sich Mühe, geschäftsmäßig zu klingen.

»Sie sollten Madame Pennec vom Tod ihres Mannes unterrichten, Monsieur le Commissaire. Das ist sicher das Wichtigste.«

Er schaute unbestimmt nach oben, zu der Stelle, wo Reglas verschwunden war.

»Wir sollten hier alles großflächig absperren lassen.«

»So ein Scheiß.«

Dupin hatte zu sich selbst gesprochen, aber sehr laut. Er fuhr sich heftig durch die nassen Haare, die unangenehm am Kopf klebten. Er musste allein sein. Nachdenken. Die Dinge nahmen eine extreme Wendung. Nicht, dass es zuvor ein harmloser Fall gewesen wäre, aber nun war aus einer Provinzgeschichte – in der es zunächst um Erbschaften oder vielleicht tiefe Kränkungen zu gehen schien – ein gewaltiger Fall geworden. Ein Fall völlig anderer Dimension. Schon durch die fantastische Summe, die vierzig Millionen, um die es vielleicht ging. Und durch diesen zweiten Toten. Hatte Dupin in den letzten beiden Tagen das Gefühl gehabt, dass alles auf eine diffuse Weise seltsam irreal gewesen war – dieser merkwürdige Mord in dieser perfekten Sommeridylle –, hatte mit diesem zweiten Toten alles auf brutalste Weise eine jähe, unentrinnbare Realität gewonnen.

»Ich werde einige Anrufe machen. Bleiben Sie hier am Tatort. Sie beide. Und melden Sie sich, wenn es Neues gibt. Sofort.«

Nicht einmal Kadeg protestierte. Dupin hatte keine Idee, wohin er wollte, vor allem nicht in diesem Regen. Er kletterte ein Stück weit über die Felsen am Meer entlang, was ein wenig albern aussah. Es war nicht leicht, auf den rutschigen Felsen und Steinen das Gleichgewicht zu halten. Aber er hatte keine Lust, den direkten Weg nach oben zu nehmen und noch einmal den Kollegen zu begegnen. Erst beim nächsten größeren Felsvorsprung kletterte er hoch, auf den Küstenweg, lief dann ein Stück und bog, als der Weg sich gabelte und rechter Hand zum Parkplatz führte, nach links ab, zum menschenleeren Strand hinunter.

Das andere Ende des Strands und auch die Inselchen, die so pittoresk vor der Küste lagen, waren selbst mit Anstrengung nur schemenhaft zu sehen. Seine Jacke, sein Poloshirt, seine Jeans, alles war triefnass, das Wasser rann ihm in die Schuhe. Es war der Regen, den der vom Meer her tobende Sturm seitwärts trieb, aber auch die gewaltige Gischt, die sich mit dem Regen ununterscheidbar vermengte. Mächtige Wellen, drei, vier Meter hoch, rollten unaufhaltsam auf den Strand und brachen mit ohrenbetäubendem Lärm an der Sandkante. Die Wellen berührten Dupins Schuhe, so nahe war er ans Wasser herangegangen. Er atmete tief ein und begann langsam den Strand entlangzulaufen.

War es ein Mord, ein Selbstmord? Loic Pennec war tot. Vor zwei Tagen hatte jemand seinen Vater ermordet. Jetzt den Sohn? Dupin musste seine Gedanken ordnen. Er musste sich jetzt konzentrieren. Vollkommen konzentrieren. Schritt für Schritt vorgehen, sich nicht konfus machen lassen. Nicht von dem zweiten Toten. Nicht von der Aufregung, die nun losbrechen würde. Egal ob Unfall, Mord oder Selbstmord, es würde einen riesigen Skandal geben, er mochte sich nicht vorstellen, was los sein würde, wenn sich die Nachricht verbreitete. Er musste den Grund kennen. Was hatte alles in Gang gesetzt? Er musste schnell sein. Hatte im Restaurant tatsächlich ein echter Gauguin gehangen? Das war die erste Frage. Er musste es *wissen*. Sicher wissen. Aber wie würde er das herausfinden? Und gäbe es einen echten unbekannten Gauguin, dann war die Frage: Wer hätte von dem Bild gewusst? Den vierzig Millionen Euro. Diese Frage entschied über alles. Wem hätte Pennec davon erzählt? Und wann? In den letzten Tagen, als er wusste, dass er sterben würde? Oder schon vor Jahren? Vor Jahrzehnten? Hätte er überhaupt jemandem davon erzählt? Sein Sohn hätte es doch wissen müssen. Dann auch Catherine Pennec. Oder hätte auch der Sohn nichts gewusst? Es war offensichtlich, dass der alte Pennec kein sehr enges Verhältnis zu seinem Sohn gehabt hatte, so sehr Loic Pennec in den Gesprächen auch versuchte, es anders aussehen zu lassen. Und was war mit Madame Lajoux, seiner – das stand für Dupin fest – Geliebten? Mit Fragan Delon? Mit Beauvois, der ihn in allen Kunstdingen beraten hatte, dem Pennec anscheinend vertraut hatte? Und die Frage war noch weiter zu spannen. Was war mit André Pennec? Oder hätte ein Außenstehender das Bild als ein Original erkannt? Und was hatte alles *genau jetzt* losgetreten, zu diesem Zeitpunkt? Das einzig erkennbar Ungewöhnliche der letzten Wochen war, dass Pennec von seinem sehr wahrscheinlichen baldigen Tod gewusst hatte.

Dupin war fast am anderen Ende des Strands angekommen, wo eine kleine Straße buchstäblich im Meer endete, hier wurden die Boote ins Wasser gelassen. Rechts lag ein wenig erhöht in der alten Dünenlandschaft das *Ar Men Du*, das, in Dupins Augen, beste Restaurant der Küste und ein kleines hübsches Hotel. Es war ein besonderer Ort. Hier, im Finistère, gab es ein paar Orte, an denen man es ganz und gar spüren konnte: das Ende der Welt. Ja, hier endete die Welt, an diesem zerklüfteten, wilden Vorsprung. Vor einem lag nur das unendliche Meer, eine Weite, die man nicht sah – die sich einem aber ganz deutlich als Gefühl mitteilte. Tausende Kilometer Wasser, wilder Ozean, kein Fitzelchen Land, nichts.

Dupin musste in Ruhe telefonieren. Dringend. Hier draußen war es unmöglich. Und bei diesem Wetter würde kein Mensch im *Ar Men Du* sein, er würde sich in die Bar setzen, die Hotelgäste hatten einen eigenen Frühstücksraum. Telefonieren und einen *café* trinken.

Das *Ar Men Du* gehörte Alain Trifin, er führte es seit einigen Jahren, es war früher eine Kaschemme gewesen, aber er hatte gesehen, was es sein könnte, und etwas Großes daraus gemacht. Dupin mochte ihn sehr, seine feine, kluge, lakonische Art, die Gespräche mit ihm, die nie lang waren, aber echt. Dupin kam selten ins *Ar Men Du*, aber immer, wenn er dort war, dachte er, dass er viel öfter herkommen sollte.

Trifin lächelte, als er Dupin eintreten sah, von Kopf bis zu den Füßen durchnässt, triefend. Dupin blieb in der Türe stehen.

Ohne ein Wort zu sagen, verschwand Trifin in der Küche und stand einen Augenblick später mit einem Handtuch vor Dupin. Er war groß gewachsen, hatte dichte, kurze Haare, markante, klare Züge, ganz sicher ein gut aussehender Mann.

»Trocknen Sie sich erst einmal ab, Monsieur Dupin. Einen *café*?«

»Danke – unbedingt.«

»Ich nehme an, Sie wollen für sich sein.«

Trifin zeigte auf den Tisch in der Ecke, direkt vor dem großen Fenster.

»Ich muss ein paar Gespräche führen. Ich …«

»Hier stört Sie niemand.«

Er blickte wie erklärend hinaus in den peitschenden Regen.

Dupin trocknete sich den Kopf, das Gesicht, zog die Jacke aus, fuhr sich einmal mit dem Handtuch über die Kleidung und legte es auf den Stuhl, bevor er sich setzte. Eine kleine Pfütze hatte sich gebildet, wo er zuvor gestanden hatte. Trifin machte einem der beiden Kellner ein Zeichen.

Einen Augenblick später stand Trifin an der gewaltigen Espressomaschine. Ein sehr junger Kellner brachte den *café* und versuchte dabei so diskret wie möglich zu sein, er bewegte sich, als hätte er den Ehrgeiz, von Dupin gar nicht bemerkt zu werden.

Dupin wählte Riwals Nummer, es klingelte lange, bis Riwal abnahm. Das Einzige, was Dupin zunächst hörte, war ein grässliches Rauschen, dann Riwals verzerrte Stimme, die fast nicht zu verstehen war, obwohl man merkte, dass er schrie.

»Warten Sie, Monsieur le Commissaire, warten Sie«, es dauerte ein paar Sekunden, dann war Riwal zurück, »Monsieur le Commissaire, ich bin ein bisschen näher an die Felsen ran, aber das hilft auch nichts. Der Wind kommt vom Meer. Ich werde zum Wagen gehen.«

Riwal hatte aufgelegt, bevor Dupin etwas sagen konnte.

Dupin blickte durch die großen Fenster der Bar in die Richtung, in der Riwal bei gutem Wetter jetzt zu sehen gewesen wäre. Es war noch dunkler geworden, das Wasser rann die Scheiben in langen Schlieren herunter.

Der *café* war wunderbar. Wäre da nicht diese Tragödie, dieses brutale Verbrechen, dieser ganze Fall, es wäre urgemütlich gewesen, hier im Trockenen und Warmen, während draußen der Sturm tobte. Aber gerade hatte er keinen Sinn dafür. Es dauerte viel länger als Dupin erwartet hatte, bis Riwal zurückrief. Dieses Mal war er klar und deutlich zu verstehen.

»Ich sitze im Auto. Ich habe noch mit Reglas gesprochen. Er hat die Stelle ausfindig machen können, an der Loic Pennec gestürzt ist. Er war vermutlich nicht alleine, denkt Reglas.«

»Er war nicht alleine?«

»Es gibt eventuell Spuren einer zweiten Person. Reglas sagt, es ist äußerst schwer zu erkennen. Und der Regen hat schon viel weggeschwemmt.«

»Ist die Information schon belastbar?«

»Nein.«

»Reglas soll sofort Bescheid geben, wenn er sich sicher ist.«

»Das wird er.«

»Riwal, ich will wissen, wer die Kopien gemalt hat, die im *Central* hängen. Vor allem das Bild, das der Restauranttür am nächsten hängt. Wir brauchen den Namen so schnell wie möglich. Wir müssen uns jetzt restlos darauf konzentrieren.«

»Was meinen Sie?«

»Genau das, was ich gerade gesagt habe.«

»Sie wollen wissen, wer die Kopien gemalt hat, die im Restaurant hängen?«

»Ja. Vor allem die eine.«

»Jetzt? Sie meinen jetzt?«

»Jetzt.«

»Und der neue Tote? Innerhalb von drei Tagen ermordet jemand zuerst Pierre-Louis Pennec und wahrscheinlich dann seinen Sohn. Rottet fast die ganze Familie aus. Die Spuren …«

»Ich brauche den Maler dieses Bildes.«

»Soll ich nicht hierbleiben? Am Tatort?«

»Was auch dringend ist: Wir müssen sofort den Mitarbeiter des *Musée d'Orsay* erreichen, mit dem Monsieur Pennec gesprochen hatte.«

»Er ist im Urlaub, bis Ende nächster Woche. Kadeg hat ja gestern mit seiner Sekretärin gesprochen, die ihn aber nicht erreichen konnte. Pennec hatte die Sekretärin am Apparat, als er vorige Woche im *Musée d'Orsay* anrief. Die Sekretärin hat aber keine Ahnung, worum es ging, was Pennec wollte, sie hat ihn nur durchgestellt.«

»Wir müssen ihn ausfindig machen. Wie heißt er?«

»Das weiß Kadeg.«

»Ist egal im Augenblick. Wichtig ist, dass wir ihn schnellstmöglich ausfindig machen. Und ich will Madame Cassel sehen.«

Riwal wirkte durcheinander.

»Madame Cassel? Jetzt?«

»Die Nummer. Geben Sie mir ihre Handynummer. Das genügt im Moment. Ich habe vergessen, sie mir aufzuschreiben.«

»Wer wird Madame Pennec die schreckliche Nachricht überbringen? Sie sollten das tun, Monsieur le Commissaire.«

»Kadeg soll das übernehmen. Er soll sofort losfahren. Auf der Stelle. Ich werde später zu Madame Pennec fahren. Er soll mich ankündigen.«

»Das gibt Ärger, das wissen Sie.«

»Er soll umgehend aufbrechen. Sie soll es zumindest nicht

irgendwie erfahren. Und wir müssen natürlich so viel wie möglich über Pennecs Spaziergang wissen. Wann er los ist, wohin, warum? Alleine?«

»Ich sag es ihm. Aber das wird sicher schwer, ich meine, nach dieser Mitteilung …«

»Rufen Sie mich an, sobald Sie etwas haben. Das Wichtigste ist, den Mann aus dem Museum ausfindig zu machen. – Und den Kopisten.«

Dupin legte auf. Der Regen hatte unvermittelt nachgelassen. Im Westen, weit draußen über dem Meer, beim großen schwarzen Felsen (dem *Men Du*, der dem Ort und dem Hotel seinen Namen gegeben hatte), war ein Loch in den Wolken aufgerissen. Ein Sonnenstrahl fiel dramatisch hindurch und schuf einen grell blendenden, scharfumrandeten Kreis auf dem ansonsten tiefschwarzen Meer.

Es gab also vage Hinweise auf eine zweite Person. Dupin glaubte ohnehin nicht an einen Unfall. Das Geschehen hatte seinen Lauf genommen. Er tastete nach seinem Notizbuch, das in der Brusttasche ein wenig geschützt gewesen war. So gut es ging, trocknete er es mit einer Serviette, sehr nass war es nicht geworden. Er begann, einige Notizen zu machen.

Das Handy klingelte, wieder Riwal.

»Ja?«

»Er heißt Charles Sauré. Der Mann vom *Musée d'Orsay*. Er ist der Leiter der Sammlung. Ich habe gerade noch einmal mit seiner Sekretärin gesprochen. Wir haben es geschafft, an ihre Privatnummer zu kommen. Monsieur Sauré hat ein Haus, oben im Finistère, in Carantec.«

»In der Bretagne? Er hat ein Ferienhaus hier in der Bretagne?«

»Genau.«

»Ist das nicht ein merkwürdiger Zufall?«

»Ich weiß nicht, Monsieur le Commissaire, sehr viele Pariser haben ein Ferienhaus in der Bretagne. Vor allem die Intellektuellen.«

»Das ist auch wieder wahr. Und da hält er sich gerade auf?«

»Seine Sekretärin geht davon aus.«

Dupin kannte Carantec. Ein sehr hübscher Ort, an der Nordküste. Ein bisschen mondän. Aber nicht unangenehm, nicht zu schick. Er war zwei Mal da gewesen, zuletzt vorige Ostern mit Adèle, ihre Großmutter lebte dort.

»Haben wir seine Nummer?«

»Bloß eine Festnetznummer. Der Anschluss in seinem Haus.«

»Haben Sie es schon versucht?«

»Nein.«

»Geben Sie mir die Nummer durch.«

»02 98 67 45 87.«

Dupin notierte die Nummer in sein Notizheft.

»Was heißt ›Leiter der Sammlung‹?«

»Keine Ahnung.«

»Ich muss mit Madame Cassel sprechen.«

»06 27 86 75 62.«

»Lassen Sie sie ins *Ar Men Du* bringen.«

»Sie sind im *Ar Men Du*? Im Restaurant hier drüben?«

»Ja.«

»Und Sie wollen, dass Madame Cassel auch zu Ihnen ins *Ar Men Du* kommt?«

»Genau.«

»Gut. Ich veranlasse das.«

»Ich warte hier. Ach so, ja. Am Nachmittag muss ich Madame Lajoux sehen. Den alten Delon. Und André Pennec. Im Hotel. Und wir werden vielleicht ein paar Polizisten für Durchsuchungen brauchen. Schauen Sie einmal, wer das machen könnte.«

»Durchsuchungen?«

»Wir werden sehen.«

»Monsieur le Commissaire.«

»Ja?«

»Sie sollten uns einweihen.«

Dupin zögerte.

»Sie haben recht. Das werde ich. Sobald es geht. Ist Kadeg bei Madame Pennec?«

»Er müsste jetzt da sein, denke ich. Er hat – er hat scharf protestiert.«

»Ich weiß – ich meine, das denke ich mir.« Nachdenklich fügte Dupin hinzu: »Ich werde selbst heute noch zu Madame Pennec gehen.«

Dupin legte auf.

Er bedeutete dem Kellner, einen zweiten *café* zu bringen. Der Kellner hatte sofort verstanden, schon beim Ansatz seiner Geste. Er musste Charles Sauré sprechen. Das könnte von großer Bedeutung sein. Ein paar dicke Regentropfen waren vorhin von seinen Haaren auf sein Notizheft gefallen, einige Zeilen waren verlaufen, und er hatte sie zusätzlich mit seinem Handballen verwischt. Er hatte Mühe, die Nummer zu entziffern; überhaupt sahen seine Notizhefte nach zwei, drei Tagen eines Falles immer erbärmlich aus – auch ohne Regen.

Dupin wählte Saurés Nummer. Eine Frauenstimme meldete sich.

»Bonjour Madame. Hier spricht Commissaire Georges Dupin aus Concarneau.«

Es entstand eine kurze Pause, bevor die Frauenstimme leise und sehr vorsichtig antwortete:

»O mein Gott. Ist etwas passiert?«

Dupin wusste zu gut, dass es Angst machte, wenn plötzlich

die Polizei anrief und nicht schon im ersten Satz sagte, um was es ging.

»Entschuldigen Sie, Madame, dass ich mich auf so unangemessene Weise melde. Nein, es ist nichts passiert. Gar nichts. Es gibt keinerlei Grund, sich Sorgen zu machen. Ich habe nur ein paar Fragen an Monsieur Charles Sauré. Es geht gar nicht um ihn, vielleicht könnte er mir in einer Angelegenheit mit ein paar Auskünften helfen.«

»Ich verstehe.« Ihre Stimme klang deutlich erleichtert.

»Ich bin Anne Sauré, Charles Sauré ist mein Mann. Er ist im Augenblick nicht zu Hause. Aber er wird gleich wieder da sein. Um zwölf sicher.«

»Wissen Sie, wo er sich gerade aufhält?«

»In Morlaix. Ein paar Dinge besorgen.«

»Hat Ihr Mann ein Handy?«

»Könnten Sie mir erst einmal sagen, worum es geht?«

»Er wurde – ach, das ist kompliziert. Es geht um sein Museum, eine Angelegenheit im Zusammenhang mit dem Museum. Ich bräuchte nur eine Auskunft.«

»Nein. Er hat kein Handy. Er hasst so etwas.«

»Hm. Ich verstehe.«

»Sie können gerne noch einmal anrufen um zwölf. Sagen wir besser, um halb eins. Dann wird er ganz sicher zurück sein.«

»Ich danke Ihnen sehr, Madame. Und entschuldigen Sie bitte noch einmal meine ungelenke Art.«

»Au revoir Monsieur le Commissaire.«

»Au revoir Madame.«

Das Loch in den Wolken hatte sich längst wieder geschlossen, der Sturm und der Regen hatten erneut an Stärke gewonnen.

Dupin machte dem Kellner abermals ein Zeichen.

»Noch einen *café*, bitte.«

Er wusste, das war sein sechster heute. Aber ein Fall war nicht die richtige Zeit, den Kaffeekonsum einzuschränken (auch wenn dies ein fester Vorsatz war, seit Jahren, und eine strenge Anweisung von Docteur Garreg).

»Und ein Croissant.« Er dachte an seinen Magen. Sie waren Hals über Kopf im *Central* aufgebrochen.

Die nassen Sachen klebten an der Haut. Es würde Stunden brauchen, bis sie trocken waren. Das hatte er nun davon, dass er sich standhaft weigerte, eine dieser hässlichen Outdoorjacken zu kaufen, die fast alle Einheimischen besaßen – sehr unbretonisch, Nolwenn schalt ihn gerne deswegen. Dupin starrte gedankenverloren in den Regen. Ein dunkler Wagen kam den Sandweg entlang, der zum Parkplatz des Hotels führte, und hielt direkt davor. Er erkannte einen Polizisten. Das musste schon Madame Cassel sein. Sie waren schnell gewesen.

Marie Morgane Cassel stieg aus, schaute sich um, entdeckte Dupin durch die Scheiben und steuerte auf das Hotel zu. Sie klopfte sich den Regen vom Mantel, als sie vor seinem Tisch in der Bar stand.

»Was ist passiert?«

»Der Sohn von Pierre-Louis Pennec ist von den Klippen gestürzt – gestürzt oder gestürzt worden, wir wissen es noch nicht. Da drüben.«

Dupin zeigte in Richtung Plage Tahiti.

Madame Cassel wurde blass. Sie legte sich die Hand auf die rechte Schläfe.

»Das ist eine richtig schlimme Sache, oder? Ich beneide Sie nicht.«

»Danke. Ich meine, ja. Das ist eine schlimme Sache. Und wird einen riesigen Wirbel geben, absolut fürchterlich.«

»Das glaube ich. Wollen Sie weiter über das Bild sprechen? Wollten Sie mich deswegen noch einmal sehen?«

»Ich wollte Sie fragen, ob Sie Zeit hätten, mich zu einem Gespräch zu begleiten? Ich muss nach Carantec und den Sammlungsleiter des *Musée d'Orsay* sprechen.«

»Den Leiter der Sammlung des *Musée d'Orsay*? Charles Sauré?«

»Er war es, mit dem Pennec gesprochen hat. Wir konnten bislang noch nicht mit ihm sprechen, wir haben keine Ahnung, worum es bei diesem Gespräch ging. Das will ich von Monsieur Sauré selbst erfahren.«

»Und wie kann ich Ihnen helfen?«

»Was macht der Sammlungsleiter eines Museums?«

»Er ist verantwortlich für die künstlerische Leitung – die Frage, welche Bilder die Sammlung hat, kauft, verkauft. Alles natürlich in enger Abstimmung mit dem Museumsdirektor.«

»Hätte sich Pennec an ihn gewandt, wenn es um das Bild gegangen wäre? Ich meine, wenn es einen echten Gauguin gäbe.«

»Warum hätte er sich an ihn wenden sollen, wenn er wusste, dass es einer ist? Ich meine: dann nicht für eine Bestätigung.«

»Eben.«

»Und das wollen Sie herausfinden?«

»Und dabei brauche ich vielleicht Ihre Hilfe. Die ganzen Kunstdinge …«

Marie Morgane Cassel schien zu überlegen.

»Ich habe keine Ahnung, wie ich Ihnen helfen könnte. Und um fünf muss ich zurück in Brest sein. Es gibt das ganze Wochenende über so einen großen Kunsthistoriker-Kongress. Das ist eigentlich nicht so meine Sache, aber heute muss ich meinen eigenen Vortrag halten.«

»Ich wäre Ihnen sehr verbunden – Charles Sauré wird mir

Dinge erzählen, die ich nicht verstehe. Ich *muss* wissen, ob es einen echten Gauguin gibt. Das ist das Wichtigste im Augenblick. Wir brauchen Boden unter den Füßen. Und wir werden sicherstellen, dass Sie um fünf an der Uni sind, das lässt sich organisieren.«

Madame Cassel bewegte sich Richtung Tür.

»Fahren wir in Ihrem Wagen?«

Dupin musste wieder lächeln, wie gestern Abend.

»Ja, wir nehmen meinen Wagen.«

Es war eine mühsame, nervtötende Fahrt gewesen. Eine Fahrt wie Dupin sie hasste. Bei »dem Wetter« waren die Urlauber natürlich nicht an die Strände gefahren, sondern hatten beschlossen, einen »Ausflug« zu machen, einen Stadttag mit Besichtigungen, Besorgungen, Souvenirkäufen. So war die N 165, der südliche Teil der legendären Route Nationale, die einmal um die ganze wild zerklüftete Halbinsel führte, überfüllt gewesen. Die Bretagne besaß ab Rennes keine Autobahn, die Route Nationale war die Quasi-Autobahn, mit vier Spuren, aber nur Tempo 110. Der Verkehr war »zähflüssig bis stockend«, so der Terminus technicus von »107.7«, dem nationalen Verkehrssender, auf den ganz und gar Verlass war, egal ob an der Kanalküste, in der Champagne, an der Côte d'Azur oder in der Bretagne. Stockend zunächst bis Quimper, dann stockend weiter bis Brest. Und auch stockend bis Morlaix. Die ganze Fahrt über.

Unter normalen Umständen (also über zehn Monate und zwanzig Tage im Jahr) hätte die Fahrt eine gute Stunde gedauert, jetzt zweieinhalb Stunden. Sie waren kurz vor eins da. Marie Morgane Cassel und Dupin hatten wenig gesprochen. Dupin hatte eine Reihe von Anrufen machen müssen. Zwei Mal Riwal, ein Mal Nolwenn, die bereits auf dem Laufenden gewesen war, es war immer wieder verblüffend, dann Kadeg und Locmariaquer (fürchterlich, wie jedes Mal, Dupin hatte nach einer Minute behauptet, die Verbindung sei sehr schlecht, hatte ein paarmal gefragt: »Ich höre Sie nicht mehr, hören Sie mich?« und dann aufgelegt). Kadeg war bei Madame Pennec gewesen. Es war ein deprimierendes Gespräch gewesen, wie Riwal berichtet hatte. Die Nachricht hatte sie noch nicht erreicht gehabt. Madame Pennec war zusammengebrochen, und Kadeg hatte vorsichtshalber medizinische Hilfe geholt; ihr Hausarzt war gekommen und hatte Catherine Pennec eine Beruhigungsspritze gegeben. Darüber, wann Loic Pennec aufgebrochen war, ob er allein gewesen war, ob er jemanden getroffen hatte, über all diese Fragen war nicht zu sprechen gewesen in dieser Situation. Nolwenn, das war der einzig erfreuliche Anruf, hatte die genaue Adresse von Charles Sauré herausbekommen. Dupin wollte seinen Besuch nicht angekündigt wissen.

Dupin mochte die Nordküste nicht so sehr. Sie war wirklich verregnet, das Wetter war deutlich schlechter als im »Süden«, wo häufig die Azorenhochs regierten. Nolwenn – wie jeder »Südler« – betete ihm die Zahlen regelmäßig vor: zweitausendzweihundert jährliche Sonnenstunden im südlichen Finistère, dagegen lediglich tausendfünfhundert im nördlichen. Außerdem war die Küste zumeist felsig und steinig und selbst da, wo es Sandstrände gab, waren sie schmal, und bei Ebbe entstanden dahinter kilometerbreite von Seetang bedeckte braun-graue Felslandschaften, sodass die Strände zu absurd dünnen Sandstreifen in riesengroßen Algenöden wurden. Es war unmöglich zum Meer zu gelangen, unmöglich schwimmen zu gehen. Carantec war eine der Ausnahmen im Norden, es hatte einen wunderbaren Strand, selbst bei Ebbe. Dutzende Inselchen waren einer weiten, sanften

Bucht malerisch vorgelagert. Der ganze Ort hatte Atmosphäre, war authentisch, und besaß eine gemütliche kleine Altstadt auf einer Landzunge mit engen verwinkelten Gassen, die irgendwie alle am Meer endeten, auch wenn man sich zuweilen wunderte, wie das möglich sein konnte. Das Haus der Saurés lag mitten in dem kleinen Ort, nahe des kleinen Hafens mit den zwei, drei wunderbar einfachen Restaurants (Dupin erinnerte sich an das Entrecôte in dem einen Restaurant sehr gerne). Sie parkten am Hauptplatz, von da waren es nur ein paar Schritte. Es stürmte und regnete immer noch, wie schon die ganze Fahrt über, nirgends war es besser gewesen. Dupins Kleider waren immer noch klamm. Er wusste ja, dass er selten aussah wie ein ordentlicher Kommissar, jetzt gerade war es vermutlich noch weniger der Fall.

Er klingelte zwei Mal kurz und entschlossen. Ein hagerer, kleiner Mann öffnete die Tür, verschmitzte, intelligente Augen, volle, wuschelige Haare, ein weites, verblichenes blaues Hemd, Jeans.

»Bonjour Monsieur Sauré?«

Saurés Gesicht wurde ganz spitz und sprach Bände.

»Und mit wem habe ich die Ehre?«

»Commissaire Georges Dupin, Commissariat de Police Concarneau. Und das ist Professor Cassel aus Brest.«

Saurés Züge wurden konzilianter, wenn auch nur ein wenig.

»Ja. Der Commissaire. Sie hatten mit meiner Frau telefoniert. Wollten Sie nicht anrufen? Meine Frau sagte, Sie wollten anrufen. Vor einer halben Stunde.«

Dupin hatte keine Sekunde darüber nachgedacht, wie er erklären sollte, dass er ohne Ankündigung plötzlich vor der Tür stand und nicht wie verabredet angerufen hatte, also überging er es einfach.

»Es geht um einige wichtige Fragen. Sie könnten mir mit Ihren Auskünften sehr helfen. Sie haben am Dienstag mit Pierre-Louis

189

Pennec telefoniert, wie wir erfahren haben. Von dem Mord an ihm haben Sie ja sicherlich gehört.«

»Ja, furchtbar. Ich habe davon aus der Zeitung erfahren. Kommen Sie doch bitte herein, wir sprechen drinnen weiter.«

Monsieur Sauré trat einen Schritt zur Seite, ließ Madame Cassel und Dupin herein und schloss geräuschlos die Tür.

»Hier entlang. Wir gehen in den Salon.«

Das Haus war viel größer, als es von außen den Anschein hatte. Sehr geschmackvoll und teuer eingerichtet. Modern, aber nicht kalt. Altes und Neues sicher kombiniert, alles in den Farben der Bretagne, dem tiefen Blau, dem hellen Grün, dem strahlenden Weiß – den atlantischen Farben. Gemütlich.

»Entschuldigen Sie, dass ich Sie nicht freundlicher begrüßt habe. Ich habe nicht mit Besuch gerechnet und wie gesagt, meine Frau hatte angekündigt, dass Sie sich telefonisch melden würden. Sie ist einkaufen gefahren, zum großen *Leclerc*, wir erwarten heute Abend Gäste. Sie müsste gleich zurück sein. Aber ich kann Ihnen auch etwas anbieten – möchten Sie einen *café*, ein Wasser?«

»Ich nehme gerne einen *café*, vielen Dank.«

Madame Cassel hatte geantwortet, bevor Dupin reagieren konnte. Er wäre am liebsten sofort zur Sache gekommen.

»Und Sie, Monsieur le Commissaire?«

»Ich auch. Danke, gerne.« Jetzt, wo es nun mal so war – er hatte schon seit Stunden keinen *café* mehr getrunken.

»Setzen Sie sich bitte, ich bin gleich wieder bei Ihnen.«

Sauré deutete auf das tiefe Sofa und die beiden dazugehörenden Sessel, alles so arrangiert, dass man durch die unglaublich großen Fensterscheiben einen atemberaubenden Blick hatte, auch jetzt bei diesem Wetter.

Madame Cassel hatte einen der Sessel gewählt, Dupin den anderen. Sie saßen weit auseinander.

»Das ist spektakulär. Ich hätte nicht gedacht, dass das Meer so nah ist.«

Dupins Blick ging in die Ferne, zum fast nicht auszumachenden schwarzen Horizont. Sie saßen schweigend und schauten staunend aus dem Fenster.

Sauré kam mit einem kleinen hübschen Holztablett zurück.

»Madame Cassel ist Professorin an der Universität in Brest, Kunsthistorikerin. Unter anderem auf Gauguin spezialisiert, sie …«

»Aber ich weiß doch, wer Madame Cassel ist, Monsieur le Commissaire.«

Saurés Stimme klang fast beleidigt. Er wandte sich an Madame Cassel.

»Ich kenne selbstverständlich einige Ihrer Publikationen, Madame Cassel. Exzellent. Sie genießen in Paris durchaus Ansehen. Es ist mir eine große Freude, nun persönlich Ihre Bekanntschaft zu machen.«

»Die Freude ist ganz meinerseits, Monsieur Sauré.«

Sauré hatte sich auf das Sofa gesetzt, ziemlich genau in die Mitte, sodass er gleich weit von Dupin und Madame Cassel entfernt saß.

Dupin hatte sich für den direkten Weg entschieden.

»Was haben Sie gedacht, als Sie von der Existenz einer Variante der *Vision* erfahren haben?«

Er hatte seinen Satz ganz unaufgeregt formuliert. Marie Morgane Cassels Kopf schnellte dennoch in seine Richtung, sie schaute ihn erstaunt an. Charles Sauré fixierte Dupin mit unbewegter Miene und antwortete mit entspannter und klarer Stimme.

»Sie wissen von dem Bild. – Natürlich wissen Sie von dem Bild. Ja. Es ist stupend. Eine unglaubliche Begebenheit. Eine veritable Sensation. Eine zweite *Vision*.«

Jetzt war Madame Cassels Kopf in Richtung Sauré geschnellt. Sie schaute vollkommen verblüfft.

»Es gibt eine zweite Version der *Vision nach der Predigt*?«

»Ja.«

»Ein zweites Bild? Einen großen, bisher ganz unbekannten Gauguin?«

Man konnte die Gänsehaut auf ihren Armen sehen.

»Ich habe ihn gesehen. Es ist, ich sage es gleich, in meinen Augen noch großartiger als das bekannte Bild, mutiger, kühner, radikaler. Das Orange steht wie ein gewaltiger Block. Es ist unglaublich. Alles, was Gauguin gewollt hat, alles, was er gekonnt hat – alles ist hier zu sehen. Der Kampf ist zugleich noch deutlicher eine Vision und noch realer ein Geschehen – wie die Nonnen, die da stehen und schauen.«

Es dauerte einen Moment, bis Dupin begriff, was Sauré gerade gesagt hatte.

»Sie haben was? Sie haben das Bild selbst gesehen?«

»Ja, ich habe es gesehen. Ich war da. Mittwoch. Pierre-Louis Pennec und ich haben uns am Mittwoch im Hotel getroffen. Am Nachmittag.«

»Sie haben wirklich das Bild gesehen?«

»Ich stand eine halbe Stunde vor ihm, es hängt im Restaurant, direkt hinter der Tür. Das ist eine unglaubliche Vorstellung, ein echter Gauguin, ein ganz unbekanntes Bild …«

»Und Sie sind sich sicher, dass es echt ist? Dass es wirklich von Gauguin ist?«

»Ich bin mir meiner Sache sehr sicher. Natürlich muss es einer Reihe wissenschaftlicher Überprüfungen unterzogen werden. Aber das ist nach meinem Dafürhalten eine Formsache. Es besteht für mich kein Zweifel, dass das Bild echt ist.«

»Das Bild, das Sie gesehen haben, ist definitiv keine Kopie?«

»Eine Kopie? Was meinen Sie? Wie kommen Sie darauf?«

»Ich meine, das Bild ist nicht das Werk eines Malers, der in Gauguins Stil gemalt hat? So wie die ganzen Imitatoren?«

»Nein, auf keinen Fall.«

»Wie können Sie sich dessen so sicher sein?«

»Monsieur Sauré ist eine Koryphäe. Sie könnten weltweit kein kompetenteres Urteil bekommen, Monsieur le Commissaire.«

Sauré konnte ein geschmeicheltes Lächeln nicht verbergen.

»Vielen Dank, Madame.«

Dupin hatte sich entschlossen, von der Kopie, die jetzt im Restaurant hing, nichts zu erzählen. Madame Cassel schien das begriffen zu haben.

»Warum hat Pierre-Louis Pennec Sie angerufen und kommen lassen? Was wollte er? Könnten Sie einmal vom ersten Kontakt an erzählen, wie es sich abgespielt hat?«

Sauré lehnte sich zurück.

»Natürlich. Pierre-Louis Pennec rief mich am Dienstagmorgen ein erstes Mal an. So um halb neun. Er fragte, ob er ein vertrauliches Gespräch mit mir führen könne, es ginge um eine größere Angelegenheit. So formulierte er es. Absolute Vertraulichkeit war ihm sehr wichtig. Ich war auf dem Weg zu einer Besprechung und habe ihn gebeten, mich am späten Vormittag zurückzurufen. Das hat er getan.«

»Er war es, der Sie noch einmal angerufen hat?«

»Ja. Am Vormittag noch. Er kam sehr schnell auf den Punkt. Dass ihm sein Vater einen Gauguin vermacht habe, von dessen Existenz die Kunstgeschichte bis dato nicht wisse, dass er ihn über Jahrzehnte aufbewahrt habe, aber nun der Sammlung des *Musée d'Orsay* überlassen wolle. Als eine Schenkung.«

Dupin fuhr zusammen.

»Er wollte das Bild dem Museum überlassen? Einfach schenken?«

»Ja. Das war sein Wunsch.«

»Aber das Bild hat doch einen immensen Wert. Wir sprechen von dreißig, vierzig Millionen Euro.«

»Das tun wir.«

Sauré war vollkommen ruhig.

»Wie haben Sie reagiert?«

»Ich war mir im ersten Augenblick nicht sicher, was ich von dieser Geschichte halten sollte. Natürlich klang sie fantastisch, dann jedoch wieder auch zu fantastisch, um eine Erfindung zu sein. Und zu welchem Zweck würde sich jemand eine solche Geschichte ausdenken? Im schlimmsten Falle will sich jemand wichtigmachen, habe ich mir gesagt. Monsieur Pennec wollte, dass wir uns so schnell wie möglich treffen.«

»Hat er gesagt, warum dies so rasch geschehen sollte?«

»Nein. Er war überhaupt eher formell. Was mir sehr angenehm war. Und ich empfand es als unangemessen, ihm private Fragen zu stellen. Wir haben in der Kunstwelt mit sehr eigenwilligen Charakteren zu tun. Und an sich ist eine Schenkung an das Museum kein ungewöhnlicher Vorgang.«

»Ungewöhnlich ist aber doch sicherlich der Wert dieser Schenkung. Eine solche Schenkung wird das Museum nicht alle Tage bekommen.«

»Monsieur Honoré muss ganz fassungslos gewesen sein«, warf Madame Cassel ein.

Charles Sauré blickte sie ein wenig missbilligend an. Richtung Dupin fügte er hinzu:

»Der Direktor des Museums. Einer der renommiertesten und einflussreichsten Köpfe der Kunstszene. Ich habe mit Monsieur Honoré bisher nicht gesprochen. Es schien mir noch nicht der richtige Zeitpunkt. Ich wollte keine Pferde scheu machen, das wäre fahrlässig. Ich dachte, ich sollte zunächst das Bild sehen, sichergehen, dass es sich wirklich um einen Gauguin handelte. Und es war ja erst alles genau zu erörtern, die Schenkung, der Zeitpunkt, die Konditionen. Alles.«

»Und dann haben Sie sich direkt für den nächsten Tag verabredet?«

»Meine Frau und ich hatten ohnehin vor, übers Wochenende hierherzukommen und eventuell ein paar zusätzliche Tage zu bleiben. Pont Aven liegt zwar nicht ganz auf dem Weg, aber das ist ja keine Entfernung. Es fügte sich sehr bequem für uns.«

»Und dann haben Sie sich direkt im Hotel getroffen?«

»Ja. Meine Frau ist eine Stunde durch Pont Aven gelaufen, und ich bin ins Hotel gegangen, er erwartete mich bereits unten an der Rezeption. Er hatte gebeten, dass ich zwischen drei und fünf kommen soll. So hatten wir im Restaurant unsere Ruhe. Er kam auch bei dem Treffen sofort auf den Punkt. Er hatte bereits einen Termin bei seiner Notarin gemacht, um die Schenkung testamentarisch zu verfügen. Er wollte eine Übergabe noch in der nächsten Woche. In Pont Aven, er wollte nicht nach Paris kommen. Er hatte sich sogar schon einen kleinen Text ausgedacht für eine Tafel, die neben dem Bild hängen und die Geschichte des Bildes erzählen sollte, auch die Geschichte des Hotels, seines Vaters und der großen Marie-Jeanne Pennec natürlich.«

»Er wollte die Geschichte des Bildes öffentlich machen?«

»Durchaus. In bescheidener Weise. Er wollte kein Aufhebens bei der Übergabe, keine Presseerklärung, keine feierliche Aufhängung, nichts derart. Nur die kleine Tafel. Ich habe ihm gesagt, dass man ein solches Bild in einem solchen Museum nicht einfach so eines Morgens aufhängen könne. Ohne eine Erklärung. Die Existenz dieses Bildes ist eine Sensation, und alle würden fragen, wo es aus heiterem Himmel herkäme, die Wissenschaft, die Presse, das Publikum. Alle. Er wollte darüber noch einmal gemeinsam mit mir nachdenken.«

Dupin hatte sich einiges in sein Clairefontaine notiert, Sauré schaute etwas angewidert auf das schlampig aussehende Heft. Dupin fuhr einfach fort.

»Hat er Ihnen die Geschichte des Bildes erzählt?«

»Nur ein wenig. Dass seine Großmutter Marie-Jeanne es von Gauguin selbst erhalten habe. 1894, bei seinem letzten Aufenthalt, als Dank für alles. Gauguin hat immer nur bei ihr gewohnt, nie bei Mademoiselle Julia. Vor allem aber, sagte Pennec, als Dank für die fast viermonatige Pflege nach der Schlägerei in Concarneau, als man seine junge javanesische Freundin schlimm beleidigt hatte. Er war damals einigermaßen schwer verletzt, doch Marie-Jeanne hat ihn liebevoll und mit Hingabe gepflegt, Tag für Tag, bis er wieder genesen war. Dass es seitdem an dieser Stelle in diesem Restaurant hing – das ist eine unfassliche Vorstellung. Fantastisch.«

»Sie waren sehr nahe an der Wahrheit dran, Monsieur le Commissaire.«

Marie Morgane Cassel hatte diesen Satz sehr nachdenklich gesprochen. Sie blickte Dupin mit großen Augen an. Dupin musste kurz schmunzeln.

»Sind Sie nicht auf die Idee gekommen, dass dies alles hoch relevant sein könnte für die polizeilichen Ermittlungen, Monsieur Sauré – ich meine, als Sie dann von dem Mord an Pierre-Louis Pennec gehört haben?«

Charles Sauré blickte Dupin mit echtem Erstaunen an.

»Ich bin es gewohnt, sehr diskret zu arbeiten. Monsieur Pennec hatte mich gebeten, unter allen Umständen zunächst absolute Diskretion zu wahren. Und das ist nicht ungewöhnlich für Vorgänge in der Kunstwelt. Das Gros der Dinge in unserer Welt ist, wie soll ich sagen, sehr privat. Natürlich war ich irritiert, als ich von dem Geschehen gehört habe. Aber auch dann schien es mir das Angemessenste, die Vertraulichkeit zu wahren. Das ist unser höchstes Gut. Vielleicht schätzen die Erben des Bildes dieselbe Diskretion. Das ist eine ganz private Angelegenheit – ein solches Bild, einen solchen Wert zu besitzen, und ebenso eine Schenkung zu machen. Wir haben einen strengen Kodex.«

»Aber …«

Dupin brach ab. Das machte keinen Sinn. Es war eindeutig, dass Charles Sauré das alles nicht im Geringsten als merkwürdig empfunden hatte oder jetzt empfand. Nicht, dass er zwei Tage vor dem Mord Pierre-Louis Pennec noch gesehen hatte, nicht, dass er dort von einem vierzig Millionen teuren Gemälde erfahren hatte, das – da brauchte es keine außerordentliche Vorstellungskraft – doch sehr evident ein Motiv für den Mord sein könnte, von dem er dann gehört hatte.

»Wann sollte die Übergabe stattfinden?«

»Wir wollten telefonieren, um uns zu verabreden. Aber als er mich rausbegleitete, sprach er direkt vom Anfang der nächsten Woche. Er wollte es bald regeln.«

»Ich nehme an, Monsieur Pennec hat Sie nicht in die Gründe für diese Schenkung eingeweiht?«

»Nein.«

»Und dass er Ihnen auch ansonsten weiter nichts erzählt hat, was von Belang wäre – was Ihnen nun nach seiner Ermordung von Belang erschiene?«

»Es ging ausschließlich um das Bild und das Vorhaben der Schenkung. Um das Prozedere. Ich habe auch keine Erklärungen von ihm erwartet, keine Geschichte. Ich habe ihm keinerlei Fragen gestellt. Ich kenne meine Rolle sehr gut.«

»Ich verstehe. Und nichts an Pierre-Louis Pennec ist Ihnen in irgendeiner Weise auffällig erschienen? Keine übermäßige Nervosität – irgendetwas, das Ihnen durch den Kopf ging nach Ihrem Treffen?«

»Nein. Klar war nur, dass er keine Zeit verlieren wollte. Aber er wirkte nicht gehetzt oder hastig dabei. Nur entschieden.«

Dupin hatte die Lust verloren. Das passierte ihm nicht selten, auch in den wichtigsten Gesprächen und Verhören. Aber was er hatte wissen wollen, wusste er nun.

»Ich danke Ihnen vielmals, Monsieur Sauré. Sie haben mir sehr geholfen. Wir müssen jetzt zurück, ich werde in Pont Aven gebraucht.«

Charles Sauré war sichtlich verwirrt von dem jähen Ende des Gesprächs.

»Ich – ja, in der Tat, ich kann Ihnen nicht mehr sagen als das, was ich gesagt habe. Es waren keine langen Telefonate und auch kein langes Treffen.«

»Danke – noch einmal vielen Dank.«

Dupin stand auf. Marie Morgane Cassel schien ebenso überrascht von dem plötzlichen Ende des Gesprächs wie Sauré. Etwas verlegen sprang auch sie auf.

»Ich würde meinerseits noch gerne etwas wissen, Monsieur le Commissaire.«

»Natürlich.«

»Wer wird das Bild erben, ich meine, wem gehört es nach dem – dem Tod von Monsieur Pennec? Ich habe etwas von einem Sohn in der Zeitung gelesen.«

Dupin sah keinerlei Notwendigkeit, Sauré von den Ereignissen des Morgens zu unterrichten.

»Das werden wir sehen, Monsieur Sauré, im Moment möchte ich mich dazu nicht äußern.«

»Ich gehe doch davon aus, dass die Erben die Schenkung weiterverfolgen werden, es war ja der souveräne Wille des Eigentümers – es ist ja auch richtig, so ein Bild gehört der ganzen Welt.«

»Dazu kann ich Ihnen nichts sagen.«

»Es ist ja sicherlich noch zu der testamentarischen Fixierung des Schenkungswillens gekommen? Mir schien, dass ihm dies sehr dringend war.«

Das war schon keine Frage mehr. Dupin verstand, worum es ging.

»Ich werde mich bei Ihnen melden, wenn Sie uns noch einmal behilflich sein könnten.«

Es dauerte etwas, bis Sauré antwortete.

»Ja, tun Sie das. Sehr gerne. Ich werde bis Ende der Woche hier zu erreichen sein. Voraussichtlich werden wir erst kommenden Samstag zurückfahren.«

Sauré brachte sie bis zur Tür und verabschiedete sie auf eine sehr formelle Weise.

Es hatte aufgehört zu regnen, immerhin, obgleich der Himmel immer noch ganz tief hing und dunkelgrau war. Dupin musste ein paar Meter gehen. Auch wenn er so schnell wie möglich zurück nach Pont Aven wollte.

»Gehen wir einmal um das Haus herum, ich meine andersherum zum Wagen zurück?«

»Gerne.«

Die Professorin wirkte immer noch fassungslos.

Sie bogen rechts in einen kleinen Weg ein, der am Haus der Saurés vorbeiführte, das man noch durch die dicke meterhohe Rhododendronhecke erspähen konnte, und gingen Richtung Meer. Erst als sie an den Klippen standen, sprachen sie.

»Das ist unglaublich. Wissen Sie, was das bedeutet? Diese Geschichte wird um die Welt gehen. In einem Restaurant eines französischen Provinznestes wurde ein bisher unbekannter Gauguin entdeckt, der dort über hundert Jahre unbemerkt hing und zu den wichtigsten Werken seines Œuvres gehört. Sein geschätzter Wert: vierzig Millionen. – Mindestens, würde ich jetzt sagen.«

»Und zwei Tote. Bis zur jetzigen Stunde zwei.«

Marie Morgane Cassel schaute verlegen.

»Das – Sie haben recht. Ja. Zwei Tote. Das tut mir leid …«

»Ich verstehe Ihre Begeisterung. Das sind zwei ganz verschiedene Sachen. Wissen Sie, in meinem Beruf sehe ich auch immer die andere Seite. Die andere Seite der Dinge, die andere Seite der Menschen. Dafür bin ich da.«

Sie standen eine Weile schweigend nebeneinander. Dupin waren seine letzten Sätze etwas unangenehm.

»Was denken Sie? Kommt es Ihnen plausibel vor, was Monsieur Sauré erzählt hat?«

»Ja. Absolut. Das entspricht in allem den, wie soll ich sagen, den Gepflogenheiten der Kunstwelt, sein ganzes Verhalten, sein Vorgehen. Sein Denken. Wie er empfindet. Der ganze Mensch. Es ist eine eigentümliche Welt.«

»Charles Sauré hat Pierre-Louis Pennec nicht ermordet, denken Sie?«

Marie Morgane Cassel schaute den Kommissar einen Augenblick lang entgeistert an.

»Denken Sie, dass er das getan haben könnte, Commissaire?«

»Ich weiß es nicht.«

Sie schwieg.

»Aber Sie meinen, dass wir jetzt sicher davon ausgehen können, dass es ein echtes Bild gibt? Charles Sauré könnte sich nicht vertun?«

»Nein. Ich meine: theoretisch schon. Aber ich würde seinem Urteil – und seinem Gefühl vertrauen. Auf der ganzen Welt werden Sie wie gesagt keinen versierteren Experten finden.«

»Gut. Ich – ich vertraue *Ihnen*.«

Dupin lächelte, und Marie Morgane Cassel schien froh, ihn lächeln zu sehen.

»Dann haben wir es mit zwei Toten und dem Diebstahl eines vierzig Millionen teuren Gemäldes zu tun. Eines Gemäldes, das es offiziell gar nicht gibt. Wir haben nur Saurés – sagen wir: Einschätzung, dass es ein Original gibt und nicht bloß die Fantasie eines Kopisten – die jetzt im Restaurant hängt.«

Dupin machte eine Pause. Das Lächeln war aus seinem Gesicht verschwunden.

»Welchen Beweis hätten wir, dass es nicht nur das Bild gibt, das im Restaurant hängt? Die kurze Begutachtung durch Sauré, sein sicheres Gefühl, dass es ein Original war, was er gesehen hat? Das reicht für nichts. Vor Gericht sowieso nicht. Wer immer das Bild jetzt hat, er kann sich seiner Sache ziemlich sicher sein. Er hat ein Bild gestohlen, das es gar nicht gibt – solange wir es nicht in den Händen halten und wissenschaftliche Gutachten bestätigen, dass es ein Gauguin ist.«

»Wem gehört das Bild jetzt eigentlich?«

»Madame Pennec. Seit heute Morgen ganz alleine ihr. Das ist eine ganz reguläre Erbschaft. Ihr gehört jetzt das Hotel und da es keine weiteren Verfügungen gibt, alles, was sich im Hotel befindet. Pierre-Louis Pennec ist nicht mehr zur Abänderung des Testaments gekommen.«

»Die Schenkung ist also hinfällig?«

»Das wird Madame Pennec zu entscheiden haben.«

Dupins Handy klingelte. Kadeg.

»Ich muss den Anruf annehmen. Gehen wir zum Wagen zurück.«

»Ja. Sollte ich nicht vielleicht von hier aus nach Brest fahren?«

»Ich nehme Sie noch ein Stück mit. – Kadeg?«

»Ja, Monsieur le Commissaire. Wir haben ein paar dringende Dinge. Wo sind Sie?«

»Ich stehe am Meer. In Carantec.«

»Carantec? Am Meer?«

»Genau.«

»Was machen Sie in Carantec?«

»Worum geht es, Kadeg?«

»Sie müssen sich bei Reglas melden. Er will Sie noch einmal persönlich sprechen. Ebenso Docteur Lafond. Beide erwarten Ihren Anruf – zeitnah.«

Kadeg wartete umsonst, dass Dupin etwas sagte.

»Wann werden Sie hier im Hotel sein? Wir haben Madame Lajoux und Delon gebeten, sich bereitzuhalten. André Pennec und Beauvois haben wir noch nicht erreichen können. Wen wollen Sie zuerst sehen nach dem Besuch bei Catherine Pennec?«

»Ich brauche einen Wagen«, Dupin überlegte, »zu einem der großen Kreisel bei Brest, am ersten Kreisel, wenn man von Morlaix kommt, nein, warten Sie, am besten am *Océanopolis*. Das ist am einfachsten. Der Wagen müsste Madame Cassel von dort zur Universität bringen.«

Dupin war schon viele Male im *Océanopolis* von Brest gewesen, da kannte er sich aus, er hatte die großen Aquarien immer schon geliebt, vor allem die Pinguine – und das *Océanopolis* von Brest war großartig.

»Madame Cassel ist bei Ihnen?«

»Sie muss um halb fünf an der Universität sein.«

»Sie müssen Riwal und mich dringend in Kenntnis setzen über den Stand der Ermittlungen.«

»Sie haben recht, Inspektor Kadeg. Sie haben ganz recht. Bis gleich.«

Dieses Mal waren sie gut durchgekommen, die Urlauber saßen noch in den Crêperien. Es hatte dreißig Minuten bis zum *Océanopolis* gedauert. Es war derselbe Polizist aus Brest mit demselben Wagen wie gestern, der auf Madame Cassel wartete. Madame Cassel und Dupin waren wieder nicht dazu gekommen, allzu viel zu reden, Dupin war wie auf der Hinfahrt die meiste Zeit am Telefon gewesen. Docteur Lafond, der auch mit der Untersuchung von Loic Pennec befasst war, hatte, wie immer, nicht viel gesagt; immerhin hatte er sich festgelegt, dass Loic Pennec bereits gestern Nacht gestorben war, nicht erst heute Morgen. Und dass – so wie es evident war – der Sturz die Todesursache gewesen war und es bisher keinerlei Hinweise auf eine Gewalteinwirkung oder Verletzungen Pennecs vor dem Sturz gab.

Reglas hielt daran fest, dass im Umkreis von Pennecs Fußabdrücken mit einer »gewissen Wahrscheinlichkeit« Abdrücke einer zweiten Person auszumachen seien, vor allem eben nahe des tödlichen Abgrundes. Festlegen konnte er sich jedoch nicht. Der Sturm und der heftige Regen hatten über Nacht alles weitgehend verwischt; zu befürchten sei, dass es auch nach weiteren Untersuchungen nicht mit Sicherheit geklärt werden könne. Es klang, schien es Dupin, nicht mehr so entschieden wie es im ersten Gespräch mit Riwal wohl geklungen hatte – oder aber der große Starforensiker wollte sich wieder wichtigmachen.

Und bisher hatte sich auch niemand gemeldet, der etwas Verdächtiges gesehen hatte, weder gestern Abend, an der Stelle, an der es passiert war, noch heute Morgen. Die Kollegen aus Pont Aven hatten systematisch begonnen, die Bewohner in der Umgebung zu befragen, aber noch keinerlei Hinweise erhalten. Dupin hatte auch hier nichts anderes erwartet; dies war kein Fall, der sich durch so etwas Banales wie Fingerabdrücke, Fußspuren, Textilfasern oder zufällige Augenzeugen lösen würde.

Kurz vor vier parkte Dupin seinen Wagen unten am Hafen, ganz in der Nähe der Villa der Pennecs. Es würde kein leichtes Gespräch werden.

Es dauerte lange, ehe Madame Pennec an der Tür war. Catherine Pennec war ihre schlimme Verfassung anzusehen, ihre Augen waren glasig, die Gesichtszüge starr, selbst die gestern noch so penible Frisur war vollkommen aufgelöst.

»Entschuldigen Sie, wenn ich Sie störe, Madame Pennec, ich würde Sie gerne sprechen, wenn es Ihnen möglich ist. Ich weiß, es ist alles schrecklich und eine besondere Zumutung, dass ich Sie behellige.«

Catherine Pennec schaute Dupin mit ausdrucksloser Miene an.

»Kommen Sie herein.«

Dupin trat ein. Catherine Pennec ging, ohne ein Wort zu sagen, voraus, Dupin folgte ihr. Er setzte sich auf den Sessel, auf dem er schon gestern und vorgestern gesessen hatte.

»Ich habe Medikamente bekommen, ich weiß nicht, ob ich in der Lage bin, ein präzises Gespräch zu führen.«

»Ich möchte Ihnen zuerst mein tiefstes Beileid aussprechen, Madame Pennec.«

Es war das zweite Mal innerhalb von achtundvierzig Stunden, dass er derselben Person sein Beileid aussprach. Es war gespenstisch.

»Ich danke Ihnen.«

»Das ist eine große Tragödie. So oder so.«

Madame Pennec hob fragend die Augenbrauen.

»Wir wissen noch nicht, ob es ein Unfall war oder Ihr Mann gestoßen wurde. Oder – oder ob Ihr Mann selbst – ob er …«

»Selbst gesprungen ist?«

»Wir werden vielleicht niemals mit Sicherheit sagen können, was passiert ist. Bisher haben wir keinen Augenzeugen. Und aussagekräftige Spuren lassen sich nicht mehr feststellen. Sie haben erlebt, was für ein Regen diese Nacht niederging. Alles ist bisher Spekulation.«

»Ich will nur wissen, ob es ein Mord war. Dann müssen Sie den Mörder finden, das müssen Sie mir versprechen. Dann wird es derselbe sein, der auch meinen Schwiegervater getötet hat – denken Sie nicht?«

»Ich weiß es nicht, Madame Pennec. Wir können noch gar nichts sagen. Sie sollten sich damit im Augenblick nicht befassen.«

»Ich hoffe sehr, Sie machen bald Fortschritte.«

»Ich werde Sie nicht lange stören. Ein paar Dinge müsste ich dennoch mit Ihnen besprechen. Bitte erzählen Sie mir von gestern Abend, wann ist …«

»Mein Mann hat das Haus kurz vor halb zehn verlassen. Er wollte noch etwas spazieren gehen. Er fährt häufig abends noch einmal zum Meer, manchmal zu seinem Boot, das beim Plage Tahiti liegt, manchmal macht er auch nur einen Gang hier im Ort. Er geht sehr gerne spazieren. Seit Jahrzehnten. Er –«

Ihre Stimme wurde brüchig.

»Er mochte den Weg zwischen Rospico und dem Plage Tahiti. Und im Sommer, in der Saison ging er immer spät. Es ging ihm natürlich sehr schlecht seit vorgestern, und er hatte sich ein wenig Beruhigung versprochen. In der Nacht nach der schrecklichen Nachricht hat er keinen Schlaf finden können. Wir beide nicht.«

»War er gestern alleine?«

»Er war immer alleine auf seinen Spaziergängen. Auch ich habe ihn nie begleitet. Er hat seinen Wagen genommen.«

Ihre Stimme wurde noch schwerer.

»Er hat seine Autoschlüssel länger gesucht. Und dann an der Tür ›bis später‹ gesagt.«

»Wie lange blieb er für gewöhnlich weg?«

»Zwei Stunden vielleicht. Wir sind gestern fast gleichzeitig aufgebrochen, deswegen weiß ich so genau, wann er das Haus verlassen hat. Ich bin zur Nachtapotheke nach Trévignon gefahren, mein Arzt hatte uns Schlaftabletten verschrieben, uns beiden. Wir brauchten Schlaf. Eigentlich nehmen wir so was nie.«

»Sie haben vollkommen recht. Quälen Sie sich nicht unnötig.«

»Ich bin dann ins Bett gegangen, als ich zurückkam; ich habe ihm die Tabletten in seinem Zimmer an sein Bett gelegt. Sie liegen dort noch immer.«

»Sie haben getrennte Schlafzimmer?«

Catherine Pennec blickte Dupin indigniert an.

»Selbstverständlich. Ja. Andernfalls hätte ich ja heute Morgen sofort bemerkt, dass mein Mann nicht zurückgekommen ist.«

»Ich verstehe, Madame Pennec.«

»Es gab überhaupt nichts Ungewöhnliches an der Situation gestern Abend, dem Spaziergang, der Uhrzeit, seiner Strecke, Monsieur le Commissaire, gar nichts, es war wie immer – außer den Umständen natürlich.«

Madame Pennec hatte diese Sätze fast flehentlich, beschwörend gesagt.

»Ich verstehe. Es ist alles schrecklich. Ich werde Sie jetzt nicht länger mit all diesen Dingen behelligen, nur über eine wichtige Angelegenheit müssen wir noch sprechen, an der alles hängt und die Sie bislang noch nicht erwähnt haben.«

Madame Pennec schaute den Kommissar direkt an. Dupin meinte für einen Moment Unsicherheit in ihrem Blick wahrgenommen zu haben. Er konnte sich aber auch irren.

»Sie meinen das Bild. Sie wissen es. Natürlich. Ja, das verfluchte Bild. Es dreht sich alles um das Bild, nicht wahr?«

Ihre Stimme war ganz sicher.

»Ja. Ich denke ja.«

»Über hundertdreißig Jahre hat es da friedlich gehangen. Und jetzt?«

Sie setzte kurz ab.

»Niemand hat je über das Bild gesprochen oder sprechen dürfen. Das war ein Tabu in der Familie Pennec, wissen Sie. Auf diesem Geheimnis beruhte alles, die ganze Familie. Es musste unter allen Umständen gewahrt werden. Noch nach dem Tod Pierre-Louis Pennecs, verstehen Sie? Es ist ein Verhängnis. So viel Geld ist ein Verhängnis. Wahrscheinlich war es richtig, dass sie ein solches Geheimnis daraus gemacht haben. Erst als Pierre-Louis Pennec sich entschieden hatte, es dem *Musée d'Orsay* zu schenken, nahm das Unheil seinen Lauf. Sie wissen sicherlich auch davon?«

Jetzt fing es an. Dupin kannte diesen Punkt. In allen Fällen. Ab einem bestimmten Moment kamen die ersten wirklichen Geschichten zum Vorschein, bis dahin versuchten alle, glatte, undurchdringliche Oberflächen zu erzeugen, um nichts von den wahren Geschichten preiszugeben. Und alle hatten ihre Gründe dafür, nicht nur die Täter.

»Ja. Wir wissen von dieser Absicht Ihres Schwiegervaters.«

»Mein Mann und er haben es noch in dieser Woche besprochen.«

»Pierre-Louis Pennec hat es Ihrem Mann mitgeteilt?«

»Natürlich. Das ist doch eine Familiensache.«

»Und wie hat er reagiert? Wie haben Sie reagiert?«

Sie antwortete sehr klar.

»Das ist seine Sache gewesen. Nicht unsere.«

»Das Bild gehört nun Ihnen, Madame Pennec. Es gehört zu der Erbschaft des Hotels, die Ihr Mann und Sie gemacht haben. Und die nun ganz Ihre ist.«

Catherine Pennec sagte nichts.

»Werden Sie die Schenkung an das *Musée d'Orsay* weiterverfolgen? Es ist ja immerhin der letzte Wille Pierre-Louis Pennecs gewesen, auch wenn er es nicht mehr geschafft hat, ihn notariell festzuhalten.«

»Ich denke schon. Ich bin zurzeit nicht in der Lage, über den Tag hinausgehende Überlegungen anzustellen. Ich werde mich in den kommenden Wochen damit beschäftigen.«

Man konnte Madame Pennec die Erschöpfung ansehen.

»Natürlich nicht. Ich habe Sie bereits über Gebühr beansprucht. Sie haben mir sehr geholfen. Nur noch eine letzte Frage: Wer hat alles von dem Bild gewusst?«

Madame Pennec blickte Dupin ein wenig erstaunt an.

»Ich kann es Ihnen nicht genau sagen. Ich dachte lange, nur mein Mann und ich. Aber mein Mann war sich sicher, dass auch Frédéric Beauvois davon wusste. Und Madame Lajoux, habe ich zuweilen vermutet. Vielleicht hat er es ihr einmal erzählt.« Sie machte eine Pause. »Ich habe ihr ohnehin nie vertraut.«

»Sie haben ihr nie vertraut?«

»Sie ist falsch. Aber ich sollte so etwas nicht sagen. Ich bin ganz aufgewühlt, ich sollte mich nicht derart äußern.«

»Was lässt Sie annehmen, dass Madame Lajoux nicht aufrichtig ist?«

»Jeder wusste, dass es eine Affäre war. Jahrzehntelang. Und dass sie sich dann als Hotelchefin aufgespielt hat. Dass sie Geld von ihm bekam. Bis heute. Dass sie von diesem Geld Beträge nach Kanada geschickt hat zu ihrem Sohn. Ein Nichtsnutz. Den sie verhätschelt hat.«

Ihre Stimme war für einen Augenblick ganz hart geworden. Dupin hatte sein Notizbuch hervorgeholt.

»Können Sie sicher sagen, dass sie von dem Bild weiß?«

»Nein – nein, ich weiß es nicht. Ich sollte auch wirklich nichts sagen.«

»Und Pierre-Louis Pennecs Halbbruder, André Pennec, hat er von dem Bild gewusst?«

»Mein Mann war sich sicher. Pierre-Louis' Vater hat es ihm noch erzählt, hat er einmal gesagt. Natürlich war das Bild das große Familiengeheimnis. Wie sollte es anders sein?«

Dupin hätte am liebsten gesagt, dass es genau deswegen bei den Ermittlungen doch sehr geholfen hätte, von dem Bild sofort nach dem Mord an Pierre-Louis Pennec zu erfahren – das Motiv zu kennen. Und wie viel Zeit sie dadurch verloren hatten. Und der noch ernstere Aspekt: dass ihr Mann vielleicht noch am Leben wäre, hätte ihm jemand von dem Bild erzählt. Aber es war müßig.

»Und Monsieur Beauvois?«

»Er ist der Schlimmste. Mein Schwiegervater war ein Narr, ihn nicht zu durchschauen, er …«

Sie unterbrach sich.

»Ja?«

»Er ist ein Wichtigtuer. Dieses lächerliche Museum. Was er für Flausen im Kopf hat! Wenn man sich vorstellt, wie viel Geld er Pierre-Louis Pennec abgeschwatzt hat. Was alles an diesem Museum umgebaut wurde. Und wofür? Lächerlich. Es ist drittklassig und wird es immer bleiben. Provinziell.«

Nach diesem Ausbruch schien sie nun völlig ermattet.

»So, jetzt werde ich Ihnen wirklich Ihre Ruhe lassen.«

Madame Pennec seufzte tief.

»Ich hoffe, Sie finden schnell heraus, was mit meinem Mann geschehen ist; es macht keinen Unterschied, aber es würde mir dennoch helfen.«

»Das hoffe ich auch, Madame Pennec. Ja.«

Sie machte Anstalten aufzustehen.

»Nein, nein, bleiben Sie sitzen. Bitte. Ich finde selbst hinaus.«

Es war Madame Pennec anzumerken, dass es ihr widerstrebte, das Angebot anzunehmen, aber sie tat es dennoch.

»Danke.«

»Wenn Sie Hilfe brauchen oder Ihnen noch etwas einfällt, was von Belang sein könnte – zögern Sie nicht. Sie haben meine Nummer.«

Dupin war aufgestanden.

»Danke, Monsieur le Commissaire.«

»Au revoir Madame.«

Dupin verließ den trüben Raum schnellen Schrittes.

Draußen fiel ein warmer Sonnenstrahl auf Dupins Gesicht; der Himmel war leuchtend blau, nicht eine Wolke war mehr zu sehen. Obgleich er es in seinen fast drei bretonischen Jahren schon sehr viele Male erlebt hatte, war Dupin jedes Mal aufs Neue fasziniert, wie jäh das Wetter umschlagen konnte. Es war ein Spektakel. Aus einem ganz unverdächtig strahlenden, warmen Morgen, an dem man schwören würde, nun hat sich der Sommer auf Wochen mit einem stabilen Hoch festgesetzt, konnte innerhalb einer halben Stunde unversehens ein herbstlich anmutender Regen- und Sturmtag werden, bei dem man wiederum jede Wette eingine, dass dies ein grundsolides Tief sei und einen nun Tage traktierte – und umgekehrt. Als hätte es nie ein anderes Wetter gegeben. Dupin dachte manchmal, dass er früher gar nicht gewusst hatte, was das war: Wetter. Dass er es wirklich erst hier verstanden hatte. Es war kein Wunder, dass das wankelmütige Wetter das allgegenwärtige Thema der Bretonen war. Und Dupin war tief beeindruckt, wie genau mancher Bretone es vorhersagen konnte, über Tausende Jahre hatten die keltischen Bewohner eine große Kunst daraus gemacht. Auch Dupin hatte begonnen, sich in dieser Kunst zu versuchen, es war, zugegebenermaßen, ein kleines Hobby von ihm geworden (von seinen Erfolgen war bisher allerdings nur er selbst beeindruckt).

Dupin war einige Augenblicke vor der Tür stehen geblieben, hatte sein Clairefontaine herausgeholt und eine Reihe von Notizen gemacht. Einige Dinge waren dringend. Er zog sein Handy aus der Tasche.

»Riwal?«

»Ja.«

»Ich komme jetzt zum Hotel. Ich will Madame Lajoux sprechen. Dann Sie und Kadeg. Nein, zuerst Sie und Kadeg. Und danach die anderen. Haben Sie Beauvois und André Pennec ausfindig machen können?«

»Nein. Beide noch nicht. Beauvois besitzt kein Handy. Und Monsieur André Pennec ist mit seinem Wagen unterwegs, wohl in Rennes. Beruflich. Die Mailbox ist an. Wir haben ihm mehrere Male aufs Band gesprochen mit der Bitte, sich umgehend zu melden.«

»Gut, ich muss ihn heute sehen. Egal wie. Beauvois ebenso.«

»Wir versuchen alles.«

»Noch eine Sache: Überprüfen Sie, ob und wann Madame Pennec gestern Abend bei der Nachtapotheke in Trévignon war. Ich brauche ganz genaue Uhrzeiten. Ich will wissen, was sie gekauft hat, wie sie wirkte, alles. Sprechen Sie mit der Person, die sie bedient hat.«

»Ist sie verdächtig?«

»Ich habe das Gefühl, dass uns bisher niemand wirklich die Wahrheit gesagt hat.«

»Wir sollten uns dringend besprechen, Monsieur le Commissaire.«

»Ich bin unterwegs.«

Sie hatten sich in den Frühstücksraum gesetzt, Kadeg, Riwal und Dupin, und eine halbe Stunde besprochen. Sehr konzentriert. Dupin hatte die Inspektoren eingeweiht. Er hatte von dem Bild erzählt, das über hundert Jahre am selben Ort gehangen hatte und das nun gestohlen worden war. Vierzig Millionen Euro. Kadeg und Riwal hatten mehrere Minuten geschwiegen. Dupin konnte an ihren Gesichtern sehen, wie ihnen die Dimension des Falles bewusst wurde. Und beiden war klar, dass jetzt vor allem eines zu tun war: das gestohlene Bild finden – als Beweis dafür, dass es überhaupt gestohlen worden war. Und auf diese Weise, vielleicht, den Täter. Nicht einmal Kadeg hatte sich beschwert, als Dupin nach einer halben Stunde aufgestanden war, um mit Madame Lajoux zu sprechen.

Madame Lajoux stand an der Rezeption, als Riwal, Kadeg und Dupin die Treppe herunterkamen. Sie schaute etwas verschüchtert nach oben, als sie die drei sah.

»Bonjour Madame Lajoux. Danke, dass Sie Zeit für uns haben.«

»Es ist so schrecklich, Monsieur le Commissaire. Das jetzt noch mit Loic. Die Tragödie nimmt kein Ende. Das sind sehr schwere Tage.«

Sie sprach wieder schleppend und sehr leidend.

»Sehr schwere Tage. Zu Loic Pennecs Tod können wir noch gar nichts sagen. – Ich müsste Sie, auch wenn es für Sie nicht leicht ist, noch einmal sprechen. Wenn Sie einverstanden sind, gehen wir zusammen ins Restaurant.«

Im Blick von Madame Lajoux lag nun Unsicherheit.

»Ins Restaurant? Wieder ins Restaurant?«

»Ich möchte, dass Sie mir etwas zeigen.«

Die Verunsicherung in ihrem Blick war noch größer geworden.

»Ich soll Ihnen etwas zeigen?«

Dupin nahm den Schlüssel heraus und schloss die Tür zum Restaurant auf.

»Kommen Sie.«

Madame Lajoux folgte, langsam, zögerlich. Dupin schloss die Tür hinter ihnen zu. Sie gingen Richtung Bar, kurz vor dem Knick des Raums blieb Dupin stehen.

»Madame Lajoux, ich wollte …«

Es klopfte heftig an der Tür. Madame Lajoux schreckte zusammen.

»Was soll das?«

Misslaunig ging Dupin zur Tür und schloss wieder auf. Kadeg stand davor.

»Monsieur le Commissaire, Madame Cassel ist am Apparat. Ihr Handy ist aus. Sie hat versucht, Sie zu erreichen.«

»Ich bin in einem Gespräch, das wissen Sie doch. Sagen Sie ihr, dass ich sie zurückrufe. Sobald ich kann.«

Auf Kadegs rundem Gesicht lag eine eigenartige Genugtuung. Ohne etwas zu sagen, drehte er sich wieder um und ging zurück zur Rezeption. Dupin zögerte.

»Kadeg – warten Sie. Ich komme. Wenn Sie mich einen Moment entschuldigen würden, Madame Lajoux. Ich bin gleich wieder bei Ihnen, es wird nicht lange dauern.«

»Aber natürlich, Monsieur le Commissaire.«

Dupin verließ das Restaurant, Kadeg hielt ihm an der Rezeption das Telefon hin.

»Madame Cassel?«

»Mir ist noch etwas eingefallen. Das hätte ich Ihnen auch sofort sagen können. Zu dem Bild. Der Kopie. Sie wollten doch wissen, wer die Bilder kopiert hat? Ich meine, wer die Kopie der zweiten *Vision* gemalt hat … Ist das noch von Bedeutung?«

»Natürlich.«

»Es ist nur eine Möglichkeit. Dennoch. Manchmal haben sich die Kopisten in den Bildern verewigt, auf ganz versteckte Weise. Sie haben irgendwo im Bild ihre Signaturen verborgen. Das ist geradezu eine Art Sport. Vielleicht haben Sie Glück.«

»Das ist interessant. Ja.«

»Das war es schon.«

»Danke. Ich werde mich bestimmt noch einmal melden, in diesem Fall meine ich.«

»Ich bin da.«

»Au revoir.«

Dupin legte auf. Kadeg hatte die ganze Zeit hinter ihm gestanden. Dupin hasste so etwas.

»Kadeg?«

»Ja, Monsieur le Commissaire.«

Dupin trat nahe an Kadeg heran.

»Wir müssen uns das Bild gleich genau ansehen. Sagen Sie Riwal Bescheid.«

»Die Bilder genau ansehen?«

Dupin hatte keine Lust, Kadeg das alles noch weiter zu erörtern. Ehrlich gesagt hatte er – das wurde ihm gerade klar – vor allem nicht den blassesten Schimmer, wie sie das tun sollten. Wo und wie sie nach dem Namen suchen sollten. Das hätte er Madame Cassel fragen sollen.

»Wir sprechen später. Ich gehe zu Madame Lajoux zurück. – Ich will keine Störung mehr, Kadeg. Ich mache Sie persönlich verantwortlich.«

Es wirkte fast so, als hätte Madame Lajoux regungslos verharrt bis Dupin zurückkam, sie stand exakt so da wie zuvor.

»Es tut mir sehr leid, Madame Lajoux.«

»O nein, aber das ist doch selbstverständlich. Die polizeilichen Ermittlungen haben Vorrang.«

»Ich wollte Sie bitten, mir, ich bitte Sie, ganz …«

Er geriet ins Stottern.

»Ich bitte Sie, mich noch einmal kurz zu entschuldigen, Madame Lajoux, das ist sehr unhöflich, aber ich müsste noch einen sehr dringenden Anruf führen – ich, wissen Sie, ich würde dann eben gerne die Ruhe für unser Gespräch haben.«

Madame Lajoux war anzumerken, dass sie sich unwohl fühlte. Sie wusste nicht, was sie sagen sollte.

»Ich bin sofort wieder bei Ihnen.«

Dupin ging um die Ecke bis ans Ende der Bar. Er fingerte sein Handy aus seiner Hosentasche.

»Madame Cassel?«

Er sprach sehr leise.

»Ja. Monsieur le Commissaire?«

»Ja. Ich brauche Sie. Sie müssen uns helfen mit den verborgenen Signaturen. Ich habe keine Ahnung, wo und wie ich sie suchen sollte. Wir haben gar kein – Instrument dafür.«

Dupin konnte am anderen Ende der Leitung ein leises Lachen hören.

»Ich habe mir gedacht, dass Sie noch einmal anrufen. Ich hätte es Ihnen gleich anbieten sollen, meine ich.«

»Das tut mir sehr leid, Madame Cassel, ich – wir sind in diesem Fall bei manchen Dingen ganz auf Ihre kunstwissenschaftliche Expertise angewiesen, ich weiß, Sie sind auf Ihrem Kongress, es ist mir …«

»Ich brauche fünf Minuten, um mich fertig zu machen. Ich kann jetzt hier los. – Ich werde mit meinem eigenen Wagen kommen, wenn Sie einverstanden sind.«

»Ich bin Ihnen sehr dankbar. Wir erwarten Sie. Es ist jetzt«, Dupin schaute auf die Uhr, »es ist jetzt Viertel nach sieben. Dann – ja, wir erwarten Sie.«

»Bis gleich, Monsieur le Commissaire.«

Dupin ging zu Madame Lajoux zurück.

»Nun bin ich ganz bei Ihnen, Madame Lajoux. Ich muss mich wirklich entschuldigen.«

»Wie ich sagte: Ihre Arbeit ist wichtiger, Monsieur le Commissaire. Wir wollen doch alle, dass Sie den Mörder so schnell wie möglich fassen. Er läuft jetzt seit drei Tagen frei herum. Das darf nicht sein.«

Ihre Stimme hatte wieder den lamentierenden Rhythmus angenommen, den Dupin aus den vorigen Gesprächen kannte. Er wartete ein paar Sekunden, dann sprach er sehr energisch.

»Sie können es mir jetzt sagen, Madame Lajoux.«

Madame Lajoux zuckte kurz zusammen, sie wich seinem Blick aus.

»Ich – ich weiß nicht, was Sie meinen. Was kann ich Ihnen …«

Sie brach ab, in ihrem Gesicht und ihrer Haltung zeigte sich Resignation. Erst langsam blickte sie Dupin wieder in die Augen.

»Sie wissen es, nicht wahr? Sie wissen es.«

Sie brach fast in Tränen aus, für einen Augenblick schien sie Gefahr zu laufen, vollkommen die Fassung zu verlieren.

»Ja.«

»Das wäre Monsieur Pennec alles nicht recht. Er wäre zutiefst unglücklich. Er wollte nicht, dass jemand von dem Bild wusste.«

»Madame Lajoux, wir sprechen über vierzig Millionen Euro. Über den wahrscheinlichen Grund, warum Pierre-Louis Pennec ermordet wurde.«

»Sie irren sich«, ihre Stimme klang jetzt erbost, »wir sprechen nicht über vierzig Millionen Euro – wir sprechen über den absoluten und letzten Willen eines Verstorbenen, Monsieur le Commissaire. Dass das Bild hier sicher hängt, ohne dass jemand davon weiß – es gehört dem Hotel und seiner Geschichte …«

»Er wollte das Bild dem *Musée d'Orsay* als Schenkung überge-ben. In der nächsten Woche. Mit einer Schenkungstafel, die die Geschichte des Bildes öffentlich machen würde.«

Madame Lajoux blickte Dupin vollends entgeistert an. Ent-weder war sie eine extrem gute Schauspielerin oder es brach ein tiefer Affekt durch.

»Was? *Was* wollte er?«

»Das Bild dem *Musée d'Orsay* übergeben. Er hatte sich letzte Woche an das Museum gewandt.«

»Das ist – das ist …«

Sie brach ab.

»Ja?«

Ihre Züge erstarrten.

»Nichts – es ist gar nichts. Wenn Sie das sicher wissen. Dann sollte man befolgen, was er für das Richtige hielt.«

»Ihnen scheint das, wie soll ich sagen, nicht adäquat?«

»Was?«

»Das mit dem Museum. Die Schenkung.«

»Doch. Doch. Es ist nur – ach, ich weiß es nicht. Das war irgendwie die geheime Mitte von allem. Das ist alles merkwürdig. Ganz falsch. Ich weiß nicht.«

»Seit wann wissen Sie von dem Bild?«

»Seit fünfunddreißig Jahren. Monsieur Pennec hat mich früh eingeweiht. In meinem dritten Jahr.«

»Wer weiß noch von dem Bild?«

»Niemand. Nur Beauvois. Sein Sohn natürlich. Wissen Sie, Monsieur Beauvois war der Kunstexperte für Monsieur Pennec, Pierre-Louis hat ihn bei allem um Rat gefragt, was mit der Malerei zu tun hatte. Das habe ich ja schon gesagt. Monsieur Beauvois hat ihn auch bei den Umbauten hier beraten, die ganzen Fragen mit der Klimatisierung. Damit es die besten Bedingungen hatte. Ein sehr aufrechter Mann. Mit hohen Idealen. Ihm liegt das alles hier am Herzen. Die ganze Tradition. Nicht wegen des Geldes. Das wusste Monsieur Pennec.«

»Und warum hat Monsieur Pennec den Gauguin die ganzen Jahre hier hängen lassen?«

»Warum?«

Madame Lajoux blickte entsetzt, als sei auch dies eine ungebührliche Frage.

»Marie-Jeanne Pennec hat ihn dort aufgehängt. O ja. Der Gauguin hat immer dort gehangen. Er gehört dahin. Pierre-Louis konnte ihn jeden Abend sehen, wenn er an der Bar war. Er verkörpert das ganze Vermächtnis. Nie im Leben wäre Pierre-Louis auf die Idee gekommen, es anders zu halten! Ihn aus dem Hotel zu entfernen. Nie im Leben. Und hier, hier war er am sichersten.«

Dupin hatte keine andere Antwort erwartet. Und Madame Lajoux hatte, so merkwürdig es klang, vermutlich recht. Es war, jenseits der sentimentalen Motive, vielleicht wirklich einer der unauffälligsten Plätze für einen solchen Besitz.

»Und sonst, wer wusste sonst noch von dem Bild?«

»Sein Halbbruder. Ja. Ich weiß nicht, ob er sich Delon anvertraut hat, ich glaube nicht. Es war ein richtiges Geheimnis.«

Dupin hätte beinahe lachen müssen; das war sehr komisch. Pierre-Louis' Sohn, seine Schwiegertochter, André Pennec, Beauvois, Madame Lajoux – und der Maler, der die Kopie angefertigt hatte, die jetzt hier hing, Delon vielleicht – das hieß, dass es im engsten Kreis um Pierre-Louis Pennec alle gewusst hatten. Und dann noch Charles Sauré.

»Mindestens sieben Personen, vielleicht acht haben von dem Bild gewusst. Von den vierzig Millionen Euro. Die meisten davon konnten die vierzig Millionen jeden Tag hier hängen sehen.«

»Das klingt sehr brutal, wie Sie das sagen. Als hätte einer dieser Menschen Pierre-Louis ermordet – denken Sie das?« Madame Lajoux wirkte wieder beinahe empört.

»Und wer weiß, wem diese es erzählt haben, im Vertrauen – wer weiß, wer es noch alles wusste.«

Madame Lajoux blickte Dupin traurig an. Aber auch mit einem Funken Argwohn.

»Sie sollten die Art respektieren, wie Pierre-Louis Pennec mit diesem schweren Mandat seines Vaters umgegangen ist. Mit dem Hotel und auch mit dem Bild. Er hat das auf die großartigste, bewundernswerteste Weise getan, in jeder Hinsicht. So viel Geld kann alles, alles zerstören. Da kann Schlimmes passieren.«

Dupin lag auf der Zunge zu fragen, was denn Schlimmeres passieren könnte als ein Mord, wahrscheinlich gar zwei.

»Was denken *Sie* denn, Madame Lajoux, was hier geschehen ist? Wer hat Pierre-Louis Pennec ermordet? Und wer Loic Pennec?«

Madame Lajoux starrte Dupin einige Momente offen feindselig an, ihr ganzer Körper war in eine bedrohliche Spannung geraten, wie bereit zum Angriff, dann wandte sie ihre Augen ab, und ihre Schultern fielen resigniert herunter. Sie ging sehr langsam auf das Bild zu und blieb davor stehen.

»Der Gauguin. Ich hatte nach dem Einbruch eine solche Angst, er wäre gestohlen worden. Dann wäre alles verloren gewesen.«

So ganz verstand Dupin ihren letzten Satz nicht, aber er hatte eine vage Ahnung. Er hatte beschlossen, erst einmal nicht von dem Diebstahl des Bildes zu sprechen, auch wenn es gewisserweise absurd war, was Kadeg – heftig – formuliert hatte. Absurd, weil sie in den Gesprächen einen wichtigen Punkt vergaben. Aber er hatte so ein Gefühl.

Madame Lajoux stand immer noch regungslos.

»Wissen Sie, wem ich nicht vertraue, Monsieur le Commissaire? André Pennec. Er ist ein skrupelloser Charakter. Ich glaube, Pierre-Louis Pennec hat ihn gehasst. Er hätte es nie gesagt. Aber ich konnte es fühlen.«

»Es wird nicht leicht für ihn gewesen sein, von seinem eigenen Vater von der Erbschaft ausgeschlossen zu werden und alles bei Pierre-Louis Pennec zu sehen – den Gauguin vor allem natürlich. Und sein Halbbruder hat ihn dann ebenso von allem Erbe ausgeschlossen.«

»Wir haben ihn ja eigentlich nie gesehen. Er rief immer nur an. Aber ich kann es mir vorstellen, oh ja. Auch sein ehrloser Anwaltsfreund hat ihm nicht helfen können.«

»Was meinen Sie damit?«

»Wissen Sie das nicht? André Pennec hatte einen Anwalt eingeschaltet, der die Verfügungen seines Vaters in Zweifel ziehen sollte. Das hat Pierre-Louis sehr erbost. Daraufhin hatten sie zehn Jahre überhaupt keinen Kontakt mehr.«

»Wann war das, in welchem Jahr?«

»Oh, das ist lange her. Ich kann es nicht mehr genau sagen. Als es auch den Streit wegen der Politik gab, kurz danach.«

»Der Streit hatte also weniger politische Gründe, denken Sie?«

»Aber ja doch. Monsieur Pennec hat das mit *Emgann* verabscheut. Es war sicher beides.«

»Trauen Sie André Pennec einen Mord zu?«

Madame Lajoux zögerte, auf ihrem Gesicht lag ein unergründlicher Ausdruck.

»Ich weiß es nicht. Vielleicht ist es gemein. Ich glaube … Ich sollte hierzu nichts sagen, Monsieur le Commissaire. Ich kenne ihn persönlich ja kaum.«

»Sie selbst haben jetzt eine beeindruckende Erbschaft gemacht, Madame Lajoux.«

Madame Lajoux blickte ihn erschrocken an.

»Sie wissen davon? Geht denn das, ist das gestattet? Mir ist das höchst unangenehm, verstehen Sie?«

»Es geht um einen Mord, Madame Lajoux.«

»Ja. – Ja. – Weiß noch jemand davon?«

»Meine Inspektoren. Aber Sie können ganz beruhigt sein. Es ist ihr Beruf zu schweigen.«

»Das ist mir ganz unrecht.«

Sie war bleich.

»Dann wissen Sie auch von dem Brief?«

»Ja.«

»Haben Sie ihn gelesen?«

Ihre Stimme zitterte.

»Nein. Nein. Niemand hat ihn gelesen. Das geht über die Befugnisse der Polizei hinaus. Ich müsste einen richterlichen Beschluss erwirken. Aber ich …«

»Sie – Sie wissen von – von unserer Beziehung?«

Ihre Augen füllten sich mit Tränen, die Stimme erstarb fast, so schwach war sie geworden.

»Ja.«

»Woher, wie können Sie, ich …«

»Es ist alles gut, Madame Lajoux. Das ist Ihr Leben. Das alles geht niemanden etwas an. Auch mich nicht. Nur insoweit es den Mordfall anbelangen würde. Ich muss nur um die Natur Ihrer Beziehung zu Pierre-Louis Pennec wissen, um mir insgesamt ein Bild zu machen.«

»Es war keine Affäre, keine dieser schmutzigen Beziehungen. Ich habe ihn geliebt. Von Anfang an. Und er mich. Auch wenn es eine unmögliche Liebe war. Er hat seine Frau nicht geliebt. Nicht mehr. Vielleicht nie. Ich glaube, nie. Sie waren noch so jung, als sie sich kennengelernt und geheiratet haben. Sie hat sich nie für das Hotel interessiert. Nicht im Geringsten. Aber er hat es ihr nicht vorgeworfen. Er war ein nobler Charakter. Wir konnten uns nicht zeigen, verstehen Sie? Nie. Alles war – ganz vergeblich.«

»Das alles, Madame Lajoux, das ist Ihre ganz private Angelegenheit.«

Dupin hatte den Satz harscher gesprochen, als er es gewollt hatte, Madame Lajoux hatte es indes gar nicht bemerkt.

»Wie war denn Ihr Verhältnis zu Loic Pennec?«

»Meins?«

»Ja. Was haben Sie über ihn gedacht?«

»Ich? Pierre-Louis Pennec hat sich immer gewünscht, dass sein Sohn das hier alles übernimmt, ein großer, starker Hotelier wird, wie er, wie sein Vater und seine Großmutter. Catherine hat er nicht gemocht, er –«

»Das haben Sie schon einmal gesagt – ich meine, wie haben Sie die Beziehung wahrgenommen zwischen Vater und Sohn?«

»Er war vielleicht ein wenig enttäuscht von seinem Sohn, das war mein Gefühl. Loic war bequem. Es war nicht zu verstehen. Sein Weg war auf die schönste Weise vorgezeichnet. Es braucht aber auch Kraft, um einer solch enormen Verpflichtung wie dem Hotel nachkommen zu können! Man muss es zu seinem Leben machen wollen. Ganz.«

Ihre Stimme war unerbittlich geworden.

»Man muss würdig sein!«

»Würdig?«

»Ja. Würdig, ein solches Mandat zu erfüllen.«

»Haben Sie und Loic miteinander gesprochen?«

»Nein.«

Die Antwort war sehr brüsk gekommen.

»Aber er war doch regelmäßig hier.«

»Ja. Aber er hat nur mit seinem Vater gesprochen. Er war kein Teil des Hotels, verstehen Sie. Er war fremd hier.«

»Stimmt es, dass Ihnen Monsieur Pennec hin und wieder bestimmte Geldbeträge hat zukommen lassen, ich meine, über Ihr monatliches Gehalt hinaus?«

Wieder schaute Madame Lajoux indigniert.

»O ja. Wissen Sie, ich habe ihm und dem Hotel mein ganzes Leben geopfert. Das waren keine Gefälligkeiten, nicht weil ich seine Geliebte war. Ich habe meine ganze Kraft in dieses Hotel gesteckt. Alles. Was denken Sie?«

»Was für Beträge waren das?«

»Zehntausend Euro. Meistens. Manchmal weniger. Ein, zwei Mal im Jahr.«

»Und die haben Sie Ihrem Sohn in Kanada überwiesen?«

»Ich … Ja, meinem Sohn. Er ist verheiratet. Und hat sich selbstständig gemacht. Er baut gerade ein Geschäft auf. Ich – habe ihn unterstützt, ja.«

»Das ganze Geld?«

»Ja. Das ganze Geld.«

»Wie alt ist er?«

»Sechsundvierzig.«

»Seit wann überweisen Sie diese Beträge?«

»Die letzten zwanzig Jahre.«

»Und Sie haben wirklich keine Idee, was hier geschehen ist?«

Madame Lajoux schien sehr erleichtert, dass Dupin das Thema wechselte.

»Nein. Es gibt hier immer große Emotionen in allem, aber ein Mord …«

»Warum denken Sie, dass das mit der Schenkung nicht richtig gewesen wäre?«

Wieder schaute sie ganz unglücklich.

»Er hat mir nichts davon gesagt. Ich habe das nicht gewusst. Er hätte …«

Sie brach ab.

»Ich muss Ihnen noch eine Frage stellen. Und bitte Sie, sie nicht persönlich zu nehmen, es ist polizeiliche Routine. Jetzt in diesem Stadium müssen wir alles dokumentieren.«

»Aber natürlich.«

»Wo waren Sie gestern Abend?«

»Ich? Sie meinen, wo ich persönlich war?«

»Genau.«

»Ich habe bis halb acht gearbeitet, es war sehr viel zu tun, wissen Sie, es ist alles ein furchtbares Durcheinander. Jemand muss alles im Blick haben. Die Gäste sind unruhig. Ich denke, dass ich gegen acht Uhr zu Hause gewesen bin. Ich war sehr erschöpft und bin dann rasch ins Bett gegangen. Ich habe mich noch gewaschen, die Zähne …«

»Das reicht mir vollkommen, Madame Lajoux. Wann gehen Sie für gewöhnlich schlafen?«

»Ich gehe seit einigen Jahren zeitig schlafen, gegen halb zehn, ich muss ja sehr früh aufstehen. Um halb sechs. Jeden Morgen. Als ich noch die Abende im Hotel war, hatte ich einen anderen Rhythmus.«

»Ich danke Ihnen, Madame Lajoux. Mehr muss ich nicht wissen. Hat Sie jemand gesehen, als Sie das Hotel verließen?«

»Madame Mendu, glaube ich. Wir sind uns hier unten noch kurz begegnet.«

»Gut. Sie sollten jetzt nach Hause gehen.«

»Es ist noch ein bisschen zu tun heute.«

Etwas schien sie sehr verlegen zu machen.

»Ich …«

Wieder brach sie ab.

Dupin verstand.

»Ich möchte Ihnen noch einmal versichern, dass alles aus diesem Gespräch unter uns bleiben wird, Madame Lajoux. Seien Sie ganz beruhigt. Von uns wird niemand etwas erfahren.«

Sie schien ein wenig erleichtert.

»Danke. Das ist mir sehr wichtig. Die Menschen würden auf ganz falsche Ideen kommen, verstehen Sie. Das wäre mir unerträglich, vor allem, wenn ich an Monsieur Pennec denke.«

»Ich danke Ihnen noch einmal sehr, Madame Lajoux.«

Dupin ging zur Tür. Sie verließen das Restaurant gemeinsam, Dupin schloss den Raum wieder ab und sie verabschiedeten sich.

Von Kadeg und Riwal war nichts zu sehen. Er brauchte einen der beiden. Madame Lajoux war schon fast auf der Treppe verschwunden, da fiel ihm ein, was er unbedingt noch hatte fragen wollen.

»Entschuldigen Sie, Madame Lajoux – ich habe noch eine letzte Frage. Da war doch dieser Mann, den Sie am Mittwoch vor dem Hotel gesehen haben, der mit Pierre-Louis Pennec im Gespräch war – erinnern Sie sich?«

Madame Lajoux hatte sich mit erstaunlicher Geschwindigkeit und Rüstigkeit umgedreht.

»O ja, natürlich, Ihre Inspektoren haben mich auch danach gefragt.«

»Ich hätte gerne, dass Sie sich ein Foto anschauen und uns sagen, ob es sich dabei um denselben Mann handelt.«

»Selbstverständlich, Monsieur le Commissaire.«

»Einer meiner Inspektoren wird Ihnen das Foto zeigen.«

»Sie finden mich im Frühstücksraum.«

»Vielen Dank noch einmal.«

Sie verschwand in den ersten Stock.

Dupin trat vor die Tür, er atmete ein paarmal tief durch. Es war ein buntes Treiben, der Platz und die schmalen Straßen wimmelten von Touristen. Dupin bog nach rechts ab und steuerte in sein Gässchen. Hier war kein Mensch.

Es war acht Uhr, er hatte jegliches Zeitgefühl verloren, das passierte ihm immer, wenn er in einem Fall war, heute aber auch dadurch, dass es erst am Nachmittag wirklich Tag geworden war. Es war jetzt so heiß, als würde die Sonne nachholen wollen, was sie am Morgen verpasst hatte. Er hatte das Gefühl, dass es noch ein langer Tag werden würde. Ein dritter langer Tag.

Dupin war, ohne nachzudenken, bis zum Ende der Gasse gelaufen, dann rechts zum Fluss abgebogen und über die Brücke zum Hafen. Es war fast schon ein Ritual. So war es immer – er kehrte, ohne es sich vorzunehmen, dahin zurück, wo es ihm gefallen hatte. Er wählte Riwals Nummer.

»Wo sind Sie?«

»Ich war in der Apotheke in Trévignon, ich komme gerade raus.«

»Und?«

»Madame Pennec war hier, gestern Abend, um zirka 21 Uhr 45, Sie hat Novanox gekauft. Nitrazepam. Sie hatte ein Rezept. Für eine hohe Dosis. Sie war ungefähr zehn Minuten in der Apotheke. Eine Madame Efflammig hat sie bedient, eine Angestellte, sie war auch heute Abend da, mit ihr habe ich gerade gesprochen.«

Dupin holte mit der linken Hand umständlich sein Heft hervor.

»Gut. Jetzt müssten wir noch wissen, wann sie zurückgekommen ist.«

»Zu sich nach Hause?«

»Ja.«

»Wie sollen wir das rausfinden?«

»Ich weiß es nicht. Das werden wir wahrscheinlich nicht. – Es gibt noch ein paar weitere Dinge, die zu tun sind, Riwal. Überprüfen Sie, wann Madame Lajoux gestern das *Central* verlassen hat. Sprechen Sie auf alle Fälle mit Madame Mendu.«

»Gut.«

»Ich will unbedingt Monsieur Beauvois sehen. Haben Sie ihn gefunden?«

»Ja. Er war im Museum. Da gab es heute eine lange Sitzung des Kunstvereins. Und er hatte noch anderes zu erledigen. Telefonate, irgendwas mit Mäzenen.«

»Gut. Ich werde ihn später besuchen, zunächst gehe ich zu Delon. Sagen Sie Beauvois so gegen neun, wir rufen ihn an. Im Hotel dann. Und André Pennec, ist der wieder aufgetaucht?«

»Wir haben ihn in Rennes erreicht, über sein Büro. Er wird spät zurückkommen. Er weiß, dass Sie ihn dringend sehen wollen.«

»Rufen Sie ihn noch einmal an. Treffen Sie eine feste Verabredung. Ist Kadeg im Hotel?«

»Ja.«

»Er soll im Internet nach der Seite des *Musée d'Orsay* suchen und Madame Lajoux ein Foto von Charles Sauré zeigen. Sie weiß Bescheid.«

»Vom Leiter der Sammlung?«

»Ja. Ich will wissen, ob das der Mann war, den sie mit Pennec vor dem Hotel stehen und diskutieren gesehen hat.«

»Ich sage es ihm.«

»Und ein Letztes. Madame Cassel wird gleich am Hotel ankommen. Ich will, dass Sie mit ihr ins Restaurant gehen, wenn ich nicht da sein sollte. Sie wird eventuell Ihre Hilfe benötigen. Sie muss sich das Bild ansehen.«

»Die Kopie des Gauguins?«

»Ja. Vielleicht finden wir einen Hinweis auf den Kopisten. Sie ist schon unterwegs.«

»Gut, mache ich.«

»Bis gleich.«

Dupin legte auf.

Eine Gruppe von Kajaks erreichte den Hafen und legte an der anderen Seite unter einer der großen Palmen an, laute, heitere Stimmen aufgekratzter Menschen; ein fröhliches Gewirr an verschiedensten Farben, gelbe, rote, grüne, blaue Boote.

Der schnellste Weg von hier zu Delon wäre sicher einfach schräg über den Hügel, aber Dupin hatte immer noch zu viel Respekt vor dem Durcheinander der Gässchen und nahm den Weg am *Central* vorbei, auch wenn er dafür durch die Menschenmengen musste.

Dupin klopfte an die schwere alte Holztür. Das kleine Fenster daneben stand weit offen.

»Kommen Sie herein. Die Tür ist nicht verschlossen.«

Dupin öffnete die Tür und trat ein. Wie bei seinem ersten Besuch fand er es urgemütlich. Die untere Etage des hübschen alten Steinhauses war ein einziger großer Raum, Wohnzimmer, Esszimmer, Küche in einem. Es war dem Haus von Beauvois nicht unähnlich, vielleicht ein Stück kleiner, und doch wirkte es ganz anders. Die Atmosphäre war eine andere.

»Ich wollte gerade etwas essen.«

»Oh, entschuldigen Sie. Ich komme ganz und gar ungelegen. Ich habe mich nicht einmal angekündigt.«

»Setzen Sie sich zu mir.«

»Ich habe nur ein paar Fragen, ich will Sie nicht lange aufhalten.«

Dupin wusste selbst nicht, ob er damit sagen wollte, ja, ich setze mich, oder nein, ich bleibe lieber stehen, ich bleibe ohnehin nur kurz. Er setzte sich. Auf dem alten Holztisch fast genau in der Mitte des Raums stand ein Teller mit Langustinen, ein Glas mit Rillettes Saint-Jacques, Mayonnaise und eine Flasche Muscadet. Daneben ein Baguette (ein »Dolmen«, Dupins Lieblingsbaguette). Er bemerkte das alles so genau, weil er plötzlich spürte, dass er gewaltigen Hunger hatte.

Delon war zu dem alten Schrank neben dem Herd gegangen und hatte wortlos einen zweiten Teller und ein zweites Glas geholt und vor Dupin auf den Tisch gestellt. Dupin war sehr dankbar. Auch er hatte nichts dazu gesagt. Er nahm sich etwas Brot, ein paar Langustinen und begann sie zu puhlen.

»Pierre-Louis kam auch manchmal hierher. Dann saßen wir

so wie wir jetzt. Er hat es gemocht, so hier zu sitzen. Baguette auf dem Tisch, ein paar einfache Dinge.«

Delon lachte, sentimental, ganz warm. Gemessen an der wortkargen Unterhaltung von vorgestern schien er geradezu gesprächig.

»Ich nehme an, Sie wissen von dem Bild?«

Delon antwortete mit derselben Ruhe, mit der er die ganze Zeit gesprochen hatte.

»Es hat mich nie interessiert. Er war froh, dass es mich nie interessiert hat.«

Dupin hatte es nicht anders erwartet. Damit waren es sieben, die von dem Bild gewusst hatten. Mindestens.

»Warum hat es Sie nicht interessiert?«

»Ich weiß nicht. Alle schwirrten um ihn herum wegen des Bildes.«

»Was meinen Sie genau?«

»Alle sahen das Geld. Dass etwas davon ihnen gehören könnte eines Tages. Oder das ganze Bild … Ich glaube, manchmal hat er das gesehen. So viel Geld, das verändert alles.«

»Was hat er gesehen?«

»Dass sie alle das Bild wollten.«

»Und wer wollte das Bild?«

Delon schaute Dupin erstaunt an.

»Alle. Sein Sohn, seine Schwiegertochter, Lajoux, ich weiß nicht einmal, wer es alles wusste. Beauvois, ja, der auch. Sein Halbbruder.«

»Aber er hat doch nie vorgehabt, es zu verkaufen.«

»Nein, aber es ist da gewesen, immer, verstehen Sie? Und wer weiß, hat sich jeder gedacht. Wer weiß.«

Delon klang plötzlich traurig.

»Und denken Sie, einer könnte zum Mörder geworden sein?«

Wieder lag Erstaunen in Delons Blick.

»Jeder vielleicht, denke ich.«

Das hatte Delon ganz ungerührt gesagt.

»Sie trauen all diesen Personen einen Mord zu?«

»Wie viele Millionen ist das Bild wert?«

»Vierzig Millionen, vielleicht mehr.«

Dupin blickte Delon an und wartete auf eine Antwort. Delon griff nach dem Muscadet und füllte beide Gläser bis zum Rand.

»Ich wäre mir nur bei wenigen Menschen sicher, dass sie dafür nicht zum Mörder würden.«

In Delons Stimme war kein bisschen Zynismus oder Resignation, er formulierte es ganz ruhig, als allgemeine Tatsache.

Dupin dachte im Grunde genauso.

»Sie haben alle gewartet, bis er endlich starb. An diesen Tag haben sie alle gedacht, die ganze Zeit. So viel ist sicher.«

Es entstand ein längeres Schweigen. Beide aßen.

»Alle wollten das Bild – und keiner sollte es bekommen. Wussten Sie von Pierre-Louis Pennecs Vorhaben, das Bild dem *Musée d'Orsay* zu überlassen, als Schenkung?«

Zum ersten Mal zögerte Delon etwas.

»Nein. Hatte er das vor, ja? Das ist eine gute Idee.«

Dupin lag auf der Zunge zu sagen, dass genau diese gute Idee Pennecs vielleicht das Geschehen ausgelöst hatte, das mit seiner Ermordung endete. Als er von seinen schweren Herzproblemen erfuhr, hatte er sich sofort an das *Musée d'Orsay* gewandt – und genau davon musste jemand gewusst haben, der die Schenkung verhindern wollte. Der handeln musste, bevor es so weit kam.

Dupin schwieg. Delon hatte ja recht. Es war an sich eine gute Idee.

Delon blickte jetzt sehr ernst.

»Das hätte er früher tun sollen. Das mit der Schenkung. Unbedingt. Ich hatte immer Angst, dass noch mehr Menschen von dem Bild erfahren würden. Wenn mehr als zwei etwas wissen, wissen es irgendwann alle.«

»Sie haben recht.«

»Pennec hatte nie Angst. Das war merkwürdig. Vor gar nichts hatte er Angst.«

»Sehen Sie bei einer Person ein besonderes Motiv – ich meine, ein besonders starkes Motiv?«

»Bei so viel Geld gibt es immer ein besonderes Motiv, bei jedem.«

Alle Sätze Delons heute Abend hätte er selbst sagen können, dachte Dupin.

»Wie haben Sie das Verhältnis von Vater und Sohn wahrgenommen?«

»Das mit seinem Sohn war eine Tragödie.«

Delon füllte noch einmal Wein nach.

»Eine große Tragödie. Alles. Die Geschichte der beiden. Jetzt der Tod. Das war ein trauriges Leben.«

»Was meinen …«

Dupins Handy schrillte in voller Lautstärke. Es war fürchterlich. Riwals Nummer. Widerstrebend nahm er ab.

»Monsieur le Commissaire?«

»Ja?«

»Sie sollten sofort kommen und sich das ansehen.«

Riwals Stimme überschlug sich fast vor Aufregung.

»Was ist passiert?«

»Wir haben das Bild aus dem Rahmen geholt, Madame Cassel und ich. Sie hat – spezielle Geräte mitgebracht. Wir haben eine Signatur gefunden auf der Kopie.«

»Ja?«

»Frédéric Beauvois.«

»Beauvois?«

»Ja. Genau.«

»Er hat das Bild gemalt? Er hat es kopiert?«

»Ja. Wir haben die Signatur im Baum gefunden, in den Ästen, sehr verborgen, aber eindeutig. Wir haben die Unterschrift mit der auf einigen Rechnungen verglichen, die er Pierre-Louis Pennec geschrieben hatte. Es besteht kein Zweifel.«

»Malt er denn?«

»Anscheinend. Madame Cassel meint, es sei eine ganz ausgezeichnete Arbeit.«

»Ich weiß.«

»Mir scheint das – ich meine, ich habe kein gutes Gefühl.«

»Sind Sie sich ganz sicher?«

»Mit meinem Gefühl?«

»Dass es Beauvois ist?«

»Mit der Signatur? Ja. Madame Cassel ist sich ganz sicher. Frédéric Beauvois ist der Kopist dieses Bildes.«

»Ich komme. Wir treffen uns am Hotel.«

Dupin überlegte kurz.

»Nein. Wir gehen direkt zu Beauvois. Ich gehe sofort los. Wir sehen uns dort.«

»Gut.«

Delon hatte während des Telefonates in aller Ruhe weitergegessen, er war vollkommen unbeeindruckt geblieben.

»Ich muss gehen, Monsieur Delon.«

»Habe ich mir gedacht.«

Dupin stand auf.

»Bleiben Sie sitzen.«

»Nein, nein.«

Delon stand auf und begleitete Dupin die wenigen Meter zur Tür.

»Ich danke Ihnen für das sehr gute Essen. Ich meine, natürlich auch für das Gespräch.«

»Sie haben nicht viel gegessen.«

»Nächstes Mal.«

»Au revoir.«

Dupin versuchte sich zu orientieren. Es konnte nicht weit sein zu Beauvois, aber die kleinen Straßen und Gässchen der Altstadt waren auch hier unübersichtlich eng und verwinkelt. Dupin beschloss, die Hauptstraße hinunterzugehen. Er brauchte fünf Minuten. Als er ankam, stand Riwal ein paar Meter vom Haus entfernt und wartete schon. Das Tor zum Vorgarten war geschlossen.

»Klingeln wir.«

Nichts geschah. Riwal klingelte ein zweites und drittes Mal.

»Gehen wir zum Museum.«

»Wissen Sie, dass er da ist?«

»Wir versuchen es einfach. Wo ist Madame Cassel?«

»Im Hotel. Ich habe sie gebeten, im Hotel zu warten.«

Dupin musste lächeln. Riwal sah ihn etwas verwundert an.

»Ist etwas, Monsieur le Commissaire?«

»Nein, nein. Gar nichts.«

Sie gingen schnellen Schrittes den Weg zurück, am *Central* und am Place Gauguin vorbei die Straße zum Museum hoch. Es waren vom Hotel nicht mehr als hundert Meter. Der Eingang lag im modernen Teil des Gebäudes, einer ambitionierten, hässlichen, weiß gestrichenen Beton-Stahl-Glas-Konstruktion, die an das alte Hotel *Julia* angebaut worden war.

Die Tür war verschlossen. Riwal klopfte sehr vernehmlich. Nichts geschah. Er klopfte ein zweites Mal, noch rabiater. Es gab keine Klingel. Wieder geschah nichts, Riwal trat ein paar Meter zurück. Links vom Museum lag eine Kunstgalerie und eröffnete einen ganzen Kunstgalerien-Reigen – eine Galerie neben der nächsten, vielleicht zehn, fünfzehn auf engstem Raum, die ganze kleine Straße entlang. Ein paar Schritte rechts von dem Eingang war in einer tristen Betonnische eine weitere Tür zu sehen, mächtig und aus Stahl, die aussah, als würde sie zu den technischen Installationen des Museums führen.

»Ich versuche es hier.«

Direkt neben der Tür war – seltsam weit unten – eine sehr funktionelle Klingel angebracht, die leicht zu übersehen war. Riwal drückte drei Mal länger hintereinander. Ein paar Augenblicke später hörte man ein lautes Geräusch aus dem Museum, es klang wie das Schlagen einer Tür.

»Hallo? Polizei! Hier ist die Polizei. Bitte öffnen Sie die Tür!« Riwal brüllte. Dupin hätte fast lachen müssen.

»Bitte machen Sie sofort die Tür auf.«

Dupin wollte ihn gerade beruhigen, da öffnete sich die Tür, zunächst nur einen kleinen Spalt und dann mit einem Ruck vollständig. Vor ihnen stand Frédéric Beauvois und lächelte sie freundlich an.

»Ah – der Inspektor und der Kommissar. Bonsoir Messieurs. Willkommen im Museum von Pont Aven.«

Beauvois' betonte Freundlichkeit brachte Riwal vollends aus dem Konzept. Dupin übernahm das Reden.

»Guten Abend, Monsieur Beauvois. Wir würden Sie gerne einmal sprechen.«

»Sie beide?«

»Ja.«

»Dann scheint es ja wichtig zu sein. So viel polizeiliche Prominenz. Wollen wir zu mir gehen? Oder ins Hotel?«

»Wir bleiben gerne hier im Museum. Haben Sie einen Raum, wo wir uns einen Moment unterhalten könnten?«

Für den Bruchteil einer Sekunde schien Beauvois irritiert zu sein, fasste sich aber umgehend wieder.

»Aber natürlich, ja, wir haben hier einen Versammlungsraum; dort können wir uns hinsetzen. Es ist mir eine Freude. Wir benutzen ihn für die Zusammenkünfte unserer zahlreichen Vereine. Kommen Sie hier entlang. Die Treppe hoch.«

Riwal und Dupin folgten Beauvois. Riwal hatte bisher kein Wort gesagt.

Die Treppe führte in die erste Etage. Dort gingen sie durch einen langen schmalen Gang, der zu einer ebenso schmalen Tür führte. Beauvois öffnete sie mit einem energischen Schwung und trat ein. Auch innen war der neue Teil des Museums nicht besonders schön, alles war sehr zweckmäßig eingerichtet. Der Raum war erstaunlich groß, bestimmt zehn Meter in der Länge. In einem lang gestreckten U standen schäbig aussehende Bürotische.

Sie setzten sich an einen der Tische in der Ecke.

»Wie kann ich Ihnen helfen, meine Herren?«

Beauvois hatte sich zurückgelehnt, er schien ganz entspannt.

Dupin runzelte die Stirn. Ihm war schon auf dem Weg zum Museum eine Frage durch den Kopf gegangen, die ihm keine Ruhe ließ. Warum hatte Beauvois das Bild signiert und war damit Gefahr gelaufen, sich selbst zu verraten und schwer zu belasten? Was sollte das? Er war ein intelligenter Mann. Das ergab keinen Sinn. Das sprach gegen eine Verdächtigung Beauvois', auch wenn sein Name offensichtlich auf der Kopie zu finden war.

»Wir haben einen Durchsuchungsbefehl, Monsieur Beauvois.«

Dupin hatte den Satz eiskalt gesagt. Riwal blickte den Kommissar ungläubig an. Natürlich hatten sie keinen Durchsuchungsbefehl. Beauvois war zu sehr mit sich selbst beschäftigt, um nachzufragen. Er fuhr sich mehrere Male durch die Haare, schüttelte ein wenig den Kopf und schürzte die Lippen dabei. Er schien angestrengt nachzudenken. Es verging bestimmt eine Minute, dann sprach Beauvois, ganz freundlich.

»Kommen Sie, meine Herren. Kommen Sie mit mir.«

Er stand auf, wartete, bis Dupin und Riwal nach einem kurzen Zögern aufgestanden waren, und ging dann sehr zügig den Weg zurück, den sie gekommen waren. Den Gang, die Treppe hinunter. Gegenüber der Eingangstür, links neben der Treppe öffnete er eine Tür, die Riwal und Dupin zuvor nicht bemerkt hatten. Sie führte ins Untergeschoss des Museums. Beauvois schaltete das Licht an. Er ging immer noch voraus, mit entschiedenen Schritten.

»Dies ist unser Depot, meine Herren. Und unser Atelier.«

Sie kamen in einen sehr weitläufigen Raum.

»Einige der Mitglieder unseres Vereins sind passionierte Maler – und, ich darf das in aller Bescheidenheit sagen, manche haben großes Talent. Hier stehen einige bemerkenswerte Arbeiten. Aber kommen Sie.«

In der gegenüberliegenden Ecke standen mehrere schmale lange Tische. Riwal und Dupin hatten Mühe gehabt, mit Beauvois' Tempo mitzuhalten. Beauvois blieb vor einem der Tische stehen. Sie stellten sich rechts und links neben ihn, ohne darüber nachzudenken.

Beauvois griff einen von der Decke lose herunterbaumelnden Schalter. Gewaltige Spots leuchteten auf. Es dauerte einige Augenblicke, ehe sie wieder richtig sehen konnten.

Was sie zuerst sahen, war das grelle Orange, fast blendend. Dann das ganze Bild. Es lag direkt vor ihnen. Sie konnten nach ihm greifen. Unversehrt. Und überwältigend.

Es dauerte dennoch eine Weile, bis Dupin und Riwal realisierten, was sie sahen. Riwal murmelte leise, er war fast nicht zu verstehen:

»Ich habe es gewusst.« Und dann nach einer kleinen Pause: »Vierzig Millionen Euro.«

Aber ehe einer der beiden noch etwas sagen konnte, griff Beauvois nach einem der Messer, das in einem wilden Durcheinander aus dicken Bleistiften, unterschiedlichsten Pinseln, Schabern und anderen Malutensilien lag – und stach es in das vor ihnen liegende Bild. Dupin versuchte im letzten Moment Beauvois' Arm festzuhalten. Aber es war zu spät. Das Ganze hatte sich in einer absurden Geschwindigkeit abgespielt.

Beauvois schnitt – mit Geschick – ein kleines Viereck aus dem Bild heraus. Dann hielt er das Stück Leinwand hoch, gegen das grelle Licht.

»Gilbert Sonnheim. Eine Kopie. Sehen Sie? Ein unbedeutender Maler aus der Künstlerkolonie, aus Lille, minder begabt, ein Synkretist. Aber ein guter Kopist, das ist, beim Teutates, eine exzellente Arbeit.«

Beauvois agierte wie aufgeputscht.

Dupins Gedanken rasten in ungeheurer Geschwindigkeit, sie sprangen hin und her – ihm war schwindelig. Beauvois hielt das Stück Leinwand wie beschwörend zur Decke, seine Augen blitzten.

Dupin fand als Erster die Sprache wieder.

»Sie haben eine Kopie durch eine Kopie ersetzt. Ich meine – Sie wollten das Bild stehlen und durch Ihre Kopie ersetzen, sodass es niemand bemerken würde. Aber es war schon gestohlen worden – es war schon ersetzt worden durch eine Kopie. Es gibt zwei Kopien.«

Die Verwirrung auf Riwals Gesicht schien durch Dupins Worte für einige Momente noch größer geworden zu sein – dann entspannten sich seine Züge mit einem Mal.

Beauvois legte das Stück Leinwand mit pedantischer Genauigkeit zurück in das Bild.

»Ich habe es gerne getan, mit Stolz, ja.«

In seiner Stimme lag ein selbstgefälliges, lächerliches Pathos.

»Pierre-Louis Pennec wäre mit meiner Tat ganz einverstanden gewesen, er hätte sie begrüßt. Er hätte sich im Grabe umgedreht, wenn sein Sohn das Bild geerbt hätte – geerbt und bei der nächsten Gelegenheit verkauft. Sein Sohn hat doch nur auf diesen Augenblick gewartet. Er hat immer nur auf den Tod seines Vaters gewartet, sein Leben lang! Pierre-Louis Pennec lag das Museum am Herzen. Ihm war das alles hier sehr wichtig, Pont Aven, seine Geschichte, die Künstlerkolonie. Jawohl!«

»Sie waren es, der in der Nacht nach dem Mord in das Hotel eingebrochen ist. Sie haben das Bild ausgetauscht. Die Kopie aufgehängt«, Riwal setzte kurz ab, »Sie haben Ihre Kopie aufgehängt und die andere Kopie, die schon hing, mitgenommen. Das ist das Bild, das hier liegt, das Sie zerschnitten haben …«

»Sehr wohl, Inspektor. Ich habe mich düpieren lassen. Ich, Frédéric Beauvois! Aber es war dunkel, fast ganz dunkel im Restaurant, ich hatte nur eine kleine Taschenlampe – und es ist eine ausgezeichnete Kopie. Nicht so gut wie mein Bild, wenn ich das sagen darf. Oben, das Geäst, da stimmen die Striche nicht in allem.«

»Wann haben Sie Ihre Kopie angefertigt?«

Dupins Stimme war vollkommen ruhig, sein Gesicht konzentriert.

»Oh. Vor Jahrzehnten schon. Vor fast drei Jahrzehnten. Nachdem mich Pennec ins Vertrauen gezogen hatte. Ich bin sein Experte geworden. Wissen Sie, er war ein Hotelier, kein

Kunstwissenschaftler, kein Kunsthistoriker. Nein. Aber er hatte ein gewaltiges künstlerisches und kunstgeschichtliches Erbe zu pflegen; das Hotel, ja und das exzeptionelle Bild. Ein Wunder. Es ist Gauguins kühnstes Bild, glauben Sie mir, es übertrifft alle anderen an Wagemut. Ich meine das nicht …«

»Und warum haben Sie diese Kopie angefertigt?«

»Ich wollte es studieren. Aus Bewunderung. Aus purer Faszination. Ich habe es fotografiert und dann gemalt. Ich weiß nicht, ob ich Ihnen das gesagt habe: Das Malen ist meine große Passion, schon immer gewesen. Ich kenne meine Grenzen, aber über eine gewisse Begabung verfüge ich durchaus. Ich …«

»Und Ihre Signatur in dem Bild, das war der Stolz des Künstlers?«

»Eine jugendliche Flause, ja. Eine kleine Eitelkeit.«

Das war plausibel, dachte Dupin. Alles war plausibel, so abstrus es klang – und war.

»Wusste Pierre-Louis Pennec von dieser Kopie?«

»Nein.«

»Wusste irgendjemand von dieser Kopie?«

»Nein. Ich habe sie bei mir aufbewahrt, die ganzen Jahre. Nur ich selbst habe sie mir immer wieder angesehen. Um Gauguin zu sehen. Die fantastische Kraft dieses Bildes, den unendlich großen Geist. Es sprengt alles.«

»Wussten Sie, dass es eine weitere Kopie geben könnte?«

»Nein. Niemals.«

»Und Pierre-Louis Pennec? Hat er je etwas von einer Kopie erzählt?«

»Nein.«

»Wie kommt es zu dieser Kopie hier?«

»Da kann ich nur spekulieren, Monsieur le Commissaire. Als Gauguin endgültig Pont Aven verließ und ganz in die Südsee übersiedelte, war es ja keineswegs das Ende der *Schule von Pont Aven*. Viele Maler blieben jahrelang hier, so auch Sonnheim. Natürlich waren es mehr und mehr unbedeutende Künstler, die blieben. Vielleicht hat Marie-Jeanne bei Sonnheim die Kopie selbst in Auftrag gegeben. Das wäre nichts Ungewöhnliches. Sie hatte ja Bilder vieler Künstler unten im Restaurant hängen, zunächst Originale, dann aber hat sie sie, wie Mademoiselle Julia in ihrem Hotel, nach und nach durch Kopien ersetzt. Marie-Jeanne hatte vielleicht vor, das Original irgendwo sicher zu verwahren. Aber das alles, ich möchte es noch einmal betonen, ist reine Spekulation.«

»Dann ist diese Kopie auch über hundert Jahre alt, fast so alt wie das Bild selbst?«

»Ohne Zweifel.«

»Wo hat sie sich die ganze Zeit über befunden?«

»Auch das vermag ich Ihnen nicht zu sagen. Pierre-Louis könnte sie geerbt haben, mit dem Original. Neben seinem Zimmer im Hotel gibt es ja den kleinen Raum mit dem Fotoarchiv, dort bewahrte Pierre-Louis einige Kopien auf, die im Restaurant keinen Platz gefunden hatten; wir haben ein paarmal über diese Kopien gesprochen, er hatte überlegt, sie dem Museum zu vermachen. Er sprach immer von einem Dutzend; ich habe sie nie gesehen, aber vielleicht hat er diese Kopie auch dort aufbewahrt. Oder sie war gar nicht im Hotel – und jemand anders hatte sie?«

Beauvois machte eine Pause.

»Vielleicht, auch das ist ja vorstellbar, wusste er selbst nichts von dieser Kopie. Wer weiß?«

»Ja, wer weiß. Aber jemand hat sie besessen – oder wusste von ihr und konnte sie sich beschaffen.«

Dupin sprach jetzt mit gereizter Entschiedenheit.

»Der Mörder muss das echte Bild direkt in der Nacht seiner

Tat ausgetauscht haben.« Beauvois war noch mitten in seinem Gedankengang.

Dupin war sich sicher, dass Beauvois recht hatte. So musste es gewesen sein. Sauré hatte am Tag zuvor noch das Original im Restaurant hängen gesehen, da, wo es über hundert Jahre seinen festen Platz gehabt hatte. Von der Tatnacht an war es dann immer nur um Kopien gegangen.

»Was hatten Sie mit dem Bild vor, Monsieur Beauvois?«

Beauvois Stimme schwang sich wieder pathetisch auf.

»Es wäre dem Museum und dem Verein zugutegekommen – ganz und gar.«

Er zögerte einen kurzen Augenblick.

»Ich denke, ich muss nicht hinzufügen, dass nichts davon für mich gewesen wäre, für meine persönlichen Zwecke. Man hätte mit diesem Geld etwas Großes anfangen können. Eine wirkliche Erweiterung des Museums. Ein neues Zentrum für neue Malerei. So viel! Pierre-Louis Pennec wollte nicht, dass das Bild an seinen Sohn und seine Schwiegertochter ging. Pierre-Louis Pennec hatte vor, das Bild dem *Musée d'Orsay* zu übergeben, als Schenkung.«

Den letzten Satz sprach er aus wie einen Trumpf.

»Wir wissen davon, Monsieur Beauvois.«

»Natürlich. Darüber hatte er schon lange nachgedacht, ohne es konkret zu verfolgen. Letzte Woche hat er mich dann gefragt, wie er vorgehen solle. Auf einmal, ganz plötzlich. Er war sehr entschieden. Und er wollte es schnell abwickeln. Ich habe ihm Monsieur Sauré empfohlen, ein brillanter Mann, der Leiter der Sammlung des Museums.«

»Sie haben Monsieur Pennec an Charles Sauré vermittelt?«

»Er hatte keine Idee, wie er vorgehen sollte. Er hat sich in diesen Dingen immer auf mich verlassen.«

»Und haben Sie auch mit Monsieur Sauré gesprochen?«

»Nein, ich habe ihm lediglich den Namen und die Nummer gegeben; ich hatte es ihm angeboten, aber er wollte es selbst machen.«

»Wussten Sie, dass Sauré und er sich gesehen haben – dass Sauré im Hotel war und das Bild gesehen hat?«

Beauvois blickte überrascht.

»Nein, wann war Monsieur Sauré hier in Pont Aven?«

»Mittwoch.«

»Hm.«

»Was meinen Sie?«

»Nichts. Gar nichts.«

»Wo haben Sie sich letzten Donnerstagabend aufgehalten, Monsieur Beauvois? Und gestern Abend?«

»Ich?«

»Ja, Sie.«

Beauvois schnellte hoch, setzte sich ganz aufrecht, sein Tonfall wechselte abrupt. Er sprach scharf, dabei immer noch ganz selbstgefällig.

»Das ist grotesk, Monsieur. Sie werden mich nicht verdächtigen. Ich habe mir nichts zuschulden kommen lassen.«

Dupin erinnerte sich an das kurze Telefonat, das Beauvois gestern während des Mittagessens geführt hatte, daran, wie kalt er plötzlich gesprochen hatte.

»Wen wir verdächtigen, Monsieur Beauvois, definiere ich.«

Dupin war es leid. Jeder sah sich in diesem Fall als selbstlosen Wahrer des Willens von Pierre-Louis Pennec. Als noblen Charakter. So würde noch sein Mörder argumentieren. Und alle hatten ihn schon in den ersten Gesprächen schlicht belogen, die ganze Zeit hatten sie ihm das Entscheidende vorenthalten. Alle hatten von dem Bild gewusst. Und dass es andere wussten. Und alle taten so, als sei dies unerheblich.

»Womit begründen Sie diesen ridikülen Verdacht?«, stieß Beauvois hervor.

Dupin schaute amüsiert.

»Vielleicht waren Sie auch im Besitz der zweiten Kopie? Und haben sich einen sehr schlauen Coup ausgedacht. Stehlen das Bild und suggerieren die Geschichte von der Kopie, die Sie mit einer Kopie gestohlen haben.«

Zum ersten Mal war Beauvois echte Verunsicherung anzumerken. Er stotterte.

»Das ist absurd. So etwas Absurdes habe ich in meinem Leben noch nicht gehört.«

Jetzt setzte Riwal nach:

»Abgesehen von allen weiteren Verdächtigungen – Sie haben sich des Einbruchs schuldig gemacht, Monsieur Beauvois, das ist keine Lappalie. Sie haben das Fenster eines Restaurants eingeschlagen, sind dort auf beachtlich professionelle Weise eingestiegen und hatten vor, ein Gemälde im Wert von vierzig Millionen Euro zu stehlen.«

Dupin war sehr froh über Riwals Ergänzungen. Auch dieser Einbruch zählte offenbar nicht für Beauvois, so sehr sah er sich im moralischen Recht.

»Das ist alles höchst lächerlich, Inspektor. Was habe ich denn getan? Ich habe lediglich diese wertlose Kopie hier. Mehr nicht. Was für ein Verbrechen ist das? Versuchter schwerer Diebstahl?«

»Also, Monsieur Beauvois. Wo waren Sie letzte Nacht – und Donnerstagnacht?«

»Ich werde Ihnen auf diese Fragen keine Antwort geben.«

»Das steht Ihnen selbstverständlich frei, Monsieur Beauvois. Sie können einen Anwalt hinzuziehen.«

»Das werde ich. Das ist eine infame Wendung. Mir war klar,

dass es der Polizei bisweilen erheblich an dem nötigen Fingerspitzengefühl mangelt, aber …«

»Inspektor Riwal wird Sie nach Quimper begleiten, zur Präfektur. Alles wird seinen ganz regulären Gang gehen.«

Dupins Laune hatte sich restlos verfinstert.

»Das ist nicht Ihr Ernst, Monsieur le Commissaire!«

Beauvois geriet mehr und mehr außer sich.

»Es ist mein voller Ernst, Monsieur Beauvois. Und es ist abenteuerlich, dass Sie daran zweifeln.«

Dupin wandte sich energisch ab. Er musste hier raus.

»Riwal, ich lasse Ihnen einen Wagen schicken.«

Er war schon auf der Treppe und hatte sich nicht mehr umgesehen.

»Monsieur le Commissaire, das wird gravierende …«

»Ich bitte die Kollegen, den Wagen sehr schnell zu schicken, Riwal. Das wird nicht lange dauern.«

Dupin konnte Beauvois' Beschimpfungen nur noch dumpf hören, er war bereits oben angekommen, öffnete die schwere Eingangstür und trat hinaus.

Die Sonne war gerade hinter den Hügeln verschwunden, der Himmel tiefrosa. Dupin war erschöpft. Vor allem wusste er immer noch nicht, was er von Beauvois zu halten hatte. Auch jetzt nicht, nach diesen sich überschlagenden Ereignissen. Ein ekelhafter Charakter. Aber das war egal. Hatte er jetzt die ganze Wahrheit erfahren? Oder war es eine hanebüchene Geschichte, die Beauvois ihnen da auftischte? Die eine andere kaschieren sollte? Beauvois hatte eine heilige Mission – und war schlau. In diesem Fall war nichts wie es schien, das war die Regel. Und alles war zäh. Vor allem war alles noch möglich, er durfte sich nicht selbst einengen in seinem Denken. Der Mörder war im Besitz einer Kopie gewesen, einer Kopie, die schon wenige Jahre nach der Entstehung des Bildes angefertigt worden war und von der bisher nirgendwo die Rede gewesen war. Aber – er hatte bisher auch niemanden nach einer Kopie gefragt. Und von sich aus erzählte hier keiner etwas. Keiner.

Was Dupin aber vor allem keine Ruhe ließ, war, dass ihn wieder irgendetwas dunkel beschäftigte – etwas aus den Gesprächen heute. Irgendetwas stimmte nicht. Grundlegend nicht. Er hatte nicht die geringste Ahnung, was es war, so sehr er auch nachdachte. Aber vielleicht lag es auch nur an dem verwirrenden Taumel der Ereignisse an diesem Tag, an seiner Entkräftung. Und er war immer noch hungrig, viel hatte er bei Delon wirklich nicht gegessen.

Dupin hatte nicht den direkten Weg zurück zum *Central* genommen, sondern war durch die Galerienstraße gegangen, dann rechts, über die Treppen und die schmalen Wege, den Hügel ganz hochgelaufen. Er hatte beim Gehen wieder und wieder in seinem Clairefontaine geblättert und wäre ein paar Mal fast böse gestolpert. Es war ihm nichts ins Auge gesprungen, das seine vage Unrast erhellt hätte, gar nichts. Er hatte dann Kadeg angerufen und erklärt, was vorgefallen war (Kadeg war durch Vorfälle dieser Art nicht zu beeindrucken). Sie hatten Riwal einen Wagen aus Pont Aven geschickt; Bonnec war gefahren. Beauvois war auf dem Weg nach Quimper, da würde er vielleicht reden.

Kadeg hatte knapp von den letzten Ergebnissen berichtet. Madame Lajoux hatte Sauré als den Mann identifiziert, den sie vor dem Hotel in einem Gespräch mit Pennec gesehen hatte. André Pennec hatte sich, so rigoros Kadeg darauf gedrängt hatte – und in so etwas war er gut –, auf keine Uhrzeit festlegen lassen, zu der er heute Nacht aus Rennes zurück sein würde. »Berufliche

Verpflichtungen«. Kadeg hatte ihm daraufhin angekündigt, dass sie im Hotel auf ihn warten würden und davon ausgingen, dass er noch vor Mitternacht eintreffen werde. Dupin hatte Kadeg damit beauftragt, sich am nächsten Tag Pennecs Aufenthalt in Rennes überall penibel bestätigen zu lassen und seinen Tag auf die Minute genau zu rekonstruieren. Und Madame Cassel wollte Dupin noch einmal sprechen. Kadeg wusste nicht, worum es ging.

Dupin hatte noch etwas allein sein wollen und ein paar Minuten bewegungslos unten am Hafen gestanden, auf die Boote gestarrt, aber gar nicht viel von ihnen gesehen. Dann war er zum Hotel gelaufen, hatte kurz noch einmal mit Kadeg gesprochen und war die Treppe in den ersten Stock hinaufgegangen. Madame Cassel saß im Frühstücksraum, an dem Platz, wo sie heute Morgen schon gesessen hatte; Dupin kam es vor, als sei es mehrere Tage her.

»Bonsoir Madame Cassel – wir sind Ihnen sehr dankbar für Ihre Hilfe, Sie haben uns einen entscheidenden Hinweis gegeben. Wir haben den Einbruch in den Tatort letzte Nacht aufklären können.«

»Wirklich? Das freut mich. Was ist passiert?«

Dupin zögerte.

»Entschuldigen Sie meine neugierige Frage. Das unterliegt natürlich der polizeilichen Diskretion.«

»Ich …«

»Das verstehe ich. Wirklich. Ich freue mich, dass ich helfen konnte.«

Madame Cassel sah müde aus, auch für sie waren das jetzt vierundzwanzig Stunden »Einsatz« gewesen.

»Ach – wissen Sie, ich – Sie sollten es wissen, Sie könnten uns …«

Dupin hatte das Gefühl, ihr ein paar Erklärungen schuldig zu sein. Marie Morgane Cassel blickte den Kommissar amüsiert an.

»Haben Sie Hunger, Monsieur Dupin? Ich habe einen Bärenhunger.«

»Hunger? Ehrlich gesagt, ja. Sehr. Ich bin heute nicht zum Essen gekommen, ich … Ich muss ohnehin auf eine Person warten, die nicht vor Mitternacht eintreffen wird«, er schaute auf seine Uhr, »das sind jetzt noch eineinhalb Stunden.«

»Ich wollte Ihnen noch etwas sagen, zu dem Bild und Charles Sauré.«

»Umso besser, dann haben wir ein dienstliches Gespräch und essen etwas dabei.«

»Sehr gut. Sie wissen sicher, wo wir hier hingehen können.«

Dupin dachte nach.

»Wissen Sie was? Kennen Sie Kerdruc? Das sind nur zwei, drei Kilometer den Fluss hinunter, fünf Minuten mit dem Wagen. Das ist ein hübscher kleiner Hafen und ein wunderbares, ganz einfaches Restaurant; man sitzt direkt am Fluss.«

Madame Cassel schien ein wenig überrascht von Dupins Elan. Dupin hatte nicht die geringste Lust, den Fuß noch einmal in eins der touristischen Restaurants zu setzen und ebenso wenig, in Beauvois' Mühle zu gehen. Er wollte raus.

»Sehr gerne. Lange kann ich nicht, ich habe morgen früh eine Vorlesung, um neun schon. Aber etwas essen wäre wirklich gut. Und das klingt schön. Kerdruc.«

»Wir nehmen meinen Wagen.«

Marie Morgane Cassel stand auf. Gemeinsam gingen sie zur Treppe.

Kadeg stand an der Rezeption.

»Sie gehen noch einmal weg?«

»Wir müssen noch etwas besprechen, Madame Cassel und ich – rufen Sie mich an, sobald André Pennec hier eintrifft.«

Kadeg blickte verdrießlich.

»André Pennec könnte auch schon früher kommen, Monsieur le Commissaire.«

»Dann rufen Sie mich an, wenn er da ist.«

Die Landschaft wurde immer verwunschener, die schmalen Sträßchen hinter Pont Aven führten in dichte Wälder, von Misteln und Efeu schwer beladene Bäume, verwachsen und vermoost. Zuweilen waren die Bäume oben wieder zusammengewachsen und bildeten lange dunkelgrüne Tunnel. Hin und wieder schimmerte der Aven auf der linken Seite hellsilbern durch die Bäume hindurch, wie elektrisch aufgeladen. Das letzte Licht tauchte alles noch mehr in diese Märchenstimmung. Dupin kannte diese Landschaft und diese Stimmung mittlerweile gut (Nolwenn nannte sie »bretonische Aura«). Er fand immer, dass man, würde man in dieser Stimmung einem Zwerg, einer Elfe oder einem anderen Fabelwesen auf einer Lichtung begegnen, nicht einen Augenblick verwundert wäre.

Kerdruc war malerisch gelegen, die flachen Hügel entlang des Avens fielen hier sanft ab, die Straße schlängelte sich zum Fluss hinunter, schöne alte Steinhäuser, auch ein paar prachtvolle Villen standen eher vereinzelt in üppiger Vegetation. Palmen, Zwergpalmen, Lärchen, Pinien, Zitronenbäume, Rhododendren, Buchen, Hortensien, hochgewachsene Buchenhecken, Bambus, Kakteen, Lorbeer, buschige Lavendelsträucher wuchsen wild durcheinander, und typischer konnte keine Vegetation sein für die Bretagne. Wie im nahen Port Manech unten an der Mündung des Avens hatte man hier das Gefühl, sich in einem botanischen

Garten zu befinden. Der Aven lag breit und majestätisch im Tal, auf halbem Weg zum offenen Meer.

Die Straße endete an einer Mole. Ein Dutzend Küstenfischer hatten hier ihre traditionellen bunten Boote liegen, ein paar Einheimische ihre Motorboote und einige der Urlauber ihre Segelboote. Die Flut kam, das Wasser stand schon hoch, es kam in ganz flachen, langen Wellen.

Dupin parkte an der Mole, vielleicht zehn Autos hatten hier Platz, mehr nicht. Die Tische und Stühle des kleinen Restaurants standen direkt am Hafen, manche bedenklich nahe am Wasser. Ein Dutzend alter Platanen säumte den kurzen Quai. Es war nicht mehr viel los.

Sie setzten sich an einen der Tische am Wasser. Ein Kellner erschien umgehend, drahtig, klein, wieselflink – Dupin mochte das an Kellnern. Die Küche war im Begriff zu schließen. Sie bestellten rasch, ohne große Diskussionen. Belon-Austern, die ein paar hundert Meter weiter aus dem Belon geholt wurden, und dann Seeteufel, gegrillt, nur mit *fleur de sel*, Pfeffer, Zitrone. Dazu gekühlten, ganz jungen Rotwein aus dem Rhônetal.

»Das ist schön hier, wahnsinnig schön.«

Marie Morgane Cassel ließ ihren Blick umherschweifen.

Es war, empfand Dupin, etwas unwirklich, hier jetzt so zu sitzen; pittoresker, romantischer ließe sich kein Ort und kein Essen denken – und dies am Ende eines solchen Tages, mit einem zweiten Toten, einer Verhaftung, inmitten eines verworrenen Falles. Aber es stimmte, es war schön.

Madame Cassel riss ihn aus seinen Gedanken.

»Ich habe heute Abend einen Anruf bekommen. Von einer befreundeten Journalistin in Paris. Charles Sauré hat sich an einen Kollegen von ihr gewandt, den er wohl sehr gut kennt. Er hat von dem Gauguin erzählt. Eine exklusive Geschichte für den *Figaro*.«

»Was?«

»Ja. Sie werden es wahrscheinlich morgen schon bringen. Einen Artikel und ein Interview.«

»Als eine große Sache?«

»Vermutlich. Ich habe Ihnen ja schon gesagt: Das wird um die Welt gehen. Jede Zeitung wird daraus eine Meldung machen. Könnten Sie es – unterbinden?«

»Ob wir der Zeitung die Berichterstattung untersagen könnten, aus polizeilichen Gründen?«

»Ja?«

»Nein.«

Dupin musste den Kopf abstützen. Auch das noch. Das hatte ihm noch gefehlt. Er war so vertieft gewesen in diese seltsame Welt dieses seltsamen Falles. Aber es war klar. Sobald etwas von der Existenz dieses Bildes und seiner unglaublichen Geschichte an die Öffentlichkeit dringen würde, wäre es eine sensationelle Nachricht. Vor allem in Verbindung mit einem Mord. Mit zwei Morden vielleicht. Selbst wenn man noch nichts Genaueres wusste, aufregender ging es nicht.

»Was wird er alles erzählen?«

»Keine Ahnung. Meine Freundin wusste nur das.«

Dupin schwieg einige Augenblicke.

»Warum? Warum tut Sauré das? Heute Nachmittag hat er die ganze Zeit von Diskretion gesprochen. Dass er sich nicht einmal an die Polizei gewandt hat, als er von dem Mord an Pennec gehört hat, um die Vertraulichkeit zu wahren.«

»Das ist ein gigantischer Coup für Sauré. Wahrscheinlich der Coup seines Lebens. Er ist der Entdecker eines unbekannten Gauguins. Wahrscheinlich des wichtigsten Bildes seines gesamten Werkes. Worum es ihm geht? Renommee, Ruhm, Ehre. Um seine Karriere. Sie kennen das doch.«

»Ja. Sie haben recht.«

Sie hatte wirklich recht. Das Essen war mittlerweile gekommen. Alles sah wunderbar aus. Dupin war richtiggehend schlecht vor Hunger. Sie begannen schweigend zu essen.

Madame Cassel sprach als Erste wieder:

»Das wird alles noch komplizierter für Sie machen, nicht wahr? Alle Welt wird auf Ihre Ermittlungen schauen.«

»Ich hoffe, Sauré wird den ›Fall‹ so wenig wie möglich erwähnen. Aber ja, das wird alles noch komplizierter machen. Vor allem, weil der Mörder dann weiß, dass wir alles wissen. Ich habe es lieber, wenn unklar ist, wer was weiß.«

»Ich verstehe.«

»Wie verkauft man eigentlich ein solches Bild?«

»Sie müssen die richtigen Leute kennen – oder kennenlernen, dann ist das viel einfacher als Sie denken.«

»Und wo sitzen die? Wer sind die?«

»Oh, das sind private Sammler. Verrückte. Mächtige. Reiche. Überall auf der Welt. Sie gehören zu einem – natürlich offiziell nicht existierenden – losen Kreis.«

»Der sich nie und nimmer mit der Polizei abgeben würde.«

»In dieser Welt ist vieles nicht legal. Einem passionierten Sammler ist es meist gleichgültig, wo ein Bild herkommt, auf welche Art und Weise es verfügbar wurde. Es geht extrem ›diskret‹ zu.«

»Wir müssen das Bild finden, bevor es auf den Markt kommt. Das ist unsere einzige Chance.«

»Ganz sicher. Denken Sie, es ist noch hier – ich meine, in Pont Aven, in der Nähe?«

»Heute Abend haben wir eine zweite Kopie des Bildes gesehen.«

»Was? Eine zweite Kopie der zweiten *Vision*?«

»Ja. Gemalt von einem Epigonen aus der Künstlerkolonie. Gilbert Sonnheim. Die Kopie ist wohl nur wenige Jahre nach der Entstehung des Gauguins angefertigt worden.«

»Ja, ich kenne Sonnheim. Es war nicht ungewöhnlich, dass ›Schüler‹ große Bilder der Meister kopierten, zum Studium. Auch in der Künstlerkolonie nicht.«

»Oder die Kopie wurde in Auftrag gegeben.«

»Auch das wäre nicht ungewöhnlich. Die Besitzer solcher Bilder machen das sehr gerne.«

»Wir wissen es im Augenblick nicht.«

»Und wer war im Besitz dieser Kopie?«

»Auch das wissen wir nicht. Wahrscheinlich der Mörder. In der Nacht, in der …«

Dupin kapitulierte.

Er hatte vorgehabt, die ganze Geschichte zu erzählen, angefangen von ihrem Besuch bei Beauvois, aber er wusste gar nicht, was und wie er erzählen sollte. Er war heute Abend nicht mehr in der Lage, kompakt und verständlich zu formulieren. Es kam ihm selbst alles abstrus vor.

Marie Morgane Cassel schaute auf die Uhr.

»Lassen Sie. Ein anderes Mal. Es ist fast Mitternacht. Ich muss nach Brest zurück. Meine Vorlesung morgen früh. Ich muss mich noch vorbereiten. Die Fauvisten, Matisse und die ganze Gruppe …«

»Ich zahle rasch.«

Dupin stand auf und ging ins Restaurant.

Als er zurückkam, stand Madame Cassel am Rand der Mole und blickte auf den Aven. Die Flut hatte mittlerweile ihren höchsten Stand erreicht. Es war jetzt richtig dunkel geworden. Plötzlich, ganz jäh, war aus dem Silber des Avens – das bis zum letzten Quäntchen Licht gleich stark geschimmert hatte – ein massiges, tiefes Schwarz geworden. Es hatte keinen Übergang gegeben. Über dem Fluss und hin zum Meer, überall war nur noch diese fast stoffliche Dunkelheit, die alles schluckte.

»Es ist ein besonderer Ort.«

Ja, dachte Dupin. Er sammelte gewisserweise »besondere Orte«, Orte, an denen etwas ganz außergewöhnlich war; seit Langem schon, seit er ein Kind gewesen war (er hatte Listen gemacht, über viele Jahre); Kerdruc gehörte dazu. Zu den besonderen Orten.

Ein paar Minuten später waren sie zurück am Hafen in Pont Aven, Dupin parkte seinen Wagen direkt neben dem von Marie Morgane Cassel. Madame Cassel wirkte sehr matt. Sie verabschiedeten sich ohne viele Worte. Dupin wartete, bis sie gewendet hatte und mit beeindruckendem Tempo die Rue du Port hochfuhr.

Er lief noch einmal zum Hotel. Kadeg hatte sich nicht gemeldet, was bedeutete, dass André Pennec noch nicht zurück war. Er hatte es sich gedacht. So hatte er André Pennec eingeschätzt. Aber auch abgesehen von dem Gespräch mit Pennec, es gab eigentlich noch viel zu tun. Vor allem sollte er den Artikel im *Figaro* besser persönlich beim Präfekten ankündigen. Er konnte sich das echauffierte Gespräch genau vorstellen. »Wie kann es sein, dass dahergelaufene Journalisten den Stand der Ermittlungen kennen und ich nicht? Was ist das für ein polizeiliches Vorgehen, von dem öffentlich in der Zeitung berichtet wird?« Die Sache mit dem Gauguin war zu groß. Er hatte den Präfekten die ganzen letzten Tage – »unzureichend informiert«. Die ganze Nomenklatura. Wie immer. Und er war froh, dass er spürte, dass es ihm heute Abend vollkommen egal war. Dass ihm heute

Abend alle derartigen Dinge vollkommen egal waren. Er mochte nicht mehr. Er konnte nicht mehr.

Kadeg stand im Eingang des Hotels und starrte streng in die Nacht.

»Monsieur Pennec ist bisher nicht eingetroffen – er hält sich in keiner Weise an unsere Abmachung.«

»Wir erledigen das morgen, Kadeg. Wir gehen jetzt schlafen, alle.«

»Was?«

»Ja, wir gehen jetzt schlafen.«

»Aber …«

»Morgen, Kadeg. Bonne nuit.«

Kadeg machte Anstalten, noch einmal einen Protest zu versuchen, aber war dann wohl selbst zu müde.

»Gut, Monsieur le Commissaire. Ich werde Monsieur Pennec auf seinem Handy anrufen und ihm das mitteilen.«

»Lassen Sie es. Ich rufe ihn morgen früh selbst an.«

»Er wird denken, dass es uns nicht wichtig gewesen ist …«

»Er wird merken, was uns wichtig ist.«

»Ich hole nur noch meine Sachen.«

Kadeg verschwand in Richtung Rezeption. Dupin folgte ihm.

»Wissen Sie von dem kleinen Zimmer oben, neben dem von Pennec, in dem er sein kleines Archiv aufbewahrt hat und wo auch ein paar Bilder stehen?«

»Ja, natürlich.«

Dupin überlegte.

»Nein, nein – alles morgen. Dieser Tag ist zu Ende.«

Jetzt schaute Kadeg sogar etwas erleichtert.

»Ich gehe, Monsieur le Commissaire. Montner wird diese Nacht die Wache übernehmen.«

»Montner?«

»Ja, ein Kollege hier aus Pont Aven. Ein Kollege von Bonnec und Arzhvaelig.«

»Gut.«

»Gute Nacht.«

Beide verließen das Hotel, Kadeg bog nach rechts ab, Dupin nach links.

Um kurz vor halb eins parkte Dupin seinen Citroën in einer der kleinen Straßen nahe seines Hauses, der große Parkplatz war wegen des morgen beginnenden *Festival des Filets Bleus* bereits gesperrt. Er lief die Straße zum Quai hinunter, direkt links lag sein Haus. Er blieb noch ein paar Augenblicke an der gewaltigen Quaimauer stehen, die die ganze neue Stadt umgab, und schaute auf die unendliche Schwärze des nächtlichen Atlantiks. Man konnte das Meer nicht sehen, natürlich nicht, aber man spürte es, sehr stark. Im Westen war der *Phare de l'île aux moutons* von den Îles Glénan zu sehen, ein scharfer, mächtiger Lichtkegel, der rasch, aber ohne Hektik kreiste und in den Himmel stach.

Eine Viertelstunde später schlief Dupin.

Der vierte Tag

Dupin bestellte seinen dritten *petit café*, von den ersten beiden hatte er keinerlei Wirkung gespürt. Er war hundemüde und seit einer Stunde auf den Beinen, es war jetzt Viertel nach sieben. Auch die sehr frische Brise heute Morgen, die ihn auf dem Weg ins *Amiral* durchgepustet hatte, hatte nicht geholfen. Er war um halb vier aufgewacht und dann nicht wieder richtig eingeschlafen. Er hatte dieses unbestimmte Missbehagen, die Gespräche des vergangenen Tages waren ihm wieder und wieder durch den Kopf gegangen. Er hatte etwas übersehen. Für ein paar Momente, so sein Gefühl, war er der Wahrheit ganz nahe gewesen. Aber er hatte sich verwirren lassen. Und er hasste es, wenn ihm das passierte.

Er war immer noch elendig müde. Und grimmig. Der *Figaro* hatte die Geschichte gebracht. Groß, ja. »Eine Sensation: Ein unbekannter Gauguin aufgetaucht!« So die Überschrift auf der Titelseite, »Über hundert Jahre hing das Bild unbemerkt in einem Restaurant an der Wand« die Unterzeile. In ein paar Zeilen wurde die Story zusammengefasst und dann auf Seite drei verwiesen. Die bestand zur einen Hälfte aus einem Interview mit Charles Sauré und seinem Foto, zur anderen Hälfte aus der längeren Version der Geschichte und einer größeren Abbildung des bekannten Bildes.

Interessant waren die Akzentuierungen der Geschichte durch

Sauré. Natürlich war es Charles Sauré, dem die Welt dieses Bild verdankte. Ein provinzlerischer Hotelier, so stand es zwar nicht da, aber so las man es, hatte es hundert Jahre hängen lassen und eigentlich keine Ahnung von der Dimension des Bildes gehabt, das da in kriminell fahrlässiger Weise den Gefahren einer Beschädigung ausgesetzt worden war. Und natürlich war es jetzt das »wahrscheinlich zentrale Werk des epochalen Œuvres Gauguins – und darüber hinaus eines der entscheidenden Bilder in der Geschichte der modernen Malerei«.

Es war alles ekelhaft. Sauré berichtete, dass er das Bild im Hotel gesehen habe. Und dass es »unter Umständen sogar eine Rolle gespielt hat in dem Mordfall an dem Hotelier, dem Besitzer des Bildes«. Das nahm auch der Redakteur in seinem Artikel auf, ging aber nicht weiter darauf ein. »Die polizeilichen Ermittlungen laufen zurzeit«, hieß es lapidar. Immerhin, keine großen Spekulationen in dieser Richtung – von dem Tod Loic Pennecs, einem möglichen zweiten Mord, war mit keinem Wort die Rede.

Nun war es also in der Welt. Dupin hatte das rege Tuscheln der Stammgäste bemerkt, seit er das *Amiral* betreten hatte, es dann aber aufgrund seiner Müdigkeit nicht weiter beachtet. Auch Girard hatte natürlich schon alles gelesen, es aber bei einem »Das ist ja was!« und einem aufmunternden »Es wird schon werden« beim Servieren des ersten *cafés* belassen.

Was Sauré umfänglich ausbreitete, war das Vorhaben der Schenkung. »Monsieur Pennec zeigte in unserem Gespräch die noble Größe, das Bild der Welt zugänglich machen zu wollen – dem *Musée d'Orsay* als eine generöse Schenkung zu überlassen. Das war sein fester Wille.« In Paraphrasen kam das noch zwei Mal im Interview vor, und auch der Journalist kam an mehreren Stellen sehr ausdrücklich auf diesen Punkt zu sprechen. Zuerst hatte Dupin nicht genau gewusst, warum. Dann hatte er verstanden. Sauré war schlau. Er wollte sicherstellen, dass das Bild auch nach dem Tod Pennecs an das Museum gehen würde. Dass es selbst unter den – ja doch dramatisch – veränderten Umständen zu der Schenkung kommen würde. Konkret: Er setzte die Erben auf raffinierte Weise unter Druck, auch wenn er gar nichts wusste, nicht einmal, an wen das Bild ging, oder ob Pierre-Louis Pennec die Schenkung testamentarisch noch fixiert hatte oder nicht. Er wollte vorsorgen, manipulieren, Realitäten schaffen. Das musste er auch. Ansonsten nämlich bliebe von der ganzen Aktion nicht viel übrig. Er könnte sich erbärmlich lächerlich machen, wenn es jetzt nicht zu der Schenkung käme. Dupin musste unwillkürlich schmunzeln. Das erste gute Gefühl heute Morgen. So wie Dupin Catherine Pennec kennengelernt hatte, würde sie sich durch so etwas nicht unter Druck setzen lassen, durch gar nichts. Und – die Situation war, ohne dass Sauré dies im Moment wissen konnte, vollständig absurd und vielleicht bliebe sie es ja auch. Es gab nämlich kein Bild, nur zwei Kopien. Sauré hatte keinen blassen Schimmer vom Diebstahl des Bildes.

Im *Ouest-France* wurde auf Seite eins vom Tod Loic Pennecs berichtet, ein blasser, eher ratloser Bericht; wie sein Tod ehrlicherweise überhaupt niemanden so richtig zu interessieren schien, war Dupins Gefühl. Der Autor wagte nicht einmal eine Vermutung. Eigentlich wurde der Tod lediglich konstatiert, »zwei Tage nur nach dem Mord an seinem Vater«. Und dass polizeiliche Untersuchungen im Gange seien. Wenigstens hieß es an einer Stelle, dass es »eine große Tragödie sei, die diese alte bretonische Familie auf eine unfassliche Weise innerhalb kürzester Zeit treffe«. Sonderbarerweise auch keinerlei Spekulationen, ob es nicht einen Zusammenhang zwischen allen Ereignissen gäbe. Da hatte jemand Angst, wollte erst die nächsten, zumindest ein bisschen gesicherteren Informationen abwarten. Für die Lokalpresse waren es wirklich respekteinflößende Vorgänge. Dupin kannte den Redakteur nicht, er musste neu sein. Die Redaktion des *Ouest-France* in Concarneau saß in einem der sturmschiefen alten Fischerhäuser direkt am Hafen, nur hundert Meter vom *Amiral* entfernt, er kannte die ganze Truppe, ein paar sogar ganz gut.

So war die Nachrichtenlage – das würde Dupin heute und die ganzen nächsten Tage über beschäftigen, jeder würde es gelesen oder gehört haben. Vorsichtshalber hatte er sein Handy auf »stumm« geschaltet und sah jetzt, nachdem er wie immer sein Geld einfach auf das Plastiktellerchen gelegt hatte, dass er recht daran getan hatte. Sechs unbeantwortete Anrufe in der letzten Stunde. Er hatte keine Lust zu schauen, wer das gewesen war, er konnte es sich denken, seine Laune war mies genug. Er musste los.

Dupin wusste nicht mehr genau, wo er seinen Wagen geparkt hatte, er war so hundemüde gewesen letzte Nacht. Überhaupt war er ganz schlecht darin, was ihn in Paris an manchen Tagen hatte wahnsinnig werden lassen, an denen er geschlagene Stunden auf der Suche nach seinem Citroën gewesen war. Er lief auf Verdacht die Straßen entlang, die infrage kamen. Erst in der letzten Straße fand er ihn, eigentlich gar nicht weit von seiner Wohnung entfernt, er war nur verkehrt herum gelaufen.

Dupin fuhr mit forciertem Tempo. Er fummelte am Autotelefon herum.

»Riwal?«

»Monsieur le Commissaire, der Präfekt will Sie sprechen. Er ist sehr – aufgebracht. Er hat versucht, Sie zu erreichen und bereits zwei Mal bei Kadeg angerufen. Ebenso bei Nolwenn.«

»Wo sind Sie?«

»Im Hotel, gerade angekommen.«

»Wie war es mit Beauvois?«

»Das war eine unangenehme Fahrt. Sie haben ihn über Nacht dabehalten. Dringender Tatverdacht. Es war aber kompliziert. Er hat einen widerwärtigen Anwalt. Es hat gedauert, bis wir den richterlichen Bescheid hatten, das war knapp.«

»Wann werden wir ihn vernehmen können?«

»Direkt heute Morgen. Werden Sie fahren?«

»Nein, ich bleibe hier.«

Dupin wollte vor allem eines: herausfinden, was seine Unruhe auslöste, dieses starke Missbehagen.

»Sie, fahren Sie.« Dupin überlegte. »Nein, ich brauche Sie – schicken Sie Kadeg. Ist er schon da?«

Kadeg war rabiater in Verhören; und er wollte lieber Riwal bei sich haben.

»Ja, wir haben uns eben gesprochen. Er wollte sich oben um den kleinen Raum neben Pennecs Zimmer kümmern. Wir hatten uns den Raum schon angesehen in den letzten Tagen. Aber es geht wohl um was Bestimmtes jetzt, nehme ich an.«

»Gehen Sie rauf, ich will ihn sprechen.«

»Kadeg?«

»Ja.«

»Gut.«

Dupin konnte hören, wie Riwal die Treppen hochstieg.

»Sie übernehmen das mit dem Raum für Kadeg. Schauen Sie sich das kleine Zimmer noch mal genau an. Das Wichtigste aber: Fragen Sie Madame Lajoux, aber auch Madame Mendu, Madame Kann und die anderen. Wir müssen wissen, ob sich da eine Kopie der zweiten *Vision* befand.«

»Ich kümmere mich darum.«

»Dann möchte ich, dass man das Museum durchsucht. Besonders das Untergeschoss.«

»Wonach?«

»Nach allem Auffälligen – dem Original, wer weiß – nach weiteren Kopien. Vor allem will ich, dass Reglas sich das Bild ansieht, die Kopie, er soll nach Fingerabdrücken auf der Kopie suchen, von der Beauvois behauptet, sie aus dem Restaurant gestohlen zu haben. Wenn es stimmt, was er sagt, dann hat der Mörder sie aufgehängt.«

»Ich rufe Reglas sofort an.«

Dupin fiel ein, dass er gestern vollkommen vergessen hatte, Reglas mitzuteilen, dass die Untersuchungen an den Rahmen sich erübrigt hatten seit dem Gespräch mit Sauré. Reglas hatte heute Morgen sicher aus der Zeitung von dem Gauguin erfahren und musste also davon ausgehen, es im Restaurant mit eben diesem Bild zu tun zu haben. Er wusste nichts von einer Kopie. Auch wenn er gestern sicher vor allem mit der Spurensicherung an den Klippen beschäftigt gewesen war – begeistert war er sicher nicht.

»Sagen Sie Reglas auch, dass er die Untersuchungen an den Rahmen einstellen kann. Neue Erkenntnisse … Aber weiter nichts.«

»Mache ich.«

»Und dann will ich André Pennec im Frühstücksraum sehen, in – in zwanzig Minuten.«

»Gut. Ich stehe jetzt neben Inspektor Kadeg. Ich gebe das Telefon weiter.«

»Kadeg?«

»Ja. Ich habe …«

»Hören Sie zu: Sie haben einen Spezialauftrag«, Dupin war sich sicher, Kadeg würde diesen Ausdruck mögen. »Sie fahren umgehend nach Quimper und verhören Beauvois. Riwal soll Ihnen noch einmal alles von gestern Abend erzählen. Ich will, dass Sie *sehr offensiv* sind im Gespräch mit Beauvois, verstehen Sie? Ich will wissen, was er die letzten Tage gemacht hat. Kleinteilig. Alles. Ich will, dass er mögliche Zeugen benennt, für jedes Alibi. Insistieren Sie. Lassen Sie ihn seine Geschichte zwei, drei Mal erzählen – achten Sie auf Kleinigkeiten!«

Einen Augenblick war es still am anderen Ende der Leitung.

»Ich verstehe.«

»Das ist sehr wichtig, Kadeg, stellen Sie sicher, dass wir alles, aber auch alles wissen, was Monsieur Beauvois zu erzählen hat in diesem Fall. Endgültig.«

»Sie können sich auf mich verlassen. Sie sollten sich umgehend bei Präfekt Locmariaquer melden, er hat bereits zwei Mal bei mir angerufen. Er war sehr aufgebracht, von dem Gemälde aus der Zeitung erfahren zu müssen.«

»Einen Augenblick, Kadeg, das darf nicht wahr sein, das ist unerträglich …«

Dupin sah sich zu einem schwierigeren Überholmanöver gezwungen. Auf der kurvenreichen, unübersichtlichen Straße zwischen Trégunc und Nevez fuhr ein Traktor mit einem Gülleanhänger vor ihm. Höchstens dreißig. Es stank bestialisch.

»Was meinen Sie, Monsieur le Commissaire?«

Dupin zog mit Vollgas an dem Traktor vorbei und schaffte es dennoch nur knapp vor einem entgegenkommenden Fahrzeug wieder auf seine Spur.

»Kadeg?«

»Ich bin da.«

»Wir müssen Boden unter den Füßen gewinnen.«

»Ich mache mich auf.«

»Geben Sie mir wieder Riwal.«

Er hörte, wie das Telefon weitergereicht wurde.

»Riwal?«

»Ja. Monsieur le Commissaire?«

»Gehen Sie mit dem Telefon zu Madame Lajoux.«

Dupin wusste, dass die Szene kurios war. Riwal antwortete nicht, aber es war zu hören, wie er die Treppenstufen wieder hinunterstieg, ihr lautes Knarren und Knarzen verrieten die hundertfünfzig Jahre, die sie alt waren. Dann konnte Dupin hören, wie Riwal Madame Lajoux die Situation erklärte – was durchaus etwas dauerte – und schließlich das Telefon an sie weitergab.

»Monsieur le Commissaire, sind Sie es?«

»Bonjour Madame Lajoux, ich hoffe, Sie haben gut geschlafen.«

»Ich? Ja. Danke.«

»Ich habe nur eine Frage, Madame Lajoux. Ich würde gerne wissen, ob Sie von einer Kopie des Gauguins wussten? Haben Sie je davon gehört?«

»Eine Kopie?«

»Ja genau.«

»Nein. Es gab keine Kopie.«

»Mittlerweile kennen wir sogar zwei Kopien, Madame Lajoux.«

»Zwei Kopien? Von der *Vision*?«

»Ich dachte, die eine dieser beiden Kopien könnte vielleicht in dem kleinen Raum oben neben Pennecs Zimmer gestanden haben.«

»Monsieur Pennec hat nie eine Kopie erwähnt. Es ist sehr unwahrscheinlich, dass es eine Kopie gibt.«

»Es gibt zwei.«

»Nein. Auch keine zwei.«

Dupin war sich darüber im Klaren, dass dies ein Dialog in einem absurden Theaterstück hätte sein können. Aber er hatte erfahren, was er wissen wollte.

»Kennen Sie die Bilder, die dort stehen?«

»Nein. Ich meine, doch. Ich weiß, welche Bilder nach der Restaurierung nicht mehr aufgehängt wurden, natürlich, und weiß, dass diese dann dort aufbewahrt worden sind.«

Sie zögerte.

»Vielleicht gab es ein paar, die immer schon dort standen.«

»Aber die haben Sie selbst nie gesehen?«

»Nein, nein, das nicht. Ich kann mich nicht um alles kümmern.«

»Das wollte ich nur wissen.«

»Mich würde es wundern, wenn es eine Kopie gäbe. Er hat mir nie etwas davon gesagt.«

Den letzten Satz schien sie mehr zu sich selbst als zu Dupin gesagt zu haben.

»Sie können mich wieder an Inspektor Riwal geben, Madame Lajoux, vielen Dank noch einmal.«

»Sehr gerne, Monsieur le Commissaire.«

»Riwal?«

»Ja.«

»Ich bin jetzt da. Ich meine, ich bin gerade in Pont Aven angekommen.«

Dupin war in der Tat schon am ersten Kreisel. Er war wirklich gut durchgekommen.

»Gut.«

»Zuerst André Pennec. Es kann gleich losgehen.«

»Ich sage ihm sofort Bescheid.«

André Pennec saß bereits im Frühstücksraum, ein perfekt sitzender, augenscheinlich teurer, dunkler Anzug, weißes Hemd, eine alberne rote Krawatte mit irgendwelchen gelben Figuren. Er hatte sich herausfordernd lässig in der Ecke auf der Bank niedergelassen, genau dort, wo auch Madame Cassel gesessen hatte. Nur mit sichtlich zur Schau gestellter Überwindung schaute er auf, als Kommissar Dupin das Zimmer betrat. Sein herrischer Blick streifte Dupin kurz.

»Wo waren Sie gestern, den Tag über, abends, nachts?«

Dupin wartete die Antwort nicht ab. Er hatte keine Lust, seine Wut zu moderieren. Er sah auch keinen Grund mehr dazu.

»Ich will präzise Angaben, nichts Vages.«

Pennec war anzusehen, dass er kurz davor war, Ton und Aggressivität Dupins zu parieren. Dupin rechnete fest damit. Aus welchen Gründen auch immer, Pennec entschied sich anders.

»Ich habe meinen Aufenthalt hier in der Bretagne genutzt und mich mit einigen Kollegen aus der Partei zu Gesprächen getroffen. Mitglieder verschiedenster nationaler Ausschüsse, denen ich jeweils für mein Département angehöre. Ich kann Ihnen eine Liste meiner Gesprächspartner zukommen lassen, wenn es Sie glücklich macht. Das ging von 9 Uhr morgens bis 21 Uhr, fast durchgehend, einschließlich eines Mittagessens. Am Abend ein langes Essen mit René Brevalaer, dem Vorsitzenden der Union für die gesamte Bretagne, der Oppositionsführer. Ein alter Freund.«

»Ich will die Liste umgehend haben.«

»Wir haben uns erst um halb eins verabschiedet, wir saßen im *La Fontaine des Perles*. Ich gebe Ihnen gerne auch diese Adresse – nun aber zu den wichtigen Dingen: Wie steht es um Ihre Ermittlungen? Eines der teuersten Gemälde der Welt, ein bis dato unbekannter Gauguin. Eine Story, die um die ganze Welt geht – mit zwei Toten in zwei Tagen. Haben Sie den Täter? Verdächtige? Wann überführen Sie sie?«

Pennec genoss den Hohn. Und gab sich keine Mühe, es zu verbergen.

»Wo waren Sie Samstagabend?«

»Auch mit dieser Information will ich Sie gerne beglücken. Ich hatte allerdings gehofft, Sie widmeten Ihre Zeit relevanten Dingen. Aber es ist Ihre Untersuchung. Ich war auf einem Abendessen des Bürgermeisters von Quimper. Eine Gesellschaft mit zehn Gästen. Die mich alle gesehen haben, den ganzen Abend. Das wird Sie freuen. Bis zirka ein Uhr nachts. Ich nehme an, dass der Todeszeitpunkt Loic Pennecs vor ein Uhr nachts liegt. Also: Vor zwei Uhr nachts hätte ich nicht bei ihm sein können.«

»Ich bin sehr froh zu hören, dass es Zeugen gibt, Monsieur Pennec. In der Tat. Und wäre Ihnen sehr verbunden, wenn Sie uns eine minutiöse Auskunft über alles, was Sie gemacht haben, seitdem Sie hier in der Bretagne angekommen sind, zukommen lassen würden. Sie unterstützen uns ungemein bei den polizeilichen Arbeiten, das ist vorbildhaft. Eines Staatsdieners würdig.«

André Pennec hatte sich perfekt im Griff.

»War es denn Mord? Ich meine, der Tod von Loic Pennec?«

»Wir können es noch nicht sagen.«

»Natürlich. Ja. Sind Sie sich darüber im Klaren, dass hier zwei Mitglieder einer großen bretonischen Familie innerhalb von zwei Tagen den Tod gefunden haben?«

»Ich danke Ihnen für das präzise Resümee, Monsieur Pennec.«

»Und der Einbruch in den Tatort? Den Sie bei unserem letzten Gespräch nicht erwähnt haben, obgleich es doch gerade eben erst geschehen war. Ein paar Stunden vorher. Haben Sie in diesem Punkt Erkenntnisse gewinnen können?«

»Ich kann in diesem Zusammenhang bedauerlicherweise keinerlei Informationen preisgeben.«

»Ich nehme an, dass das Bild bei dem Einbruch in den Tatort unversehrt geblieben ist.«

André Pennec wusste, dass es darum im Kern gegangen war und war Dupins Frage nach dem Bild zuvorgekommen.

»So ist es.«

Dupin ärgerte sich, dass er das Gespräch nicht selbst mit dem Bild begonnen hatte.

»Und Sie haben sichergestellt, dass das Bild das Original ist?«

»Was meinen Sie?«

»Nun, das wäre doch der billigste Trick. Man ersetzt das Bild durch eine Kopie. Aber das werden Sie sicher längst ausgeschlossen haben.«

Dupin reagierte nicht.

»Seit wann wissen Sie von dem Bild, Monsieur Pennec?«

»Von meinem Vater. Und Pierre-Louis und ich, wir standen uns früher durchaus nahe. Es war eine Familiensache, wir haben natürlich darüber gesprochen.«

»Sie wussten also immer schon von dem unbekannten Gauguin?«

»Ja.«

»Das Bild gehörte zur Erbschaft Ihres Vaters Charles Pennec, der Sie indes testamentarisch vom Erbe ausgeschlossen hat.«

»So war es. Eine bekannte Tatsache. Das Bild gehörte zum Hotel.«

»Gegen die Verfügung Ihres Vaters sind Sie juristisch vorgegangen. Es war Ihnen keinesfalls gleichgültig.«

»Worauf wollen Sie hinaus, Monsieur le Commissaire?«

»Und Ihr Bruder hat Sie ebenso aus seinem Testament ausgeschlossen, bereits vor dreißig Jahren, kategorisch, ein für alle Mal.«

»Ich habe keine Ahnung, worum es in diesem Gespräch hier geht.«

»Sie haben nie eine Chance gehabt, das Bild zu erben – zumindest einen Teil davon.«

Pennec antwortete nicht.

»Wären Sie nicht in der Verfügung Ihres Halbbruders ausgeschlossen worden, hätten Sie vor drei Tagen eine beträchtliche Millionensumme geerbt.«

»Sehen Sie – Sie sagen es selbst. Ich habe keinerlei Vorteil durch den Tod meines Halbbruders. Abgesehen von einem felsenfesten Alibi, das ich habe, fehlt mir zudem vollständig das Motiv.«

»Sie könnten in Ihrer Enttäuschung und Wut auf andere Ideen gekommen sein, an das Bild zu gelangen.«

»Und Sie können Ihre Zeit weiterhin vergeuden, wenn Sie mögen, das steht Ihnen natürlich frei. Sie leiten die Untersuchung, Sie sind der Kommissar. Ich sage Ihnen, die Ungeduld wächst nun stündlich; schon gestern in Rennes wurde ich gefragt, warum es denn noch keinerlei Ergebnisse gäbe.«

»Ich danke Ihnen – das war ein sehr fruchtbares Gespräch, Monsieur Pennec. Sie haben uns sehr geholfen.«

Pennec antwortete nur ein klein wenig verzögert, er war wirklich schnell.

»Oh gerne, sehr gerne. Es ist mir ein Vergnügen – und wie Sie sagen natürlich eine staatsbürgerliche Pflicht, der ich als Abgeordneter in besonderer Weise nachkommen will.«

Dupin stand auf. Er hatte genug.

»Au revoir Monsieur Pennec.«

André Pennec machte keine Anstalten aufzustehen.

»Ich wünsche Ihnen viel Glück bei Ihren Ermittlungen. Sie werden es brauchen.«

Dupin verließ den Frühstücksraum, ging die Treppe hinunter und geradewegs aus dem Hotel. Er musste raus. An die frische

Luft. Etwas laufen. Er war es leid, alles, und der Tag hatte gerade erst begonnen. So kam er nicht weiter. Er verabscheute André Pennec. Sie machten beide keinen Hehl daraus, was sie voneinander dachten. Ja. Aber – er war es nicht gewesen. Er war nicht der Mörder. Zumindest hatte er die Morde nicht selbst begangen.

Dupin ging die Rue du Port herunter, noch war nichts los in den Straßen, die Galerien und Läden öffneten nicht vor halb elf. Er lief zum Hafen, blieb kurz stehen, wo er immer stehen blieb, direkt am Anfang der Mole. Dann lief er weiter, am westlichen Ufer des Avens, so weit den Fluss hinunter wie er in den letzten Tagen noch kein Mal gelaufen war.

Hier am Ende des Hafens sah Pont Aven schon ein wenig aus wie Kerdruc oder Port Manech. Die Hügel auf beiden Seiten des Avens wurden flacher, ganz sanft hoben sie hinter dem Ufer an, zwischen ihnen harmonische Senken, in denen es florierte wie in botanischen Gärten. Alle paar Meter standen Palmen, auch die hohen, dünnen, die Dupin so mochte, die immer in kleinen Gruppen wuchsen und steil aufragten. Riesige Rhododendronbüsche. Ginster. Und Kamelien. Es roch nach Morgen und auch nach Meer, dem algig-schlammigen Boden der Ebbe. Die letzten Häuser des Ortes lagen fast ganz verborgen im Grünen, mit weitläufigen, geschwungenen Gärten. Veritable Villen. Hier war die Straße zu Ende, hier war der ganze Ort zu Ende, nur ein erdiger Pfad führte weiter. An dieser Stelle begann der Fluss – der Fjord, zu mäandern, plötzlich breit zu werden, sich wieder zusammenzuziehen, Arme auszubilden, Becken, große Sandbänke. Vor allem aber begannen hier die Wälder, die dichten, verwunschenen Eichen- und Buchenwälder voller Misteln, Moos und Efeu. Der legendäre *Bois d'Amour* hatte für die Künstler Ende des 19. Jahrhunderts eine große Rolle gespielt, auf Dutzenden ihrer Gemälde war er zu sehen.

Ohne groß nachzudenken, folgte Dupin dem Weg in den Wald hinein. Hin und wieder gab es Abzweigungen. Er blieb nahe des Flusses. Sein Handy vibrierte immer wieder. Nummern, die er nicht kannte. Oder nicht annehmen wollte. Zweimal Locmariaquer.

Dupin war fast eine Dreiviertelstunde gelaufen. So weit hatte er gar nicht gehen wollen. Er hatte von der Natur nicht viel wahrgenommen. Seine Gedanken waren auf ganz unfruchtbare Weise gekreist, seine Stimmung hatte sich noch weiter eingetrübt. Vor allem fühlte er sich absurderweise in der frischen Luft noch müder. Der Spaziergang hatte nichts geholfen. Was er sehr dringend brauchte, war mehr Koffein. Er hätte in ein Café gehen sollen. Jetzt kam ihm dieses Herumlaufen grotesk vor – er befand sich an einem verzweifelten Punkt dieses schwierigen Falles und spazierte durch wilde keltische Wälder.

Der schmale Weg führte gerade wieder bis direkt ans Ufer. Dupin blieb stehen. Er würde zurückgehen. Der Aven floss hier bei tiefster Ebbe als kleiner Fluss gemächlich in seiner Rinne dem Meer zu. Wieder vibrierte das Telefon. Dupin sah Nolwenns Nummer. Dieses Mal ging er ran.

»Ja?«

»Wo sind Sie?«

»Ich stehe im *Bois d'Amour*.«

»Ah.«

»Ja.«

»Und was tun Sie dort?«

»Ich denke nach.«

Dupin wusste, dass das komisch klang. Und komisch war. Aber er wusste auch, dass Nolwenn das kannte.

»Gut, ja.«

»Sie wollen mir sagen, wer sich alles mit absoluter Dringlichkeit gemeldet hat und mich partout sprechen muss. Dass es hoch hergeht.«

»Kommen Sie voran?«

Nolwenn wusste, dass es kein gutes Zeichen war, wenn er sich nicht von selbst meldete.

»Ich weiß nicht. Ich glaube nicht.«

»Verzagen Sie nicht, ich kalmiere die Gemüter, so weit ich kann. Sie wissen, die Bretagne ruht auf sehr alten und sehr festen Landmassen.«

Das war einer von Nolwenns mantrischen Sätzen, deren Sinn in der jeweiligen Situation meist dunkel blieb. Aber Dupin mochte den Satz.

»Sehr alte solide Landmassen. Und darauf Granit. Granit in gewaltigen Blöcken.«

»So ist es, Monsieur le Commissaire.«

Nicht abzustreiten war, dass der Satz eine beruhigende Wirkung auf ihn hatte.

»Ich muss mich beim cholerischen Präfekten melden, nicht wahr? Ich stehe kurz vor dem Rauswurf?«

»Sie sollten sich bei ihm melden, denke ich, ja.«

»Das werde ich tun. Ich will nur …«

Dupin sprach den Satz nicht zu Ende. Er verharrte einen Augenblick ganz regungslos.

»So ein Scheiß.«

Er fasste sich an die Stirn und fuhr sich mehrere Male durch die Haare. Es war ihm eingefallen. Es war ihm eingefallen, was ihm seit gestern die ganze Zeit diffus durch den Kopf gegangen war, die ganze Nacht auch. Was nicht gestimmt hatte. Wo er sich hatte verwirren lassen.

»Hallo? Monsieur le Commissaire? Sind Sie noch da?«

»Ich rufe gleich noch mal an.«

»Tun Sie das.«

Dupin legte auf. Das war es. Wenn er sich nicht täuschte. Die Gedanken rasten jetzt in seinem Kopf, Dinge begannen sich zu fügen.

Jetzt musste er handeln.

Wenn er schnell ging, wäre es vielleicht nur eine halbe Stunde bis zu seinem Wagen. Er überlegte, ob Riwal ihn irgendwo abholen könnte. Aber da, wo Riwal mit dem Auto auf ihn warten könnte, war er fast schon an seinem eigenen Wagen.

Das Erste wäre herauszufinden, wo genau er hinmusste. Im Gehen blätterte er in seinem Heft, er wusste, dass er es sich aufgeschrieben hatte. Er fand, was er suchte, auf einer vollgekritzelten Seite an den Rand geschmiert. Dann scrollte er durch die gewählten Nummern auf dem winzigen Display seines Handys. Er war sich nicht ganz sicher, ob es die Nummer der Notarin war, aber er hatte nicht viele Nummern in Pont Aven gewählt. Sie musste es sein.

»Madame de Denis?«

»Am Apparat.«

»Hier Dupin.«

»Natürlich – Bonjour Monsieur le Commissaire. Ich hoffe, es geht Ihnen gut. Ich habe den *Figaro* gelesen. Der Fall ist ja – wie soll ich sagen – noch einmal größer geworden.«

»O ja, Madame de Denis, ich bräuchte eine Auskunft von Ihnen.«

»Wenn es mir möglich ist, sehr gerne.«

»Sie sprachen von zwei größeren Grundstücken, die Pierre-

Louis Pennec besessen hat – die er selbst schon geerbt hatte, die mit einem Schuppen drauf. Ich hatte mir notiert: In Le Pouldu eines und eines in Port Manech. Ist das richtig?«

»Genau, Port Manech und Le Pouldu. Das in Port Manech ist größer und der Schuppen wohl auch. Das in Le Pouldu ist anscheinend eher ein Verschlag. Aber ich habe beide natürlich nicht selbst gesehen. Er hatte sie mir ein wenig beschrieben. Es gibt ja insgesamt noch mehr Grundstücke im Erbstand, aber kleinere.«

»Können Sie mir sagen, wo genau sich diese Grundstücke in den beiden Orten befinden? Haben Sie die Adressen?«

»Das Testament führt die vererbten Besitztümer lediglich auf. Es verweist an dieser Stelle auf die Grundbucheinträge und führt die Katasteramts-Nummern an. Die Grundbucheinträge sind in Monsieur Pennecs persönlichen Unterlagen zu finden. Vielleicht wissen die Pennecs – entschuldigen Sie, ich meine, vielleicht weiß Madame Pennec, wo sich die Grundstücke genau befinden, vielleicht auch Madame Lajoux oder Monsieur Delon.«

»Ich würde es lieber anders erfahren.«

»Hm – Sie könnten es über die Bürgermeisterämter versuchen.«

»Das ist gut.«

»Es tut mir leid, dass ich Ihnen nicht weiterhelfen kann.«

»Sie haben mir sehr geholfen!«

»Gut, das habe ich gerne getan, Monsieur Dupin. Sie werden den Fall bald lösen.«

Dupin musste, ohne es zu wollen, schmunzeln.

»Das könnte sein, Madame de Denis. Au revoir.«

Er hatte keine Ahnung, wie viel der Strecke durch den Wald er schon geschafft hatte, auf dem Hinweg hatte er schon nicht besonders auf die Landschaft geachtet und jetzt noch weniger. Port Manech und Le Pouldu. Port Manech war mit dem Auto zehn Minuten entfernt, Le Pouldu vielleicht eine Dreiviertelstunde. Er brauchte die genauen Adressen.

»Nolwenn?«

»Denken Sie noch nach?«

»Ich brauche zwei Informationen.«

»Das ging schnell.«

»Was?«

»Nichts. Und Sie brauchen die beiden Informationen auf der Stelle, nehme ich an.«

»Genau. Pierre-Louis Pennec besaß zwei größere Grundstücke, um die tausend Quadratmeter, eines in Port Manech, eines in Le Pouldu, beide mit einer Art Schuppen darauf. Ich brauche die genauen Adressen.«

»Eines in Port Manech, eines in Le Pouldu.«

»Genau.«

Nolwenn hatte aufgelegt.

Jetzt Marie Morgane Cassel. Er wählte ihre Nummer. Es dauerte dieses Mal länger, bis sie abnahm.

»Bonjour Monsieur Dupin.«

»Ich bin's – ja.«

»Wohin soll ich kommen?«

»Wirklich? Ich meine, wenn Sie könnten, wenn es Ihre Verpflichtungen zuließen – ich glaube, Sie würden uns noch einmal sehr helfen können. Wir sind womöglich am Ende dieses Falles angelangt.«

»Der letzte Akt?«

»Womöglich. Zum Hotel, ich glaube, ja, das ist gut. Wenn Sie zum Hotel kommen könnten – Inspektor Riwal wird dort auf Sie warten.«

»Ich mache mich auf den Weg.«

»Danke. Vielen Dank.«

Nun noch Riwal. Er wählte seine Nummer. Riwal war sofort am Apparat.

»Ja, Monsieur le Commissaire?«

»Madame Cassel ist auf dem Weg, aus Brest, sie wird in einer Stunde bei Ihnen sein. Sie kommen dann mit ihr nach – ich denke nach Port Manech. Ich sage Ihnen noch die genaue Adresse. Gibt es Neues von Kadeg? Von Beauvois?«

»Kadeg wird erst vor Kurzem in Quimper angekommen sein, denke ich.«

»Gut, dann wir beide. Wer ist von den Kollegen aus Pont Aven da?«

»Bonnec. Hier ist mittlerweile die Hölle los. Alle haben den *Figaro* gelesen. Oder zumindest davon gehört. Die Mitarbeiter, die Gäste. Und anscheinend das ganze Dorf. Alle denken natürlich, das Bild hinge immer noch hier, im Restaurant. Es haben schon ein paar gefragt, ob sie einmal einen Blick darauf werfen können. Was machen wir?«

»Nichts. Unsere Arbeit. Das interessiert uns nicht.«

»Und was wollen wir in Port Manech?«

»Das werden Sie gleich sehen.«

»Gut. Wir fahren los, sobald Madame Cassel eintrifft, Monsieur le Commissaire.«

»Beeilen Sie sich. Ich mache mich auch sofort auf, sobald ich an meinem Wagen bin.«

»Wo sind Sie denn im Augenblick?«

»Wir sehen uns in Port Manech, Riwal, bis gleich.«

Port Manech war der schönste Ort der Küste, fand Dupin. In einer geschützten Bucht flossen der Aven und der Belon ins Meer, vom kleinen Strand gegenüber den Mündungen konnte man beide Flüsse sehen – oder hinaus auf den offenen Atlantik. Ein Dutzend hoher Bilderbuchpalmen standen im blendend weißen, feinen Sand, das Meer war türkisfarben, ganz sanft führte der Strand ins Meer. Gegenüber, dort, wo der Belon mündete, war die Küste dagegen felsig, Klippen ragten auf, zwanzig, dreißig Meter hoch. Sie waren mit Gras in allen Grüntönen bewachsen und erinnerten ein wenig an Irland. Die Hügel waren höher als in Pont Aven, vor allem fielen sie beeindruckend steil zum Meer ab, sodass die Straßen in einem abenteuerlichen Gefälle hinunter zum Strand und Hafen führten und den Ort dreiteilten: das Port Manech auf dem Plateau oben, das am Hang mit den prächtigen Villen und das Port Manech unten am Wasser. Dupin mochte besonders den kleinen, gemütlichen Hafen.

Nolwenn brauchte noch etwas Zeit, es war komplizierter als gedacht; sie hatte einen kurzen Zwischenbescheid gegeben. Natürlich war bisher nichts elektronisch erfasst. Alles musste in dicken Ablagen nachgeschaut werden. Dupin brauchte sehr dringend Koffein. Direkt am Strand, ein wenig zurückgesetzt und erhöht, lag ein kleines, unprätentiöses Café, von dem aus die Mündung des Belon zu sehen war. Es gab nur ein paar Tische auf der Terrasse, die alle noch leer waren, die Bedienung, ein junges Mädchen in einem verschossenen blauen Kleid und niedlich zerzausten Haaren, wirkte noch sehr müde. Dupin bestellte einen *café* und ein *pain au chocolat*. Er hatte sein Handy gerade vor sich auf den Tisch gelegt, als es klingelte. Nolwenn. Dupin ging sofort ran.

»Ich habe die Adressen, beide. Le Pouldu war doch einfach,

Port Manech ein Stück aufwendiger. Ich musste mit dem Bürgermeister höchstpersönlich telefonieren.«

»Fantastisch. Geben Sie durch.«

Er holte Notizbuch und Stift aus der Tasche.

»Wo sind Sie?«

»Schon in Port Manech. Unten am Strand.«

»Gut. Passen Sie auf. Sie fahren die Straße am Strand vorbei, die Corniche du Pouldon, folgen der steilen Straße links den Hügel hoch, so als wollten Sie aus dem Ort rausfahren. Diese ganz schmale Straße.«

»Ja.«

»Sie fahren ungefähr dreihundert Meter, und kurz bevor sie dann abrupt nach links abbiegt, ist da ein Weg, nicht asphaltiert, der rechts reingeht.«

»Ja.«

»Links steht eine Villa. Das ist der Teil, wo die großen Pinien wachsen. Sie fahren in den Weg hinein. Ungefähr zweihundert Meter, Richtung Aven eigentlich. Links geht dann wieder ein Weg ab. Parallel zum Aven, der führt etwas den Hügel runter. Den nehmen Sie.«

»Woher wissen Sie das so genau, Nolwenn?«

»Ich habe eine gefaxte Kopie des Lageplans aus dem Bürgermeisteramt – und Google Maps. Sie fahren dann direkt auf den Schuppen zu. Das müssten ungefähr noch mal dreihundert Meter sein.«

Dupin hatte alles haarklein mitgeschrieben.

»Ich finde es. Danke.«

»Der *neue* große Citroën hat auch ein vortreffliches Navigationssystem.«

»Ich weiß.«

Das war ein Lieblingsthema von Nolwenn. Und sie hatte recht, so ein System könnte ihm sehr nützlich sein. Er würde eventuell wirklich darüber nachdenken. Er trank den *café* in einem Zug, stand auf, nahm das *pain au chocolat*, legte das Geld hin und ging zu seinem Auto.

Nolwenns Beschreibung war exakt. Fünf Minuten später bog er in den letzten Weg ab, der wirklich nur noch ein Feldweg war, und ließ den Wagen stehen. Langsam ging er den Weg entlang. Auch hier war es malerisch. Sanfte Hügel, Felder, Wiesen, kleine Wäldchen. Man konnte sie sehen – die Landschaften Gauguins, Lavals, Bernards. Man befand sich mitten in ihnen. Nur sehr wenig hatte sich hier in den letzten hundert Jahren verändert. Es war erstaunlich, fand Dupin, wie realistisch die Bilder plötzlich wirkten, wenn man hier war. Sie waren genauer als jede Fotografie.

Der Schuppen war zu seiner Überraschung kein Schuppen, sondern eine stattliche alte Scheune, Dupin hatte etwas ganz anderes erwartet, etwas Kleineres. Die Mauern waren aus Stein, bestimmt fünfzehn Meter in der Länge, allerdings in keinem guten Zustand. Auch das Dach aus Naturschiefer hing bedenklich durch und war vollkommen vermoost.

Auf der Seite Richtung Aven lag das mächtige, oben abgerundete Holztor, Fenster gab es keine.

Dupin hatte keine Mühe, das Tor ließ sich erstaunlich leicht öffnen, es musste in letzter Zeit benutzt worden sein. Ein riesengroßer, imposanter Raum tat sich auf, noch viel größer als er von außen wirkte. Der Boden war Erde. Er trat ein. Durch ein Loch im Dach, das Dupin von außen nicht gesehen hatte, fiel ein schmaler Lichtkegel. Es war vollkommen still. Es roch muffig. Dupin fuhr zusammen. Sein Telefon schrillte. Er sah Riwals Nummer.

»Ja?«

»Madame Cassel ist am Hotel angekommen. Wohin sollen wir fahren? Und Kadeg will mit Ihnen reden, wegen Beauvois. Ich habe auch schon mit Reglas telefoniert, er war sehr ungehalten, nicht über den Fortgang der Untersuchungen informiert worden zu sein und aus der Zeitung …«

»Ich rufe zurück.«

Dupin legte auf. Jetzt nicht. Er wartete, bis sich seine Augen ganz an die Dunkelheit gewöhnt hatten, dann durchquerte er den Raum zwei Mal. Die Scheune war vollkommen leer. Nichts. Es war seltsam, aber hier war wirklich nichts. Gar nichts. Und es schien, als hätte hier schon viele, viele Jahre nichts mehr gestanden. Der Boden zeigte keinerlei Spuren.

Dupin war sich ziemlich sicher gewesen – aber er hatte sich getäuscht. Zumindest mit seiner ersten Vermutung, wo sich das Bild befinden könnte. Vielleicht hatte er sich in allem getäuscht.

Er ging zum Tor, trat hinaus, und lief einmal außen um die Scheune herum. Auch hier war nichts Auffälliges zu sehen. Nicht das Geringste. Er schloss das Tor und fingerte nach seinem Handy.

»Riwal – wir treffen uns in Le Pouldu, nicht in Port Manech. Am Ortseingang. Sie werden vermutlich vor mir da sein.«

»Am Ortsschild, wenn man von Pont Aven kommt?«

»Genau.«

»Wann?«

Dupin musste über die kleinen Straßen nach Pont Aven, durch den Ort durch, über den Aven, durch das wuselige Riecsur-Belon, um den Belon herum, ein Stück nach Westen, wieder hinunter zum Meer. Eigentlich eine Stunde.

»Ich fahre jetzt los. Ich brauche eine halbe Stunde.«

Es war Viertel nach zwölf, als Dupin in Le Pouldu ankam, er hatte die Strecke in siebenundzwanzig Minuten geschafft, er hatte Riwals knallroten Renault schon von Weitem gesehen, er stand genau neben dem Ortsschild, so nah, dass es aussah, als habe er das Schild gerammt. »Le Pouldu«, darunter der keltische Name: »Poull du«, schwarzes Meer. Und in ebenso großer Schrift: *Der Weg der Maler.* Das war der Marketing-Spruch geworden, für den man, Dupin erinnerte sich genau, über eineinhalb Jahre einen Wettbewerb ausgeschrieben hatte; die Bretagne hatte beschlossen, mit breiterer Brust auf ihr künstlerisches Erbe hinzuweisen – da nun aber sehr viele Maler in der Bretagne an sehr vielen Orten gewesen waren, war das Schild jetzt folglich sehr viel zu sehen.

Nolwenn hatte ihm für Le Pouldu eine ebenso präzise Beschreibung durchgegeben wie für Port Manech, nur hatte er sie sich beim Fahren nicht aufschreiben können. Er fuhr langsam an Riwal vorbei und nickte ihm zu, neben ihm Madame Cassel. Riwal startete den Motor und fuhr dicht hinter Dupin her. Die erste Abzweigung hinter dem Ortseingang rechts, immer in Richtung der ausgeschilderten sogenannten »Buvette de la Plage«, die seit Kurzem ein Museum war. Gauguin hatte hier mit seinen Freunden Meyer de Haan, Sérusier und Filiger für ein paar Monate zusammengelebt und gemalt. Das Haus hatte ebenso Marie-Jeanne Pennec gehört, sie hatte es aber noch zu ihren Lebzeiten verkauft, nachdem die Maler die Gegend nach und nach verlassen hatten.

Dupin fuhr bis zur »Buvette«, wie Nolwenn es beschrieben hatte, dann auf der kleinen Straße parallel zum Meer und bei der ersten Abzweigung rechts in den Feldweg. In Schrittgeschwindigkeit fuhren sie den holprigen Weg entlang, nach einem kleinen Wäldchen machte der Weg eine scharfe Biegung nach rechts.

Wie aus dem Nichts, direkt vor ihnen und direkt auf dem Weg, stand plötzlich der Schuppen. Das hier war wirklich ein Verschlag, verwittertes Holz, ein hässliches Wellblechdach, nicht groß, ein paar Meter nur in der Länge und Breite. Dupin fuhr nahe an den Schuppen heran. Sie schalteten die Motoren ab.

Dupin stieg aus und ging zuerst auf Riwals Wagen zu.

»Bonjour Madame Cassel. Ich möchte Ihnen noch einmal danken, dass Sie sich wieder …«

»Hier – Sie denken, hier befindet sich der Gauguin? Ein Vierzig-Millionen-Bild. In diesem Schuppen?«

Sie war aufgeregt.

»Wenn wir das Bild fänden, könnten Sie mir eine erste, vorläufige Bestätigung der Echtheit geben. Das wäre sehr wichtig für uns. Und Sie …«

»Niemand wird hier ein so wertvolles Bild aufbewahren.«

»Aber vielleicht vorübergehend verstecken. Für eine kurze Zeit.«

»Wie kommen Sie auf die Idee, dass das Bild hier sein könnte? Ich meine, wie kommen Sie auf diesen Ort?«

Dupin kam es jetzt selbst ein wenig komisch vor. Es war nur ein Verdacht, und er hatte so viel in Bewegung gesetzt.

»Eine längere Geschichte.«

»Lassen Sie uns den Schuppen durchsuchen, Monsieur le Commissaire.«

Auch Riwal war nun ungeduldig.

Die Tür befand sich seltsamerweise genau auf der anderen Seite des Schuppens, sie gingen rasch um ihn herum. Sie war mit einem dicken Vorhängeschloss gesichert, das weder erkennbar neu noch alt aussah. Die kleine Fensterscheibe neben der Tür war abgeklebt. Noch bevor Dupin etwas sagen konnte, kramte Riwal in seiner Tasche und zog einen dünnen Draht hervor. Dupin vergaß immer Riwals zuweilen fast magisches praktisches Geschick. Auch Madame Cassel schaute Riwal mit Bewunderung zu. Es dauerte keine halbe Minute, und das Schloss war auf. Großartig.

»Ich gehe hinein. Riwal, Sie bleiben hier bei Madame Cassel.«

Die schmale, niedrige Tür war schwer zu öffnen, sie klemmte und hing über dem unebenen Boden fest. Mit Mühe kriegte Dupin sie einen Spalt auf. Im Schuppen war es vollständig dunkel, nur das Licht des Türspalts fiel hinein, kam aber nicht weit.

»Ich hole Ihnen eine Taschenlampe.«

Riwal war schon auf dem Weg zu seinem Wagen. Madame Cassel und Dupin versuchten durch den Spalt zumindest etwas von den Dingen nahe der Tür zu erkennen. Der Schuppen schien bis zur Decke vollgestopft, direkt neben der Tür waren leere Kanister aufgetürmt, landwirtschaftliche Geräte waren zu sehen, zwei große Tonnen, eine alte Badewanne. Einen Moment später stand Riwal mit der Taschenlampe neben ihnen. Sie war riesig.

»Eine Ledlenser X21.«

Riwals Augen strahlten kurz auf. Dupin zuckte mit den Schultern und schaltete sie an. Behände zwängte er sich durch den Türspalt und bahnte sich einen Weg in den Schuppen. Es war eher ein Klettern. Hier im Innern war es stockduster. Die Taschenlampe warf einen scharf gerandeten, extrem hellen Lichtkegel auf die Dinge. Ein großer alter, vollkommen verrosteter Pflug, auf dem in gefährlicher Weise mehrere alte Holzstühle aufgebaut waren, denen alles Mögliche fehlte: mal die Lehne, mal ein Bein, mal die Sitzfläche. Wieder Kanister in verschiedenen Größen. Der Lichtkegel tanzte wild umher, während Dupin sich bewegte. Er war beeindruckt, was in einem Schuppen dieser Größe alles Platz fand, es wirkte, als hätte man über Jahrzehnte immer wieder noch etwas hineingepresst, gestapelt und gestopft, so chaotisch wie kunstvoll.

Dupin hatte es irgendwie geschafft, in die Mitte des Raums vorzudringen, und stand nun still da. Ein scharfer, stechender Geruch lag in der Luft. Eklig. Dupin drehte sich langsam um die eigene Achse und wanderte den Raum systematisch mit der Taschenlampe ab.

»Monsieur le Commissaire?«

Es waren nur ein paar Meter, aber Riwals Stimme klang weit entfernt, gedämpft.

»Alles okay hier.«

»Etwas gefunden?«

»Nein.«

Dupin bahnte sich einen Weg zur gegenüberliegenden Wand, es sah nicht so aus, als wäre hier etwas in letzter Zeit verändert worden. Der Staub lag zentimeterdick.

»Hier ist nichts.«

Dupin musste schreien, damit sie ihn verstanden. Er bewegte sich wieder in die Mitte zurück und versuchte von hier aus in die verschiedenen Ecken zu gelangen – so weit es ging. Dieselben Schwierigkeiten hätte auch derjenige gehabt, der das Bild hier hätte verstecken wollen. Das war nicht sehr plausibel.

»Ich komme raus.«

Die Resignation nahm Dupin die Kraft zum Schreien. Nichts. Wieder nichts.

Er kletterte den Weg zurück. Kurz vor der Tür fiel der Lichtkegel auf den hinteren Teil der Badewanne, der wie abgetrennt war durch einen dicken Pfosten, der quer über der Wanne lag. Dupin erkannte eine Decke oder ein Tuch. Einen weißen Stoff. Mit bedachten Bewegungen stieg er über den weit in den Raum ragenden Pfosten. Es schien ein Laken zu sein. Ganz sauber. Er stand jetzt neben der Wanne. Vorsichtig fühlte er. Unter dem Laken war etwas Weiches, dann etwas Hartes, Kantiges, Schmales.

Es war groß. Mit der rechten Hand tastete er nach dem Saum des Lakens und wollte es aufschlagen. Es ging nicht.

»Riwal?«

»Ja.«

»Ich brauche Sie.«

»Haben Sie etwas gefunden?«

»Kommen Sie rein.«

Riwal versuchte noch einmal, die Tür etwas weiter zu öffnen, vergeblich.

»Ich leuchte Ihnen, Riwal. Ich bin nahe der Tür, aber Sie müssen zuerst zur Mitte des Schuppens und dann zu mir.«

Geschickt fand Riwal seinen Weg zu Dupin.

»Halten Sie die Lampe, ich will das nehmen.«

Riwal leuchtete. Behutsam hob Dupin den Gegenstand hoch. Es war genau das richtige Format. Das musste es sein. Dupin war ganz ruhig geworden.

»Sie gehen voraus.«

Dicht hintereinander arbeiteten sie sich Richtung Tür vor. Marie Morgane Cassel beobachtete die eigentümliche Prozession, ihr Kopf lugte weit durch die Spalte in den Schuppen hinein. Sie erreichten den Ausgang.

»Sie zwängen sich durch, Riwal, ich reiche es Ihnen dann.«

Als Dupin heraustrat, musste er sich einen Augenblick die Augen zuhalten. Die Sonne stand fast noch im Zenit, es war blendend hell. Langsam öffnete er die Augen. Riwal hatte den umhüllten Gegenstand neben den Weg auf die Wiese gelegt. Ohne ein Wort zu sagen, knieten sich alle drei daneben. Als Dupin das weiße Laken aufschlug, gab es eine dicke dunkelblaue Wolldecke frei. Dupin schlug auch sie sachte auf.

Selbst in der vollen Sonne knallte ihnen das grelle Orange entgegen.

Dupin legte das ganze Bild frei. Es war unversehrt. Alle drei starrten auf den Gauguin und schwiegen. Die Wirkung des Bildes war atemberaubend.

Marie Morgane Cassel löste sich als Erste.

»Es muss aus der Sonne.«

»Können Sie schon etwas sagen, Madame Cassel?«

Dupin wusste, dass es eine blöde Frage war, sie hatte es wie er gerade erst gesehen.

»Ich muss es mir genau ansehen, mit meinen Geräten. Ich weiß nicht, ich meine, das könnte es sein.«

Sie sprach wie abwesend.

»Legen wir es behutsam in meinen Kofferraum. Da können Sie es sich genauer ansehen. Und Riwal: Sie gehen um das Wäldchen herum und postieren sich so, dass Sie den Weg überschauen können.«

Er setzte kurz ab. »Und nehmen Sie Ihre Waffe mit.«

Riwal schaute einen Moment irritiert. Auch Madame Cassel blickte verstört zu Dupin.

»Soll ich Verstärkung holen?«

In Riwals Stimme lag eine kleine Beunruhigung.

»Nein. Sichern Sie einfach den Weg. Passen Sie auf, dass Sie nicht zu sehen sind! Kommen Sie, Madame Cassel.«

Dupin nahm das Gemälde und trug es langsam zu seinem Wagen. Madame Cassel überholte ihn und hatte schon den Kofferraum geöffnet, als er dort ankam. Dupin legte das Bild vorsichtig hinein.

»Ich hole meine Sachen.«

Madame Cassel ging zu Riwals Wagen, öffnete die Tür auf der Beifahrerseite und nahm eine größere Tasche vom Rücksitz. Sie kam zu Dupin zurück.

»Ich brauche mein Stereomikroskop.«

Sie holte ein kompliziert aussehendes Gerät hervor, schaltete es ein und beugte sich tief in den Kofferraum hinein.

»Es wird ein wenig dauern – und einen definitiven Bescheid werde ich Ihnen womöglich nicht geben können. Nur eine erste Einschätzung.«

»Das genügt mir vollkommen. Ich lasse Sie in Ruhe arbeiten.«

Riwal war, mit seiner Waffe, bis zur Weggabelung hinter dem kleinen Wäldchen gelaufen und dann hinter den Bäumen verschwunden.

Dupin musste nachdenken. Er ging noch einmal zum Eingang des Schuppens und von dort Richtung Meer, von dem zwischen Hügeln und Bäumen immer wieder Stücke zu sehen waren. Jetzt erst bemerkte er, wie dreckig er war. Der Schuppen war unfassbar staubig gewesen. Er würde den Geruch den ganzen Tag in der Nase haben. Vergeblich versuchte er den Staub von den Kleidern abzuklopfen. Er war noch nicht weit, als er Madame Cassel rufen hörte.

»Monsieur le Commissaire? Monsieur Dupin? Hallo?«

»Ich komme.«

Eine halbe Minute später stand er ein wenig atemlos neben ihr. Dupin schaute die Professorin erwartungsvoll an. Ihr war nichts anzumerken, sie sprach in einem analytisch-nüchternen Tonfall.

»Ich habe mir die Malschicht an einigen Stellen genau angesehen. Den Strich. Und die Signatur. Ich kann es Ihnen natürlich nicht abschließend sagen, dazu bräuchte ich noch andere Geräte – aber nach meinem Dafürhalten ist das Bild ein Gauguin.«

Dann strahlte Marie Morgane Cassel: »Das ist das Bild.«

Auf Dupins Gesicht brach ein erleichtertes Lächeln durch. Er hatte das Bild.

Der Anfang war gemacht. Aber es blieb keine Zeit, sich zu freuen. Sich damit überhaupt zu beschäftigen. Jetzt kam der weitaus heiklere Teil. Wer auch immer das Bild hier versteckt hatte, hielt es für echt. Und wahrscheinlich war es der Mörder. Er würde das Bild hier holen kommen. Dupin war sich sicher, dass er es nicht über eine längere Zeit in diesem Schuppen zwischenlagern würde. Das war viel zu provisorisch für vierzig Millionen.

»Mir wäre lieber, wenn Sie den Ort jetzt verlassen.«

Dupins Tonfall klang alarmierter, als er es gewollt hatte. Marie Morgane Cassel zuckte ein wenig zusammen.

»Ich – ich …«

»Entschuldigen Sie, ich meine: Ich will Sie nicht in eine brenzlige Situation bringen, nicht einmal in eine unangenehme – wir haben es mit einem Mörder, vielleicht mit einem Doppelmörder zu tun.«

»O ja – ja. Das vergesse ich immer wieder.«

»Inspektor Riwal wird Sie zurückbringen.«

»Gut.«

»Vielen Dank, Madame Cassel. Sie haben uns in der Tat ein weiteres Mal sehr geholfen – wir stehen in Ihrer Schuld, ohne Sie …«

»Gerne, das mache ich wirklich gerne. Das ist jetzt dann das Ende meines Engagements, vermute ich. Die wissenschaftliche Bestätigung sollten Sie durch das *Musée d'Orsay* vornehmen lassen. Sie müssen sich ja nicht an Sauré wenden, sprechen Sie direkt mit dem Direktor. Ich werde den Fortgang des Falles aus der Zeitung erfahren.«

»Nein, ich – ich melde mich.«

»Ja, tun Sie das. Melden Sie sich.«

Dupin war einen Augenblick etwas verlegen, er wusste selbst nicht, warum. Vor allem aber war er unruhig. Er trat ein paar Schritte beiseite, holte sein Handy aus der Hosentasche und wählte Riwals Nummer.

»Riwal – ich möchte, dass Sie Madame Cassel jetzt zurückfahren, zu ihrem Auto, das steht am *Central*.«

»Ist es das Bild, Monsieur le Commissaire?«

»Ja.«

»Das ist verrückt. In Ihrem Kofferraum liegt ein echter Gauguin. Vierzig Millionen Euro. Das ist echt verrückt. Was denken Sie …«

Riwals Stimme klang fassungslos.

»Wir haben jetzt keine Zeit für Erörterungen, Riwal. Sie müssen auch das Schloss wieder anbringen und schließen. Niemand darf sehen, dass wir hier waren.«

»Ich bin sofort da.«

Eine Minute später stand Riwal laut schnaufend neben ihnen.

»Wir können los.«

Dupin schüttelte Madame Cassel die Hand, ein wenig täppisch. Sie lächelten beide.

»Au revoir Monsieur Dupin.«

»Au revoir Madame Cassel.«

Madame Cassel drehte sich um, ging zügig zu Riwals Wagen und stieg ein. Riwal war nahe an den Kommissar herangetreten. Er sprach leise.

»Soll ich das Bild mitnehmen? Das wäre doch sicher das Beste.«

Dupin überlegte.

»Machen Sie das, Riwal. Nehmen Sie es mit. Am besten, Sie bringen es zunächst ins Hotel. Ins Restaurant. Einer der Polizisten aus Pont Aven soll das Restaurant sichern, wenn Sie noch einmal wegmüssen. Wenn alles vorbei ist, fahren Sie oder Kadeg das Bild zur Präfektur.«

»Und was werden Sie tun, Commissaire?«

»Warten.«

»Soll ich wiederkommen, nachdem ich Madame Cassel zurückgebracht habe? Mit Kadeg? Wir sichern hier alles im Hintergrund.«

»Nein. Ich bleibe alleine.«

Dupin wusste, dass dies ganz und gar nicht den polizeilichen Vorschriften entsprach.

»Zuerst einmal. Dann sehen wir weiter. Wir müssen vielleicht Schichten verabreden. Wer weiß. Und Sie halten sich für alle Fälle bereit.«

»Gut. Wir halten uns bereit.«

»Sagen Sie kein Wort über das Bild. Und alles hier – zu niemandem. Ich rufe Kadeg an.«

»Gut.«

Riwal ging zu Dupins Wagen, schlug das Gemälde wieder in die Wolldecke und trug es mit erkennbar großer Vorsicht zu seinem Wagen. Mit sehr bedachten Bewegungen legte er es in seinen Kofferraum. Die Dinge, die dort herumgelegen hatten, das Erste-Hilfe-Set, eine Rolle Papiertücher und eine Tasche mit polizeilicher Ausrüstung, hatte Riwal schon auf der Rückbank deponiert. Er stieg ein, startete den Motor, ließ die Fensterscheibe herunter, lehnte sich ein wenig heraus und nickte Dupin zu. Neben ihm Marie Morgane Cassel, die Dupin noch einmal zulächelte. Dann setzte Riwal behutsam zurück. Der Wagen verschwand langsam hinter dem Wäldchen.

Dupin ging zu seinem Auto, ließ den Motor an und fuhr ebenso vorsichtig den Weg rückwärts. Es sollte nicht auf den ersten Blick zu sehen sein, dass hier Autos gefahren waren. Auf der Straße hielt er sich Richtung Strand und parkte auf dem unbefestigten Parkplatz oberhalb der großen Bucht. Es waren nur ein paar hundert Meter bis zum Schuppen. Sein Wagen würde hier niemandem auffallen, niemand würde Verdacht schöpfen.

Zügig ging er den Weg zum Schuppen zurück, nicht über die Straße, sondern querfeldein. Aus dem Handschuhfach hatte er seine Pistole herausgenommen und in seinen Gürtel gesteckt. Er würde in dem kleinen Wäldchen Position beziehen. Warten.

Er wählte Kadegs Nummer. Kadeg hatte es bereits zwei Mal bei ihm versucht, konnte er sehen. Es war jetzt halb zwei, Kadeg müsste mit Beauvois' Vernehmung fertig sein.

»Kadeg?«

»Ja, Monsieur le Commissaire.«

»Was hat Beauvois ausgesagt? Wissen wir alles?«

»Es war nicht einfach mit diesem Anwalt. Beauvois und er hatten sich augenscheinlich darauf geeinigt, so wenig wie möglich zu sagen. Beauvois hat dann noch einmal seine Geschichte mit der Kopie erzählt, dieselbe, die er Riwal und Ihnen erzählt hat. Er hat alles genau so bestätigt. Dass er sie schon vor dreißig Jahren gemalt hat, weil er so fasziniert war, dass er …«

»Hat er Alibis für die beiden Abende?«

»Keine festen Alibis. Am Donnerstag war er bis spät im Museum, Führungen für irgendwelche Lokalpolitiker und die Sitzung des Kunstvereins, bis 22 Uhr, dann ist er nach Hause, alleine, sagt er. Samstagabend hatte er eine Versammlung in Le Pouldu. Irgendeine Regionalrat-Sache. Kulturangelegenheiten. Auch bis zirka 22 Uhr.«

»Le Pouldu?«

»Ja. Die Orte für diese Treffen wechseln wohl. Das geht reihum. – Ich habe eine Aufstellung über Beauvois' Aktivitäten in den letzten vier Tagen, wollen Sie sie hören?«

»Hat er Pont Aven verlassen in diesen Tagen?«

»Nein, nur an diesem Abend, als er nach Le Pouldu fuhr.«

»Sonst nicht?«

»Er sagt Nein.«

»Wo ist Beauvois jetzt?«

»Er hat die Präfektur vor einer Viertelstunde verlassen. Dafür hat sein Anwalt gesorgt. Aber er steht zu unserer Verfügung. Soll ich …«

»Ich möchte, dass Sie sich mit Riwal im Hotel bereithalten. Vielleicht brauche ich Sie.«

»Wo sind Sie?«

»Le Pouldu.«

»In Le Pouldu?«

»Ja. In einem Wäldchen, nahe der ›Buvette‹.« Er war mittlerweile angekommen.

»Was heißt das?«

»Wir haben das Bild, Kadeg.«

»Was?«

Kadeg hatte vor Aufregung ins Telefon geschrien.

»Wir haben es eben sichergestellt.«

»Wo?«

»In einem Schuppen hier.«

»In einem Schuppen? Der Gauguin?«

»Genau.«

»Ist es sicher das echte Bild?«

»Kadeg, ich will, dass Sie sofort aufbrechen und zu Riwal ins *Central* fahren. Riwal bringt gerade Madame Cassel von hier zum Hotel zurück. Er hat auch das Bild dabei.«

»Madame Cassel?«

»Sie hat die Echtheit des Gauguins vorläufig bestätigt.«

»Und was machen Sie jetzt?«

»Warten. Bis es jemand holen kommt.«

Es entstand eine längere Pause.

»Wissen Sie, wer es ist?«

»Ich denke schon. Warten Sie mit Riwal im Hotel. Und das

Wichtigste: Niemand darf wissen, dass wir das Bild sichergestellt haben.«

»Aber …«

Dupin legte auf.

Es waren bereits wieder über dreißig Grad, die Sonne brannte wie im Süden – für die Bretagne lief das schon unter »Hitzewelle« und würde morgen zu sensationellen Schlagzeilen in den Regionalzeitungen führen. Das Wäldchen, in dem Dupin sich aufhielt, war nicht sehr groß, vielleicht hundert Meter in der Länge, eine sehr typische bretonische Landschaft. Dupin hatte früher bei der Bretagne immer an dichte, unendliche Buchen- und Eichenwälder gedacht – in Wirklichkeit war die Bretagne zwar einst ein mächtiger, dichter Wald gewesen, aber durch gründliche Rodungen seit dem Mittelalter jetzt das am wenigsten bewaldete Gebiet Frankreichs.

Es könnte ein langes Warten werden. Und danach, all die dringenden offiziellen Anrufe zu erledigen, war ihm überhaupt nicht zumute. Er wollte wissen, ob er richtig lag. Und er wollte es hinter sich bringen. Das Ganze sollte ein Ende haben. Mehr interessierte ihn nicht.

Es war jetzt Viertel nach fünf. Dupin hatte über vier Stunden gewartet. Er hasste das. Nichts tun zu können.

Er war die ganze Zeit von einem Ende des Wäldchens zum anderen gelaufen. Er hatte das Gefühl, jeden einzelnen Baum zu kennen, jeden Brombeerbusch, jeden Farn. Er hatte aus Langeweile gezählt, wie viele Eichen, Lärchen, Buchen und Kastanien jeweils im Wäldchen standen, interessant, es waren deutlich mehr Eichen. Und er hatte den höchsten Farn gesucht. Und den Baum mit den meisten Misteln. Er mochte Misteltee sehr gerne. Er hatte drei Mal mit Nolwenn telefoniert, immer hatte er einen gewichtigen Grund gehabt, sie anzurufen. Und nie waren mehr als zehn Minuten vergangen. Nolwenn wusste, wie sehr er das Warten hasste. Er hatte sie mit wenigen Sätzen auf den neuesten Stand gebracht. Sie hatte keine Fragen gestellt. Vor allem hatte sie nicht von Locmariaquer angefangen – und was alles an unaufschiebbaren Dingen anlag. Sie hatte ihn nur daran erinnert, seine Schwester anzurufen. Das Handy hatte sicher weitere zehn Mal geklingelt, er hatte die Nummern gesehen und es klingeln lassen. Nur als Reglas angerufen hatte – sein vierter Versuch seit heute Morgen –, war er rangegangen. Auch weil er doch ein wenig ein schlechtes Gewissen hatte. Und vielleicht gab es wirklich etwas Neues. Reglas war immer noch außer sich gewesen, Dupins Verhalten käme einem Boykott seiner Arbeit gleich. Dupin war viel zu wenig bei der Sache gewesen, um sich aufzuregen. Er hatte weiterhin keinen Impuls verspürt, Reglas in irgendetwas einzuweihen. Zuletzt hatte Reglas missmutig in knappen Worten von der bisher ergebnislosen Untersuchung der Kopie im Museum berichtet und das »offizielle Resultat« der Untersuchungen an den Klippen mitgeteilt: »Undeutliche Hinweise auf die Anwesenheit einer zweiten Person, belastbare Spuren sind allerdings nicht zu dokumentieren.« Es hatte sich also gar nichts Neues ergeben.

Dupin hatte Hunger. Und vor allem Durst. Er hatte weder an Essen noch an etwas zu trinken gedacht. Im Auto lag eine Flasche Volvic, aber das half nichts, er konnte nicht weg. Er hätte Riwal doch wiederkommen lassen sollen. Er musste sich ablenken. Vielleicht würde er wirklich seine Schwester anrufen.

Er griff nach seinem Handy.

»Lou?«

»Bist du es?«

»Ja.«

»Hast du den Übeltäter dingfest gemacht?«

»Was?«

Sie lachte.

»Du hattest vorgestern angerufen, hat Nolwenn mir ausgerichtet. Was machst du so?«

»Du wartest irgendwo auf irgendjemanden, hab ich recht?«

»Ich …«

»Du rufst immer an, wenn du irgendwo wartest.«

Es klang nicht böse. Und sie hatte recht.

»Ich sitze auf einem Dach, in Quirbajou. Wir sind gleich fertig hier. Es sind fast vierzig Grad. Ein irres Haus. Mir geht es gut. Viel zu tun. Tolle Sachen.«

Seine Schwester war vor sieben Jahren in die Pyrenäen gegangen, mit Marc, in ein wirklich kleines Kaff mit viel Wein, Oliven, einer riesigen Kartharer-Burg und zwei noblen Steinbrüchen, nicht weit von Perpignan. Sie war drei Jahre jünger als er, Architektin und Schreinerin und baute verrückte Häuser, ganz aus Holz. Niedrigenergie. Dupin liebte seine Schwester. Auch wenn sie sich selten sahen. Und selten sprachen.

»Ja, ich – ich bin in einem Fall. Ja – und ich warte.«

»Kompliziert?«

»Ja.«

Sie hatte offenbar noch von nichts gehört.

»Zwei Tote. Und ein echter Gauguin.«

»Ein echter Gauguin?«

»Ein bisher ganz unbekannter Gauguin – wahrscheinlich das wichtigste Bild seines Œuvres, lies den *Figaro*.«

»Auf keinen Fall!« Sie lachte. »Klingt aufregend. Das wird Maman lieben.«

Ihre Mutter handelte mit Antiquitäten und hatte eine Leidenschaft für die bildenden Künste. Dupin wunderte sich eigentlich, dass sie noch nicht angerufen hatte. Diesen Fall würde sie tatsächlich mögen.

»Wolltest du nicht nächstes Wochenende nach Paris? Sie besuchen?«

Anna Dupin reiste nicht in die Provinz. Sie mussten immer zu ihr nach Paris.

»Ich komme hier nicht weg, befürchte ich. Mal sehen.«

Dupin hatte nicht viel Lust. Es war an dem Wochenende außerdem der Geburtstag einer Tante, die er nicht ausstehen konnte. Eine der drei Schwestern seiner Mutter, eine arrogante, hochnäsige Pariserin der schlimmsten Sorte, er würde den ganzen Abend über bissiges Bedauern ernten, nun in der Provinz dahinvegetieren zu müssen.

»Nimm den Fall als Grund. Du weißt, sie liebt nichts mehr als Vorwürfe.«

»Versuche ich. Wie geht es Marc?«

»Sehr gut. Er ist in Toulouse. Irgendein Ingenieur-Kongress.«

»Hast du das Haus gebaut?«

»Das hier? Ja.«

»Würde ich gerne sehen.«

»Ich maile dir Fotos. – Und wie geht es dir, abgesehen von dem Fall?«

»Hm. Ich weiß nicht.«

Lou stellte immer die kompliziertesten Fragen.

»Das weißt du nie.«

»Manchmal schon.«

»Noch verliebt? Noch Adèle?«

»Nein.«

Es musste wirklich etwas her sein, dass sie telefoniert hatten.

»Schade, das klang gut. Jemand Neues?«

»Hm.«

»Klingt nicht so.«

Lou war der festen Überzeugung, dass er immer noch Claire liebte. Das hatte sie ihm schon viele Male gesagt. Und dass er deswegen immer das Interesse verlor an den Frauen, die es seit Claire gegeben hatte. Lou kannte ihn gut.

»Doch. Ich bin mir nicht sicher, meine ich.«

»Was heißt das?«

»Ich weiß nicht. Ich … Warte, Lou, einen Augenblick.«

Dupin hörte etwas. Ein Motorengeräusch.

»Lou, ich glaube, ich muss …«

»Meld dich wieder!«

»Mach ich.«

Jetzt hörte er es ganz deutlich. Ein Wagen. Der den Weg hochkam. Er bewegte sich noch etwas tiefer in den kleinen Wald hinein, er durfte auf keinen Fall gesehen werden. Der Wagen kam näher, bog um die Kurve. Er preschte mit gehörigem Tempo voran. Dann hörte man ihn bremsen. Eine Autotür wurde geöffnet und wieder zugeschlagen. Dupin wartete einige Augenblicke, dann zog er seine Waffe und bewegte sich vorsichtig zwischen den Bäumen hindurch auf den Schuppen zu. Durch die Äste und Blätter sah er Teile des Wagens schimmern. Ein dunkler Wagen. Er beschleunigte seine Schritte. Dann trat er aus dem Wäldchen hervor.

Eine schwere schwarze Limousine stand direkt vor dem Schuppen. Die Stoßstange berührte fast die Wand.

»André Pennec«, murmelte Dupin überrascht.

Eineinhalb Stunden später fuhr Inspektor Kadeg ein zweites Mal an diesem Tag nach Quimper. André Pennec saß hinten in seinem Wagen. Kadeg brachte ihn in die Präfektur. Es war eine sehr unangenehme Szene geworden am Schuppen, aber sie hatte nicht lange gedauert.

Dupin stand vor der hässlichen dunklen Villa, die er mittlerweile gut kannte. Riwal würde gleich kommen und vor der Tür mit seinem Wagen warten.

Er hatte zwei Mal kurz geklingelt. Er musste nicht lange warten, die Tür öffnete sich nach wenigen Momenten.

»Guten Abend, Madame Pennec. – Ich würde Sie gerne sprechen.«

Dupin hatte diesen Satz sehr bestimmt gesagt.

Für einen Augenblick war in Catherine Pennecs Augen krude Feindseligkeit zu sehen, ein haltloser, vernichtender Blick. Dann, vollkommen ohne Übergang, eine tiefe Resignation. Sie trug wieder das schwarze, hochgeschlossene Kleid. Ohne eine Regung zu zeigen oder etwas zu sagen, drehte sie sich um und ging langsam Richtung Salon.

Dupin trat ein. Er hatte keine Lust auf taktische Spielchen.

»Wir haben das Bild, Madame Pennec. Es ist sichergestellt.«

Dupin machte eine kurze Pause.

»André Pennec hat uns alles erzählt.«

Catherine Pennec war nicht anzumerken, dass sie Dupins Worte überhaupt gehört hatte, sie ging vollkommen ungerührt weiter. Im Salon blieb sie abrupt stehen.

Dupin war ihr gefolgt.

»André Pennec? Ja? Er hat Ihnen alles erzählt? Nein. Er hat Ihnen nicht alles erzählt. Er hat Ihnen gar nichts erzählt.«

Catherine Pennec setzte sich auf das ausladende, verschnörkelte Sofa. Sie saß einige Augenblicke regungslos, dann brach sie unvermittelt in ein kurzes, schrilles Lachen aus. Nicht besonders laut.

»Was weiß er denn schon? Und was wissen Sie denn? Nichts weiß er. Nichts wissen Sie. Nichts – nichts hat er Ihnen erzählt.«

»Dann erzählen Sie es mir.«

Dupin war nahe des großen Kamins stehen geblieben, drei, vier Meter von ihr entfernt. Catherine Pennec starrte mit einem glasigen Blick auf den Boden. Sie schien immer mehr in sich zu versinken. Dupin wartete lange.

»Sie müssen nichts sagen, Madame Pennec. Sie haben das Recht zu schweigen.«

Wieder entstand eine lange Pause.

»Inspektor Kadeg wird Sie nach Quimper in die Präfektur fahren. Dort können Sie Ihren Anwalt sprechen.«

Dupin wandte sich um, Richtung Flur. Ihm war es fast lieber so.

»Kommen Sie.«

Zunächst war er sich nicht sicher, ob er wirklich etwas hörte, Catherine Pennec sprach sehr leise, flüsternd, mit vollkommen veränderter Stimme jetzt, tiefer, hohl. Maschinell.

»Er war ein Versager. Ein vollständiger Versager. Er hat nie etwas hinbekommen. Sein Leben lang. Er war zu weich. Ihm fehlte die Härte. Der Wille.«

Dupin drehte sich vorsichtig um, er blieb stehen, wo er war.

»Nur einmal, einmal hatte er Mut. Ein einziges Mal. Er hatte es gar nicht geplant, aber in einem Moment, da hatte er den Mut, es seinem Vater zu zeigen. Sein Vater, er hat ihn zerstört, er hat seinen eigenen Sohn zerstört. Er hat ihn immer spüren lassen, für wie schwach er ihn hielt. Dass er nichts wert war, kein echter Pennec, noch mehr nach dem Tod der Mutter. Und dieses ewige Hinhalten. Aber einmal hat er sich gewehrt. Er musste das tun. Ja. Er musste das tun. Einmal hat er die Kraft gehabt. In dieser einen Nacht.«

Sie stockte. Es sah so aus, als schüttelte sie ein wenig den Kopf.

»Ist das keine Ironie? Das Messer war ein Geschenk von seinem Vater, da war er noch ein junger Mann. Sein Laguiole. Es war ihm heilig.«

Einen kurzen Augenblick war ein gespenstisches Lächeln in ihrem Gesicht zu sehen, dann glitten die Gesichtszüge zurück in ihre Starre.

»So lange schon warten wir auf unser Leben. Wir haben gewartet und gewartet, seit Jahren, Jahrzehnten – er wollte nicht sterben. Immer nur gewartet. Das war doch alles unser. Das Hotel. Das Bild. Das Bild hätte alles möglich gemacht. Ein anderes Leben. Mein ganzes Leben.«

Catherine Pennec hatte den Kopf gehoben und blickte Dupin für einige Momente in die Augen, sie wirkte jetzt ganz aufgeräumt.

»Hat André Pennec Ihnen das erzählt? Ja? Das ist die Wahrheit. So geht die Wahrheit. Mein Schwiegervater war unendlich starrsinnig. Ein fürchterlicher alter Mann. Was hatte er von dem Gemälde? Es hing da. Die ganze Zeit. Niemand hatte was davon. Er hatte vielleicht nur noch ein paar Tage zu leben. Wenn wir das gewusst hätten. Ein paar Tage. Wir dachten, er hätte das Testament bereits geändert.«

Catherine Pennec sprach, als würde sie etwas logisch darlegen wollen, eine systematische Argumentation, ganz ohne Emotion. Ihre Augen waren wieder starr auf den Fußboden gerichtet.

»Wir wussten von der Schenkung. Er hat es meinem Mann an diesem Abend gesagt. Er hat gesagt, dass er es tun wollte. Sie haben sich gestritten. Wir haben uns nur genommen, was uns gehört. Das Bild gehört uns. Warum sollte das Museum den Gauguin bekommen? Es gehörte immer schon der Familie. Mein Mann hatte Rechte. Einmal, ein einziges Mal hat er gehandelt.

Und dann war er plötzlich weinerlich. Erbärmlich weinerlich. Und wollte alles gestehen. Er würde es nicht ertragen, hat er gejammert. Er war so bemitleidenswert. Das konnte ich nicht zulassen, für ihn selbst nicht. Ich musste handeln. Er hätte alles kaputt gemacht. – Sein Vater hat ihn zu Recht verachtet. – Oh ja. Sein Leben lang hat er ihn verachtet, auch wenn er es nicht wollte. Zutiefst verachtet.«

Wieder blickte sie Dupin geradewegs in die Augen, kalt, ganz selbstsicher.

»Ich auch! Auch ich habe ihn verachtet, ja. Es wäre alles möglich gewesen. Es war da, alles war da. Ist es das, was Ihnen André Pennec erzählt hat? Ja?«

Dupin schwieg.

»Hat sich André Pennec an Sie gewandt, ja? Hat er es nicht ausgehalten?«

»Nein. Er kam das Gemälde holen. Er sollte es ja baldmöglichst nach Paris bringen. Wir haben ihn in Le Pouldu festgenommen. Er befindet sich auf dem Weg zur Präfektur.«

Noch einmal brach Catherine Pennec ganz unvermittelt in ein hohes Lachen aus. Sie schüttelte wie in Trance für einen Augenblick den Kopf und verharrte dann erneut ganz bewegungslos.

»Woher wussten Sie, wo es war?«

Dupin meinte in Ihren Augen plötzlich Angst zu sehen. Ihre Stimme war indes ganz fest.

»Ich vermutete, dass Sie es haben mussten. Und dass Sie es verstecken mussten, erst einmal.«

»Warum ich?«

»Es war nicht etwas, was Sie gemacht oder gesagt haben – es war das Fehlen von etwas. Alle hatten Angst um das Bild. Nur Sie nicht. Nur wer es besaß, musste keine Angst haben. In unserem Gespräch am Morgen nach dem Einbruch haben Sie und Ihr

Mann nicht einmal nachgefragt, was es mit dem Vorfall auf sich hatte. Und wenn es unter irgendeinem Vorwand gewesen wäre. Und gestern dann, als wir offen über das Bild sprachen, sind Sie ebenso nicht ein einziges Mal auf den Einbruch zu sprechen gekommen. Wäre es nicht schon bei Ihnen in Sicherheit gewesen, hätten Sie, zu Recht und trotz aller Trauer, Ihre Sorge um das Bild geäußert. Es waren Ihre vierzig Millionen Euro. Zu dem Zeitpunkt wussten Sie schon, dass es nun ganz regulär Ihr Eigentum war. Eine rechtmäßige Erbschaft. Sie hätten beunruhigt sein müssen und waren es nicht im Geringsten. Das war es – aber ich habe es zunächst auch nicht bemerkt. Erst heute Morgen.«

»Ich …« Catherine Pennec brach ab.

»Natürlich sollte ich vor allem denken, Sie seien in Trauer.«

Dupin hatte gar nicht reden wollen, aber er spürte eine Art Genugtuung.

»Sie haben Ihre Rolle sehr gut gespielt, Madame, Sie haben präzise gezeigt, was wann von Ihnen an Empfindungen zu erwarten war –, aber irgendwann wurde die Rolle einfach zu kompliziert. Sie hatten vieles nicht in der Hand. Hätte Beauvois nicht versucht, das Bild zu stehlen, hätten Sie diesen Fehler gar nicht begehen können.«

Catherine Pennec schwieg. Sie saß wie versteinert.

»Ich habe es nicht sicher gewusst. Auch mein Verdacht dann –, dass Sie das Bild haben. Ich brauchte das Bild, um es zu beweisen. Und ich musste Sie überführen, mit dem Bild. Beim Abholen. Ich dachte, Sie kommen es holen. Das Versteck war ebenso bloß eine Vermutung. Madame de Denis hatte die Grundstücke als Erbschaften erwähnt. Sie mussten das Bild irgendwo zwischenlagern – das würden Sie nicht hier im Haus tun. Von dem Schuppen hat niemand mehr etwas gewusst. Nur die Familie.«

Catherine Pennec schien gar nicht richtig zuzuhören. Es war ihm egal.

»Ja. Es waren viele Zufälle im Spiel. Wenn Sie gewusst hätten, dass es gar nicht zur Abänderung des Testaments gekommen ist, durch einen Zufall nur, hätten Sie gar nichts tun müssen – der Gauguin wäre Ihrer gewesen. Sie hätten das Gemälde nicht austauschen müssen in dieser Nacht, Sie hätten André Pennec nicht einbeziehen müssen – Sie hätten überhaupt nichts tun müssen. Gar nichts. Es wäre Ihnen in den Schoß gefallen … Sie …«

Dupin stoppte. Es war genug. Er war erschöpft. Und wütend.

»Wir gehen jetzt. Es reicht. Kommen Sie.«

Dupin wandte sich abrupt zur Tür. Madame Pennec schnellte hoch, als hätte Dupin auf einen Knopf gedrückt. Sie stand einen kurzen Augenblick ganz aufrecht und folgte ihm dann erhobenen Hauptes und ohne ein Wort zu sagen.

Die Szene hatte sich in einer ungeahnten Geschwindigkeit abgespielt. Dupin wollte nur noch raus, er ertrug das Haus nicht mehr. Das alles hier. Er war schon an der Tür angekommen, er öffnete sie mit einer raschen Bewegung. Madame Pennec war jetzt dicht hinter ihm. Sie traten hinaus.

Riwal hatte seinen Wagen direkt unterhalb der Treppe geparkt und das Haus beobachtet. Er stieg aus, als er Dupin und Madame Pennec erblickte, ging umgehend zur hinteren rechten Wagentür und hielt sie auf.

Er machte nicht viele Worte.

»Bonsoir Madame. Ich werde Sie zur Präfektur bringen.«

Madame Pennec stieg wortlos ein. Sie wirkte vollkommen ungerührt. Riwal ging ganz ruhig um den Wagen herum.

»Sie rufen sicher an, Monsieur le Commissaire.«

»Ja.«

»Und den Präfekten?«

»Ja.«

Riwal lächelte.

»Gut.«

Er stieg ein, startete umgehend den Motor und fuhr los. Dupin konnte Madame Pennec durch das Autofenster sehen. Sie hatte ihren Kopf gesenkt. Er schaute dem Wagen nach, bis er oben an der Brücke angekommen war und in der Kurve verschwand. Dupin überquerte die Straße.

Es war geschafft.

Wenig später stand Dupin dort, wo er in den letzten Tagen so viele Male gestanden hatte, am Hafen, direkt an der Quaimauer, die Flut hatte ihren höchsten Punkt erreicht. Es war Viertel vor acht und immer noch richtig heiß. Heute Abend fehlte sogar die leichte Brise, die Luft stand, aber sie war nicht schwer. Ein größeres Segelschiff lag am Quai, direkt vor ihm. Seine Augen wanderten es langsam ab. Ein wunderschönes Holzschiff, ein richtiger Atlantiksegler, ganz augenfällig gemacht für die schwere See, den Ozean, und schon viele Jahre auf ihm unterwegs gewesen. Das war kein Boot für einen Fluss. Das Meer war da, es war die vielen Kilometer hinaufgekommen, man konnte es riechen, schmecken, spüren. Ja, hier unten am Hafen war es schön; dennoch war er froh, Pont Aven hinter sich zu lassen. Diesen Fall. Froh, nach Concarneau zu kommen. Die Geschichte würde ihn ohnehin noch die ganze nächste Woche beschäftigen, das ganze »Nacharbeiten«; Verhöre, die Protokolle, das Formelle, Dutzende Telefonate. Die Presse. »Kommunikation«. Aber für heute war es genug.

Um Viertel nach acht fuhr Kommissar Dupin durch den letzten Kreisel Pont Aven, gleich war er in Nevez, in Trégunc, dann zurück – in seiner Stadt. Er hatte die Fenster heruntergelassen und das Dach so weit wie möglich geöffnet. Es war viel Verkehr. Das *Festival des Filets Bleus*, alle fuhren sie dahin heute Abend. Es machte ihm nichts aus. Nicht einmal, dass er den Präfekten anrufen musste. Er würde es schnell hinter sich bringen.

»Monsieur le Préfet, hier Kommissar Dupin.«

»Ah. Sieh an. Mon Commissaire.«

»Ich befinde mich auf dem Weg nach Concarneau.«

»Ich habe bereits ausführlich mit Inspektor Kadeg telefoniert – wie die ganzen letzten Tage; Sie waren nicht zu erreichen. Die letzten achtundvierzig Stunden nicht. Ich … Es …«

Er machte eine Pause. Dupin konnte geradezu durchs Telefon hören, wie Locmariaquer mit sich rang. Ob er noch wütend werden sollte. Dupin hätte es mit Gleichmut hingenommen. Aber der Präfekt entschied sich anders.

»Am Ende war es ja dann kein so komplizierter Fall. Wir haben ihn gelöst.«

Am Ende war es nie ein komplizierter Fall. Dupin kannte diesen Satz, er hörte ihn jedes Mal, wenn »wir« den Fall abgeschlossen hatten.

»Nein, Monsieur le Préfet. Ich meine, ja, wir haben ihn gelöst. Und nein – es war am Ende kein so komplizierter Fall.«

Dupins Stimme war freundlich.

»Alle werden erleichtert sein. Die Presse wird es mit Wohlwollen aufnehmen. Ich muss schon sagen, Sie …« Locmariaquers Ton schien nun doch im Begriff, sich zu verändern.

»Eigentlich, wenn ich überlege …«

Er setzte neu an.

»Es war wohl, ich denke, man kann es so sagen, eine große Familientragödie.«

Locmariaquer schien nach den richtigen Worten zu suchen.

»So viele, so gewaltige Gefühle. Über so lange Zeit. Ja, das sind schlimme Dinge.«

Manchmal überraschte er Dupin – wenn auch sehr, sehr selten.

»Ja, Monsieur le Préfet, so war es wohl. Eine Familientragödie.«

»War es ein Mord – der Tod von Loic Pennec?«

»Ich denke schon.«

»Haben Sie eine Aussage von Madame Pennec?«

»Eine erste Aussage, ja.«

»Verlässlich, glauben Sie?«

»Ich kann es nicht sagen.«

»Ich werde noch heute Abend vor die Presse treten. Ich will, dass die Artikel über die erfolgreiche Aufklärung des Falles morgen überall zu lesen sind. Mit dem Gemälde ist der Fall zu einer nationalen Angelegenheit geworden, Dupin.«

Es klang nicht nach einer Klage, es lag Stolz in Locmariaquers Stimme.

»Bald ist Redaktionsschluss. Es müssen noch nicht alle Details sein. Aber das Wichtigste. Mir geht es ja nur darum, dass unsere Arbeit adäquat vermittelt wird. – Die Polizei im Finistère hat die Dinge fest in der Hand! Ich habe das Bild sofort nach Quimper bringen lassen.«

»Ich verstehe.«

Dupin kannte das. Locmariaquer hatte den Fall entschieden gelöst. Das war die Botschaft. Das war sie immer.

»Denken Sie, dass der Sohn den Mord geplant hatte? Vorsätzlich? Das wird die Presse wissen wollen.«

»Ich denke nein. Das ist – es ist an diesem Abend einfach passiert.«

»Warum an diesem Abend?«

»Pierre-Louis Pennec hatte seinem Sohn eröffnet, dass das Bild in den nächsten Tagen dem *Musée d'Orsay* übergeben werden sollte. Ich glaube …«

Dupin hatte eigentlich keine Lust, mehr zu sagen. Er hatte an das Messer gedacht. Das Laguiole.

»Ja? Was glauben Sie?«

»Nichts.«

»War das schon länger Pierre-Louis' Plan gewesen? Das mit der Schenkung, meine ich.«

»Vage schon. Konkret wurde er aber erst nach dem Besuch bei Docteur Garreg.«

»Ja. Ich verstehe. War es Gier? Am Ende ging es um die vierzig Millionen, oder nicht?«

»Es ging um tiefe Verletzungen. Demütigungen. Über Jahrzehnte. Ich …«

Dupin ärgerte sich, er wollte sich nicht ernsthaft auf ein Gespräch mit Locmariaquer einlassen.

»Ja, Dupin?«

»Sie haben recht. Es ging um die vierzig Millionen.«

»Wie schätzen Sie Madame Pennec ein?«

»Was ihre Motive waren, meinen Sie?«

»Ja.«

»Sie ist eine kaltblütige Person.«

Wieder ärgerte sich Dupin über sich selbst.

»Kaltblütig? Das klingt sehr dramatisch, Kommissar.«

Dupin schwieg.

»Und wo kam die zweite Kopie des Bildes her?«

»Das weiß ich noch nicht. Ich vermute, dass Pierre-Louis

Pennec sie besaß und sein Sohn davon wusste. Dass sie sich sogar im Hotel befand. Das werden wir noch herausfinden.«

»Wegen des Abgeordneten – Monsieur André Pennec. Er genießt Immunität.«

Jetzt spürte Dupin doch einen Affekt in sich aufkommen. Er musste aufpassen.

»Die wird aufgehoben werden müssen.«

»Ich weiß nicht. Muss das denn sein? Er scheint doch eigentlich ein integrer Mann zu sein. Das wurde mir von mehreren berufenen Stellen glaubhaft versichert. Und seine Anwälte …«

»Er wollte das Bild verhehlen, ein gestohlenes Vierzig-Millionen-Euro-Bild. Madame Pennec hatte ihm eine Beteiligung von einem Viertel des Gemäldewertes geboten für den Fall eines erfolgreichen Verkaufs. Das wären zehn Millionen gewesen. Zehn Millionen!«

»Madame Pennec hat ihm den Auftrag gegeben, es zu verkaufen. Das war nicht seine Idee. Gegen eine Beteiligung, natürlich, der Verkäufer erhält immer eine Provision, das ist nichts Unrechtes. Und es ist ihr Bild, der Gauguin gehört ihr, wenn ich das alles richtig verstehe.«

Locmariaquer war bereits detailliert gebrieft worden. Das war eigentlich klar gewesen.

»Man hat Sie schon angerufen.«

Locmariaquer zögerte.

»Ich habe Anrufe erhalten. Aus Paris, aus Rennes und Toulon.«

Er zögerte noch einmal hörbar.

»Auch von seinen Anwälten.«

Dupin wunderte sich, dass er das zugab. Aber er hätte es sich ohnehin denken können. André Pennec hatte zwei Stunden gehabt.

»Madame Pennec wusste zu dem Zeitpunkt nicht, dass es ihr Eigentum war, als sie André Pennec darum bat, es zu verkaufen. Sie ging davon aus, dass Pierre-Louis Pennec es dem *Musée d'Orsay* vererbt hatte. Ihr Mann und sie haben das Bild in der Mordnacht ausgetauscht, weil sie sich nicht sicher waren, ob es bereits zu der Abänderung des Testaments gekommen war. Und Catherine Pennec hat André Pennec noch in derselben Nacht angerufen, nicht lange nach der Tat. Sie hat André Pennec erzählt, was passiert ist. André Pennec hat sich zudem der Mitwisserschaft in diesem Mordfall schuldig gemacht. Er hat sich nicht an die Polizei gewandt. Er hat mich die letzten Tage systematisch belogen und die Ermittlungen damit unmittelbar behindert.«

Dupin war jetzt doch in Rage.

»Die Anwälte von André Pennec sagen aus, dass Madame Pennec in dieser Nacht keinesfalls klar formuliert habe, dass ihr Mann Pierre-Louis Pennec erstochen habe. Sie hat von einer ›familiären Katastrophe‹ gesprochen. Madame Pennec war wohl sehr aufgelöst und konfus. Wie auch anders.«

Es war eine vollkommen groteske Situation. Ekelhaft. Das war es, was Dupin so sehr an seinem Beruf hasste. Zutiefst. Seine Stimme schwoll weiter an.

»›Keinesfalls klar formuliert‹, ›familiäre Katastrophe‹? Was soll das heißen?«

»Hat er den Auftrag, das Bild zu verstecken und zu verkaufen schon in der Nacht erhalten, als Catherine Pennec anrief?« Locmariaquers Stimme war aufreizend sachlich.

»Er – nein.«

»Sehen Sie.«

»Aber am nächsten Tag …«

»Am nächsten Tag hat Madame Pennec durch die Testamentseröffnung erfahren, dass es zu keiner Abänderung des

Testaments gekommen war. Pierre-Louis Pennec hat die Schenkung nicht mehr verfügen können. Sie wusste, dass das Bild ihr gehörte. Gesehen hat André Pennec Catherine und Loic Pennec im Anschluss an die Testamentseröffnung, er reiste ja erst am Morgen an.«

»Das ist doch … Er wusste …«

Dupin brach ab. Er hatte nicht nachgedacht. Das war sein Fehler. Eigentlich wusste er es besser. Ja. So, exakt so, lief es in solchen Fällen. Aber genau *das* war einer der Gründe, warum er Polizist geworden war; er war – so unsinnig naiv und hochmütig es auch sein mochte – vollkommen unfähig, auszuhalten, wenn jemand selbstherrlich dachte, er käme mit einem Unrecht einfach davon.

»Das ist eine große Sauerei, und Sie wissen das.«

Locmariaquer überging Dupins Bemerkung.

»Madame Pennec wusste nicht definitiv, ob es bereits zu einer Abänderung des Testaments gekommen war. Ihr Mann hatte es so verstanden in dem Streit mit seinem Vater an diesem Abend. Aber das war doch offenbar eine – extrem emotionale Situation.«

»Und was soll das heißen, Monsieur le Préfet?«

»Das heißt: Catherine Pennec scheint mir die Einzige zu sein, die zu belangen ist – für den Mord an ihrem Mann, wenn sie das in den offiziellen Aussagen nicht noch widerruft.«

Dupin wollte heftig protestieren. Aber er schwieg; mit größter Selbstbeherrschung. So also würde die offizielle Version lauten.

»Ich denke, André Pennec hat helfen wollen, in einer, wie haben Sie gesagt: in einer tragischen familiären Situation. Es dauert etwas, ehe man wieder klaren Verstandes ist nach so extremen Ereignissen.«

»›Helfen wollen‹? Er hat ›helfen wollen‹?«

Dupin hatte die Worte fassungslos wiederholt.

Wieder ging Locmariaquer gar nicht auf sie ein.

»Und dieser Beauvois, dieser Kunstvereinsvorsitzende? Das ist harter Tobak. Wir sollten das ernst nehmen. Sehr ernst.«

Dupin traute seinen Ohren nicht. Beauvois gehörte nun zu denen, die gesteinigt werden sollten? Er selbst hielt Beauvois für einen Widerling, einen rücksichtslosen Narziss. Der – fast – über Leichen gehen würde, aber eben nur fast; und sein Beruf hatte ihn gelehrt, dass dieses »fast« von Relevanz war.

»Beauvois ist ein kleiner Fisch. Vollkommen unbedeutend in diesem Fall.«

Es fiel Dupin nicht leicht. Was er sagte, ging ganz gegen seinen Affekt. Aber sein Affekt gegen das, was sich im Augenblick abspielte, war noch um einiges größer.

»Sie selbst haben ihn in die Präfektur bringen lassen. Unter anfechtbaren Bedingungen. Wir haben uns sehr, sehr weit aus dem Fenster gelehnt. Viel hatten wir nicht in der Hand. Das wussten Sie. Ich habe Sie – natürlich – gestützt.«

Dupin mochte nicht mehr. Er würde einen anderen Weg finden. Mit äußerster Anstrengung ließ er los.

»Wie Sie sagen, am Ende war es kein komplizierter Fall, Monsieur le Préfet. Und das Wichtigste: Der Fall ist gelöst.«

»Na bitte! Und ich bin sehr glücklich darüber, Monsieur le Commissaire. Das war gute Arbeit.«

Der Präfekt verfiel in ein tiefes, komplizenhaftes Lachen.

»Dann wird Madame Pennec eine der wohlhabendsten Gefangenen sein, die ein französisches Staatsgefängnis je beherbergt hat, abgesehen von Louis Seize …«

Locmariaquer hatte es als abschließenden Witz verstanden.

»Ja – so ist es. Dann au revoir Monsieur le Préfet.«

»Ich würde Ihnen gerne noch …«

Dupin legte auf.

Es war nicht eskaliert. Er hatte zwar einfach aufgelegt, aber er war nicht ausfällig geworden.

Und es war ihm etwas eingefallen. Dupins Züge hellten sich mit einem Mal auf. Er hatte sich in den letzten Jahren mit einer Journalistin vom *Ouest-France* ein wenig angefreundet und schon einige Male »vertrauliche« Hintergrundgespräche mit ihr geführt. Lilou Breval. Sie würde vielleicht aus einer »geheimen Quelle« zusätzlich etwas über den Fall erfahren. Ein paar Details zu André Pennecs Verwicklung. Dupin wusste nicht, ob es die Dinge verändern würde. Dennoch. Die Presse würde so etwas lieben. Und Pennec würde Feinde haben. Die damit etwas anzufangen wüssten.

Mittlerweile war Dupin am dritten der fünf Kreisel Concarneaus angekommen, an dem direkt hinter der hohen Brücke. Hier fuhr er die Straße links hinunter in die Stadt, durch den Hochseehafen. Die Fahrt hatte wirklich ewig lange gedauert heute Abend. Die ganze Region war auf den Beinen. So war es immer an den Festivaltagen. Schon oben am Kreisel war dumpfer Lärm zu hören gewesen, das Stampfen von Bässen. Er würde, das fiel ihm erst jetzt ein, keinen Parkplatz finden, die meisten Bereiche der Innenstadt waren gesperrt. Er hätte in einem großen Bogen um Concarneau herumfahren und sich von der anderen Seite der Stadt nähern müssen, um zumindest einigermaßen nahe an sein Haus zu gelangen. Er hatte aber keine Lust noch mal umzudrehen. Er beschloss, den Wagen im Industriehafen abzustellen, bei den großen Thunfischfänger-Booten und Werften. Und dann zu Fuß an den Quais entlangzugehen. Er würde den Wagen dann morgen holen.

Der Hochseehafen war kein bisschen pittoresk. Noch immer

verfügte Concarneau über eine beträchtliche Hochseefische-reiflotte, die auf allen Weltmeeren unterwegs war. Das waren keine romantischen Fischerboote wie bei den Küstenfischern, es war eine hochmoderne Hightechflotte, die indes, auch darauf legten die Bretonen wert, nicht mit dem Einsatz der widerlichen Bodenschleppnetze arbeitete wie die japanischen Großflotten. Gewaltige Boote mit riesigen Transportarmen für die sehr schwere See. Véros Vater war auf einem solchen Boot gefahren, drei Jahrzehnte, und hatte so die Welt gesehen. Dupin hatte viele abenteuerliche Geschichten gehört. Die Hafenanlagen, die Gebäude, die Vorrichtungen und Konstruktionen, die Maschinen, all das war hier vollkommen funktionell. Dupin mochte den Hochseehafen genauso gern wie den historischen, natürlich ungleich idyllischeren Hafen weiter vorne, der immer noch von den lokalen Fischern mit ihren kleinen Holzbooten genutzt wurde.

Tatsächlich gab es noch freie Parkplätze hier unten, auch wenn viele der Festivalbesucher dieselbe Idee gehabt hatten. Dupin stellte den Wagen ganz nahe am Wasser ab. Hier, anders als eben in Pont Aven, wehte der sanfte Sommerabendwind. Er kam vom Meer. Dupin atmete tief ein. Das Meer roch sehr stark heute Abend. Salz, Algen, Jod. Diese Luft zu atmen, veränderte immer alles.

Eher schlendernd lief Dupin an den Quais entlang. Er hatte das blöde Telefonat von eben fast vergessen. Der ganze Fall schien wie ein wirrer dunkler Traum hinter ihm zu liegen; auch wenn er wusste, dass er ihn noch lange beschäftigen würde, lange über die bürokratische Abwicklung hinaus.

Ihm war eingefallen, was er unbedingt noch tun wollte. Er holte sein Telefon hervor.

»Monsieur Dupin?«

»Guten Abend, Madame Cassel.«

»Soll ich mich aufmachen? Wo wollen wir uns treffen?«

Dupin stutzte kurz, dann musste er lachen.

»Nein – nein. Ich …«

»Ich höre Sie sehr schlecht. Es ist so laut bei Ihnen, wo sind Sie?«

»Ich bin in Concarneau, auf dem *Festival des Filets Bleus* – ich meine, ich gehe unten am Hafen entlang und heute findet hier das Festival statt. Ich muss durch die ganze Stadt laufen, man kommt mit dem Wagen nicht in die Innenstadt.«

Er wusste, dass er konfus redete.

»Ich verstehe. Und war es der letzte Akt, haben Sie den Fall gelöst?«

»Ja. Der Fall ist gelöst. Es …«

»Lassen Sie nur.«

Dupin war froh über diesen Satz.

»Das war ein verrückter Fall. Haben Sie immer so verrückte Fälle?«

»Ich weiß nicht.«

»Sie haben einen verrückten Beruf.«

»Finden Sie?«

»Wie in einem Kriminalroman.«

»So schlimm ist es auch wieder nicht. Ihre Welt scheint mir ehrlich gesagt nicht weniger verrückt.«

»Sie haben recht.«

Es war jetzt schon sehr laut, Dupin näherte sich dem Hauptplatz, eine Band spielte auf der größten Bühne. Es gab vier Bühnen.

»Tja – dann, dann – ich meine, wir sehen uns ja sicher eines Tages wieder. Am Ende der Welt verliert man sich nicht.«

Dupin musste lachen. Er mochte, wie sie Dinge sagte.

»Warten Sie – einen Augenblick.«

Er bog rechts ab. In eine kleine Straße, wo es ein wenig leiser war.

»Sie wohnen doch in Brest, nicht?«

»Ja. Fast am Stadtrand, direkt am Meer. Wenn Sie vom Westen …«

»Mögen Sie Pinguine?«

»Pinguine?«

»Ja.«

»Mag ich Pinguine?«

»Gehen Sie manchmal ins *Océanopolis*?«

»O ja, natürlich.«

»Die haben wunderbare Pinguine. Eselspinguine, Adeliepinguine, Königspinguine, Kaiserpinguine, Zwergpinguine, Schopfpinguine, Gelbaugenpinguine, Brillenpinguine.«

Jetzt musste Marie Morgane Cassel laut lachen.

»Ja, Pinguine sind wunderbar.«

»Wir könnten einmal zusammen die Pinguine besuchen.«

Es entstand eine kleine Pause.

»Das machen wir. Sie haben meine Nummer.«

»Habe ich.«

»Dann au revoir Monsieur le Commissaire.«

»Au revoir Madame Professeur.«

Sie legten beide gleichzeitig auf. Einen Augenblick später fiel Dupin ein, dass er sich eigentlich auch hatte bedanken wollen bei Madame Cassel. Einmal ganz offiziell, für all die Hilfe, ohne die er nie so weit gekommen wäre. Offiziell im Namen der Polizei. Das würde er ein anderes Mal tun.

Dupin ging zum Quai zurück, weiter zum Hauptplatz, dem Quai Pénéroff, wo auch das *Amiral* lag. Das Festival schien ihm noch ausgelassener zu sein als in den letzten Jahren. Es war bereits sein drittes Festival. (Was er niemandem so sagte; Nolwenn hatte erklärt, dass er das frühestens ab dem zehnten oder fünfzehnten erwähnen dürfe.)

Das *Festival des Filets Bleus* war, so lustig es auch zugehen mochte und so sehr der Alkohol, wie bei allen bretonischen Festen, eine tragende Rolle spielte, für jeden Concarnesen eine höchst emotionale Angelegenheit. Es war nicht bloß – natürlich – das wichtigste Fest der Stadt, es war ein glanzvolles Symbol. An diesem Tag feierten sich die Concarnesen selbst: ihre Kraft, in schlimmsten Zeiten nie die Zuversicht zu verlieren, jedwede Unbill gemeinsam zu überstehen. Jedes Kind kannte die Geschichte – und erzählte sie. Nolwenn erzählte sie jedes Jahr. Drei, vier Wochen vor dem Festival kam sie wie zufällig auf das Thema: Bis ins späte 19. Jahrhundert war die Sardine das selbstverständliche Gold der Bretagne gewesen, achthundert (!) Boote wies alleine die Sardinen-Fangflotte in Concarneau auf. Im Büro hatte Nolwenn einen großen Stich, der einen Teil der Flotte auf dem Meer zeigte, vor der Einfahrt in den Hafen – vom Wasser war nicht viel zu sehen, so groß war die Anzahl der Boote, die dicht nebeneinanderlagen. Nicht nur die Fischer, auch eine ganze Industrie lebten von dem launischen Wanderfisch, der sich in gigantischen Schwärmen bewegte. Im Jahr 1902 verschwand die Sardine von einem Tag auf den anderen, spurlos – für ganze sieben Jahre. Fischer, Fabrikarbeiter und viele andere Menschen wurden arbeitslos, die Misere war groß. Es herrschte Armut, Hunger, Depression. Man musste sich den Kontrast vorstellen, wenn im Sommer dann die reichen Pariser Badegäste in die Pensionen kamen. Es waren in der Folge einige der Künstler, die auf die Idee kamen, ein Wohltätigkeitsfest zu organisieren, zu dem die gesamte Region eingeladen wurde. Um ganz konkret zu helfen, aber vor allem: um ein Symbol der Hoffnung zu setzen. Man gab ihm den Namen der blauen Netze, die den wankelmütigen Fisch aus dem Meer holten: als Beschwörung. Schon das erste Festival war ein ausgelassenes Treiben – und ein großer Erfolg, beträchtliche Summen wurden eingenommen. Keltische Musik, Tanz und Tanzwettbewerbe, Kostüme und Kostümwettbewerbe, Tombolas, die Wahl einer Festkönigin. Es wurde gegessen – Thunfisch, der den Concarnesen als Einziges geblieben war – und vor allem eben: getrunken. Seitdem, seit über hundert Jahren also, feierte Concarneau sein *Festival*.

Es lag wie jedes Jahr überall ein unglaublicher Geruch in der Luft. Frischer, über großen Holzkohlefeuern gegrillter Fisch. Dupin fiel fast um vor Hunger. Er überlegte, ob er nicht doch eines dieser köstlichen Thunfischfilets essen sollte (fast roh, nur ganz scharf gegrillt von beiden Seiten). Ihm lief das Wasser im Mund zusammen. Er entschied sich dagegen. Er wollte zuerst ein wenig allein sein. Vielleicht würde er später noch einmal auf das Fest kommen. Nolwenn würde da sein. Einige andere, die er kannte.

Schon in der Tür, beim Eintreten, hatte Paul Girard den Kommissar erblickt. Er stand hinter der Theke und hantierte an der Espressomaschine.

Dupin lächelte. Ein kurzes, aber offenes Lächeln.

»Dann ist ja alles gut!«, rief Paul Girard ihm zu, um sich daraufhin erneut konzentriert der Maschine zu widmen. Es zischte wunderbar.

Dupin musste Girard nichts erzählen. Er setzte sich. Die Menschen waren draußen, auf den Plätzen, es war fast leer im *Amiral*.

Das Entrecôte würde in wenigen Minuten vor ihm stehen. Die Pommes frites. Senf. Der Languedoc. Er saß, wo er abends zum Essen am liebsten saß, in der Ecke, ganz hinten. An dem kleinen Tisch, dem einzig runden im ganzen Restaurant. Von hier aus konnte man alles überblicken. Man sah durch die großen Fenster den Platz und die *ville close*, den Hafen mit seinen bunten Fischerbooten; vor allem aber sah man – sogar jetzt, bei dem großen Gewimmel draußen – wie immer das Meer.

Dupin blickte hinaus. Weit hinaus.

Ja, alles, alles war gut.